为你朝生也为你夕死

Luzhengyan

慕吱 著

上 册

图书在版编目（CIP）数据

难逃朝夕 / 慕吱著.—武汉：长江出版社，
2022.9
ISBN 978-7-5492-8497-9

Ⅰ.①难… Ⅱ.①慕… Ⅲ.①言情小说－中国－当代 Ⅳ.①I247.5

中国版本图书馆CIP数据核字（2022）第169735号

难逃朝夕 / 慕吱 著

出　　版　长江出版社
（武汉市解放大道1863号）
选题策划　奔跑的小狐狸制作组
市场发行　长江出版社发行部
网　　址　http://www.cjpress.com.cn
责任编辑　张艳艳
特约编辑　酒　酒
印　　刷　北京润田金辉印刷有限公司
版　　次　2022年9月第1版
印　　次　2023年1月第1次印刷
开　　本　880mm × 1230mm　1/32
印　　张　15
字　　数　432千字
书　　号　ISBN 978-7-5492-8497-9
定　　价　59.80元

目录／上册

第一章　一见钟情　001

第二章　心有所属　031

第三章　我有未婚夫　062

第四章　她千娇百媚　086

第五章　只看得到你　112

第六章　亲够了吗　139

第七章　等了她十年　168

第八章　回到以前　206

目录/下册

第 九 章　叫声哥哥　237

第 十 章　惹火　260

第十一章　护短　289

第十二章　没有不要你　321

第十三章　归你了　351

番 外 一　经常陪我吃饭的漂亮姐姐　382

番 外 二　清醒梦境　429

番 外 三　在生活琐碎中爱你　448

番外 四　我的爱是私欲　461

番 外 五　怀孕二三事　467

番 外 六　我的日记　471

第一章

一见钟情

朝夕醒的时候已经日上三竿了。

床正对着偌大的落地窗，夏日阳光正盛，单薄的白色纱帘并未起到任何隔绝热浪的作用，窗帘正上方有冷气喷薄而出，两股气流相撞，奶白色的气流被吞噬。

不过片刻，房门被人敲响，朝夕并未出声。

旋即，放在床头的手机响起，朝夕接起电话。

短暂的呼吸声充盈在电流中，朝夕知道对方在等她开口，她按下免提，把手机扔回床头，掀开被子从床上下来。被子揉擦，发出窸窣的声响。

江烟小心翼翼地试探："朝夕姐？"

"嗯！"朝夕刚醒，鼻音稍重。

江烟松了一口气："你可算是醒了。"

朝夕不甚在意地"嗯"了一声。

绕过房间内摆着的轻奢风沙发，出现在她面前的是一面几乎和床一般大小的落地镜，落地镜里映出随意掀翻在床的丝绸被、房间一角的沙发、红色的行李箱，以及……

随着她解衣的动作，两条"不堪一击"的吊带松散，酒红色睡裙瞬间落地，女人的胴体瞬时清晰地呈现在镜中。

她的皮肤白得像是被雪揉成的，头发散落在胸前，遮挡住女人身上最美好的一寸春色。双腿匀称笔直，被阳光映射得泛着莹白的光。

朝夕弯下腰，在摊开的行李箱里找衣服。

房间里充斥着江烟的声音："对不起啊朝夕姐，昨晚我不应该让你喝酒的，我没想到你酒量那么差，竟然是一杯倒。"

昨晚江烟从行李箱里翻出一瓶红酒，硬拉着朝夕喝。朝夕见她兴致浓，也没推辞，只不过自己酒量不好，酌了几小口之后便醉了。

宿醉带来的后遗症不多，也不过体现在嗓音上，干涩发哑："没事。"

朝夕问她："待会儿去比利时，你的行李收拾好了吗？"

江烟："收拾好了。"她似乎想到什么，兴致勃勃地问："我们待会儿开车过去吗？"

"嗯！"

"会穿过沙漠吗？"

朝夕沉默。

"荷兰和比利时之间没有沙漠吗？"江烟疑惑地问。

"没有。"

"那为什——"江烟伸手推开了房门，声音戛然而止。

房间内，朝夕弯着腰穿着连体裤，她背对着门，江烟只看到她纤秾合度的背，中间有一道细细的脊沟。

朝夕似乎也意识到了有人闯入，抬起头来，镜子照出江烟的神情，慌忙、失措，双颊绯红。

江烟手忙脚乱地退出房间，懊恼自责："我不知道你在穿衣服。"

"嗯！"朝夕不在意。

江烟又想起方才那一幕，同为女性，她也止不住地脸红。脑袋放空，嘴边的话消失在了空气中。

直到上了去比利时的车，江烟才想起来她当时要说什么："你不是被叫作'无人区玫瑰'吗？无人区无人区，不应该是沙漠更贴合吗？"

比利时高速服务区用餐区里，几个中国人在一堆西方人中间坐着，既醒目又惹眼。

其中一个中国男人自来熟得很：“你们听说过‘无人区玫瑰’吗？”

传说中第一次世界大战时，身受重伤的士兵在苟延残喘等待死亡的宣判之际，唯一令他们抱有希望的便是前线红十字会的护士。

士兵们将护士比作玫瑰，只为他们绽放的玫瑰。

流传百年的悲恸故事鲜为人知，“无人区玫瑰”更为人所知的是香水。

陆许泽自然是想到了这一点，答：“香水？”

陌生男人微微一笑：“在这里，‘无人区玫瑰’代表的不是香水，而是一个女人，女医生。她在这种服务区或是无人区很出名的。”

眼前有阴影出现，对面的空位有人坐下。

桌上多出一份餐食。陆许泽接过，边吃边听男人说：“之所以用‘无人区玫瑰’形容她，是因为她之前在本纳斯沙漠救过人，被救的人叫她‘无人区玫瑰’。渐渐地大家就用‘无人区玫瑰’称呼她了。”

陆许泽不太赞同：“医生的职责不就是救人吗？”

“最主要的一点是她长得很漂亮。”男人笑着说，“又加上是少见的东方面孔，所以很快就广为人知了。”

陆许泽：“东方面孔？”

男人：“嗯，是亚洲人。”

“哪个国家的？”

“是哪个国家的还不清楚，她法语和西班牙语都很流利。”男人说，“韩国人觉得只有本国的一流技术才能打造出那样完美的容貌；日本人觉得只有帝国主义才会培养出会多国语言的学者；就连泰国人都想要争一争，毕竟泰国的医疗水平排世界前列。”

“就不能是中国人？”

“留学生圈里没有这个人，”男人遗憾地摊手，“不过不排除她是中国人的可能。”

陆许泽觉得荒谬：“有那么漂亮吗？”以至于这么多国家的学生争抢。

男人点头:“非常。”

“说得好像你见过似的。”

“见过照片。”

男人拿出手机，调出那张照片给他看。

烈日下的沙漠，女人穿着张扬的红色连衣长裙，裙摆被风吹起，露出一小截小腿，红色纱巾包裹住她的脸。风张狂肆虐，红色纱巾在艳阳下飞舞，上半张脸就这样露了出来。

眼尾细长，淡眉寡情，分明是一张没有什么情愫的脸，但看向镜头的那双眼，像是天生自带媚意，能够透过手机屏幕勾起人埋在内心深处的欲望，令人一眼即觉惊艳。

饶是见惯美人的陆许泽也发出惊呼:“哥。”

他对面坐着的人身形晃动，也不过是匆匆一瞥，陆程安整个人如遭雷劈，垂在身侧的双手死死地握成拳，手背上的青色静脉如同山峦起伏。

二人还在交谈。

许久之后，陆程安开口:“中国人。”

“什么?”

“是中国人。”

“你认识她?”

“这张照片是谁给你的?”陆程安抬头问。

男人终于看清他的脸，眉眼漆黑深邃，眼型是眼尾略往上翘的桃花眼，侧脸到下颌的线条硬朗流畅，他缓缓转过头来，目光沉沉，脸上分明也没有几分情绪在，但浑身散发着一股无名的凌厉气场。

男人下意识地抖了一下。“就……很早之前就保存的，她这张照片传遍了留学生圈。”顿了顿，“你认识她吗?”

陆程安微抬下颌，很淡地睨了他一眼:“嗯!”

“她真是中国人?”

“嗯!”

“你和她很熟?”

陆程安没再说话。

男人看出他的疏离冷漠，也不恼，拿回手机之后兴致勃勃地和同学分享自己刚知道的消息。不过几分钟的工夫，他眼睛一亮，抬起头来，和邻桌的人分享自己刚得知的事："一个在荷兰旅游的同学说他今天遇到这朵无人区玫瑰了。"

陆程安："荷兰？"

"嗯。"男人一字一句地念着手机里新收到的消息，"大概一个半小时之前，据说她今天要自驾从荷兰到比利时。"

"等等，从荷兰到比利时，一个半小时之前……这个时间，她可能会经过这个服务区。"男人蠢蠢欲动，"说不准我们今天有缘能遇到她！"

陆许泽事不关己地打击他："哪有这么有缘。"

陆许泽回头，却看到陆程安起身。

陆许泽："哥，要走了吗？"

"你接着吃，我去买杯水。"陆程安扔下话，转身就从餐厅走了出去。

比利时的夏天并不是很热。

今天也是少见的大晴天，阳光明媚，微风轻拂，在服务区外晒太阳的人远多于在室内休息的人。高速路两侧的美景似画般旖旎。

他视线收回，靠在墙边，头抵着墙，脖颈线条清晰流畅，眼皮耷拉着，淡漠地看向某处。他伸手想拿烟出来，又扫到不远处的加油站，遂又按捺住心里的躁郁。

他向来冷静克制，直到听到不远处一句熟悉的中文。

中国人遍布世界各地，遇到会说中文的人不足为奇，只是那人唇齿间吐出来的是"朝夕姐"三个字，陆程安的脑子里紧绷着的一根弦瞬间松下来。

他看向声源处，只见穿着牛仔背带裤的小姑娘手里拿着两瓶水笔直地往前走。

陆程安的视线往前移，加油区停着三辆车。

陆程安拔腿就走。第一辆车外站了个中年欧洲男子；第二辆车外站了个金发碧眼的小女孩；第三辆车旁空无一人，只有一根自助加油管连接着油箱。

他的眼眸瞬间暗淡，自嘲地扯了扯嘴角，转身想要离开的时候，眼里闯入一抹张扬的红色。

他停下脚步，她侧身回望，二人之间隔着有五六米的距离。

碎光摇曳在风中，陆程安总算看清了她的脸。和照片里看到的如出一辙，穿着张扬而又高调的红色衣服，红色纱巾包裹着她的脸，只露出上半张脸。

她的眼里仍带着笑意，眼尾上挑，勾起几抹艳色和几分韵味。

一阵风吹过，她头上裹着的摇摇欲坠的纱巾被风吹开，红色的纱巾在空中盘旋飞舞，在浮尘中穿梭，光影婆娑，纱巾缓缓地飘到了陆程安的眼前。

他伸手抓住那条红色纱巾，同时看向不远处的朝夕。

她站在车尾，风吹起她的长发，长发凌乱，但总归脸上没有任何遮掩物了。整张脸裸露在日光中，眼露星芒。

耳边有短促的风声呼啸而过，有人从他身边经过，横亘在二人之间，挡住了他的视线。

江烟把手里的水递给朝夕，见她头上的纱巾不见了，好奇地问："你的纱巾呢？"

"被风吹走了。"朝夕淡淡地道。

自助加油机提醒加油已完成，朝夕把自助加油管抽了出来放回原位，然后绕过车尾，缓缓走到陆程安面前，摊手，语气礼貌，说的还是英文。

陆程安的眉头几不可察地皱了一下，用中文回答："朝夕。"

"中国人？"朝夕嘴角滑出一抹和善的笑意。

陆程安："朝夕。"他再一次重复她的名字。

朝夕依旧是生疏且漠然的："你认识我？"

"陆程安。"他不信她忘了他，可偏偏她没有一丝重逢的情绪，喜悦也好，惊奇也罢，再不济也会是几分鄙夷或者厌恶，但都没有，她只是漠然地、疏离地看着他，浑然是看陌生人。

她紧锁眉头，做深思状，犹豫纠结之后，迟疑地说道："留学生吗？抱歉，我不擅长 social。”

陆程安没再开口。

对视沉默，只闻风声。

还是江烟打破了这短暂的沉默，她的嗓音里带了几分喜出望外：“你是陆师兄吗？”

陆程安微抬了一下下颌：“你是？”

“真的是陆师兄啊！”江烟拽了拽朝夕的手，嗓音里带着压抑的激动与喜悦，对朝夕低声说，“他就是我常说的那位大神，法学院的活招牌！他现在在南城检察院工作，而且是历任检察官里最年轻的。”

朝夕眼神毫无波澜地看向他：“陆检？”

“陆程安。”他纠正道。

朝夕低下头，嘴角轻扯出笑意。她笑得很随意，却意外地勾人。

“好久不见。”她忽地抬起头来，没头没尾就是这么一句话。

她到底是记得他的。

陆程安看到她伸出来的手，从长袖连衣裙中只露出一小截手腕，细白莹润，手心朝上，掌纹错落，食指指腹有着细小的茧，很漂亮的拿手术刀的手。

他伸手想要去握，手伸出去一半，她却躲开，右手径直地往他左手伸去，食指勾起他手里攥着的红色纱巾。他下意识地收紧手心，朝夕用力，食指往前，触碰到他的虎口处。

陆程安垂眸看着二人纠缠在一起的手。

他问：“怎么会在这里？”

朝夕：“过来旅游，你呢？”

她放在他虎口处的手指往他手心里伸，往前，再往里，经过他的食指、中指、无名指、小指，纱巾揉在他的手心里变得温热有湿意。到了尽头，她抓到了纱巾，随即抬起头来，之前的陌生与疏离感仿佛不存在，她的脸上带着笑意，眼尾往上挑。她生得一双狐狸眼，笑起来的时候甚是风情万种：“我的东西，该还给我了吧？”

“自然。”他松开手。

纱巾被她一寸一寸地收回去，丝绸滑过手心，质感温润，像是她的手在他的掌心缱绻摩擦一般。

朝夕把玩着纱巾，问他:“怎么会在这里？”

陆程安:“旅游。”

“一个人？”

“两个人，”陆程安说，“另一个人你也认识。”

朝夕:“我认识的人可不多。”

“我弟弟。”

恰好这个时候，陆程安的手机响了。

他接电话的空当，江烟激动不已地拉着朝夕说:“朝夕姐，你和陆师兄竟然认识？不是吧，我之前不是提了很多次陆师兄吗？那个时候你也没什么反应啊！”

“你没提过他的真名。”

江烟仔细一想，她确实没说过他的真名，只称呼他为“陆师兄”。

江烟:“我说为什么你在国外都没什么朋友，有陆师兄这样的朋友，国外的那些男生哪儿还能让你看得上眼。”

这话说得，让朝夕莫名有种“有过陆程安这样的男朋友，哪里还看得上其他男人”的错觉。

朝夕伸手捏了捏她的耳垂:“你这小脑袋成天净想些什么乱七八糟的？”

“难道不是吗？”

“不是，”朝夕果断地拍碎她的幻想，“不是朋友。”

“什么？”

“我和他连朋友都算不上。”

“那是同学咯？”

朝夕摇头。

“那你们是什么关系？”

朝夕想了想，含混不清地道:“知道对方存在的关系。”

江烟:“？”

朝夕和陆许泽的关系更淡漠，她也只是从两边家长口中听说过陆程安还有个弟弟。她和陆许泽甚至连面都没见过，没有机会见面，也没有缘分。

陆许泽原本以为照片上的人已经足够惊艳了。

不到二十岁的少年对女人的关心程度远不及对篮球、游戏、球鞋的关心，从来傲慢且带有偏见地认为“女人哪有什么好的”，但就是这一刻，他才意识到，原来“从此君王不早朝”是真的。

陆许泽笑容灿烂：“你好。”

朝夕的声线清润：“你叫陆许泽吧，已经这么大了啊！”

陆许泽惊讶：“你认识我？”

“听说过。”

“你听说过我什么事啊？”陆许泽蠢蠢欲动，“我可是高考状元，校篮球队的得分手呢！”

朝夕笑眯眯地：“听过你尿床的事。”

江烟憋着笑。

陆程安解释：“你那个时候才多大，两岁都没到。”

朝夕：“嗯！”

陆许泽仍旧黑着脸：“别说了，那是我英俊潇洒的人生中不堪回首的一部分。”

隔了一会儿，陆许泽才反应过来：“你和我哥哥真的认识啊，所以你真的是中国人？传说中在欧洲大火的‘无人区玫瑰’，竟然是中国人？”

朝夕回答：“我是中国人。”

“这可真是件稀罕事儿。”

“没什么稀罕的，”她的语气很轻，“中国人本来就遍布世界各地。”

陆许泽没来由地对朝夕很有好感。或许是因为她的容貌，或许是因为她身上的气质，清冷、妩媚、成熟、冷静等杂糅在一起，分明应该是复杂且违和的，但她却能压住。

是气场。她吸引他的，是身上散发出来的气场。

陆许泽更好奇了，问陆程安：“哥哥，她叫什么名字啊？”

陆程安："朝夕。"

话虽是对陆许泽说的，但他的目光一直集中在朝夕的身上。他目光灼灼，清晰地看到朝夕在听到他说她名字的时候，目光闪了一下。

陆许泽："那我要怎么称呼她？"

陆程安似乎想到了什么，沉默片刻，欲言又止之后言简意赅地说："你叫她姐姐就行。"

少年笑容漾开，清脆地叫一声："姐姐！"

朝夕没什么情绪地笑了一下。

一边的江烟见到此刻这么一个岁月静好的场景，忍不住插话道："那我要怎么称呼陆师兄？"随即她羞赧了，支支吾吾地说："难不成要叫哥哥吗？那多不好意思呀！"

朝夕还在国内时，"哥哥妹妹"还只是简单的称呼，只是没想到随着时代的发展，"哥哥妹妹"和"姐姐弟弟"俨然成了时下最暧昧的词，尤其是江烟还摆出一副少女怀春的表情。

朝夕还没来得及出口打击她，陆许泽倒是先声夺人："我哥年纪挺大了，你叫他哥哥不合适，叫叔叔吧！"

陆程安的嘴角抽了一下。

年纪挺大？朝夕想了想，他也不过只大她两岁罢了。

江烟瞪他："你看上去比陆师兄老十岁，你才配得上叔叔，哦不，该叫你爷爷了！"

陆许泽气结："哎，你这小姑娘怎么回事儿呢！叫爷爷？你咋不叫我爸爸？"

两个小年轻就这么吵了起来。

朝夕和陆程安面对面站着。

沉默许久，陆程安问："从哪里过来的？"

"荷兰。"

"要去哪里？"

"布鲁塞尔。"朝夕礼尚往来地问他，"你呢？"

陆程安说：“我从法国过来。”

“嗯！”

“和你一样，去布鲁塞尔。”

朝夕在听到这句话的时候心里咯噔一下。果然下一秒就听到他说：“一起？”

“好啊！”

“好啊！”

反倒是边上吵着的两个人异口同声地赞成。

朝夕转头看着江烟，眼里隐有不满。

江烟还是第一次看到朝夕这么凌厉的模样，她缩了缩脖子：“还是不一起了吧。”

朝夕转回头：“我们还有事，先走了。”

她的神情似乎分毫未变，但眼底的冷漠与拒人于千里之外分外明显。

陆许泽看着她离开，试图挽留，却被陆程安阻止：“别叫了，她不会回头的。”

“哥，你和姐姐不是老朋友吗？”陆许泽感到十分困惑。

陆程安记下朝夕的车牌：“谁和你说我和她是老朋友的？”

“难道不是吗？”

“不是。”

“那你俩是什么关系？”陆许泽挠挠头，“我也没听你提到过她啊，你们该不会是老同学？这也不对啊，她还知道我，按理说应该是哪位故交的大小姐吧？朝……这世界上竟然有人姓朝？南城有姓朝的吗？还是说她不是南城人？”

陆程安拿出车钥匙往车停的地方走。

打开车门，他一手扶着车门，一手搁在车顶，乌黑的眼睛里不起一丝波澜，薄唇微抿，语调缓而淡：“她是南城人。”

“至于我和她的关系……”他敛眸，藏起眼波里暗涌的几分情绪，只用寥寥几个字简单带过，“以后你就会知道了。”

越野车在通往布鲁塞尔的高速上行驶着。

江烟越想越觉得古怪：“我——”

话一开口，就被朝夕打断：“我和他不熟，不熟的人没必要同行。”她开着车，目视前方，日光照得她侧脸的线条清冷。

江烟：“可是我总觉得陆师兄好像对你和对别人不一样。”

“你知道他对别人是什么样的吗？”朝夕只觉得好笑。

“我当然知道！”

“你从哪儿知道的？”

“我们学院的师兄师姐们啊！”

江烟拧眉细想，过了十几分钟之后，说：“我有个师姐去检察院实习的时候和陆师兄接触过，她说陆师兄虽然看着温润和善，但是他似乎对每个人都这样，就连审连环杀人案的凶手的时候也是这样。”

朝夕不觉得惊讶，像陆程安那种家庭出身的人，情绪管理是人生第一课。

江烟顿了顿，补充道：“可我觉得陆师兄对你好像是不一样的。”

“哪里不一样？”

“就……感觉不一样。”

朝夕缓缓踩下刹车，她看向江烟：“你现在有没有感觉到哪里不一样？”

车窗外是油画般一样的田野，夕阳的光温柔地倾洒下来，江烟左右张望，疑惑地问：“你为什么突然停车啊？”

车内的黄色感叹号按钮闪烁：“你为什么突然打双闪啊？”

朝夕解开安全带：“你这第六感不太行啊！”

“什么？”

汽车熄火，朝夕把脸上的墨镜往下拉了拉，淡淡地扫了一眼江烟：“车子出问题了，下车看看吧。”

“车子出问题了？车子会出什么问题，不是刚加好油吗？”江烟还没考驾照，对于车子的理解尚且存在偏颇，认为车子出问题只会有三种原因：一是没油；二是偶像剧里看到的刹车失灵；三是轮胎没气。

以上三种，她都问出来了。

朝夕听着她的猜测无奈失笑，小丫头是新一代被毫无逻辑、不合情理的狗血泡沫电视剧洗脑的学生。她绕着车子走了一圈：“刹车很好，轮胎也有气，应该是车子内部出了问题。”

江烟哭丧着脸，她在高速路上来回张望：“那要怎么办啊？”

朝夕停在车边，把墨镜往上扶，额前的碎发都被镜框带至脑后，夕阳欲退，深色的雾霭渐临人间，凉风翩然而至，长发被风吹乱。

她也是第一次遇到这样的状况，心里也有几分无措。只是江烟已然慌神，她只能笑着，冷静从容地安抚：“可以拦车，看看有没有好心人愿意载我们去布鲁塞尔。如果没有，其实我们离布鲁塞尔也不远，大不了提着行李箱走过去。”

听到后半句话，江烟彻底崩溃：“我就连八百米都没有跑过整趟，提行李箱走过去……我是来度假还是来参加《变形计》的？告诉我，这一切都不是真的。”

朝夕：“如果能拦到车，就不用走过去。”

“拦车吗？”

“嗯！”

“你说会有人愿意载我们过去吗？”

“或许吧！”朝夕也不确定，但总得试试。

朝夕这时才往车开过来的方向看去，也就是在这个时候，她才发现车后十米左右的地方也停了辆黑色越野车，打着双闪。

江烟也看到了：“也有人和我们一样车子出故障了吗？”

朝夕眯了一下眼睛：“不清楚。”

天边最后一寸夕阳沉了下去。

那辆车开着远光灯，灯柱直挺挺地照进她的眼底，朝夕下意识地伸手捂住眼，适应了刺眼的光线之后，她收回手。

两边车门打开，有人从车上走了下来。

来人穿过昏沉沉的夜色，走到她的面前，站稳。

江烟惊讶："陆师兄！"

陆程安："嗯！"

江烟："你们的车也坏了吗？"

"没有。"陆程安蹙眉，看向朝夕，"车坏了？"

朝夕："嗯！"

陆程安："上我的车吧。"

她应该是要拒绝的，可是地处偏僻，又是异国他乡，她根本没有任何可以拒绝的理由。

朝夕也没忸怩，点头："麻烦了。"

"不麻烦。"

朝夕打开后备箱，伸手想要把自己的行李箱拿出来，视线里多了只手，更快地拿过她的行李箱。

江烟的行李箱也被陆程安拿了下来。

江烟感激不已："谢谢陆师兄！"眼里放着光。

陆许泽看不下去："收起你那花痴模样吧！"

两个人在此之前从未见过，不对盘得实在过分。

陆许泽和江烟一人拉着一个行李箱往车子那边走。

身后，陆程安和朝夕并肩走着。

陆程安："打电话给保险公司了吗？"

"打了。"

"车行那边顺便也说一下。"

"嗯，我上车之后再给他们打电话。"

沉默了几秒，朝夕说："谢了！"

夜风微凉，带过陆程安轻微的一声叹息："朝夕，你非要和我这么生分是吗？"

她敛了敛眸。

陆程安替她打开副驾驶的车门，示意她上去。她犹豫的时候，放好行李箱的陆许泽从车后绕了过来，他打开后座车门，少年笑声清朗："姐姐，你坐前面比较合规矩。"

朝夕没再犹豫。

车门要被他关上，却被她抵住。

陆程安困惑地看着她。

他的身后是欧洲荒地上空璀璨的繁星，男人双眸如黑曜石般漆黑，时光在他的脸上雕刻了属于成熟男人的气息。

不得不承认，他确实生了一副好皮囊。可惜她早已过了沉迷美色的年纪了，更何况对方还是陆程安。

朝夕的嗓音偏柔，但此刻她却用那好嗓音说出冷冰冰地拒人于千里之外的话："我和你也没有很熟，不是吗？"

后座的吵闹声顿消，气氛降至冰点。

唯独陆程安的脸色未变，他不怒反笑。

江烟和陆许泽对视了一眼，二人眼里满是疑惑。

到了布鲁塞尔之后，陆程安问朝夕："你们住在哪家酒店？"

朝夕报了酒店名。

陆程安略一挑眉："同一家。"

她莫名烦躁起来，问他："你在比利时待多久？"

"原本只打算待两天。"

"原本？"

陆程安没再回话。

到了酒店，四人 check in 的时候，分到两张房卡，正好是隔壁。

进屋之前，陆程安叫住朝夕："待会儿一起吃晚饭？"

朝夕不明白他为什么还可以摆出一副无事发生的泰然自若的模样，她刚才简直是把他的自尊心踩在脚底下，他难道就一点儿都不生气，一点儿都不怀恨在心吗？可这会儿她也没有精力去计较那些了。她在高速路上跑了一天，中途又横生波折，她连午饭也没吃，此刻饿得发慌，而且身边的江烟拉着她的衣角猛点头示意她“我可以”。

朝夕松口：“我来之前预订了 Chez Leon 餐厅，待会儿一起过去吧。”

陆程安：“好。”

进了房间之后，陆程安洗了个澡，他擦头发的时候感受到旁边人热辣的目光，他瞥了陆许泽一眼：“不去洗澡？”

“等一会儿。”陆许泽欲言又止地看着他。

陆程安无暇管他，拿着手机回了几封邮件。

微信里一堆未读消息，工作上的他一概略过，等到年假之后再处理那些事情，私人时间不谈公事。如果事情紧急，他们就会打电话给他了。

他点开梁亦封发给他的消息。

梁亦封：“何必。”

简单的两个字带了几分嘲讽的意味。

陆程安回他：“当初我可没这么说过你。”

梁亦封现在已抱得美人归。可是他等了九年，这期间几个兄弟都劝他别等了，唯独陆程安没有。

梁亦封：“季朝夕和钟念不一样。”

陆程安：“她叫朝夕。”

梁亦封难得见到他这样偏执的一面，作为兄弟，他理当站在陆程安这一边，但还是清醒理智地提醒：“我们医院收到了她的简历，不出意外她下个月就要来医院上班了。她伯父昨天问我，要不要让她跟着我。”

陆程安拿着手机的手收紧。

梁亦封：“季家上下，估计都知道她要回国的消息了。”

陆程安:“我知道了。”

梁亦封:“还没找到她，你就趁早回来。”

陆程安:“我遇到她了。”

梁亦封:“？”

陆程安:“嗯，我遇到她了。”

梁亦封:“真决定了？”

没头没尾的一个问句，陆程安却知道他要表达的意思，真决定要蹚这浑水了？毕竟外人眼里朝夕可是季家外面人，臭名昭著，上不了台面。

他是高高在上的陆家二公子，真决定就是她了？

陆程安从没犹豫过。

当初不经意的一眼，让他此生难忘，彻底沦陷。

旁人形容她用“无人区玫瑰”一词，她确实如玫瑰般，盘枝遒劲围绕着他身上每一个神经，在他的生命里扇动着黑色的火焰。

无人区的玫瑰既艰难又侥幸地存活下来，肆意绽放，风情妩媚，极尽风光。她的前半生确实如此，这个词太过贴合于她。

回完消息，他把手机扔在沙发上，双手抵着膝盖，他朝着陆许泽的方向，半干半湿的头发压着他黑沉沉的眼:“说吧！”

陆许泽:“说什么？”

“不是有话想和我说吗？”

“没有？”

“有。”

陆许泽吸了一口气，他目不转睛地盯着陆程安，一字一句地问:“哥，你之前是不是伤害过朝夕姐？难不成你在之前和她交往过？‘绿’过她？”

同一时刻。

江烟对朝夕说：“姐，我总觉得陆师兄对你有兴趣，而且还是男人对女人的那种兴趣。”

“你想太多了。”

二人的回答出奇一致。

他们两个并没有在一起过，甚至连见面次数都是寥寥，隔着人群遥遥相望，他是人间无人出其右的陆家二公子，她是惊艳四座的季家大小姐。

同处云端的两个人却鲜有交集。

陆程安到现在还记得他们的第一次打照面。

应该是十年前了，那年他才二十岁。

当时是暮春。

他和梁亦封来季宅找季洛甫谈事，他那时举手投足之间仍旧带了几分纨绔子弟的散漫与矜贵，有一双诱惑人的桃花眼，即便是认真专注的工作姿态，旁人看了仍旧觉得他是漫不经心、轻佻浮荡的。

事情谈到一半，书房外传来声音，少女的嗓音清脆悦耳，陆程安心不在焉地叼了一支烟，火柴“刺”的一声划出火花，他的嗓音含糊了几分：“你妹妹？”

他的脸沉浸在缥缈的烟雾中：“我是不是得去见个面，毕竟——”

“不是她，”季洛甫打断，“是季君菱。”

陆程安：“季君菱？你家捡来的那个？”

季洛甫：“嗯！”

陆程安靠门坐着，双脚大大咧咧地踩在矮凳上，外面的脚步声和交谈声逐渐清晰，他用脚轻松地一钩，书房门打开了一道缝。

透过那道缝隙，陆程安看到了路过的女人，十七八岁，高挑漂亮，看上去温和典雅。

他抬腿把门给关上，拿下嘴里的烟，似笑非笑地说：“之前是在哪儿听说的来着，说是季君菱长得漂亮，今天见了着实不假。”

季洛甫的眼里有几分讥讽：“不过如此。”

“什么意思？”

“比起朝夕，不过如此。”

陆程安略一挑眉，显然不信。当时的他早已是情场老手，季君菱这样的俨然是不可多得的美色，季朝夕再漂亮还能漂亮到哪里去？

没多久，他们谈的事情结束。

陆程安和梁亦封离开，从这里到大院门有不短的距离，绕过前院的时候，他突然听到了一个女声，嗓音像是在烟雨江南浸泡了一整个春天似的，音色甜柔。

陆程安顺着声音看过去，朝夕半蹲着，拿着块饼干逗着面前三四岁的孩童，侧脸温柔，似乎察觉到了有人在看她，她扭了一下头。

看清正脸。人有着连这迟迟春日都比不得的几分明媚，唇畔处未收的笑意很淡，但又有几分明目张胆的勾引的意味。

梁亦封声音偏冷：“就是她。”

“什么？”陆程安没反应过来。

“季朝夕。”

陆程安怅然回头，再看那个方向，朝夕已经拉着小女孩离开，只留给他一个背影。就是那个背影，叫他后来怀念了好多年。

然而当下，陆程安觉得季洛甫那句“不过如此”确实不假。季君菱是美得不可方物，但是季朝夕美得不动声色，媚得明目张胆，她确实不止漂亮一词可以形容。

也就是当初那一眼，让他彻底地栽了进去。

从那之后，众人发现向来在情场上无往不利的陆程安的身边竟然再无女伴，众人调侃他这苦行僧的日子过不了几天，也有人劝他：“再过几年就结婚了，这个时候好好地玩玩吧！”

他一概置之不理。

众人原本以为他只是开玩笑的，只是时间辗转，一年又一年，转眼就是十年，他的身边竟然再无异性。

陆程安这些年过得越发清淡，之前的情场老手褪去了年少时的纨绔与孟浪之气，变得从容不迫、成熟稳重。他又是检察官，身上无端地又有股正派克己的气韵在。

有人问他："你到底是怎么回事儿？"

陆程安答："没怎么回事儿，就是栽了个跟头罢了。"

"栽在哪位名媛身上了，跟哥几个说说，我可真不信了，竟然有人拒绝得了你？"

陆程安双唇翕动，缓缓吐出两个字来："朝夕。"

场面登时冷了下来。

知情人面面相觑，不知情者一脸茫然无措。

有人问："朝夕是谁？"

"季家你知道吧？季二叔的私生女，季洛甫的妹妹。"

"陆程安竟然看上了季家的私生女？"

"虽然是私生女，但好歹是季家出身的不是。"

"那得多漂亮啊，让陆家大少爷连身份地位都不在乎了？真为她做苦行僧了？"

知情人分了他们一个眼神，喟叹道："朝夕啊……她何止是'漂亮'一词可以形容的。"

众人嗤笑他，觉得这话实在荒谬，心底却又对朝夕产生了浓重的好奇心。

只是朝夕自离开季家之后便再无任何音信，渐渐地她成为圈子里的一个谜，一个人人都想窥探却又下落不明的谜，就连陆程安也无从知晓她的踪迹。

幸好她还会和季洛甫打电话，陆程安也能从季洛甫那边打听到她的行踪，她出国了，在伦敦读书，她学医……

陆程安曾拜托在同一所大学读书的朋友找过朝夕，可是 UCL 大得惊人无比，偶尔在街上走着走着就会发现是学校的楼，更何况他的朋友学的是哲学，朝夕学的是医，找起来是难上加难。

好友调侃过他："你缺女人吗，至于为了她这样大费周折？"

"不缺女人。"

陆程安轻笑一声，气息短促："可她们都不是她。"

好友没再说话，只说会尽力帮他问到有关朝夕的事。

朝夕的社交圈几乎为零，她平时两点一线——实验室、家，有一个好友叫钟念，但二人平时也鲜少聚会。她每年暑假都会旅游。

好友能打听到的只有这些，但对陆程安而言已经足够。

陆程安每年暑假也会来欧洲，毕业之后则把年假放在夏天。他试图遇到她，试图把处心积虑的见面营造成异国他乡的偶遇。

可是无论他怎么打探她的消息，他都没遇到过她，直到今天——

分不清几分天意，几分人为，二人就这样遇见了。

晚餐的时候，陆程安和朝夕安静地用餐，江烟和陆许泽聊着天。

陆许泽："你们明天干什么？"

江烟："旅游呗！"

"一起？"

"可以。"她干脆利落地应下。

朝夕在心里无奈地叹了一口气。

江烟转过头来，问她："可以吗？"

"可以。"她旅游的时候向来话少，有个陆许泽陪着江烟也好。

隔天早上，四人在酒店用完餐之后出发去布鲁塞尔大广场。

卷积云一片一片地平铺在天上，阳光透过云层温柔地洒下，陆许泽疑惑地道："姐姐，你不包那条纱巾吗？红色的，特别有异域风情。"

朝夕疑惑："我在你面前包过纱巾吗？"

"没，我在照片上看到的。"

朝夕下意识看向陆程安，她以为他的手机里有自己的照片，想到这一点，她的心猛地一紧。

陆许泽却说："没，昨天在服务区，一个留学生给我看的。"

"这样啊！"她淡淡地应着，心里却没来由变得空荡荡的，"那条纱巾和今天的衣服不搭，所以我没包。”

陆许泽：“那下次你包上行吗？”

朝夕失笑，她指着江烟：“你们小孩都这样？”

陆许泽：“都？”

朝夕说：“她也是，喜欢我包着那条纱巾。”昨天她不准备包那条纱巾的，她觉得闷热，可是江烟觉得她包上纱巾好看。她向来拒绝不了亲近的人的请求，于是就包上那条纱巾了。

陆许泽：“想不到你的眼光还不错啊！”

江烟臭屁极了：“我的眼光，不是我吹，真的是一绝。”

陆许泽：“你全身上下，也就眼神好了。”

江烟暴怒，二人又吵了起来。

朝夕落在他们身后几步慢悠悠地走着，听着二人吵闹的声音无声地笑了。

陆程安偷偷地注视着她，他也笑了出来。

等到朝夕回过神来，才发现她和陆程安又莫名其妙地走在一排。

相比于前面二人，他们两个着实安静。但她喜静，不爱社交，更何况对方还是陆程安，她更是不愿主动开口说话了。

陆程安却主动和她说话：“第一次来比利时？”

“不是，”她说，“之前去过鲁汶。”

“旅游？”

“学术会议，我和教授一起过去的。”

陆程安点头，复又似自言自语般：“伦敦离鲁汶也不远。”

凉风拂面，朝夕把飘在脸颊处的头发挽至耳根，问：“你知道我在伦敦？”

陆程安毫不隐瞒：“大哥和我聊起过你。”

她不咸不淡地道：“他大忙人一个，哪里会和你们念叨我的事。”

陆程安不置可否地笑了一下，是啊，季洛甫大忙人一个，确实不会和他们念叨朝夕的事，一切都是他厚着脸皮再三追问的。

在广场逛了会儿，几个人又去看小于连铜像。

人很多，正好又是旅游旺季，不少游人挤在外围拍照。

陆许泽对此嗤之以鼻，觉得一个小男孩儿有什么好看的，江烟嘲讽他不懂民族文化，二人拌嘴拌到了附近的一家下午茶店。

点餐完毕。

送上来几份甜点和饮料。

店员似乎认识朝夕，和朝夕说了几句话之后送了几杯啤酒过来。

江烟好奇："你认识他吗？"

朝夕摇头："他认识我。"

"他和你说了什么呀？"

"他之前身体不舒服，我帮了他，"朝夕往面前的几杯啤酒抬了抬下巴，"这是谢礼。"

陆许泽拿起酒杯就往嘴边送："据说比利时的啤酒比德国啤酒还要好喝，我可要试试。"豪饮了一大口之后，他挑眉："不错呀，哥，你也喝。"

陆程安看向朝夕："不喝吗？"

朝夕摇头："我酒量不好。"

陆程安点头，他记下了。

在三人喝酒的时候，朝夕语气淡淡地开口："刚刚店员还和我说了，这个酒是从小于连身上接过来的。"

小于连雕像上能漏水的地方就一处，最不可描述的那一处。

朝夕单手撑着下巴，眼尾轻挑起几分幸灾乐祸的笑意来："颜色竟然还是黄色的，放在古代，你们算是在喝童子尿吧？"

陆程安刚端着杯子准备往嘴边送的动作突然僵住，江烟和陆许泽则差点把刚喝的酒喷出来。

朝夕眨了眨眼："不过从医学的角度来说，喝尿对身体没有坏处的，当然也没有好处，喝一点儿也没事儿，而且你们也没在喝尿，对吧？”

“你别说了，姐，当我求你。”陆许泽几乎崩溃。

江烟也是：“姐，我做错了什么你和我说，我一定改。”

朝夕的脸上露出得逞的笑意，布鲁塞尔的阳光温柔地照拂在她的脸上，她的笑容明媚而又绵柔，那神情落在陆程安的眼底显得妖孽十足。

倏地，二人的视线撞到一起。

他满面温柔，朝夕的心跳就那样漏了一拍。她慌乱地把视线从他身上转移开来，放在桌子下的右手按住左手手腕，感受到脉搏跳动得很迅猛。

她的心底像是经历了一场海啸。

布鲁塞尔是朝夕这次旅行的最后一站。

待了两天之后，她便要坐欧洲之星回到伦敦，只是没有想到这趟旅程里平白无故地多了两个人，其中一个还是陆程安。

在布鲁塞尔的这两天他们都是待在一块儿的，吃饭一起，游玩一起，不得不承认，和陆程安的相处非常愉悦。

他话不多，但很擅长把僵的气氛扭转成温和的。他知道许多，陆许泽和江烟总有数不清的问题，朝夕在国外待了十年，自认为对西方文学和文化了解得足够多了，可仍有许多问题回答不上来，但陆程安都回答得上来。

就连江烟看向陆程安的眼里都有光：“陆师兄，你怎么知道得这么多？”

陆程安话里含着笑：“来之前总得做些功课。”

隔了几秒，他的目光似不经意地扫向朝夕：“你姐姐懂得比我要多。”

“我姐姐叫朝夕。”江烟原本就崇拜他，这几天和偶像零距离接触下来之后，也会和他插科打诨几句，“陆师兄，你怎么不叫我姐姐的名字，是因为害羞吗？”

她意有所指地朝朝夕眨了眨眼。

朝夕装作没听到，余光却看到陆程安的动作，他更明目张胆地看自己了，嗓音醇厚：“朝夕。”

他叫她。

朝夕转过头来：“怎么？”

“叫你一声。”

“无聊。”

似乎觉得自己语气太生硬，朝夕又补充道：“她就是个小女生，你和她计较什么？”

陆程安敛了敛眸，眼尾上挑，眼里有温柔的光：“没和她计较。”

“哦！”

“朝夕。”他又叫了一声。

朝夕看向他。

光影穿梭在二人的视线中。

沉默了几秒，朝夕无奈地叹气：“陆程安。”

陆程安终于满意了，又似乎找到了乐子，隔一会儿就叫她一声，即便聊着和她无关的话题，也会叫她的名字。

“大后天的机票回国，从伦敦飞回国。”他突然叫她，“朝夕。”

朝夕不厌其烦地应着：“我月底的机票回国。”

陆程安：“我没问你回国的事情。”

突然着了他的道，朝夕恶狠狠地剜了他一眼。

陆程安的眉间松动，眼里流露出温柔：“你在国外待了十年，真打算回国了？”

“嗯，总得回去报效祖国的。”朝夕说。

陆程安：“去第一医院？”

朝夕：“你怎么知道？”

“梁亦封在那里上班，他收到了你的简历。”这还是这几天以来他第一次和她聊私事，之前他们都只聊旅游方面的内容，他分寸把握得很好，好到让她对他的戒备一降再降。

朝夕笑着说：“钟念的丈夫。”

陆程安装作不知道的样子：“你认识钟念？”

“她是我在 UCL 交的朋友。”

她笑意浅浅：“原本说好一起回国的，她倒是比我早回国一年。”

陆程安：“她和梁亦封的婚礼定在 9 月。”

“嗯，她邀请我当伴娘。”

“很巧，她邀请我当伴郎。”

朝夕转过头来，眼里闪现出一丝调皮：“不巧，我拒绝了。”

陆程安难得被人这样戏耍，他看着朝夕，她的脸上露出得逞的笑。

她原本就生得好看，笑起来的时候眼眸明亮，浅茶色的瞳孔里闪着细碎的光，双唇明艳，笑容明媚又恣肆。

他一动不动地盯着她，朝夕脸上的笑一点一点地收紧。

良久的对视之后，朝夕听到陆程安说：“朝夕，我好像对你一见钟情了。”

男人的声音醇厚雅致，语气认真坚定，嗓音里带着几分笑意，为他的话添了几抹缱绻温柔的意味。

陆程安的嗓音不轻不重，恰好让身前的江烟和陆许泽也听得一清二楚。

江烟开心得像是被表白的那个人是自己一样，激动地拉住陆许泽的手，低声尖叫。还没等她发出声音，江烟的嘴巴上一紧，陆许泽捂着她的嘴把她往边上带。

躲到陆程安和朝夕都看不到的地方之后，陆许泽才松开手。

江烟一把拍向他的手：“你捂我的嘴干吗？”

陆许泽一脸严肃地看着她：“你听到我哥说什么了吗？”

“听到了！”江烟激动不已，“他在和我姐表白！”

“陆师兄……在和我的……朝夕姐……表白！”

陆许泽揉了揉眉心："先别这么激动。"

江烟意识到了不对劲："你都不开心吗？你不是口口声声说我姐漂亮又优秀吗？怎么，她配不上陆师兄吗？"江烟在这种事情上还是站在朝夕这边的。"说句实话，我觉得我姐比陆师兄优秀多了，她这人全身上下就没缺点，唯一的缺点就是太善良。陆师兄能找到我姐这样的女朋友，可不是三生有幸吗？"

"是，是三生有幸。"这还是第一次陆许泽没有反驳她。

江烟觉得奇怪："你到底要说什么？"

陆许泽欲言又止地看着她，犹豫许久，江烟急了："你快说呀，你要说什么，难不成陆师兄有女朋友了？可我听到的传言是陆师兄单身很多年了啊！"

陆许泽摇头："他没有女朋友。"

"那……"江烟试探道，"他有男朋友？"

陆许泽："他性取向很正常。"

"那你一副不赞成的样子是干什么？人家男才女貌，要你这个丑八怪说三道四？"她不甚在意地道，"该不会陆师兄其实有未婚妻？"

陆许泽面无表情地点头。

江烟："？"

陆许泽说："我哥真有未婚妻。"

江烟艰难地咽了咽口水："这也太巧了吧！"

陆许泽："什么？"

江烟："其实，我姐也有未婚夫。"

"该不会……"陆许泽猜测。

江烟断然摇头："不会，我姐的未婚夫油头大脸，满脸麻子，个子大概一米六的样子，家里养猪的，据说有八千平方米的养猪场，绝对的富豪。"

陆许泽怀疑人生："朝夕姐为什么会有这样的未婚夫？"

"所以我总是在给我姐物色男人，我还不信了，比他优秀的男人还不好找，"江烟用广撒网的语气评价道，"我看陆师兄就很不错。"

陆许泽黑脸。

江烟问道："不过陆师兄的未婚妻是什么样的人啊？"

陆许泽说："据说长得很漂亮，性格、脾气也好。"

江烟好奇："为什么是据说？你没见过吗？"

"没有。"

"你竟然没见过！"

"嗯……"陆许泽垂眸敛睫，情绪没来由地低落下来，"我记事以来就没见过她，她在我家是禁忌，家人不让提，我也是从别人那里才知道这件事的。"

江烟迷惑不已。

陆许泽说："后来我问过我哥，我哥和我说，她逃婚了。"

江烟惊了："这世界上竟然有人拒绝得了陆师兄！"

"还真有。"陆许泽伸手捧着江烟的脸，扳向陆程安和朝夕站着的地方，"你看，除了我哥的未婚妻，现在还多了个朝夕姐。"

陆程安的对面原本站着朝夕，此刻却空无一人。

他低垂着头，嘴角挂着无奈又失意的笑，还是被拒绝了。

朝夕没想到陆程安的表白会这么长驱直入，她知道他对自己有好感，但没想到他这么快就表白。

她不是未曾见过爱情的纯情小女孩，她今年二十八岁了，见过无数风花雪月，也知道成年男女之间流行的速食爱情，从见面到上床甚至可以不用超过一个小时，分手也不过是穿上裤子的那一秒。当然也有修成正果的。

只是对方是陆程安。

陆程安是谁呢？

朝夕躺在床上，回忆起自己曾经听到的有关陆程安的部分。

她出国时还不到二十岁，她不爱热闹，鲜少出现在圈子的大小聚会里，但也总是会听到无数陆程安的传闻。

不少女生谈论他，有好的部分，说他是高高在上的天之骄子，但性格随和，一双桃花眼微挑，眼里带着明目张胆的蛊惑的笑意；有不好的部分，他身边女伴不断，陪在他身边最久的那个甚至还不到一个月。

但谈论声里总有几抹欣羡和不甘。

喜新厌旧是男人的本能，大家都想取代曾经的“旧”，成为那个“新”。

陆程安是典型的富二代，夜夜笙歌，游转在各种局里。

季朝夕是典型的大家闺秀，深居简出，与外界隔绝。

这些传闻换作任何一个人，朝夕都可以漠然置之，可偏偏这个人是陆程安。

朝夕那时对渣男的所有定义全都能套到陆程安的身上，他是一个十足的、完全的、百分之百的渣男。

更别说后来发生的事了。

想到这里，朝夕叹了一口气，拿出手机给唯一的好友钟念打电话。

电话接通，那边是钟念平静淡漠的嗓音，用公事公办的口吻说话：“你好，我是钟念。”

“你好，我是朝夕。”

停顿两秒。

钟念的话里含笑：“在伦敦吗？”

“没，在布鲁塞尔。”

“旅行还没结束？”

朝夕：“明天去伦敦，等一切手续办好我就回国，我订了月底的机票。”她心不在焉地说着这些琐碎事情，隔了一会儿，她突然叫钟念的名字。

钟念：“嗯，我在。”

朝夕：“我遇到了一个人。”

钟念:“谁? ”

夜晚的天上星光闪烁，朝夕却盯着头顶的那一轮圆月，语气似呢喃般:“陆程安，我遇到陆程安了。”

钟念语气平平:“偶遇还是刻意? ”

“说不清楚。”朝夕十分迷茫，“欧洲这么大，要说是刻意，那实在荒唐，但说是偶遇……你说人和人之间哪有那么多巧合呢? ”

钟念一针见血地问:“你们发生什么了? 他对你表白了，还是你喜欢上他了? ”

朝夕沉默了。

他对她表白了，那么她呢，她喜欢上他了吗?

第二章

心有所属

隔天，回伦敦的高铁上。

江烟拽着陆许泽坐到他们订好的位子上，她推搡着陆程安坐到朝夕身边。

小姑娘的心思浅显、简单，朝夕一眼就看透了她的想法，却没阻止。

但等高铁运行，她便在鼻梁处架起墨镜，双手环在胸前，侧身靠向另一侧假寐。快到伦敦的时候，朝夕突然开口："还有几分钟到站？"

陆程安看了眼腕表："五分钟。"

朝夕点头，这个时间刚好能将这件事梳理清楚。

她说："我没记错的话，我们第一次见面应该是在十年前。"

陆程安："在你家。"

"你倒还记着。"朝夕语气平淡，摘下墨镜，半个身子靠着车窗，看着陆程安，这姿势倒有几分撩拨人心的风情，只是她的神情实在平静得很。

她用平铺直叙的语气说："十年前你和我说你对我一见钟情，我或许还会和你在一起，可是十年后你和我说这句话，话里还有两个字——好像。"

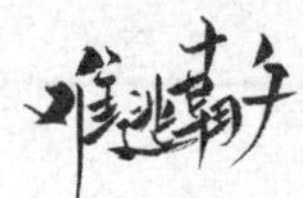

朝夕说到这里似乎觉得好笑，缓缓地勾了勾唇：“到底是真心还是假意呢？”

朝夕基本上算是没脾气的人，哪怕到了这一步，话里、神情里也没有一点儿讥讽的意味，只是用很平静的语调、很平静的神色来对待这件事。

陆程安：“如果我要说是真心呢？”

朝夕：“迟到十年的表白？”

男人挑眉，嘴角挂着不置可否的笑意。

朝夕也笑：“还是说，让我忘了十年前的几次见面，把服务区的那次见面当作第一次见面？”

陆程安说：“都可以。”

朝夕伸手撑着下巴。

车窗外半壁夕阳一寸又一寸地掠过，她整个人浸在黄昏中，笑容绵柔，双眸明亮地看着他，仿佛要透过他的眼，看进他的心里去。

可她说的话仿佛利刃般往他的心口上插：“我可以忘了十年前的几次见面，也可以把服务区的那次见面当作第一次见面，可是陆程安，有一件事我不可能忘记，十年前要解除婚约的人可不是我。”

世界上哪有那么多巧合的事？

“巧合”这词，是为了有缘分的人而存在的。陆程安和朝夕之间最不缺的就是巧合，可偏偏那份巧合里枝节横生。

朝夕就是陆程安的未婚妻，陆程安就是她的未婚夫。

陆程安坐在那里，目光沉稳，定定地看着她。

朝夕一直在等他说话，可直到高铁停下，他都没再开口。

过道有人排队下车。

朝夕未动：“陆程安。”

陆程安应道：“嗯！”

“我拒绝你，你觉得我做错了吗？”

他敛了敛眸，轻笑，笑里有几分苦涩：“没有。”

朝夕随即起身，绕过他下了车。

下车之后，江烟左右张望着寻找陆程安，却被朝夕拦住：“我们和他们不是一条路的，走吧！”

陆程安和陆许泽就站在离她们不到十米的地方。

行人稀少。

陆许泽问：“哥，我们和朝夕姐不一起走吗？”

陆程安朝江烟摆了摆手，示意她们离开。他看着朝夕离开的背影，缓缓开口：“不了。”

“为什么？”

为什么呢？他也说不出理由。就像十年前解除婚约的事情一样，分明他也是被蒙在鼓里的那一个，分明他最想得到的就是她，可那时的他无能为力。

陆程安神色如常地拍拍陆许泽的肩，淡淡地道：“行了，我们走吧！”

陆许泽还想再问，但看到陆程安下颌线紧绷，他旋即闭上了嘴。

朝夕回到公寓的时候，发现玄关处多了双鞋。

身边，江烟抻着脖子开口：“江渔！我们家江渔！”

有人从卧室出来。

来人身材高挑、纤瘦，单眼皮，眼细长，浑身散发着冷冰冰的气息。她叫江渔。和江烟一样，一直接受朝夕的资助，现在是国际知名模特。

江渔刚结束了一场走秀，有一个月左右的休息期，因此跑到朝夕这边住。

朝夕：“这次走秀顺利吗？”

“挺顺利的。你呢，旅游顺利吗？”

“也挺顺利的。”

朝夕把行李搬回卧室。

客厅里，江烟扬声说：“你知道我们这次旅行遇到谁了吗？我们遇到了陆师兄！就是我经常和你们提到的，我们学院的活招牌——陆程安师兄！”

江渔对此不感兴趣：“哦。”

她的反应并没打击到江烟，江烟兴致勃勃地说着在这段旅行中遇到的趣事，只不过话里话外都夸赞着陆程安，左一句“陆师兄”，右一句“陆师兄”。

江渔语气平淡，问她：“你喜欢他啊？”

江烟：“谁？”

“活招牌，怡红院的花魁陆。”

江烟：“怎么从你嘴里说出来这么色情的感觉？”

江渔：“那你喜欢他吗？”

“喜欢啊！”江烟夸张地叹了一口气，故意提高音量，朝着朝夕的房间说，“可惜陆师兄心有所属。”

江渔不以为意：“喜欢咱姐的人多了去了。”

江烟：“可是像陆师兄那样的不可多得。”

朝夕走了出来，她靠在门边。

她穿了条黑色的V领连衣裙，双手环在胸前，棕色长鬈发随意又凌乱地散开，饱满的胸半遮半掩。裙子是掐腰设计，显得她身段窈窕、玲珑有致。她站着，其他二人坐着，她微微垂头看向二人，笑得散漫又多情：“所以呢，我就得和他在一起？”

江烟：“那倒也不是。”

她突然想起什么似的：“姐，你知道吗，陆师兄和你一样，他也有未婚妻哎！”

江渔觉得哪里奇怪：“也？我姐可没有未婚妻，她是有未婚夫。”

“哎哟，一个道理嘛！”

朝夕神色如常，倒了杯水：“人家都有未婚妻了，你还撮合我俩，你觉得好吗？”

“你难道不想知道他的未婚妻是什么样子的？”

朝夕：“不想。”

她也曾是陆程安的未婚妻。

新人有多好，她这个旧人又何必听闻。

江烟置若罔闻，自顾自地说："陆许泽说了，陆师兄的未婚妻特别漂亮，家世又好，是他们圈子里出了名的美人，陆师兄特别喜欢她，说这辈子非她不娶。"前面几句是真的，后面一句是她自由发挥的。

她信口胡说，朝夕的眼波却一丝丝地荡漾开来。她按捺住不安的心神，语气平淡："情人眼里出西施罢了。"

"我觉得不是，我看陆师兄就挺喜欢你的。"江烟说，"要不你和他在一起得了。"

江渔冷淡地评价："渣男。"

朝夕点头："嗯，我可不能做渣女。"

7 月底。

南城检察院。

陆程安回国之后便忙于工作。他在公诉部，常往法院跑，今天刚结束一桩案子，胜诉。甫一回到检察院，就接到了木检察长的电话，说是让他过去一趟。

陆程安敲了敲门，里面传出声音："进来。"

他推门进去，反手带上门。

办公桌后空荡荡的，陆程安伸手调整了一下桌子上放反的职务牌，光影掠过，检察长后面印着一个名字——陆开棠。是他的四叔。

陆开棠拿着水壶给盆栽浇水，听到动静，转过身来。

他虽年近五十岁，但看着也不过四十岁左右的模样，发根渐渐泛白，双目清明有神，身上散发着儒雅、正义的气息。

陆开棠面带微笑："案子结束了？"

陆程安："嗯！"

"又胜诉了吧？"

"嗯！"

陆开棠笑了："前几天遇到正安律师事务所的合伙人，他提到你的时候又爱又恨，说是每次遇到你都会败诉，人家都想把你挖过去了。"

陆程安勾了勾唇："运气好罢了。"

陆开棠看着眼前的年轻男子，他早已褪去青涩，时光在他身上雕刻出成熟与稳重，一举一动之间带着成熟男人特有的从容。

因是出庭，他今天穿了制服，剪裁合身的黑色西装，红色领结与胸口处的检察院徽章互相辉映，硬朗又帅气。

陆开棠满意地道："当初让你走这条路算是对了。"

陆程安早年想学的是商科，他脑子好，路子广，从商对他而言是极为不错的选择，可陆家三代从政，自然也希望陆程安从政。

当初为了让陆程安从政，陆家用了不少手段，他油盐不进。

唯一成功的一次，是他父亲陆启棠把他关在房子里一周，送进来的吃食他一概未碰，房间里有股酸臭味。窗帘紧闭，一片漆黑。陆程安毫无形象地躺在地上，失意又颓靡，可他浑然无觉。

时隔许久，他终于妥协，和家人说："我愿意去当检察官，参加司法考试，走你们安排的那条路，但我有一个要求。"

"什么要求？"

"我和朝夕的婚约永远作数，日后我要娶她，你们不能有任何意见。"

彼时朝夕已经离开季家，他对她的称呼也改成了"朝夕"。

陆启棠犹豫许久，最后也妥协了。

也是在那之后，陆程安性情大变，越发沉默，越发沉稳，他通过了公务员考试、司法考试，成为一名检察官。从书记员到检察官助理，再到员额检察官，这一路，万分顺利。

想到这里，陆程安的眼里闪过一丝嘲弄："或许吧！"

哪有什么合不合适，只是为了她，他什么都愿意做罢了。

陆开棠没发现一丝异常，和他聊了些事之后，自然而然地唠起了家常：“前几天开会的时候遇到你爸了，我这不是担心你还没找对象嘛，琢磨着给你介绍个姑娘，结果他倒是不乐意了，你说说，你都三十岁了，我给你介绍对象还不行吗？”

陆程安勾了勾唇：“我心里有数。”

“你爸也是这么句话，”陆开棠叹了口气，“你或许觉得我管得多了，但程安，你看看家里的几个小辈，除了许泽，比你小的几个都定下来了？我能不着急吗”

陆程安都应下。但陆开棠知道，他根本就没往心里去。一大堆话在嗓子眼里滚了滚，到底还是没说出口。

陆开棠挥了挥手：“行了，该说的我这些年也没少说，你要真听进去了，也不至于现在还单着。你都三十岁了，也是时候娶媳妇儿了，遇到中意的姑娘就争取。”

他似乎说累了，挥挥手让陆程安出去。

等陆程安离开之后，“都十年了……”他怅然地叹了口气，“那丫头走了都十年了，你何必这么执着呢？”

出了办公室，陆程安看了眼时间，临近下班的时间点，他也懒得回办公室，直接开车去了餐厅。

临江的顶楼露台餐厅里。

陆程安到的时候天已经黑了，夜幕昏沉，炎热熨烫着晚风，露台上每一桌上都摆着一盏泛着幽白色灯光的小灯，隔着一条江的不远处霓虹灯连成一片。

他很快就找到梁亦封。

等他落座之后，才开始上菜。

酒过三巡，梁亦封接了个电话。通话结束后，他语气很淡地对陆程安说：“你帮我做件事。”

陆程安最近案子多，所以他还没听是何事就果断拒绝。

梁亦封也不恼："行，那我让别人给朝夕找房子。"

"等等——"陆程安挑眉，"朝夕？"

二人面前都摆了一杯红酒，不远处的霓虹灯光映照着深红色的液体，梁亦封举起酒杯，光影在杯中交融。

陆程安拦住他的手腕："刚刚的电话谁打给你的？"

"朝夕。"梁亦封面无表情地道。

陆程安轻轻地笑了一下，了然："钟念吧！"

梁亦封："嗯！"

"朝夕让钟念帮她找房？"

"嗯！"

"她上次和我说月底就回来了。"陆程安低头喃喃，隔了几秒，说，"明天房子钥匙就会送到钟念的手上。"

梁亦封低头抿了口酒，酒精入喉，他的眼眸里闪着凛光："送到她手上做什么？"

陆程安："你这意思是？"

"送到本人的手上不好吗？"梁亦封放下酒杯，捞起桌边的手机，随意地按了按，不消几秒，陆程安的手机响了。他点开一看，是朝夕回国的航班信息。

夜风阵阵，裹挟着江水，陆程安笑得春风满面："谢了！"

梁亦封扶了扶镜框，神情淡漠极了。

但那天出了点意外。

江渔上了热搜。

她虽然这些年跻身国际名模，但模特总归算是娱乐圈的边缘产物，掀不起什么波澜，可偏偏她是因为绯闻上的热搜，绯闻对象叫林秉扬。

林秉扬搁在去年还是十八线明星。今年初夏，一部青春偶像爱情剧成功把他带火，也不过几日他就成为国民男友，身价水涨船高，现在正是上升期。

朝夕却是不认得他的，医学生少有空暇的私人时间，看偶像剧倒不如看个开颅手术的资料。

她问江渔：“什么时候交的男朋友？”

江渔：“就一普通朋友。”

江烟摇头：“他是你的追求者。”

朝夕：“真的？”

江渔无力反驳，恹恹地点了点头，皱着眉和经纪人商量事情的解决方式。

朝夕无所事事地翻着手机里的照片，江烟凑过头来，视线里都是血腥的手术画面，她干呕了一声，扭过头，问：“姐，你都不着急吗？”

朝夕：“着急什么？”

“绯闻呀。”江烟觉得她在国外待了太久，和国内的生活已然脱轨，于是给她科普，“能闹上热搜第一，事情真的挺震撼了，估计小鱼儿住的公寓楼下已经有大堆的狗仔蹲着了，说不定咱们待会儿一下飞机，就有很多记者还有粉丝堵咱们。”

朝夕点头：“我知道。”

她也并非全然与网络脱轨的人，也全然猜得到接下去等待她们的会是什么。

她打开微博，点进热搜，热搜上关于江渔和林秉扬的恋情不过是几张停车场的照片，二人都戴着帽子，并肩站着，身子大概隔了一臂距离，就是很普通的照片。

暧昧的点在于林秉扬之前接受了个采访，采访里问及他的择偶标准。

他回答：“个子高，及肩发，单眼皮的，最好是圈内人。”江渔完全符合。

而网友爆发的另一个点则是江渔手上拿着烟。

她才不到二十岁，抽烟的姿态熟稔，脸色苍白，细长眉眼下的黑眼圈疲惫尽显。

底下的热评都是在喷江渔的，说她年纪轻轻却抽烟，说她配不上林秉扬。

再一看江渔的微博，最新发的那一条已经有上万条的评论，都是些不堪入目的话。

朝夕担忧地看向江渔。

大概半小时之后，江渔才收起手机。

江烟躺在位子上睡觉，头等舱内安静得只能听到飞机飞行的声音，朝夕低声问她："陈淼那边怎么说？"

陈淼是她的经纪人。

江渔皱着眉："她说在联系公关，国内的情况可能不太好，待会儿下了飞机我们分开走，淼姐带了保镖和助理过来接我，我今天就不回家了，先住淼姐那儿，你们回家吧！"

朝夕点头，遂又叮嘱她："手机就别看了，一群不了解你的人在那边胡说八道，没必要搭理他们，知道吗？"

江渔疲惫地阖上眼。

朝夕的嗓音很轻，温和又绵柔，缓缓地道："你进娱乐圈的时候我就和你说过，你获得的赞美总有一天会变成诋毁，不要因为部分的赞美而不思进取，也不要因为他人的诋毁而怀疑自己。他们是谁？他们是一群和你的生活全然无关的人。所以不要太往心里去，你只要做到你自己问心无愧就好，知道了吗？"

她一向不爱做这种谆谆教导的角色。江渔看着她，想起她的过往，不禁动容，眼眶湿热，轻轻地点了点头，温顺地应道："好。"

下了飞机之后，江渔戴上口罩和帽子便离她们远远的，她的经纪人和助理已在出口处等着，只是没想到记者早已在机场内扎堆。

朝夕眉头紧蹙，她转头看向出口处，江渔虽然裹得严实，但是她身材高挑，清冷的气质让人一眼就能捕捉到。

周围一堆人涌了过去。

机场内原本就人流密集，记者和粉丝们一股脑儿地冲过去，人挤人，朝夕的左肩被人重重一撞，她身形不稳，眼看着就要朝地上倒去——忽地视线里多了一只手出来，她的腰间一紧，鼻尖嗅到一股清冽的薄荷香，她整个人坠入一个温热的怀抱。

站稳之后，她的视线平定，那人穿着黑色西装，胸口别了个徽章，红底黑字，清晰地印着“中国检察”四个大字。她似察觉到了什么，下意识地就想推开那人。

“怎么一见面就往我怀里靠？”声音低沉，就连调笑都带着成熟男人的从容。

真的是他，朝夕敛了敛眸。

人群密集，越来越多的人往这边涌了过来，陆程安把她拉到一边，顺手把愣怔在侧的江烟也给拉了过来。

朝夕往人群中看去，心里渐渐涌起不适感。

陆程安看出她的不安，沉声问：“怎么了？”

朝夕不知道要怎么和他说。

身边，江烟抓了抓她的袖子，担忧又紧张，说：“怎么办？小鱼儿好像被堵着出不去了。姐，怎么办啊？”

陆程安：“发生什么事了？”

江烟手足无措地解释：“就记者们围着的那个人是我的姐姐。”她一副快要哭了的神情。“她好像出不来了啊，陆师兄，怎么办啊？”

陆程安看向朝夕：“你认识？”

朝夕点头：“江渔。”

他略一思忖，说：“机场的保安过一会儿应该就会来了。”

保安来得确实很快，只是粉丝和记者实在太多，江渔的经纪人开过来的车停的地方又有点距离，一堆人围堵着江渔，质问一句接一句，音浪层叠，中间夹杂着尖锐又犀利的问题。

朝夕这会儿压根无暇顾及陆程安出现在这里的理由，她的全部注意力都放在江渔那边。隔着人群她根本找不到江渔，可她能想象到江渔此时的心情。

被众人咄咄逼问之下无力反驳的、手足无措又愤怒的心情。

突然，人群中爆发出一阵尖叫声，有人喊："她摔倒了！"

朝夕奋不顾身地飞奔过去，她使了蛮力，扒开人群，走到中央。

江渔衣着凌乱，头上的帽子也不知道飞到哪里去了，头发也乱糟糟的，朝夕一把抱住她，贴在她的耳边，冷静极了："别怕，姐姐来了。"

江渔嗓音发颤："姐。"

朝夕："在呢，能站起来吗？"

"可以。"

"好。"

江渔站了起来。

边上，记者们的话筒都快戳到朝夕的脸上了："你是谁？"

"你和江渔是什么关系？"

"你为什么突然冲出来？"

"请问你知道江渔和林秉扬的事情吗？"

"……"

朝夕一个字都没说，她半搂着江渔，把口罩摘了下来给江渔戴上。还没等她抬头，眼前突然一暗，一件衣服兜头而下。

耳边，隔着熙熙攘攘的人声，陆程安的嗓音清晰入耳："抱歉，让让。"

记者们再度沸腾。

"你是谁？"

"你和江渔是什么关系？"

"你是江渔的男朋友吗？"

"那你知道江渔出轨林秉扬的事情吗？"

陆程安沉着脸，半搂着朝夕，推搡着人群往前走。他压低嗓音，几乎是贴在朝夕耳边说话的，热气隔着衣料熨烫着她的耳郭：“别探出头来，你也不想让太多人知道你回来的事情不是吗？”

朝夕一只手抓着江渔，半边身子被他搂在怀里，闻言，在他的胸口蹭了蹭。

陆程安：“跟着我，别怕，我会护你周全的，朝夕。”

眼前黑黢黢的一片，朝夕低头只能看到狭小的通道。

前路未知，可从未有过这么一刻，她的心滚烫。

保姆车开出去很远之后。

陆程安和司机说：“前面路口掉头，我们要回机场一趟。”

朝夕微微皱眉。

保姆车的位子并不多，江渔和她的经纪人坐在前排，后排的位子并不宽敞，陆程安和朝夕紧紧贴着，衣料摩擦，发出暧昧的窸窣声。

朝夕下意识地往一边挪了挪，可另一边就是车门。

陆程安叹了口气，前面的江渔和陈淼在讨论事情，由于太专注，所以没听到陆程安对司机说的话。

陆程安压低了声音，对朝夕说：“你的行李和你另一个妹妹，还在机场等你。”

他的嗓音沉沉的，带着沙沙的质感。

距离太近，他说话间温热的鼻息扑在朝夕的耳边。

她想起刚才被他的衣服裹着的时候，他也是离得这么近吗？近到她有种下一秒就要落入他怀抱的错觉。

好在她很擅长遗忘，也很擅长熟视无睹。“送我们回机场吧！”

江渔：“怎么了？”

朝夕：“江烟还在那儿。”

车子在下一个路口掉头。

到了机场的时候，保姆车快速停下。

二人下车之后，朝夕叮嘱江渔：“万事小心。”

江渔点头，眼里染上愁色：“我住的地方估计很多狗仔蹲在那儿，你和江烟怕是不能回那儿了。”

尤其是经过了刚才那一遭。朝夕就那样义无反顾地冲进人堆里抱着她，镜头没有拍到她，但镜头下藏着无数双吃人的眼睛。

机场外的行车道上有燥热的风。

朝夕笑意温和，像是能把一切躁动不安给抚平了一般，她的声音细软，缓缓地道：“没事的，我让钟念给我找了房子，我待会儿去钟念那儿拿钥匙就好。”

江渔松了一口气，保姆车就此开走。

朝夕和陆程安重新回到出口找江烟。也是这个时候，她终于察觉到不对，问：“你怎么会在这里？”

陆程安：“这个时候问这个问题会不会太晚了？”

没得到答案，她也不在乎，无所谓地笑笑。

陆程安也是一副悠然自在的模样。

跟在身后的江烟看着二人的背影，莫名地嗅到了一丝气场相投的味道来。

出了出口。

朝夕想要从陆程安的手里拿过自己的行李箱。

陆程安不容插手地拖着行李箱往一边走，到一辆黑色的路虎边停下，后备箱缓缓开启，他单手提箱放了进去。

他拎起第二个行李箱的时候，朝夕伸手拦住了他。

她清冷地道：“我以为我当时说得够清楚了。”

陆程安似笑非笑地看着她：“先不提当时，朝夕，刚刚是谁把你和你妹妹送到车上的？你什么时候养成了恩将仇报的坏毛病，嗯？”

刚才确实是他给她解的围。

朝夕的神色未变："一码归一码。"

陆程安这些年听了太多人说他脾气犟，任别人再怎么劝说，到最后他都是一副心不在焉的模样，一看就没有认真听。

可到了朝夕这儿，他才知道什么叫作真正的油盐不进。

陆程安不知道想到了什么，突然伸手，指尖微凉，触碰了一下她的耳郭。猝不及防的接触让朝夕脖子一缩，她侧过头，长发滑过他的手，触感温软。

他恋恋不舍地收回手，似自言自语般，道："这不是挺软的嘛！"

他在嘲讽她耳根子硬，朝夕听出来了。

陆程安又说："钟念让我来接你的。"这下她是真的再无推辞的理由了。

上车之后。

朝夕问他："去钟念那儿吗？"

陆程安说："送你回家。"

"回家？"她果不其然地皱起了眉。

他言简意赅地解释："钟念给你找的房子。"

江烟突然开口："姐，你为什么要自己找房子，你不和我们住一块儿吗？"

朝夕摇了摇头，半侧过身子，看向坐在后座的江烟："我在医院上班，时间不稳定，有时候中午才回来休息，和你们住一起太影响你们了。"

实际上她才是最怕影响的那一个。睡眠质量常年欠佳，稍有点儿风吹草动就会惊醒，入睡艰难；洁癖严重，地上有一根头发丝都无法忍受；饮食清淡，不喜油烟。

而江烟和江渔是新一代都市青年，喜好熬夜，到家便乱扔衣服，钟爱炸鸡、香锅之类的油腻外卖。朝夕和她们的生活习惯截然不同。

江烟也是了解她的，怏怏地点点头，表示自己知道了，随即又问：“那你住在哪个小区啊？”

朝夕看向陆程安。

陆程安说：“锦绣家园。”

江烟一脸茫然：“这个小区在哪儿啊，我怎么没听说过？”她拿出手机导航搜了一下，发现小区距离市中心有十二公里，江烟有几分不满，嘟囔：“钟念姐怎么给你找了个这么偏僻的小区啊，这位置也太偏了吧！”

朝夕接过手机扫了一眼。小区位置偏僻，但胜在附近大小商场都有，最近的商场步行五分钟就能到。邻近护城河，夜景似乎很美。而且离她上班的地点也很近，开车只需要十五分钟就能到。钟念仍旧很懂她。

朝夕勾了勾唇，满意极了：“这个小区挺好的。”

闻言，陆程安的嘴角扬起笑意。

他的车毫无阻碍地开进小区，在地下停车场找到车位，停下。

朝夕总觉得哪里古怪，但又说不上来古怪在哪里。一直到他把她安置妥当，再转身出门，左手边是楼道，右手边是电梯，他却径直往对门走去，轻车熟路地按下指纹锁，“叮”的一声，对门房门打开了。

朝夕站在玄关处，朗声叫住他：“陆程安。”

彼时已是晚上，通道被黑夜吞噬，她一叫他，声控灯骤然亮起，光亮由顶端向下、向四周散发出光亮，在二人中央的走道上照出一块圆形，像是舞台聚光灯似的，而他们是即将表演的舞者，站在幕布后隔空相望。

陆程安一下庭就往机场赶，身上还穿着制服，只不过被他拿在手里，所以只穿着一件白衬衣，衬衣扣子一颗不漏地扣着。喉结在半明半暗中滚动。视线往下，是紧扣着的皮带，西装裤子没有一丝褶皱，包裹住颀长的双腿。整个人透露着一股强烈的诱惑气息，强烈的制服诱惑。

陆程安靠在门边，慢声应她:“嗯？”

朝夕:“你住这里？”

陆程安:“嗯！”

“你为什么会住这里？”

“我要怎么回答你？”他做思索状。

朝夕换了个方式:“为什么我会住在你的隔壁？”

陆程安没有隐瞒:“是钟念让我给你找的房子。”

“所以不是凑巧。”

“是，我故意的。”陆程安说，“你可以换地方。但是南城就这么点儿大，你换到哪儿，我隔天就能搬到你的隔壁去。”

他太清楚她的想法了，她不愿和他待在一起。在法国他毫无办法，但是在南城，他有的是办法找到她。不管她逃到哪里去，他都能找到她。

朝夕搞不懂他:“你这样做到底是为什么？”

“你说呢？”他反问。

朝夕:“我们该说的早就说清了。”

陆程安轻嗤，走到她面前停下，继而伸手掐住她的腰，把她按在墙上，一只手捏住她的下巴，迫使她仰头和他对视。

他语气狠戾:“谁和你说清了？”

朝夕:“在高铁上。”

陆程安:“我没有给过你答复。”

朝夕平静地看着他:“没有答复就是最好的答复。”

他掐着她下巴的手使力，终于，她忍不住嘤咛出声。屋里有了动静，江烟似乎察觉到了不对，脚步声逐渐清晰。

下一秒，陆程安伸手把门关上。

屋内，江烟犹疑，小心翼翼地问道：“陆师兄，朝夕姐？”

陆程安说：“我和她谈点事情，你回房待着。”

他说这话时脸色阴沉，竭力压抑着眼里的盛怒。

朝夕伸手想把他的手拿开，但男女之间的体力差距实在过大，她忍不住提高了声音：“陆程安，我疼……你松手。”

“朝夕，”他的话像是一个字一个字地从嘴里挤出来似的，“那我现在就给你答复。”

“我的事，从来都由我做主。”陆程安几乎是贴在她的嘴边说的，唇齿间的气息灼热，仿佛下一秒就要吻上她的唇，“包括那桩婚事，我没说取消，它就一直存在。”

她许久未回，他也不再开口。

声控灯逐渐归于暗夜，廊道昏暗，只有一丝月亮的清辉洒进来。

月色洒在他的身后，他整张脸置于昏暗之中，眼底深沉，隐隐约约地透着危险的光。

朝夕对他的前尘往事听得太多，总觉得现在的他和脑海里已有既定印象的那个陆程安判若两人，他太成熟太冷静了。

她年少时对他的年少轻狂嗤之以鼻，再加上突然出现的一桩婚事，更是让自己对他有莫名的敌意。

她觉得那样的陆程安配不上她。

可他那样混迹情场的放荡子竟然先取消了和她的婚约，朝夕更是怒火中烧，对他的反感、厌恶经年累月地叠加。

她总觉得这十年已经把灵魂和所有的细胞都涤荡了一遍，对他再无波澜，甚至于第一次见面的时候，她也把他当作陌生人对待。

可是这十年在陆程安身上留下了浓墨重彩的一笔。他变了，和从前截然不同，浑身上下散发着成熟男人的气息，对她有着强烈且致命的吸引力。

朝夕当晚做了个梦，梦回十年前。

朝夕是在十年前得知婚约这回事的，第一反应是荒唐。

可是奶奶孱弱地躺在床上，她的精神状态一向不太好，前段时间在鬼门关走了一遭，现在清醒的时候远少于昏沉沉的时候了。

“我和他奶奶以前特别要好，原本约定了以后成亲家的，可是下面都是儿子。”那是她难得清醒的时候了，说话的语速缓慢，说一句就得停顿半分钟，可她的语气是开心的、欣喜的，“这桩婚事原本是要作废的，可雅君喜欢你，在你生下来之后就说要和咱家当亲家，那时候我也是点头同意的。”

“奶奶就你这么一个孙女，自然是希望你能幸福。”她摸着朝夕的手，她是真的老了，皮肤皱巴巴的，新陈代谢逐渐缓慢，她的一举一动都像是按了慢速键一般，“奶奶问过你哥哥，陆程安是个不错的人，他和你哥哥很要好，你哥哥的眼光总归是不错的。”

她说着说着，渐渐没了条理，最后又昏沉沉地睡去了。

朝夕在她房间里待了很久。

这个圈子里有太多的婚约，有的作数，有的不作数。她也不知道自己会有婚约，奶奶这些年也没同她当面提过，只是临了突然提起这件事来，想来和前几日陆家奶奶过来也有关系。

老人似乎到了年纪，总会想起一些憾事，最遗憾的怕就是这件事了。

老太太当真了。

朝夕叹了一口气，帮她掖了掖被子。算了，当真就当真吧！

她出门之后，就撞到一个小孩，是表叔的孩子朵朵。

小孩子漂亮得很，最喜欢朝夕，见到朝夕就拉着她往外走：“姐姐，出去玩。”

朝夕捏捏她的脸：“好。”

她拉着朵朵在前院玩耍，小姑娘硬要玩捉迷藏。

朝夕蹲下身，蒙着眼，轻声倒数。

小姑娘捉迷藏玩得也不得章法，朝夕问她："藏好了吗？"

小丫头悄声应她："藏好啦！"

朝夕站起来之后不到一分钟就找到了小丫头。

小丫头委屈地嘟着嘴："你作弊，你偷看我。"说着，眼泪就掉下来了。

朝夕连忙从口袋里拿出饼干来哄喂朵朵，声音甜柔，如春风过境般："朵朵吃饼干好不好呀，不要哭啦！"

小丫头的拙劣演技在看到饼干的时候消失了，朝夕连忙收回饼干。逗小丫头着实有趣，她忍不住侧头浅笑。

看到陆程安就是在这一瞬。

暮春时节，前院的樱花都已全数开放，嫩粉色的花朵被风一吹就在空中飞舞，男人站在不远处的石路上，身上的白衬衣被风吹起，他当时还是二十岁的少年。

五官像是精心雕刻的艺术品，长着一双蛊惑人心的桃花眼，眼尾轻挑，染上无边春色，身形笔挺，双腿颀长。

似乎注意到了她在看他，他的嘴角缓缓地勾起一抹笑意。

朝夕就是这个时候醒来的。

陆程安当时是二十岁的少年，笑容狂妄张扬；而今他身上带着成熟男人的气息，连笑都有几分收敛克制，可昨晚抵着她说话的时候，眼里满是占有欲。

这个男人太危险，朝夕想。他对女人有着致命的吸引力，却又无法成为谁的裙下之臣。他太危险，爱上他，更危险。

朝夕在家里待了几天。

江渔的事情得到解决，林秉扬和江渔的公关一同发声，说明二人只是朋友关系。毕竟林秉扬正处于事业上升期，哪怕再喜欢江渔，哪怕真和江渔有那么一段恋情，公司那边都不会承认。而江渔经过这一遭彻底把他拉黑了。

江烟说她太冷血："人家毕竟也是认真喜欢你的。"

江渔在厨房的中岛台上喝着牛奶麦片，面无表情地道："经过这一遭，他就不会再喜欢我了。"

江烟："这你又知道了？"

江渔："那晚我和他还有我们的经纪人在一起。他的经纪人和他说，他一旦承认了恋情，接下去的代言和通告就会少至少一半，新约的几部电视剧可能也会解约。他沉默了。"

她说话时神情冷淡："你看，爱情在钱面前完全不值一提。"

江烟怯怯地反驳："但我还是相信爱情是凌驾在金钱之上的。"

朝夕在听到这句话的时候终于忍不住转过身来，笑着说："所以你还是小姑娘嘛！"只有小姑娘才会相信真心，才会毫无顾忌并且义无反顾地陷入爱情中。

江烟撇了撇嘴："难道成年人眼里就没有爱情吗？"

"成年人的爱情会掺杂许多元素：金钱、样貌、身高、家世等，这些都是糅合在爱情里的。"朝夕说道。

小姑娘的爱情是纯粹且简单的，是凭借一腔孤勇而诞生的爱意。

成年人的爱情是物质且复杂的，是经过再三权衡。

江烟不服气了："那你说的这些，金钱、样貌、身高、家世，陆师兄都符合，那你为什么不喜欢陆师兄？"

哑口无言的反倒是朝夕了。

江烟和江渔一同看过来，二人的眼神纯粹且简单，没有任何的恶意，只是想知道，她为什么不喜欢陆程安。

朝夕找了个理由，囫囵搪塞："因为他有未婚妻。"

这个理由倒是很能说服她们。

江烟又说："可是有未婚妻怎么了？我听说他们那个圈子里毁约的不在少数。"

朝夕不知道她是从哪儿听说的，只觉得好笑，她想起了什么，说："你忘了吗？你曾经说过，他很喜欢他的未婚妻，此生非她不娶。"

江烟登时蔫了。隔了一会儿，她嗫嚅道："可陆师兄分明是喜欢你的啊！"

就连江渔也点头："他跑到镜头前那样保护你，如果不是因为喜欢，他绝对不会那样做的。"

江渔说完，欲言又止地看向朝夕。

朝夕："有什么想说的就说吧！"

江渔："那天你们下车之后，淼姐问我知不知道陆程安是谁。"

江渔是不认识陆程安的，于是只简单地讲是她姐姐的朋友。

她到现在都记得陈淼的神情，复杂到难以言说的地步："他那样身份的人哪里是我们这种普通人能够接触到的，你姐姐似乎也不是什么简单人吧？"话里不自觉地带了几分小心试探。

她当时并不懂"那样身份"到底是何种身份。可是后来她上网一搜，在机场拍摄的、流传出来的所有照片和新闻没有一则与陆程安有关。

江渔看向朝夕："他不是个普通人。"

朝夕自然知道陆家是什么样的家庭，不甚在意地笑了笑："你的经纪人知道得倒挺多。"

"他是你在那里认识的人吗？"江渔小心翼翼地看着她，问。那里，指的是季家。

朝夕如常微笑："嗯！"

江渔和江烟对视了一眼，二人顿时转移话题，再也不提陆程安了。

用过午饭，朝夕下楼想买点消毒液。

门刚关上，对面的门就开了。

她一个眼神都没分给对方，不用看也知道是谁。她走到电梯前，等电梯上来。

陆程安也走了过来。

进了电梯之后，按下楼层。

电梯下行，朝夕问他："去上班？"

这个时间点，问这个问题显然不合时宜。

陆程安讶异经过那晚那一遭，她竟然还会主动和他寒暄，他阴沉了几天的脸色终于阴转多云："今天休息。"

朝夕点头："去约会？"

陆程安说："下楼吃点东西。"

"那就是没什么事了？"

"嗯！"

电梯"叮"的一声响起，到达一楼。

朝夕边往外走边说："那聊聊吧！"

那晚的事，她到底是捉摸不透的，想要个确切的答案。

出了楼下大厅，室外阳光刺眼。

朝夕和陆程安沿着小区的马路走了一会儿，空气燥热，二人谁也没有主动开口，只有蝉鸣声在耳边响起。

过了一个路口，朝夕似乎终于想好措辞，张嘴，刚想说话，却看到前面过道上行人攒簇，莫名嘈杂，人们都仰着头，对上面比画着什么。

有大妈跑过去。

不明真相的人问："阿姨，发生了什么事啊？"

"有人跳楼。"

朝夕和陆程安对视了一眼，他们都不是爱凑热闹的人。

陆程安："换个地方？"

朝夕说："嗯！"

二人转身往回走，却听到周边人的声音，似在谈论要跳楼的那人。

"那不是 18 号楼的刘敏吗？"

"是啊，据说脑子里查出了瘤子。"

"查出瘤子就去医院呗，跳楼干什么？多晦气。"

"别说这种话，她老公你们认识吧，陈哥，挺好的一人，前阵子被查出来挪用公款，几个亿呢，我儿子说估计会判无期徒刑。"

"陈哥看上去不像是会做这种事的啊！"

"他说是被冤枉的……唉，这种事，谁清楚呢？"

朝夕的步子一顿，陆程安也停了下来。

朝夕看向他，陆程安嘴角一勾："过去吗？"

朝夕抿了抿唇，深吸了一口气："抱歉，我们的事之后再说。"

说完，她拔腿就跑。

陆程安看着她的背影无声地笑了一下，随后跟在她的身后跑去。

人多拥挤，陆程安找到紧急通道，拉着朝夕："跟我来。"

五楼。

两个人跑上去，快到楼顶时被保安拦住。

朝夕说："我是医生。"

陆程安从口袋里掏出证件："市检察院检察官。"

保安让开。

天台上，有风从耳边吹过，裹挟着烈日下的燥意。

女人的眼泪随风飘落，她摇摇晃晃地站在上面，撕心裂肺又面目狰狞地数落着这世界的不公："——我还要怎么活下去，你们还要我怎么活下去？"

保安们一个个束手无策。

正在这时，一个女声突兀响起，喘着气，但吐字清晰，异常冷静："我帮你。"

女人愣住，看了过来。

风吹起朝夕的头发，四散凌乱，唯独那双眼睛异常明亮："我是医生，我能救你。”

女人哭着说：“我活着有什么意义呢？我的丈夫……他要进监狱了，无期啊，这不就是死刑吗？”

朝夕指着身边的陆程安：“他是检察官，能救你的丈夫。”

陆程安即便在此刻头脑也万分清醒：“只要你丈夫是清白的，我就能保证他安然无恙。”

二人一边说一边向女人靠近。

女人似乎被说服了，神情松动，脚下有意识地往里走。

然而上面有石子堆积，女人一个走神。

乌云骤然将烈日藏起来，阴沉的天色中响起惨烈且悲怆的一声喊叫——女人整个人往后倒了过去。

一切发生得太快，在场的大多数人没反应过来。

唯独陆程安反应迅速，猛扑上前，抓住女人的手腕。

从下往上看，女人整个人摇摇欲坠地挂在空中，只有左手被人紧紧地拽住，男人上半身都探了出来，一只手死命地拽住她。

女人眼里涌出热泪，后怕涌上心头，嗓音发颤，带着哭腔：“求求你别放手，我不想死，我真的不想死啊！”

人总归是要到鬼门关走一遭，才会珍惜活着的每一刻。

陆程安咬牙：“我不会放手。”

朝夕跑了过来，伸手想要帮他，却被他制止：“换别人来！”

他大吼：“没人吗？保安、警察呢？”

朝夕：“我来。”

“你的手不是用来干这种事的。”陆程安咬着牙说，他的额上已有涔涔汗珠滚动，他半个身子倒吊着，因为血液流通不畅，所以脸涨得通红。

朝夕一愣。她发愣的空当，保安们已经冲了上来，合力帮着陆程安把女人拉了上来。

女人喘着粗气，无力地倒在一边。

朝夕上前，粗粗地给她检查了一下，确定她身上除了擦伤以外没有别的问题之后，她把自己的联系方式告诉女人："你到第一医院重新挂个号，再做一个检查，然后联系我。相信我，我会帮你的。"

女人泪流满面，一口一句"谢谢"。

有围观群众上楼，似乎和女人认识，一个个都围上来劝慰她。

朝夕从人群中退了出来，转身，看到站在天台边缘的陆程安。

天台边缘没什么围护设施，只有半人高的水泥围墙，陆程安半靠在那儿，探头往下望了望，似乎想到了什么，嘴角勾起一抹漫不经心的笑意。

天色彻底暗了下来，云翳压下来，狂风肆虐，他的衣服被风灌得后背鼓起一个大包。

他转头，看到了朝夕。

她缓缓向他走了过来，视线往下移，聚焦到他的手肘上。

她伸手，扯着他的袖子："流血了。"

陆程安才注意到，他探头，只看到衬衣上沾着的红色血渍，后知后觉，手肘处有疼痛感涌了上来。

朝夕往围墙上看了看，半米宽的墙上堆积着不少沙砾，粗糙尖锐。

他刚才的姿势……

朝夕往他腰上看去，干净的白衬衣已经蒙上一层泥，衣料因摩擦而破损，朝夕伸手，欲往他的腰上摸，却被他反手制止。

朝夕抬头，对上他隐晦的眼神："有没有人告诉过你，男人的腰不能随便摸？"

他倒仍旧是好兴致。

朝夕的嘴角勾起一抹寡淡的笑意："摸了会怎么样？海绵体膨胀？"

陆程安万万没想到会从她的嘴里听到这么一句话来，也没想到她连开黄腔都能开得这么斯文且含蓄。他忍不住笑了。

朝夕毫不在意，从他的手里抽回手，挑起他的衣角，指尖冰凉，触碰到他的腰肌，有热意传来。

二人俱是一愣。

有风呼啸。

朝夕抿了抿唇，撩开他的衣服。

果然，他的腰上一片红肿，有细细密密的血丝，甚至中间还有几颗沙子在血液中翻涌。

朝夕的脸色沉了下来："得处理一下。"

陆程安在此刻分外温顺："去哪儿处理？"

"我家。"朝夕看着他，眼神清明，不掺杂任何私欲，"我家有简单的工具可以处理这个擦伤。"

他似乎就在等这句话，她甚至还没说完话，他就应道："好。"

朝夕淡淡地睨了他一眼，似乎猜出了他的心思，但也没戳破。

二人刚进大楼，身后就落下瓢泼大雨。

电梯门缓缓合上，她低喃道："这雨可真大。"

欧洲的夏天，雨都是下得绵密轻薄的，总让她想起淫雨霏霏的江南春色。这个时刻，她才终于有了"回国"的真实感。

朝夕没想到家里还有第三个人在。

房门打开，迎面而来的就是少年热情的笑脸："朝夕姐！"

陆许泽一歪头，惊讶地问："哥，你怎么和朝夕姐一起回来了？"

陆程安跟在朝夕身后，他面无表情，语气冷淡："你怎么在这儿？"

陆许泽说："我来你这儿找你，结果你不在，打你电话你也没接，正好遇到了出来倒垃圾的江烟，就顺便来朝夕姐家等你了。"他走了过来，终于发现陆程安衣服上的血渍：“你的衣服上怎么有血啊？”

他一惊一乍的，引得江烟和江渔也万分好奇。

江烟和江渔关心的自然是朝夕。

朝夕言简意赅地解释：“遇到有人跳楼，他去见义勇为了。”

“你没受伤吧？”

她摇头，若有似无地扫了陆程安一眼。

她想到刚才他其实已经盛怒，一直以来的良好教养使得他即便盛怒至极，也不过只发出一声低吼。可他对旁人吼完，就在她面前将所有负面情绪收敛，风起云涌趋于平静。

想想刚才的场景，哪怕她真上手拉那个人，擦伤？脱臼？最多也不过脱臼而已，对她的影响也不会太大。生死攸关，他在意的不是他是不是会被女人拖着一同坠楼，而竟然是她的手。

朝夕的心里涌起复杂的感觉，觉得荒唐，却又像是尝到了一颗糖。

朝夕从柜子里拿出碘酒和纱布。东西太多，她左看右看，最后把东西都放在中岛台上。

她把他的袖子一截一截地挽上去。她低着头，长发垂了下来，遮挡住视线，她不适地歪了歪头，突然有只手伸了过来，从右边捞起她的头发，放在肩后，再绕过她的后脑勺。

随着这个动作，他的上半身向她靠近。

朝夕猝不及防地抬头，眼睫轻颤，闯入视线里的是他凸起的喉结。

脖颈间一热，他以手做绳，把她的头发抓在手心。

回身之后，他神色如常：“好了。”

朝夕皱起眉头，她显然不适应这样的接触，侧过头，想叫他们拿根皮筋过来，但三人在她侧头望去的时候，齐齐地往另一边转去。

朝夕想起身自己去拿，陆程安抓着她头发的手下沉，放在她的肩上，略一用力，便把她整个人禁锢在椅子上。

朝夕看他："我去找根皮筋。"

陆程安："这样就行。"

"你的手不酸？"

"等酸了再说。"

他低垂着眸，突然轻嘶了一声："手疼。"

朝夕无语，低头给他处理伤口。

手肘处理好，接着就到了他的腰。

陆程安突然开口："要脱衣服吗？"

一直关注着这边举动的三个人同时出声："这不太好吧！"

陆许泽起身："哥，我帮你处理，我学化学的，你要相信我。"

陆程安嗓音淡淡的，隐隐地带了一丝威胁的气息："相信你把硫酸倒在我的伤口上吗？"

陆许泽到底是怕他的，摸摸鼻子，干巴巴地道："可朝夕姐这儿也没有硫酸啊！"虽然这么说，但到底也没再上前。

朝夕从箱子里拿出固定针，把陆程安的衣服上拉，针一穿，衣服就固定好了。

她反问："为什么要脱衣服？"

陆程安无语。

她转身拿起碘酒，给他清理擦伤处的污渍。

视线所及之处是他小麦色的肌肤，结实紧绷的肌肉，即便坐着，他的腹肌依然凸显出来。

她的脸上火辣辣的。她阖了阖眼，脑海里浮现出之前做的开颅手术，瞬间清醒不少。

给他处理好伤口之后，朝夕叮嘱他："少碰水，最近吃清淡点。"顿了顿，问道："你是不是还没吃饭？"

陆程安点头。他皮肤偏白，唇色很淡，阴霾似乎把他紧紧包裹住。

她站着，他坐着，此刻他仰起头，面容寡冷地看着她，下颌到脖颈处的线条精致流畅，整个人都透露着一股病态的气息。

朝夕于心不忍，说："我给你煮碗面吧！"

陆程安："嗯！"

边上，陆许泽突然插嘴："姐姐，我也没吃饭。"

江烟嫌弃极了："你刚刚不是吃了两包薯片吗，还没吃饱？"

"吃饱了，又饿了。"

陆许泽讨好地对朝夕笑："姐姐，你给我也煮碗面啊！"

朝夕："好。"

陆程安吃面的时候，朝夕突然开口："我把我的联系方式留给那人了，她应该会联系我，你……"

"她丈夫的案子不一定交给我们院，如果交到我们院，我会争取出庭给他检诉。"陆程安向来不会把私人感情带入工作，这还是头一回，"但前提是他确实是无辜的。"

朝夕点头："当然。"

救人是头脑发热的决定，但是理智要回归，一切都要遵循原则。

有错，就得认错；没有错，就得还他清白。

一碗面吃完，他再无借口留在这里。

朝夕拿过碗筷去洗，只留给他一个背影，她也没有任何留他的意思，语气冷淡，甚至像在逐客："慢走。"

陆程安无奈极了，拉着陆许泽离开。

回屋之后，陆程安换了套衣服。

门外响起小心翼翼的敲门声，他淡声道："进来。"

陆许泽推开门，却站在门边。

陆程安挑了挑眉："怎么？"

陆许泽抓了抓头，似是下定决心般，说："哥，这些年我一直都没问过你关于季家姐姐的事情。你说她逃婚了，我还记得你说这话时的神情，你骂她‘小没良心’……这些年你为了她一直独身，不是吗？”

陆程安垂眸，看不清神情。

窗外天色暗淡，分不出到底是下午还是晚上。

陆程安坐在阴暗处，低低地笑出声来，道：“小没良心。”那四个字仿佛经唇齿咀嚼了个遍，带着男人压抑着的喘息声，性感又暧昧。

陆许泽不解：“那你现在又……”他到底还是没说出来。

陆程安的脸浸在暗色中，清冷的侧脸线条被光影勾勒得深邃立体，他忽地笑了起来，陆许泽觉得莫名其妙，就听到他说：“她就是那个小没良心的。”

“朝夕姐，她——”

“姓季。”

第三章

我有未婚夫

朝夕的入职过程非常顺利，她被分配在了本科室。

她专攻神经外科，博士期间的导师是国际神经外科领袖詹姆斯。朝夕在他的身边求学多年，是他研究团队里唯一的一张东方面孔。在得知她要回国的消息后，他不无惋惜，甚至提出高薪希望她能留在英国。

市立第一医院神经外科主任丁善衡和詹姆斯有过合作，于是詹姆斯把她的简历给了丁善衡。

其实不管是詹姆斯出面还是朝夕自己过来应聘，她的求职都会是万分顺利的。神经领域全球首屈一指的专家的得意门生，个人简历漂亮到无可挑剔，又有着丰富的临床经验和出色的个人能力，无论到哪个医院应聘都不会有任何阻碍，更别说副院长是她的伯父了。

朝夕其实一开始并不想来第一医院，可是医疗圈就这么大，无论她选择了哪家医院，季家都会知道她回国的消息。与其躲躲藏藏的，不如坦荡一点。而且第一医院是南城最好的医院，有最先进的设备和最雄厚的医疗技术力量，是国内规模最大、综合实力最强的医院之一。

季家向来行事作风都极为低调。朝夕进医院，季恒明面上没给她任何关照，但私底下却是事无巨细地安排妥当了。甚至于她姓季这一点，她的工作牌上印着的只有“朝夕”二字。

朝夕来医院不到三天，就知道了三件事：第一，神经外科的活招牌原来是梁亦封；第二，神经外科的活招牌现在是她；第三，第一医院的活招牌，现在也是她。

朝夕哭笑不得。

今天上午恰有一场手术，主刀医生是梁亦封，她是一助。

术前准备。

麻醉医生给病人麻醉，插深静脉，建立各种通道，护士插尿管。

手术室人多，早上易犯困，大家边聊天解困边进行手上的工作。

麻醉医生沈醉还是第一次见到朝夕，虽然戴着口罩只看到眼睛，但也能看得出是个美人："哎，你们神外招人的时候是不是写明只招帅哥美女啊？梁医生这么帅也就算了，又来了个朝医生。"

朝夕低头看着片子，闻言，眼尾一挑，漫不经心地笑了一下。

护士小梦说："沈医生，你长得也很漂亮啊！"

"对呀，沈医生，朝夕医生来之前，你可是咱们医院的院花来着。"

沈醉佯装嗔怒："你这是夸我还是讽刺我呢？"

众人一片欢笑。

沈醉做完麻醉之后，说："希望这台手术能早点结束。我记得每次和梁亦封做手术，手术时间和预期时间都差不多。"

小梦："沈医生待会儿有事是吗？"

"啊！"沈醉笑着，"我哥待会儿过来。"

"沈律师要过来吗？"

沈醉点点头："对呀！"

她突然想到了什么，又点到朝夕的名字："朝医生，你有男朋友吗？"

其他护士秒懂："沈医生你太过分了吧，我们和你认识这么久你都不愿意把沈律师介绍给我们，人家朝医生刚来医院，你就要把沈律师介绍给朝医生吗？”

沈醉笑意盈盈：“谁让朝医生这么漂亮呢。其他科室的年轻医生都蠢蠢欲动了，我这可不得抓紧！”

“可是沈律师这么优秀，还愁找不到女朋友吗？”

“就是因为太优秀了，所以他一直都不急着找女朋友。”沈醉说得一口漂亮话，“你看梁医生不也去年才找到女朋友的吗？钟记者可真是一等一的漂亮啊！”

话音落下，朝夕注意到身边多了个人。

梁亦封语气寡淡，不带一丝温度：“好了，开始手术吧！”

手术室陡然安静下来。以梁亦封为圆心散开，周围的温度降至冰点。

这次的手术是个小手术，操作简单，时间短，四个小时左右就结束了。

最后缝合的工作原本是二助来做的，梁亦封突然说：“朝夕，你来缝合。”

他冷声朝坐在角落的实习医生说：“睁大眼睛看看，什么叫教科书式缝合。”

其实朝夕已经很久没有缝合过了，她在研究团队内已然是核心人物，在医院上班的时候也独当一面，是主刀医生了。不过好在她基本功扎实，缝合的伤口漂亮干净，完全的教科书式缝合。

手术结束。

朝夕出去脱衣服消毒，沈醉走了过来：“朝医生，你还没有回答我呢，你到底有没有男朋友啊？”她的嗓音偏软，说话时带着一股娇嗔，“你有男朋友也很正常嘛，毕竟你这么漂亮。可是你要是没有男朋友的话，要不和我哥认识一下？”

护士们也围了过来。

小梦：“沈律师真的不错，朝医生你考虑一下呀！”

小想：“沈律师真的好帅，朝医生你见了他绝对会心动的。”

小成：“哎，不过沈律师怎么会突然过来？”

小真：“你没听说吗？沈律师的律所和医院有合作，以后医院出事了要打官司，直接找沈律师就行。”

沈醉叹了口气：“希望永远不要找他。”

众人也都点头，医院要打官司，可不是件好事。

朝夕满不在乎地笑笑，转身准备离开，却被沈醉叫住：“朝医生，所以你有没有男朋友啊？”

梁亦封换洗好之后，回到办公室。

手机放在抽屉里，他拿了出来。他原本不是多事之人，但陆程安这些年到底是怎么过的，他也是看在眼里，毕竟是自己兄弟，能帮自然还是要帮的。

他发了消息过去：“她又被挖墙脚了。”

朝夕来医院才三天的工夫，各大科室的年轻单身男子都想要她的联系方式，到底是为公还是为私，一目了然。

对此，朝夕的嘴角噙着冷淡的笑意，风情万种的眼里注入疏离和冷漠：“有事来科室找我就好。”她一副公事公办的架势，打消了一帮人的旖旎念头。

基本在工作时间不会回复任何私人消息的陆程安几乎是秒回：“怎么又来了个不长眼的？”

梁亦封：“你也认识。”

陆程安：“谁？”

梁亦封：“沈临安的妹妹，说要把她介绍给沈临安。”

几秒之后，梁亦封看到手机屏幕亮起。

陆程安的语气很冲：“我的女人是他能碰的？”

梁亦封的眼角淡淡地挑起一个弧度来，他拉开抽屉，把手机扔了进去，再抬头，叫住路过的朝夕。

他眉眼清冽，轮廓分明，语气很淡：“术后总结你来写。”

朝夕和他对视，也不过短短几秒，她点头，随后离开。

梁亦封这人很冷，周围的医生、护士大多怕他、忌惮他。唯独她眼神清明，不管他看她的眼神藏了多少把利刃，她周身像是有个无形的盾，轻巧地挡住所有近身的利刃。

饶是梁亦封也看不懂她这个人到底如何，就好比方才他听到的——

“朝医生，所以你到底有没有男朋友啊？”

女声清冷地响起，却像是一颗炸弹就此落下：“我啊，我有未婚夫了。”

中午休息的时候，朝夕在梁亦封的办公室写术后总结。

写到一半时，有人敲门。

午休时间，门诊暂停，朝夕抬眸，冷淡又漫不经心地扫了一眼，视线忽地顿住。

陆程安站在门边，他的手伸在半空中，一副要敲门的架势。似乎是她抬头的举动令他停下，他收回手。

他仍旧穿着制服，只是脱下外套，西装搭在胳膊上，平整顺滑。

他似乎也很诧异坐在这里的人是朝夕，眉眼往上一挑：“你怎么在这儿？”

朝夕说：“写术后总结。”

隔了几秒，余光瞥到他仍旧站在门外。她复又抬起头来，看他：“你呢？”

“看病。”

她皱眉：“你哪儿不舒服？”

“腰。”陆程安说。

这是真的。

朝夕想起那天的事，于是放下纸笔，起身走了过来。

他的衬衣被塞进裤子，皮带紧实地扣着。

朝夕原本想伸手，复又停住：“你把衣服掀开，我帮你看看。”

陆程安伸手一扯，把衣角扯了出来，动作散漫随性，阳光散落室内，莫名地折射出一股子漫不经心的痞气。

她往他腰间扫了一眼，伤口已经结成细小的痂，周围一片乌青。

她伸手想往他腰上按去，手伸到一半，突然停住。

陆程安的眼睑微微掀开半道缝："怎么不动了？"

"不是说男人的腰不能随便摸吗？"她用这句话回他。

陆程安一笑："没事，摸吧！"

朝夕说完那句话之后就懊恼了，她怎么会在面对患者的时候说出这么不专业的话？她什么时候这么不专业了？

她连面对裸体的时候都未曾有过一刻的分心，竟然在面对他的时候犹豫了。

不过好在他也没和她计较。到底是出身名门的陆家二公子，礼节、气度、涵养方面挑不出一丝一毫的毛病。

她伸手，拿出酒精准备给他擦拭身体。头上响起他轻飘飘的低沉嗓音："想摸哪儿，随便摸。"

朝夕伸手就把手里蘸了酒精的棉签给扔了。

正好这个时候，护士过来叫她："朝医生，57 号床的病人醒了。"

朝夕仓促地在他腰上扫了一眼，连酒精也懒得给他了，直接找出一块膏药来，往他怀里一扔，冷冷地说："自己贴。"连带着给他的背影都有几分恼意。

陆程安收回视线，眉眼低垂，怀里多出来一块膏药，他盯着那膏药，到底是忍不住低沉地笑了起来。

而朝夕只觉得自己方才对他有强烈的误解。

男人二十岁前养成的劣根，哪怕岁月再涤荡，给他一个成熟又从容的面庞，但皮囊底下仍旧藏着几分浮荡，几分雅痞。

她揉了揉眉，调整好情绪，进了病房。病人醒来，朝夕和他进行简短的对话，确定听力、视力等方面正常。检查完毕之后，她和护士交代了几句，又安抚病人家属。

也不过几分钟的时间。出了病房，她快速回到办公室。

办公室的门只微微敞开一道缝，她停在那里，透过那道缝隙看向室内。

陆程安半坐在临时病床上，他个高，双腿斜斜地架在地上。衣角被他用嘴叼起，从这个角度看去，能清晰地看见他结实的腹肌，他的肌肉线条流畅。腰上一块突兀的乌青。袖子被他挽上，露出结实修长的小臂。手指白皙修长，青筋如山峦般起伏。每一处都透露着成熟男人的气息，性感，又荷尔蒙爆棚。

贴完膏药，他似有所察觉，往门边看了过来。

朝夕不知道心虚什么，侧身闪躲。她双手插兜，往电梯走去。

电梯还有一会儿才来。

电梯金属门像是一面落地镜，映出女人窈窕的身影。她甚至能透过这面模糊的镜子，看到自己勾起的嘴角，绯红的双颊。漆黑的瞳仁里突然出现了一片暖色调，一点一点地晕染开，最后模模糊糊地变成了一张人脸，一张熟悉的，只见过一面就再难忘却的脸。

电梯就是在这个时候停下的。

电梯门打开，里面站了两个人。一个是早上在手术室见过的沈醉，她身边站了个陌生男子，穿着剪裁得体的西装，宽肩窄腰，五官出众，和沈醉有三分像。

沈醉热络地同她招手："朝医生。"另一只手扯了一下沈临安的袖子："这就是我和你说过的朝夕医生。"

沈临安原本毫无兴致，在见到朝夕的这一刻，眼前一亮。

他喉结滚动，嗓音克制，低缓地说："你好！"

朝夕淡淡地回应："你好！"

沈醉："你不进来吗？"

不远处有脚步声响起，男人的嗓音传了过来："朝夕。"

陆程安站在门外，他的衣服已经整理妥当，衣角整齐地塞进裤子里，甚至连外套都穿上了。他的脸上没什么表情，眉宇间凛然冷肃，逆光而立，给人一种禁情禁欲的冷淡感。

而近处的男人温润如玉。

同样的西装革履，却有截然不同的感觉。

朝夕看向沈醉，也终于反应过来，她要去办公室，不是坐电梯去医院的其他地方。

于是摇头："不了。"

她转身，想往陆程安那边走去。

沈临安却走了出来，他一看到陆程安，突然笑了起来："听声音很像你，没想到真的是你。"

陆程安也走了过来。

他在朝夕身边停下，不比对方的熟稔，他神情寡淡，脸上露出若有若无的笑意："沈律师。"

沈醉也从电梯间走了出来："这是？"

沈临安拧眉想了一下，语气温和："该怎么介绍呢？大学同学，之前在检察院的同事，还是说最近受理案子的公诉人？"

沈醉被提醒，又看了看眼前的人，模样出众，衣着得体，突然想到了什么，问："一直压你一头的陆检？"

沈临安毕业之后在检察院待了两年，可惜在检察院的时候每每都被陆程安压一头，他能力不错，只是比起陆程安，到底是差了点儿什么。他也不是个特别钻牛角尖的人，后来南城知名的正安律所挖他，他便从检察院离开，成为一名律师。

沈临安无奈地一笑。男人的温润似乎与生俱来，哪怕被这样说，他也好脾气地点头："是的，一直压我一头的陆检。我的妹妹，你怎么总是把哥哥的糗事记得那么清楚？"

陆程安淡漠地一笑："你好！"

他双眼一眯，看清她的工牌："沈医生。"

沈醉同他笑了笑，复又问朝夕："你俩……"

朝夕和陆程安的关系似乎很难解释，不是复杂到难以解释，而是她根本不知道他们两个之间到底算什么。交往太少，甚至见面的次数都屈指可数。

朝夕想了想，说："我邻居。"

话音落下，陆程安的脸色沉了下去。但也不过一瞬，他咬着那个词，重复："嗯，邻居。"

沈醉恍然："我还以为他就是你口中那个未婚夫呢，刚才你俩站一起画面特美好，就……"她想到了一个词："特别般配。"

"未婚夫"一词一说出来，二人俱是一怔。朝夕是紧张的，陆程安紧绷着的下颌则松开了。

陆程安瞥她，她似乎仍旧是往日那般无波无澜的模样，但仔细看，藏在乌发中的耳朵微微泛红，白大褂领口处，脖颈紧绷，颈窝明显。

他微微勾起嘴角："未婚夫？"是疑惑的口吻。

沈醉："陆检不知道吗？我们朝医生有未婚夫。"

她半怅然半可惜地道："原本我还打算把我哥介绍给朝医生来着，谁知道有人捷足先登，把朝医生给抢走了。"

陆程安定定看了朝夕一眼，慢悠悠地问："是吗？"

朝夕倒很坦然，大方承认："嗯！"

沈醉好奇地道："是什么样的男人啊？我事先声明，我有一点点遗憾的成分在，要是那个男的比不上我哥，我真的会怂恿我哥横刀夺爱的。"

沈临安无奈："沈醉。"

沈醉朝他眨了眨眼。

偏偏陆程安还在一旁煽风点火："沈律师这么优秀的人可不多了。"

朝夕不擅长社交，读书时期身边也没几个亲近朋友，但不代表她不懂得人际交往中的九曲八折。

陆程安在见到沈临安的那一刻，气场全开，眼神冷漠，略带攻击性。

朝夕断定，他和沈临安之间有过节，但和她无关。而他刚刚说那句话，虽然是在夸赞沈临安，但她心里清楚得很，他希望她站在他这一边。即便对方压根不知道她所谓的“未婚夫”指的到底是谁。或许他想要的是她的私心。是她昭告天下时隐藏着的私心。

那份私心是她对他的认可。

他甚至都不需要旁人知道，只要他自己知道就好。

朝夕不是第一次拿“未婚夫”当借口了。

她在 UCL 求学之前，就听说过 UCL 的学生是最会玩的学生，入学之后，才发现是学校造就了学生。

开学初迎新活动密集，从 ISOP 到 Welcome BBQ，从 Pizza Party 再到蹦迪局。学校甚至还包游轮带着学生去泰晤士河蹦迪。

朝夕一开始也去过，可是人际交往对她而言并不轻松，反倒成了一种累赘。大多数留学生纯粹就是为了扩充社交圈而来的，而少部分人，他们看她的眼神直白火辣，充满情欲。

朝夕当时还年轻，尚未把不动声色的拒绝锻造得炉火纯青。

她的脸上露出笑意，眼底带着疏离和淡漠，一字一句说得缓慢：“抱歉，我有未婚夫了。”

这句话出奇地好用。

从学校到研究团队，再到医院。面对无法拒绝的人的时候，她都用这句话。

其实这些年，她对陆程安不是不怨恨，可是不管再怎么对他不满，她仍旧把那段如儿戏般的荒唐婚约放在心上。

她总觉得，陆程安没当面对她说取消，就不是真的取消婚约。但又想，这婚约也不是他们两个人定下的，取消自然也不需要通过他们。

或许在她不知道的情况下，他也点头说取消了呢。

她后来也不再深究了。

偶尔想他的时候，都是拒绝别人的时候。也就是这个时候，她对他会抱有一点点好感。

他唯一的用处，似乎就是用在这里了。

沈临安到底有多优秀，朝夕不知道；陆程安到底有多优秀，她也不知道。

朝夕想了想，说："我认识他的时候还很小。"

她没说那男人如何，似乎在她的眼里，外貌、身家、地位这些外在因素都不重要。那什么才是重要的呢？是时间。

沈醉长叹道："原来不是输给了人，而是输给了时间啊！"他们兄妹俩的关系是真的很好，她拍了拍沈临安的肩："哥哥，我给你介绍个对象怎么就这么难呢？"

沈临安无奈地笑："不急。"

沈醉："不急不急，你都三十岁了。别人三十岁都有小孩了，你还单着呢！陆检，对吧？你也应该成家了吧？"

陆程安却说："还没。"

沈临安笑着说："陆检比我还夸张，从我认识他以来，他就是单身，这么多年都没谈过恋爱，更别说结婚了，这一算，得有多少年了啊？"

陆程安垂眸，神情散漫，嘴角勾起寡淡的笑意。

而朝夕在听到这句话之后，脊背紧绷成笔直的线。

她颤动着睫毛，喉咙像是被无数只蚂蚁啃噬一般发麻发痒。

她的脑海里突然迸出了个诡谲的念头。与此同时，那晚他贴在她耳边说话的场景在眼前浮现。暗夜涌动，男人双眸漆黑，像是墨一般。

他说，那桩婚事，他没说取消，就一直存在。

朝夕抿了抿唇，扭头看他。

男人注意到她的目光，偏过头来，敛眸看她。眼梢冷冷一挑，轻嗤一声，语气冷淡："有十年了。"

朝夕认真地细想了一下和陆程安见面之后的事。

他是检察官。

他依然清润俊朗，不穿制服时还好，面如冠玉，举手投足间带着与生俱来的矜贵；可一穿制服，脸上没什么情绪的时候，那副禁欲模样对女人有致命的吸引力。

但他仍旧单身。

而那晚，他就贴在她的耳边沉声说着二人之间的婚约。

朝夕以为，他不过是觉得她不错。

旅行中有不少艳遇者，一夜情不过是寂寥旅途中的调剂。朝夕每每旅行时都会收到这样的邀约。

而陆程安，她以为也是如此。

漫长无聊的旅行里，遇到一个姿色、身材不错的女人，然后用一贯轻佻的手法勾引女人，为简单的旅行增添一抹艳俗。所以她把他的表白当作恶俗的戏码，她拒绝了他。他心有不甘，于是卷土重来，才有了那晚的强势表白。

朝夕越想越觉得自己的想法是正确的。

她开口想说些什么，但是不远处，护士突然叫她。

"朝医生，这边有个人找你。"护士从走廊那头跑了过来，小喘着气，和沈醉打了声招呼，接着说，"那人说是你让她来这里找你的。"

朝夕："我让她来找我的？"

护士："对，她说你说过，你能救她。"

朝夕瞬间想起来了，是那个想跳楼的女人。

她下意识地朝陆程安看去，陆程安也朝她看来。

朝夕问护士："她人呢？"

"还在那儿。"

"我过去。"朝夕仓促地和他们打了声招呼便离开了。

剩下三人。

陆程安的视线从朝夕的身上移开，和沈临安对视上。

沈临安："我实在没想到，我们在开庭前竟然会见面，而且是在医院。"

"嗯！"

沈醉奇怪地问："你们……开庭？"

沈临安垂头笑了一下："最近接了个案子，没想到公诉人是陆检。"

陆程安语气平淡："我也没想到你会接这种案子。"

他们说的就是想跳楼的女人的丈夫的案子。

那人叫陈志文，四十多岁的中年男子，是一家上市公司的出纳，在公司工作八年时间里，累计挪用公款两个多亿。

这种程度的简单案子一般都是给新人练手的，沈临安和陆程安都不会接手这种结果一目了然的案子的。

沈临安伸手拧眉。"没办法，那家公司的股东和我们律所的合伙人认识，再三叮嘱我得好好做这案子。"眉宇间尽是无奈，随即道，"你呢，总不会也和我一样吧？"

"不一样。"陆程安淡声道，"最近案子少。"这案子原本是给刚来公诉科的年轻检察官练手的，他却因为朝夕冲动之下说的话而不得不厚着脸皮从年轻检察官手里把这案子拿过来。

"怪不得轮到你上手了。"沈临安说，"这还是我们第一次站在对立面，很期待看看最后谁赢。"

"没什么好期待的。"陆程安的语气平淡，眉眼中满是漫不经心，"反正结果都是我赢。"

沈临安和他同窗共事多年，大学里的辩论赛没一次赢过他，大小考试也没一次赢过他，每次沈临安都是第二。工作之后，二人不在一个部门，但检察院里的人每每提到他们其中一人，总会拿另一人做比较。而每次比较的结果都一样，陆程安更胜一筹。

其实二人对这事都不上心。

陆程安素来对外物不上心，从上学时就是这样，他气场强，无论到哪儿都是人们议论的中心，可实际上他是个烟火气很淡的人，总是漠然应对一切。

官司赢了，眼里也没有多少笑意。对于他而言，一场官司就是一份工作，他尽了他应尽的职责，不管是伸张正义还是指责罪犯，他把事情的真相说明，做到他该做的。任务完成，他就全身而退。

沈临安离开检察院，倒不是因为陆程安。

他出身书香世家，性格温润，脾气也是一等一的好。他和陆程安倒也没什么过节，被比较的这些年，他心底也没有过任何不甘和不适。

被比较是很寻常的事，没必要太当真。

他之所以离开检察院，是因为他觉得律师比检察官更有温度。

就像他和陆程安，沈临安虽然工作能力差了点儿，但人缘比陆程安好许多。检察院的人虽然都喜欢陆程安，但那份喜欢里有几分敬畏和胆怯。

而他在律所工作两年，越发觉得自己更适合干律师这一行。

沈临安这两年大小官司也打了不少，胜诉远多于败诉，在业界口碑很好。

他看着陆程安用这张淡漠的脸说出那样张狂的话，忍俊不禁："谁输谁赢，还得到时候看不是吗？太早下结论可不是件好事啊，陆检。"

陆检眼尾冷淡地往上挑起："我想要的，从来都没有失过手。"

不管是案子，还是人。一向如此。

想要跳楼的女人叫刘敏，她带了之前的所有检查报告和各种资料给朝夕看。

朝夕把所有东西都看了一遍，最后拿着检查影像，指给她看："三叉神经鞘瘤，外加颅内外沟通，呈哑铃状，恶性还是良性得进一步做个检查。”

刘敏：“这个病好医吗？我还能活多久？”

她双手紧攥，惶恐不安地注视着朝夕。

朝夕从医多年，见过太多病人。问诊时，所有病人都是同样的表情，无助、惶恐，以及深深的对活着的渴望。

朝夕在国外留学时接触的病人都是外国人，说着带浓重口音的英语，或者是因为慕詹姆斯之名而来的法国人，甚至是德国人，小舌音令她头疼。

她在面对外国人时，用公事公办的口吻说：“具体的得等手术之后才知道。”

可当面前的人是中国人时，她似乎无法再用置身事外的态度来面对了。

刘敏拉着她的手苦苦哀求，忽地，朝夕察觉到手背上有湿意。垂眸，看到刘敏已是泪眼模糊了。

朝夕自问看惯了生死，但对方这几滴眼泪砸下来，砸向了她心底最柔软的部分。

“三叉神经鞘瘤发病率很低，你的瘤体不大，相对而言治疗会比较简单，你看这个，”刘敏连增强 CT 都做了，朝夕在电脑里找出影像，说，“瘤体就在这里，不大，而且位置也不难找，手术不会太难。”

见对方放松不少，朝夕又补充道：“每个手术都有风险，尤其是脑部手术，更加需要谨慎。”

刘敏点头如捣蒜：“那医生，是你给我做手术吗？”

“不是。”

“为什么？”

朝夕安抚她：“你术前术后都由我负责。放心，主刀医生医术精湛。”

“真的吗？”

“嗯！”朝夕拍拍女人的手背，嗓音低沉，是很容易抚慰人心的嗓音，“而且我也会上手术台的，你放心好了。”

刘敏去办手续的时候，朝夕去找梁亦封说了这件事。

梁亦封几乎是神外最忙的医生了，听完，微微皱起眉头。

朝夕以为他会拒绝，但没想到他同意了接这个手术。

他叫住她：“以后少惹这种事。”

“我只是在救人。”

“那么多人，你救得过来吗？”梁亦封是非常适合做医生的那类人，冷静、理性，永远和病人保持距离，不会因为私心而有所动容。

朝夕站在原地，垂眸想了想，忽地扯起嘴角，微微一笑：“我学医就是为了救人，能救多少是多少。”

梁亦封语气很冷，评价她：“天真。”

那晚她下班很晚，到家将近 12 点。找钥匙的时候，身后有开门声响起，不用看就知道是谁。

陆程安：“这么晚才下班？”

朝夕在包里翻找着钥匙，心不在焉地应他：“嗯！”找了一圈，没找到钥匙。朝夕转身，眼神略羞耻。

陆程安明白了：“找不着钥匙？”

朝夕：“嗯！”

“进来吧！”他侧身。

朝夕纠结了不到三秒，便往他屋里走去了。

进屋之后，她在沙发上坐下。

陆程安给她倒了杯水，朝夕接过，边喝边打量着室内。

这一栋楼房内的格局都是一样的，三室一厅，但是他却把其中一个房间打通，将客厅和书房连在一起，形成开放式书房。

书桌上摆满了卷宗和文件，他刚才似乎在看东西，客厅没开灯，只有书桌边的落地灯亮着。落地灯是舒服的暖黄色，为这深夜增添了一种暧昧的气氛。

他回到书桌前坐下，低头拿起桌上的眼镜，继续翻看文件。

朝夕问他：“你近视？”

陆程安说：“一百多度，不影响日常生活。”

他高耸的鼻梁上架着金丝框的眼镜，显得斯文儒雅。

停顿了几秒，他说：“老三今天训斥你了？”

朝夕很快就反应过来他口中的“老三”是梁亦封，想起白天的事，她皱起眉头，又很快散开：“不算训斥，只是不愉快。”

“因为那个想要跳楼的女人？”他倒是一清二楚。

朝夕没吭声。隔了几秒，她问：“你是不是也觉得我有些幼稚？”

其实她也知道自己未免有些小孩脾气了，可是在和梁亦封对峙的那一刻，面对他冰冷的医学态度，朝夕就忍不住想反驳。

闻言，陆程安淡漠地笑了一下。他整个人靠在椅背上，身形散漫，落地灯在他身侧发出柔和、暧昧的光。他的脸上如沐春风，道：“没觉得幼稚。倒觉得你挺可爱的。”

她认真、专注地盯着他，没想到他竟然会这样想。

发愣时，陆程安的视线集中在她的身上，连对视都被这夜色染上几分暧昧旖旎的氛围。

她一哂，极不自在地转移视线，看向别处。

陆程安和梁亦封其实是一类人，对于身外之事永远都保持着事不关己的淡漠。他作为检察官，看了太多的悲欢离合，也见过太多一脸敦厚的老实人说着漫无边际的谎话。

他其实没有太多的温情，共情这种柔软的情感更是与他无关。关于这件事，他也是和梁亦封站在一边的。

可是刚才和梁亦封通话时，梁亦封的语气淡漠，并带了几分讥诮：“医生能救多少就是多少？你确定她今年是二十八岁，而不是十八岁？幼稚。”

陆程安反倒不觉得。他在脑海里兀自想象她说这话时的神情一定很坚定，漂亮的媚眼一眨一眨的，眼里一定有光，她一定很迷人。

他勾唇，笑着问："你难道不觉得她这样很可爱吗？"

只有电流声响着。隔了三秒，梁亦封冷冷地道："我是看在你的面子上才接的，就此一次，下不为例。"说完，也不等陆程安开口，就无情地挂断了电话。

陆程安是真觉得她可爱。

气氛凝滞。

陆程安清了清嗓子，问："那个女人现在还好吧？"

"还好，在医院，过几天梁亦封有时间就给她安排手术。"朝夕想了想，问他，"她丈夫……"

陆程安抖了抖手上的案件卷宗："在这儿。"

朝夕惊讶地问："真在你手上？"

"嗯，在我手上。"陆程安叹了口气。

朝夕疑惑："你叹什么气啊，案子很复杂吗？还是说她的丈夫其实一点儿也不无辜？"

陆程安道："确实挺复杂的。"这案子看似简单，出纳挪用公款，结果一目了然。甚至陆程安在接手这个案子的时候也做好了败诉的准备，但是没想到他发现了几处可疑的地方。这个案子的复杂程度比他预想的要高许多，要查证的东西不少。

下午，他又联系了其他部门的人开了个会。

朝夕想问他复杂到什么程度，但一想这或许涉及工作机密，于是换了个问法："你觉得她的丈夫是被冤枉的吗？"

"我觉得没用，得用事实说话。"他向来讲求真相，从不以自身的判断作为基本出发点，"如果是从我觉得这个角度出发，那么之后所有调查内容都得按照我的想法进行，调查结果也得如此。一旦出了偏差，我就会用各种借口和理由弥补，这不严谨。"

朝夕还是第一次看到他这么严肃认真的模样。

陆程安说："作为一名检察官不能有任何个人情感掺杂在案件中，否则会影响判断，也会影响最终的结果。"

朝夕点头，接着又点了点头。

陆程安笑了："认同我的观点？"

她说："你说得确实很对。"

"没什么对不对的，这是一名检察官该有的原则。"陆程安看了眼时间，已过12点，他还要早起上班。

他起身，走到朝夕面前，伸手把她手里的水杯拿了过去，放在茶几上。

朝夕茫然地看着他。

"很晚了，睡吧！"他伸手，到底还是忍不住，摸了摸她的头发，动作自然、亲昵，但没给她反应的时间，两秒之后快速收手。

朝夕抬起头，还没等她做出反应，陆程安却突然弯腰，靠了过来。

二人之间的距离被毫无征兆地拉近了。

陆程安不太爱笑，但有一双勾魂摄魄的桃花眼，落地灯从一侧打过光来，他微微往上翘的眼尾着光，眼梢隐匿在暗夜里。笑意很淡，却很勾人。

朝夕下意识地放缓了呼吸。

在光影明灭间，她问："你要干什么？"

"你觉得我要干什么？"他故意说得暧昧，吐字缓慢，放在她身侧的手往后伸去。她的眼睫轻颤，紧绷的嘴角泄露出此刻紧张的情绪。他脸上的笑意愈深，嗓音刻意压低，在无边黑夜中响起："亲你？"

话音落下，客厅的吊灯骤然亮起。陆程安从她的身边离开，他站在她的面前，脸上带着若有若无的玩味表情。

朝夕回过神来："你很无聊。"

陆程安："是吗？"

"无聊至极。"

他无所谓地耸了耸肩，开口："时间不早了，睡这儿吧！"

朝夕没说话。

陆程安用脚踢开房门，下颌一抬："放心，在今天之前，这房间没人住过。"

朝夕："我没有那个意思。"

"或者睡我的房间？"他似乎想到了什么，嘴角扯出一抹轻笑。额间碎发有点儿长了，他眨眼的时候头发甚至能碰到睫毛。他穿着家居服站在那儿，整个人看着既有烟火气又纯良。"在今天之前，这房子除了你以外，没有女的进来过。"

她仍旧心存芥蒂，而他又那样擅长察言观色。

她进屋，第一眼就是看他的鞋柜，没有女士拖鞋，就连给她的也是男士拖鞋。

家里装修风格是冷淡风的，黑、灰、白三色为主，没有任何暖色调的装饰，也没有任何属于女性的物品。

心思被拆穿，她尴尬地别过眼去。

陆程安靠在墙边，头抵在墙上，下颌线清晰又硬朗，双眼放空地看着某处，低声道："真没女人来过。"

"不只是这里，"他伸手往自己的左胸口指了指，"还有这儿。"

朝夕醒来的时候将近 10 点。

出了房间，看到餐桌上放了份早餐，餐盘下压了张字条，他的字遒劲有力，笔画流畅："醒来记得吃早餐，我上班去了，有事给我打电话。"底下是一串电话号码。

朝夕拿出手机把他的号码存了进去。

餐盘上放着吐司和煎鸡蛋，她伸手碰了碰，已经凉了。

朝夕拿起一块吐司咬了一口，差点儿被噎死。

手机在这个时候响起，是江烟的电话。

她说她已经到朝夕家了，问朝夕在哪儿。

朝夕说："我在外面。"

等她洗漱好之后，便离开了陆程安的家。

关门前，她又走回来，把餐桌上的那张字条收了起来，放在她的手机壳里面。

家里的门开了一道缝。

朝夕推开门，看到江烟正把购物袋里的东西往冰箱里放。听到动静，她转过头来看了一眼：“姐，你最近很忙吗？我上次买的酸奶你都没喝，过期了。”

“是挺忙的。”朝夕忙了一周，今天才休息。

朝夕接了杯水，喝水的时候总觉得哪里不对：“你怎么会突然过来？”

“陆许泽让我过来的。”说到这个，江烟有些无语，“我今天一醒来就看到手机上全是他的微信，也不知道他是哪根筋抽了，疯了似的要我来你这儿。你说他是不是有病？”

估计是陆程安让陆许泽说的。

朝夕从冰箱里拿出食材，准备做午餐。

耳边，江烟还在喋喋不休地数落着陆许泽。

朝夕别有深意地道：“你和他联系得挺频繁的。”

江烟点头，拿了个拳头大小的西红柿吃，边吃边说：“我和他是好姐妹。”

朝夕：“他可能想和你当兄弟。”

江烟：“那不行，我只想和他做姐妹。”

检察院上上下下的人都觉得陆检今天的心情不错。

他虽然一直温润和善，但以前看人的时候，眼神显得淡漠疏离。可现在，那双桃花眼竟然也会曳出春色，虽然那笑意很淡。

公诉科的孙梦瑶是小陆程安一届的师妹，平时和他在工作上交集很多，众人怂恿着她去问陆检是不是谈恋爱了。她一咬牙，趁着谈完案子休息的间隙，问：“陆检，你今天心情好像很好啊？”

陆程安翻着卷宗，闻言，勾了勾嘴角：“是挺好。”

“遇到什么开心事了啊？”孙梦瑶小心翼翼地问，“还是说你谈恋爱了？”

开会的有六个人，好几个人都是其他部门的，此刻都竖着耳朵等着陆程安的回答。检察院里喜欢陆程安的女生不少，现在坐的六个人，有两个人对陆程安有好感。剩下的，一个已婚，一个有男友，另外两个是男的。孙梦瑶属于已婚。

房间里只有卷宗翻页的声音。

听到她这句话，陆程安掀起眼皮，嘴角勾起一个寡冷又漫不经心的笑意。还未等他开口，他放在一边的手机不合时宜地振动起来。

众人的视线全往手机上看去，来电人处清晰地显示三个大字——未婚妻。

陆程安挑了挑眉，他起身，拿过手机：“抱歉，我出去接个电话。”

身后，一室的人满脸错愕，目瞪口呆。

电话接起。

陆程安：“醒了？”

都下午3点了，朝夕无语：“早醒了。”

“到家了？”

“嗯！”朝夕问他，“是你和陆许泽说的？”

陆程安不置可否地笑了一下。

朝夕迟疑了几秒，忽地问他：“他知不知道……”

“知道。”陆程安说，“朝夕，等这个案子结束，我们好好谈谈。”

朝夕也是这样想的，她不想和他不清不楚的。陆程安是因为婚约，还是因为她，她都想知道。甚至这段婚约到底作数还是不作数，她也想知道。

陆程安有未婚妻的消息不到半小时就传遍检察院了，自然也传到了陆开棠的耳朵里。

只不过陆开棠还在外地开会，等他回来，已经是三天后了。

陆开棠一回来，便叫陆程安来办公室。

还没等陆开棠问他，陆程安反倒先声夺人：“启风公司的案子有变，陈志文是无辜的。我们决定取消控诉，陈志文无罪释放。”

陆开棠回来之前就听说了这个案子的详细内容。原本像这样的出纳挪用公款的案子不需要多加调查，流程少，又简单，结果一目了然，但没想到陆程安一查，发现了不对劲。

陈志文是挪用公款不错，但是他并不知道那是挪用公款，每一笔账单他都以为是公司的业务来往。而那所谓的业务来往转出的账，都是经由公司股东王少伟的手的。陈志文只不过是替罪羊。真正挪用公款的人不是他，而是王少伟。

陆程安道：“我们已经对王少伟提起公诉，下周一开庭。”

陆开棠听完，问他：“对方律师是谁？”

“沈临安。”

陆开棠没想到会是沈临安，笑了：“有把握吗？”

陆程安把手上的文件往桌上一扔，大咧咧地张着腿，坐姿慵懒，语气很淡：“您说呢？”

“怎么还问我了？我又不是法官，可以左右你俩的胜负。”

陆程安极为淡漠地扯了一下嘴角：“我什么时候败诉过。”

陆开棠笑着骂他这么傲，但心底又是赞成的，他确实是有傲的资本。

谈完正事，陆开棠问他：“未婚妻是怎么回事？”

陆程安眉梢松动，还没来得及开口，陆开棠又指着他说：“少找理由搪塞我，整个检察院都传遍了你有未婚妻的事儿了，怎么着，还准备瞒着我？还是说不把我当四叔了？”

“没准备瞒着你。”他说。

“那老实交代，谁家的姑娘？”

陆程安语气闲散：“还能是谁家的姑娘。”

陆开棠不以为意：“这我哪儿能猜得出来？”

陆程安没什么情绪地笑了一下。

陆开棠的心颤了一下，他小心翼翼地问："该不会是……季家那丫头吧？"

"除了她还能是谁。"陆程安把玩着手机，一副不愿多谈的样子，"行了，四叔，到时候我带她回家，您别忘了给她红包。"

"她什么时候回来的？"

"最近。"

"回那边了吗？"

"不清楚。"

陆开棠："你俩啥时候在一起的呢？"

"八字还没一撇。"

"八字就两撇。"陆开棠瞪他，"都未婚妻了。"

陆程安一笑："那不是情趣嘛！"

陆程安自从穿上制服就鲜少有情绪外露的时候了，成熟内敛，被旁人打趣也不过是浅淡地笑一下，导致陆开棠似乎都忘了，陆程安当初是家里最令人头疼的小辈，顽劣乖张，一肚子坏水儿。

陆开棠试探道："真定下来了？"

"她我不知道，反正我这儿早定下来了。"陆程安坦白道。

陆开棠点头："反正季家那丫头我挺喜欢的，你到时候带回家提早和我说一声，我给她准备个红包，保准比给徐礼那浑小子的要多。"

陆程安一挑眼梢："那您得说话算话。"

离开检察院之后，陆程安的手机响起。

他打开看。

未婚妻："手术顺利。"

第四章
她千娇百媚

朝夕对这一切全然无知。

她每天的日常生活像是在复刻昨日一样，简单又忙碌。

她没有多少朋友，不需要为了维系人际关系参加约会。

江渔最近接了个综艺节目，公司希望她往影视圈靠，毕竟她也不能一辈子都走秀。人都会老去，长江后浪推前浪，二十岁时为了三十岁时的谋生而努力也未尝不是件好事。

她话少性冷，只有在每次离开南城时和朝夕交代一句自己的去向便没有后续了。

8 月中旬，南大开学，江烟垂头丧气地上学去了。

好在江烟朋友圈更新得勤，有时候朝夕无聊刷朋友圈的时候，一次能刷到五六条她的朋友圈。内容杂且乱，吐槽课太多，食堂的菜不好吃，阿姨似乎有手颤症，永远都挤不上的校车，以及永远都遇不到帅哥的学校。

陆许泽会在下面评论："我难道不是帅哥？眼睛不用的话可以捐给有需要的人。"

朝夕轻哂，觉得这两个人实在是有趣。

或许是因为年轻吧，顾忌担忧的事情顶破天也不过是生活中的琐碎，会因为课太多而发出“今天都不会好起来”的感慨，会因为食堂的菜难吃而产生“我今天可真是哪哪儿都不顺”的想法，因为遇不到帅哥所以就觉得“我这辈子都不会再爱了”。即便出了学校，也不过是为了衣食住行而烦恼，医院里的生死与他们相隔甚远。

朝夕五岁那年遭遇绑架，侥幸得救；十八岁那年出国求学；二十五岁失去最亲爱的奶奶。她虽然出生在季家，但是一路并不顺坦。

她总认为江烟这样乐观、单纯是因为年轻，可她在二十岁的时候，思考的是课题和论文，想着和实验室的小白鼠斗智斗勇，对着电脑熬夜看各种手术。

和年轻不年轻也没什么关系，只不过每个人思考的东西不同罢了。

像江烟那样无忧无虑地活着，很好；像她这样在为旁人争生死地活着，也很好。

朝夕给江烟的朋友圈点了个赞，随即下楼去自动售卖机上买咖啡。

咖啡掉下来，她弯腰准备去拿的时候，手机响起，是科室主任的电话，她连咖啡也没拿，匆忙地接起电话。

等到打完电话，她回到自动售卖机前准备去拿咖啡，却看到有人站在那儿，手里拿着两杯咖啡，见她回来，他抬手，把咖啡递过来。

朝夕接了过来。她的记忆力好，很快就记起他的名字：“沈律师？”

沈临安：“朝医生还记得我？”

“沈医生的哥哥。”

“叫我沈临安就行。”他在边上的简椅上坐下，示意她也坐，“除了工作时间，一般没人叫我沈律师。”

朝夕点头：“沈临安。”

“你呢，我要怎么称呼你？”

"朝夕。"

他点头："朝夕。"

一时间，二人同坐无言。

恰好这个时候陆程安发了条消息过来，她点开来看："下周一开庭。"

沈临安也看到了这条消息，他在一旁开口："你和陆检似乎关系很好？"

朝夕收起手机，低头喝了口咖啡："认识很久了。"

"我那天就觉得你俩不只是邻居，"沈临安说，"我和他认识这么多年，还没见过他身边有过异性。"

朝夕："有这么夸张？"

"还真是。"

陆程安是大二的时候转到法学院的。

他原本学的是金融，金融圈多渣男这话真不假，陆程安可算是典型的渣男。据传他来学校之后女朋友就没断过，跟在身边的女生每个月都不重样。

可渣男的定义是什么？身高、样貌、家世都得是一等一的好，性格温柔，为人周到又有礼，这样的男人才对女人有致命的吸引力，将女人玩弄于股掌之上，在热情退去之际抽身离开。这才是真正意义上的渣男，条件不够的还不配称为渣男。

法学院的女生自然也被他吸引了。

可是沈临安见到陆程安的时候，却发现他周身散发着疏离淡漠的气息，面无表情的脸显得尤为寡冷，眉宇间充满冰冷的傲气。

那是一节大课。

有女生试探着问陆程安："我可以坐这儿吗？"

他点头。

在女生欣喜地坐下的时候，他把书一拿，找了个四面八方都是男生的位子坐下。

传闻终归只是传闻。

陆程安在法学院的那些年，是出了名的不喜女色，不管什么样的女生向他表白都没用，什么月月换女友的说法终归是传闻。他和女生之间隔着冷漠疏离的冗长距离。

说到这儿，沈临安低头一笑："所以看到你和他站一块儿的时候，我真的蛮惊讶的。"

朝夕的心里有各种滋味，难以言说。

沈临安对她似乎很感兴趣："陆程安身边的朋友似乎都是从小到大认识的，你也是？"

"算是吧！"

"什么叫算是？"

"因为中间有太多年没见了。"她不甚在意地笑了一下，问他，"你和他看上去关系似乎不太好。"

沈临安做了个很夸张的表情："这都被你发现了，其实我俩有仇来着，我前女友就是因为他和我分手的。"

朝夕沉默了片刻，"那你前女友和他在一起了吗？"

沈临安大笑："骗你的，这你也信？"

"无聊。"

他说："陆程安和谁都这样，没什么好，也没什么不好。"

他以前不这样。他成天呼朋唤友，各种局不断。

朝夕想，他是真的变了。

沈临安叹了口气："不过这会儿我和他是真的有仇了。"

朝夕疑惑地望向他。

沈临安把玩着手里的咖啡杯，脸上带着温柔的笑："他没和你说过吗？我和他接手同一个案子，站在对立面。"

朝夕："陈志文的案子？"

"他真和你说过啊？"沈临安诧异，"你俩到底什么关系啊，朝夕？"

朝夕漫不经心地笑了一下，问："你们俩，谁会赢这场官司？"

"不到最后，谁知道呢。"

他往垃圾桶那儿伸手，轻松一扔，杯子在空中画出一道抛物线来。

他转过头来，对她笑了笑："你觉得我和他谁会赢？"

没有一刻犹豫，朝夕答："陆程安会赢。"

沈临安沮丧不已："你这也太直接了吧。好歹我陪你喝了杯咖啡，也算是朋友了吧？"

"是朋友。"

"都是朋友，怎么你就站在他那一边？"

朝夕极其浅淡地笑了一下，语调戏谑："因为他穿制服的样子很帅。"

朝夕其实并不太热衷人际交往，太麻烦了，为了维系一段关系要付出诸多努力，任何感情都需要付出时间、精力和金钱。

而比起没有时间交朋友，更多时候是她对外人永远竖着一堵墙，一堵写满冷漠与疏离的墙。

她没想过沈临安会这么简单就破墙而入。

他是个很擅长处理人际关系的人，举手投足之间给人一种非常舒服的感觉。聊了也不过几句，朝夕便把他归为朋友一列了。

沈临安也没有想过回应他的竟然是这么句话。

其实这句话经由任何人嘴里说出来，都会有几分花痴的意味，可朝夕虽然语调戏谑，但是脸上清冷，眼里的笑意很淡，像是风吹柳絮，轻而柔，带着江南三月烟雨的湿冷。

她分明长了张蛊惑人心的脸，一颦一笑都风情万种、妩媚妖冶，可她偏偏将这些收敛得很好。

他突然很想知道她的过去、她的经历，以及她的千娇百媚被谁拥有。

沈临安心里一动，他看她的眼神俨然变了味。

他不是未经人事的毛头小子，不管是男人还是女人，对异性产生窥探欲和好奇心的时候，都是沦陷的前兆。

朝夕在说完那句话之后，便接到电话要回科室。

沈临安坐在原地，忽地叫住她。

朝夕转身："嗯？"

"下周一有时间吗？"

她想了想："正好休息。"

"下午 2 点开庭，要是没事的话，可以过来看看。"

"看什么？"

沈临安悠然一笑："看看到底是我赢，还是陆检赢。"顿了顿，他的眼梢展开温柔的笑意，嗓音里带了几分玩味："或者再好好比较比较，到底是我穿制服比较帅，还是陆检穿制服比较帅。"

朝夕双手插在白大褂的口袋里，闻言，有些无语。

他坐在原地："记得周一的时候告诉我答案。"

朝夕伸手，在空中对他晃了晃。

周日，朝夕查房查到刘敏的病房。

刘敏的手术很成功，恢复得也很好，再观察一段时间就可以出院了。

查房结束之后，刘敏叫住她："朝医生。"

朝夕看了梁亦封一眼，梁亦封冷冷地道："五分钟。"接着便带着一群实习医生和住院医师先行离开病房。

他们离开之后，刘敏感激地抓着她的手："我的丈夫已经回家了，无罪释放的。朝夕医生，真的谢谢你，谢谢你们！"

朝夕向来对这种场面不太适应，局促地笑着："他本来就没做错什么啊！"

"是，我丈夫是个很好的人。"

"嗯！"

朝夕摸摸边上做作业的小孩儿，从口袋里掏出一颗糖给他。

小孩儿甜甜地笑：“谢谢姐姐！”

朝夕戴着口罩，眼里流淌出温柔的笑意。

周一。

王少伟的案子正式开庭。

朝夕到得晚，已是尾声了。

旁听席上的人并不多，她找了个前排的位子坐下。

陆程安和沈临安二人像是站在天平两侧，互相阐述，互相辩诉。

她坐下的时候，恰好轮到陆程安辩护的顺序。

男人说话不紧不慢，有条有理，面无表情的脸在这严肃的氛围中显得格外正气凛然，黑色的西装制服剪裁合身，勾勒出他的宽肩窄腰，以及腰下颀长的双腿。

朝夕的视线往下。黑色西装裤包裹住他的双腿，结实有力，他走动的时候，健硕的大腿肌肉撑住衣料。腰上系着条锃亮的皮带。

男人看女人，看三样：脸、胸、腿。

女人看男人，也三样：脸、腿，以及腰以下、大腿以上最不可名说的部分。

她坐在人群中，目光赤裸又火辣。不得不承认，陆程安无论是从软件还是硬件来说，都是非常出色的男人，怪不得那么多女生飞蛾扑火。

有的人总归是命好到受上天的眷顾。

朝夕一直盯着他，全程都没挪开眼。

很快，结果出来，王少伟因为挪用公款数额较大，被判处十年有期徒刑。

宣布结果的那一刻，朝夕就弯腰离开法庭。

陆程安和沈临安握了握手。

沈临安却有点儿走神，扭头看向旁听席。

陆程安："案子输了，还有心情瞎看？我要是你的上司，这会儿你收到的不仅是败诉结果，还有辞退信。"

"这案子赢面本就不大。"比起陆程安，沈临安很早就知道了内情。他是被迫接的这个案子，和委托人王少伟交流的第一天，他就察觉到了不对。后来他得知事情的真相，便知道这个官司注定要输。

也不是一定不能赢，只要公诉人不是陆程安，他就有三成赢的把握。但是即便赢了，也会赢得很难看。

沈临安做足了准备，毕竟律师就是为了胜诉，他既然接了这个案子就要站在这一方，不管这一方是对的还是错的，他必须无条件、无原则地在法律层面让委托人赢。可到头来还是输了。

陆程安："既然知道要输，为什么要接？"

"在知道结果之前，我总是做好了赢的打算的。"沈临安耸耸肩，他在旁听席找了一圈，都没找到朝夕的身影，叹息道，"竟然没来。"

陆程安："谁？"

"朝夕啊！"

他的眸子一凛："你和她很熟？"

沈临安："前几天见了一次，聊得挺开心的。"

她和他倒没几次聊天是以愉快收尾的，陆程安的脸肉眼可见地阴沉起来："聊什么了？"

"聊了你。"

"我？"陆程安挑眉。

沈临安收拾好东西往外走，边走边说："是啊，聊了聊你。我那天还问她觉得这场官司谁会赢，你觉得她站在谁那边？"

陆程安用眼睛一扫沈临安："我。"

"你猜对了。"

陆程安的脸阴转多云。

沈临安又说："我问她为什么站你那边，你知道她怎么回答的吗？”

“怎么回答的？”这他倒是猜不出来了。

“她说，因为你穿制服很帅。”沈临安乐了，“她看着也不像是外貌协会的啊，怎么还按照外貌定输赢了呢？”

陆程安的脸多云转晴。

他拍了拍袖子，嗓音带了几分慵懒，缓缓地道：“不看外貌，你还是输。”

离开法院，陆程安先回检察院给案子收尾，只不过把收尾的时间一缩再缩，陆开棠来找他的时候，他已经关上电脑准备走了。陆开棠在楼梯口叫住他：“你去哪儿呀？”

陆程安：“有事。”

“你奶奶念叨好一阵了，让你晚上回去吃饭。”陆开棠走到他面前，见他把制服都脱了，领带松了一寸，松散地系在脖间，“你是不是忘了这档子事了？”

陆程安原先还记得，在和沈临安聊完之后，登时将这事抛之脑后了。

他抿了抿唇：“没忘。”

“真没忘？”

“记着呢。”陆程安低头看了眼腕表，他刚才给梁亦封打了个电话，朝夕 6 点就回医院上班，医院到老宅要开将近一个小时，一家人吃饭，他总归不能迟到，满打满算，他和朝夕最多能见十分钟。

可是有十分钟也好，他匆忙地道：“四叔，我还有事先走了，待会儿家里见。”

陆开棠在他身后喊：“早点儿回家。”

陆程安头也没回地往外走。

正好是下班时间，市区车流交织，夏末黄昏时分，晚霞璀璨，火烧云荼蘼了半边天空。夏日喧嚣炙热，像是人遇到心爱之人时燥热细胞钻进身体，不断疯狂肆虐地叫嚣。

他有太多年没有过这样的情绪了，像个毛头小子，冲撞急躁，为了见她一面，从城东跑到城西，又得从城西开一小时的车回家。就为了那几分钟，值吗？

陆程安略一思忖，怎么就不值？别说是几分钟，就算是一眼也值。

但紧赶慢赶，他到医院的时候到底也晚了。

他站在神外办公室的门口，往里扫视一圈。交接班的时间，又是晚餐时间，办公室空荡荡的，只零星坐着几个人，见到他站在门外，好奇不已地站起身来，问他："请问你找谁？"

陆程安："朝夕在吗？"

"朝夕被梁医生叫过去，有一会儿了，估计快回来了。请问你是？"

陆程安的唇边勾起一个寡冷的笑来，他没回答，只说："那我等一会儿她吧！"他说完，就靠在办公室外的墙边，低头看着腕表，边倒数时间，边等朝夕。

朝夕回来的路上路过护士台。

护士们都吃完饭了，此刻窝在里面闲聊。

小梦："哎，你们看到了吗？有个人来找朝医生。"

小想："看到了！好——帅——啊——"

小成："那人是谁啊，他有说吗？朝医生的朋友？家人？或者……"

小真："我觉得是朝医生传说中的未婚夫。"

朝夕默默地绕了个弯，准备从另一边绕回办公室。

结果等她从另一边回来，就看到了站在办公室外的陆程安。他背抵着墙，微弓着腰，此刻夕阳已经落下去，廊道尽处有微弱的霞光，他的身影被光影晕出模糊的轮廓。一只手拿着西装外套，一只手拿着手机。身形挺拔，侧脸的线条冷淡清瘦。

朝夕脚步一滞。

还没等她上前，就看到小梦走到陆程安面前：“那个，你好。”

陆程安冷淡地抬眸：“你好。”

小梦搓了搓手，局促地问他：“那个，你和我们朝医生是什么关系啊？”

陆程安的嘴角扯出一抹寡淡的笑意。

见他不回答，小梦又问道：“我们朝医生有个未婚夫，你该不会是她的未婚夫吧？”

朝夕的眉心狠狠一跳。她上前，准备打断这个对话。结果在她离他还有五六米距离的时候，就看到他倏地抬起头来，越过小梦，视线笔直地穿了过来，落在自己的身上。

她和他隐晦不明的目光撞上，她的心猛地一紧。

陆程安勾唇，道：“我确实有未婚妻。”

科室里的人原本对朝夕就充满好奇，一个从名字就散发神秘的女人。“朝”这个字作为姓氏，念 cháo，可偏偏她在进行自我介绍时，念的是 zhāo。

朝夕未曾参与的手术中，几个医生和护士讨论起这件事来。

梁昭昭原先十分热衷八卦讨论，只是在这一件事上，她保持沉默。

直到话题越来越龌龊，人性的阴暗面渐渐凸显出来。

羡慕是温柔的体现，但嫉妒是人生常态。

梁昭昭听不下去了，打断道：“咱们院的副院长叫什么知道吧？”

“季恒院长啊！”

“朝夕不姓朝，她姓季，叫季朝夕。”梁昭昭的声音冷了几分，“她之所以让你们叫她朝夕，就是不想张扬。”

众人面面相觑。

朝夕的身上像是有层层薄纱，掀开一层，又有一层，她简直是神秘至极。

姓氏的困惑解开了，随之而来的便是传说中的未婚夫。

众人揣测过，猜忌过，讨论过，也问过朝夕，可不管怎么问，她都是一个样子，脸上流淌着淡淡的笑意，眼里却藏了清冷。

众人想，或许那个男人并不优秀。或许她不喜欢他，但基于道德，不得不维护这个婚约。

陆程安的回答太巧妙。

他不说是，也不说不是，只说自己有未婚妻，暧昧旖旎的说法，给人无限遐想的空间。

护士还想问什么，却看到陆程安突然迈步离开，往前面走去。

廊道上隐隐约约有个女人的身影，穿着白大褂，头发在脑后绑成一束。夕阳暖色的余光晕染在她的身上，颈线优美，露出来的脚踝白皙瘦削。她双手插兜，显出窈窕的腰肢。

是朝夕。

陆程安不紧不慢地跟上朝夕的步调。

身后的脚步声沉沉的，她却听而不闻。

她进电梯，他也跟着进电梯。

无人的电梯，二人站在对角线的位置。

往下几层，电梯停下，许多人进来。

人多拥挤，朝夕被一辆小孩的推车挤得往后退了几步。

晚餐时间，进来的人手里都拿着餐盒，挤着朝夕的腿。

她往边上靠，使劲缩小自己的存在感，然而一层一层都有人进来，原本就狭窄的电梯间更逼仄了。

蓦地，她的手肘一紧，一只手搂住她的腰，往后一拉一扯。

她往后退了两步，眼前一片阴影滑过。她被他包围在电梯的小角落里。

她没抬头，视线平视着他突出的喉结，额间是他温热的呼吸。

朝夕问："你跟着我干吗？"

陆程安："我没跟着你。"

她瞥了他一眼。

"我下楼而已。"

她轻轻地"哼"了一声。

陆程安："今天的案子很顺利，陈志文无罪，当庭释放。"

她点头："我知道。"

"你去过法院？"

她没隐瞒："嗯！"

"怎么不告诉我？"

"临时起意。"

陆程安似乎想到了什么，问她："我穿制服真的很帅？"

她的脸上骤然出现红晕。

她没回答，但这已是最好的答案。

陆程安心情很好，声线上扬，带着愉悦的情绪："以后每一次见面，我都穿制服。"

她抬头，眼神半恼怒半娇嗔地瞪他。

恰好这个时候电梯停在一楼。

人陆陆续续地下去，陆程安抬手看了一眼时间，他伸手摸了摸她的头发："好了，我要走了，好好工作。"

朝夕的心里陡然一空："你——"

他收回圈住她的手。

转身到一半，又折了回来，毫无征兆地向她靠近，他贴在她耳边，说话时的温热气息熨烫着她的耳郭。

他的嗓音低而沉，声线醇厚，带着笑意："刚刚真的忍不住，但我本来就是你的未婚夫，没错吧？"

"不许生气。"他说完这句话，转身离开。

他站在电梯外，西装外套的领口被他抓着松散垂在身侧，西装挺括合身，衬衫领口的两颗纽扣解开，露出锁骨。

像是一部帧速极慢的电影，电梯门缓缓合上，他站在那边，露出得意的笑容。

电梯合上的最后两秒。

他双唇翕动，朝夕从他的口型里读出了一个字：“乖。”

她低头，暗骂了一声：“烦人。”但心里像是被人摇晃了很多次的碳酸饮料似的，和他贴得那么近的时候，汽水被摇晃，在真空包装里疯狂叫嚣。

他最后那一声“乖”，像是汽水瓶子被人拧开。

“砰”的一声，她的心里如火树银花般盛开。

然而她的好心情并没有持续多久。

她回到科室，就看到有人在里面。

办公室内气氛严肃，众人都胆战心惊，梁亦封和一人站在窗边低声说着什么，见她回来，梁亦封对面那人叫住她：“朝夕。”

朝夕走过去，想了想，道：“季院长。”

季恒笑着说：“我刚和亦封在讨论你的事儿呢！”

朝夕看了梁亦封一眼。

梁亦封面色冷淡，他低头看了眼时间：“我下班了，你们聊吧！”

等梁亦封走了之后，季恒便把朝夕叫了出去。

消防通道里，季恒盯着朝夕，眼圈微微发红。

他已年过半百，又在医院工作这么多年，早已看惯生死离别了，可这一刻，到底还是忍不住，心底一阵酸胀感涌了上来。

朝夕如常地笑：“二伯父。”

她越是这样，季恒心里越是不好受：“这些年，你过得还好吗？”

"挺好的。"

"在医院也好吗？"

"也挺好的，二伯父，"她心里明白得很，"有您在，我能不好吗？"

她是真的表示感谢。

季恒叹了口气："我能做的也只有这些了。"

朝夕："这就足够了。我都已经从家里离开了，您还能这样照顾我，我是真的感谢您。"

季家是个大家族，虽然朝夕的爷爷只有两个儿子，但是朝夕有许多堂伯父和堂叔。季家家风正派，从未有重男轻女一说，然而诡异的是，朝夕这一辈只有她一个女生，算上领养来的季君菱，勉勉强强两个，其余的都是男生。

季君菱年纪比她大，大家明面上都叫她一声季家大小姐，但私底下大家都清楚得很，谁才是真正意义上的季家大小姐。

季恒："原本你一进医院我就要找你的，可是你爷爷不让我来找你，老头子还在气头上，说你没良心，一走就是十年，连你奶奶走都不回来。"

老爷子的脾气她是知道的，刀子嘴豆腐心。

他接着说："老爷子表面上不让我们喊你回家，背地里却偷偷看你的照片，从你刚出生再到高中。老爷子的眼睛其实不太好，不能长时间看东西，但是你的照片，他一看就是一下午，你大伯劝他，反倒被骂。"

朝夕勾了勾嘴角："爷爷脾气一上来，谁都劝不住。"

"以前有你和你奶奶，还能管得住他的脾气，你奶奶走之后，就没人管得住他的脾气了。"季恒从未有过这样小心翼翼的时刻，"朝夕啊，这十年，你爷爷一直在等你回家。我们也一直在等你回家。"

心上有种钝钝的感觉，像是有根针往她最敏感的地方很轻很轻地扎，一下又一下，不疼，却令人全身紧绷，神经麻痹。

她沉默着。

季恒也知道她在意的点，说：“她最近在覃城工作，短时间内不会回来。”

朝夕想了想，最后妥协似的点头：“我下周二休息。”

朝夕回家的事很快就传到了陆程安的耳朵里。

他原本想问她为什么突然就要回家，可朝夕在医院值班，作息和他完全对不上，他接连给她打了几个电话都是无人接听的状态。第二天上班，又突然被告知要封闭式培训，他连手机都被收了，等他出来的时候已经是周二了。

紧赶慢赶，陆程安回到大院的时候，发现朝夕还没回来。

空旷的训练场上，季洛甫、梁亦封、沈放坐在一边的休息椅上，跟看他笑话似的：“我们陆二什么时候还有这么匆忙的样子啊？可真是稀罕。”

都是生死之交，陆程安也无所谓，被看笑话就看吧。

沈放拿手肘推了推他：“二哥，我刚去医院接三哥的时候，听到了什么你知道吗？”

陆程安从兜里掏了包烟出来，低头叼起一根，四下找火柴，闻言，漫不经心地答道：“听到了什么？”

“我就在护士台站了五分钟，就五分钟。”沈放说，“人家小护士就主动和我搭讪，问我找谁。我说我找朝夕，我是她的仰慕者，你知道小护士咋回的吗？”

“回什么了？”

“人家小护士说——”沈放掐着嗓音，模仿着小护士的语调，“我们朝夕医生有未婚夫了。”

三人被他这腔调逗得直笑。

沈放："更绝的在后面，那小护士还给我看了张照片，说是朝夕医生的未婚夫。我就看着她指着二哥的侧身照，说'我们朝夕医生的未婚夫是不是很帅，是不是特别有气场'。不是，一个侧身照能看出什么？我连正脸都没看到，还帅？"

陆程安笑了，他的笑声从喉咙里溢了出来："真是我照片？"

他在乎的是这一点，转头问梁亦封："她主动承认我是她未婚夫了？"

"没承认。"梁亦封睨他一眼，"也没否认。"

那就是默认了。

陆程安笑着，手里举着的烟被他抖得烟灰乱飞。

没过多久，有人回来，开车路过这边的时候看到他们几个坐在那儿，顿感新奇，停下车来和他们打招呼："陆二哥。"

整个大院里，陆程安和同辈们的关系最好。他脾气好、性格好，又乐意带着弟弟妹妹们一块儿玩。他在陆家排行老二，大家见到他都会叫一声"陆二哥"。

是傅闻声。

陆程安起身，和他招了招手。

傅闻声："二哥，你们今儿个怎么会有时间回来？"

"有点事，就回来了。"陆程安说，"倒是你，怎么回来了？"

"唉，可别说了，"他说，"前阵子换了台车，把通行证给搞丢了，今儿个得回来办个通行证，要不然以后回家麻烦。我这一个月才回一次，哨兵估计都不认得我。"

傅闻声说："刚才在门口，就有人被拦住了，我就偷偷摸摸地看了一眼，就侧脸，单单侧脸都美到不行。可我寻思着，咱们院里也没这么个美人吧？"

他的话音刚落下，陆程安似乎想到了什么，没有丝毫犹豫，拔腿就往外跑。

傅闻声疑惑，在身后叫他："二哥！"

“别叫了，你二哥有事儿。”季洛甫笑着说。

“什么事儿啊，跑得这么快？”

沈放轻飘飘地道：“还能是什么事儿，终身大事呗！”

傅闻声更茫然了：“那他往外跑什么？”

“外边的那美人啊！”沈放双手反撑在身后，上半身往后靠，拖腔带调地说，“那可是咱们院的头号美人，就是在国外待了十年，你不知道也正常。”

傅闻声年纪小，才大二，早些年的风起云涌一概不知。

傅闻声问道：“那美人叫什么啊？”

季洛甫警告地看了沈放一眼。

沈放勾了勾唇，意味深长地道：“那美人，叫——你二哥的人，你个小毛孩就别想了，咱二哥早就把人定下了。”

陆程安远远地就看到了停在门外的车。

朝夕回国住的房子是他找的，原本他还给她备了辆车，结果她自己有车，一辆黑色的奥迪，车牌也很有心，是她的生日。

陆程安托人查了一下，是江渔花了一万五从别人手里买来的。

离大门不到五米距离的时候他停了下来。

站岗的哨兵不认得朝夕，狐疑地盯着她，尽职尽责地说：“我们这儿不放外人进来，您看，要不您打个电话让人来接您？”

朝夕也很无奈：“我的手机没电了。”

她在家睡了一天，醒来的时候也没管手机还有没有电，拿起手机就下楼了。开了十几分钟的车，手机突然跳出个低电量提醒，偏偏她还没带充电线和充电宝。

十年，这座城市早已发生翻天覆地的变化了，地铁线繁多，立交桥穿梭在城市中心，路线复杂且拥挤，她紧巴巴地盯着右上角的电量，希望它能支撑到家，可惜它十分不给面子地在距离终点五公里的时候自动关机了。

好在她三年前回过一次国，这段路倒是走过。也无所谓生疏，这段路和以前一样，只不过铺上一层柏油，道路两边栽种着枝繁叶茂的行道树，路比以前宽了一倍。

哨兵也很认死理："那我不能让您进去，万一您是坏人呢？"

话音落下，就听到不远处响起了笑声，朝夕和哨兵一同顺着声音看过去。

陆程安朝哨兵挥了挥手："自己人。"

哨兵立马放行。

栏杆缓缓升起，朝夕的车开了进来，她往前开了一段距离之后，在路边停下。

她透过后视镜看陆程安，陆程安离她还有十几米的距离，步伐散漫，不急不缓地走过来，边走，手还边往兜里掏。未几，掏了包烟出来，抽一根叼在嘴里。令她意外的是，他竟然是用火柴点烟，低头，一只手虚拢着火苗点烟。

烟雾缥缈而起，朝夕熄火下车。

朝夕："你怎么在这儿？"

隔着烟雾，他的脸模糊了几分。树影婆娑，他的嗓音在风中响起，低而哑："为什么不回我电话？"

"回了，你关机。"朝夕说，"梁亦封说你在培训。"

"你去问他了？"

她看到他眼底暗涌出来的浅浅的笑意，冷冷地道："陆许泽到你那儿扑了个空。"言下之意，自己不是特意问的。

陆程安直接忽视。

他说："那为什么不给我发消息？"

"我又没事找你。"

"你没事找我为什么给我打电话？"

"是你先给我打的电话。"她无语。

陆程安说："你知道我为什么给你打电话。"

朝夕眼神闪烁：“我不知道。”

“你这么聪明，怎么会不知道？”他淡笑，似乎也不想在这里反复追问下去，他长驱直入，问她，“突然回来，为什么不和我说一声？”

她默不作声。

她的声音仍旧是清冷的：“有什么好说的呢，只不过是回个家罢了。”

陆程安盯着她，许久之后，他说：“走吧！”

朝夕“哦”了一声，把车锁了之后就跟着他往前走。

走了几步，她冷不丁地突然开口：“还有吗？”

“嗯？”

她眼巴巴地指着他嘴里叼着的烟。

“没了。”他含混不清地说，又把烟取了下来，用食指和中指夹着，那支烟就随着他的动作在空中晃来晃去，“最后一支，抽吗？”

朝夕伸手接过，径直往自己嘴里塞。

她抽烟的动作娴熟老成，微垂着眼，周身散发着一股清冷的气韵。抽了几口，朝夕蓦地抬头看他，媚眼高高挑起，见他一副愣怔的模样，忽地笑了起来，又欲又纯。

晚霞带着浓郁的橙光，给她的身上笼罩了一层温柔的暖色调。烟雾飘起，隐藏在缥缈雾中的她的脸绽放出笑容来，浅淡又骄矜。

她的眼波涌动，显得千娇百媚，勾着他的心。

理智回归，他问：“什么时候学会的？”

“刚出国的时候，”她抽完一根烟，平静地说着那些往事，“晚上看书的时候累了，抽根烟提提神。”

“胡扯。”

朝夕轻哂：“这都被你看出来了。”

她那时为了不显得那么特立独行，选择了校内宿舍。同宿舍的几个女生是英国人，她们玩得开，每周都会带人到宿舍聚会，朝夕在这种时候一般都会在实验室待着，或者是外面的咖啡馆。

某次她回来得早，她们还没散，脚步轻浮，异常兴奋，茶几上放着几包东西。

朝夕瞬间了然。

她视若无睹地想要回房，却被她们几个抓着不放，那群人想拉着她一起下地狱。

英国对于吸食大麻的管束并不像国内这样严格，她们有六七个人吧？她也记不太清了，那天最清晰的时刻就是那个瞬间。她拼命挣扎，拼死抵抗，脑子混沌的时候想要不就这样沦陷算了。可她到底是清醒的，清醒地从她们手里挣脱，跑了出去。

她很快就搬了出去。抽烟就是在那个时候学会的，但她抽得少，非常非常偶尔的时候才抽，偶尔想家的时候才抽。

朝夕把烟蒂掐在垃圾桶上，扔了进去。

陆程安意味不明地看着她，说："少抽点。"

"你一个老烟杆说这种话？"她调侃道。

陆程安低声咳了咳，没再说话了。

快到训练场的时候，陆程安突然停住脚步。

朝夕感到疑惑，也停了下来，顺着他的视线望去，看到了季洛甫他们站在那儿。他们三个也从训练场里走了出来。

朝夕有很多年没见过季洛甫了。

虽说是兄妹，但二人都不是特别爱亲近人的性格，季洛甫打小又是被三令五申严加管束的人，心智比同龄人成熟不少；而朝夕又不善表达情感，小女生该有的撒娇她都不会。

他们其实都不擅长讨人欢心，或许因为这样，所以二人才惺惺相惜。

在面对季君菱和大人撒娇的时候。

季洛甫："看看人家怎么撒娇的。"

朝夕："我有眼睛。"

"看到了，觉得怎么样？"

"又嗲又甜。"

"你不学学？"季洛甫一抬下巴，示意其乐融融的客厅，一堆长辈被季君菱逗得直乐，眼里满是赞赏与满足，"多讨喜。"

朝夕冷而不屑："再讨喜，我仍旧是季家的大小姐。"

她当时也是真的嚣张，明媚且恣肆。

在外人眼里，季家人对季君菱这个养女的喜欢比对朝夕的要多得多，但季家上上下下都知道，季家最得宠的是朝夕。这和亲疏无关，与外貌更无关，单单只是气场。

朝夕见到季洛甫，淡淡地叫了声"哥"。

季洛甫："嗯！"

几人反应平淡，丝毫没有十年未见，重逢之后的喜悦。唯独沈放兴致高涨："不是，我是真不明白，你十八岁的时候有股子清清冷冷的仙女味儿也就算了，怎么十年过去了，你还是这样？"

打完招呼之后，朝夕和季洛甫回家。

朝夕："沈放不是结婚了吗，怎么还是和以前一样？"仍旧给人一种慵懒浮荡的不着调的感觉。

"三岁看老，"季洛甫说，"人哪儿会那么容易改变。"

"陆程安不也变了吗？"她想起陆程安的从前性格和沈放简直是如出一辙，甚至比沈放还过分。沈放性格再顽劣，但在男女关系上分外清白，从始至终不过就只有家里的小娇妻，但陆程安身边莺莺燕燕无数。

季洛甫的眼神变得隐晦不明了："他也是没办法。"

她觉得好笑："难不成还有人逼他？"

出乎意料地听到一声"嗯！"朝夕感到讶异。

季洛甫似笑非笑地说："你真以为他一直都随心所欲？"

“不是吗？”

季洛甫的眼神像是融入夜色般深重，他轻描淡写地说：“人嘛，被逼过一两次就会学乖了，就会知道随心所欲是要付出代价的。”

朝夕被他这句话说得一头雾水。

刚好到家门口，她也没时间再细想这句话的意思，面对熟悉的家，一想到屋里面迎接她的是什么，她就全身紧绷，既紧张又不安。

季洛甫：“家里就老爷子在。”

她抬头：“我爸妈和伯父伯母呢？”

“在外面，”季洛甫说，“老爷子特意叮嘱的，怕你不自在，也怕他们见了你之后太激动。”

朝夕松了口气。

进屋之后，老爷子就坐在沙发上。

听到动静，他转过身来，动作迟缓。他戴着眼镜，看清来人之后，伸手摘下眼镜，揉揉眼，似乎不太相信：“是不是我眼花了，怎么看到我家朝夕回来了？”

朝夕鼻子一酸：“爷爷。”

老爷子：“哎，声音不像，我家朝夕声音可好听了。”

朝夕哭笑不得。她离开的时候才十八岁，嗓音稚嫩，十年的时间，改变的不只是外貌、心性，就连嗓音也被岁月沉浸，洗去了少女感。

老爷子又说：“更漂亮了。”

朝夕的喉咙像是被堵住了一般。

“挺好，挺好。”

朝夕走到他面前，低低地叫了声：“爷爷。”

“嗯，饿不饿？”老爷子说，“我让人做了一大桌子你爱吃的菜，你以前爱吃的菜。”老爷子拄着拐杖站起来，他的眼睛都浑浊了，但心还是敞亮的，“我也不知道你现在爱吃什么，只能让人做你以前爱吃的东西了，哪怕不喜欢，总归不会讨厌吧？”

“喜欢。”朝夕扶着他在餐桌旁坐下，“爱吃的还是那几样，没变。”

老爷子乐呵呵的，满足极了：“没变就好。”

老爷子原本用晚餐就犯困，此刻倒精神矍铄得很，拉着朝夕聊着这些年的事情，季洛甫不忍打断他，于是叮嘱朝夕几句便回房了。

这个夜晚属于他们二人的，而朝夕似乎也有话想单独对老爷子说。

十年有太多可聊的内容了，家里的事，大院里的事。老爷子喋喋不休地说了很多，但他只说自己的，不主动问朝夕这些年过得如何，也不提季君菱。

“你奶奶走之前的晚上一直念叨着你，她说你回来了，她看到过你。老太婆是真的不清醒了，她拉着我的手，让我别骂你。”老爷子拍拍桌子，气得不行，“我哪儿会骂你！我最疼的就是你了，从小到大，我何时骂过你？”

朝夕笑：“是，您最疼我了。”

“但你怎么就真能十年都不回来呢？你奶奶最喜欢你了，别人怎么讨好她，她都最喜欢你，左一个朝夕，右一个朝夕，永远都是‘我家朝夕最好，又漂亮又懂事’。她很后悔……后悔把你教得太好，教得太懂事太善良了。”老爷子戎马半生，向来都是骄傲铁血的，从未有过此刻这样的泪眼蒙眬，“她走的时候也一直在念你的名字，你知道吗？”

朝夕沉默地坐在那里，沉默地流着泪。

老爷子说：“她也很后悔给你定下的婚事，她总觉得一切都是因为那桩婚事才发展成那样的，所以才把婚约给取消了。陆家那边倒还好，可是……”

他骤然摇摇头，无声地笑：“陆家那小子，你知道吧？”

“陆程安。”朝夕低声念他的名字。

老爷子打趣道："那小子竟然不愿意和你取消婚约，还跑到我这儿闹，说是早就定好了的婚事，怎么可以取消？二十岁的小毛头，眼睛都红了，就那样没大没小地瞪着我，浑小子……"

"什么？"朝夕倏地抬起头，难以置信地看着老爷子，"您说什么，陆程安他……"

"他不愿意取消婚约，说什么你是他早就定好了的人，怎么不经过他同意就取消这桩婚事呢？"老爷子手里的拐杖敲得地都在震，"胡说八道！是你奶奶和他奶奶定的，取消也是两位长辈取消，关他这个小毛头什么事儿！"

"而且我都听说了，他那人不学无术，乱搞男女关系，我这么宝贝的乖孙女，怎么能交到他那种人的手上！"老爷子倔强地摇头，"不行，反正不能嫁给他！"

朝夕被老爷子幼稚的举动给逗笑了，但心底却是惊涛骇浪，震惊、不可思议，错综复杂的情感涌上心头。原来，他真的没有不要她。

老爷子每年见到陆程安都会想起这档子事来。

当时朝夕刚从家里搬出去，住的地方也是老爷子让季洛甫找的，虽然是离开季家，但到底是喜爱得不行的亲孙女，哪里舍得让她受一丁点儿委屈。找的房子是最好的，而且是以她的名义买下的。

这边他刚安排好朝夕的事，那边就听到敲门声，勤务兵说："陆程安说要见您。"

季老爷子其实不太记得陆程安是谁，经过勤务兵小心翼翼提醒之后，他才知道，原来是和朝夕有婚约的那一个。

他挥挥手："让他进来吧！"

陆程安那天可以用"潦倒"二字来形容，衣服似乎有几天没换了，灰色衬衣皱巴巴的。头发也乱糟糟的，胡子拉碴。面色阴郁，眼神空洞，没有任何情绪。

季老爷子感到疑惑："你来找我做什么？"

"朝夕呢？"陆程安的眼神聚焦，季老爷子这才看清他的眼睛里满是红血丝，他的语气近乎渴求，"我要和她说一句话。"

“说什么？”季老爷子说，“你和我说就好。”

陆程安：“婚约的事，我没说取消就不能取消。”

季老爷子皱眉：“婚约的事，原本就是我们两家长辈一时兴起说的玩笑话，原本是想着两家亲上加亲的，可是……浑小子，她都走了，这桩婚事怎么还能作数呢？”

季老爷子耐心地劝说：“她奶奶都说了取消这个婚约，你奶奶也同意了，你还在这儿较什么劲儿？”

“她是我定下的人，我没说取消，就不能取消。”

陆程安双眼通红，几乎是从牙缝里蹦出的话：“我和朝夕的婚约是早就定好了的，我不说取消，它就一直作数！”

他当时还年轻，也不过二十岁，眉眼仍旧有着少年的青涩感。

季老爷子也私下打探过他的种种，在学业上是好的，在私人感情上却是混乱不堪的。

他是不满意陆程安。解除婚约，他也是第一个赞成的。

可是眼前的陆程安，却和他听到的不太一样。即便透露着少年气，但眼神阴鸷，有着无数种情绪，愤怒、不满、急迫、渴求……可又因为从小到大的教养而死命地压抑着。

陆程安垂在身侧的手紧握，胸腔上下起伏不平地抖动着。他有太多的无助，也有太多的渴求。最后，“扑通”一声，他跪在了季老爷子的面前。

桀骜顽劣的少年低着头，身子紧缩，嗓音颤抖，带着不易察觉的哭腔请求道：“爷爷，我会变的，我会为她变的。这婚约……她不说取消，就不算取消。算我求您。”

少年向来意气风发，骄傲到不可一世，有着游戏人间的资本，从未想过有朝一日会因为一个女人而低头。对父母低头，对旁人低头。对这第一次不站在他这边的命运低头。

第五章

只看得到你

夜里的温度骤然下降不少。

夏末将至，蝉鸣声渐消。

老爷子到底身体不如从前，说着说着就犯困了，却强撑着眼皮，拉着她问：“今晚不走了吧？”

老人渴求般地看着她。

朝夕不忍拒绝，终究是点头应下。

她的房间一直都为她留着。那是家里采光通风最好的一间房，面积也是最大的。是啊，季家上上下下最受宠的那个人就是她。也因为如此，所以她才不得不离开季家。

二楼。

朝夕卧室的灯终于熄灭。

陆程安半靠在季家大门对面的花坛上，手上夹着支烟，烟头燃着微弱的火光，他指尖的烟雾都被夜风吹散，思绪也被凉丝丝的夜风吹得七零八落。

当晚回忆起往事的何止季老爷子，还有他。

其实仔细想想，他当初确实做得不合规矩，贸贸然闯进季家，在老爷子面前说那么些话，太狂太自我。

可是要再来一次，他还是会这么做。

人生总有一次向命运投降。他在遇到朝夕的那一刻，就知道他活该有这么一劫。

隔天，朝夕在吃了早餐之后才去上班的。

老爷子看到她还在家，开心得多喝了一碗粥，在她走的时候还跟个小孩儿似的眼巴巴地盯着她："什么时候再回来看我？"

话音刚落，家里的电话就响起了，阿姨接了电话，低声说："是君菱。"

老爷子脸上的笑霎时僵住，他仔细打量朝夕的脸色，她笑意如常："她估计是想您了，您接她电话吧，我就先去上班了。"

说完，她就离开季家了。

身后的季老爷子看着她的背影，无奈地叹气。

"电话……"

"说我在外面散步。"老爷子漠然极了。

朝夕一出门，就看到了停在门对面的车。

驾驶座的车窗降了下来。

陆程安："我送你？"

"我的车还在那边停着。"

又被拒绝了。陆程安无奈地挑眉，却听到她说："你送我过去吧，我懒得走这几步。"

态度转变得太快，导致陆程安有一瞬间没反应过来。

也不过不到二百米的距离，陆程安硬生生开了两分钟。

沈放和梁亦封在一辆车里，远远地看到前面开得跟蜗牛似的车，沈放咋舌道："三哥，你说二哥怎么回事儿？平常看着比谁都理智冷静，就连大哥有时候在他面前都自愧弗如，就这么一个人，怎么到了朝夕面前就这么窝囊？一悍马给他开出了老年人专用代步车的感觉。"

沈放的吐槽向来都直戳靶心。

梁亦封揉了揉眉心，他对别人的事不太上心，只说："废话很多。"

沈放撇了撇嘴，实在是看不下去眼前那辆龟速般前行的车，一脚油门踩下去，直接超车，超了车之后，还十分得意地按了按喇叭嘲讽陆程安。

陆程安不以为意，他的心思全在朝夕身上。

朝夕上了他的车之后便说："你开慢点。"

陆程安："嗯！"

远远地就能看到朝夕的车，朝夕向来不太擅长太煽情且漫长的对话，类似上次高铁上那样的谈话，她更擅长简明扼要。

昨晚听到的事情对朝夕来说冲击力太强，她因为婚约一事对陆程安怀恨在心十年，虽然她一直对老人们擅自定的婚约耿耿于怀，但她的心底仍旧是承认他的。即便被通知婚约取消，即便她和他再没有见过面，她的心底，仍旧是把他当作未婚夫的。

她偶尔也会给自己找理由，人不能言而无信，答应了的事就不能反悔；他那样的人才会出尔反尔，我怎么可以像他呢？未婚夫不过是拿来搪塞别人的借口罢了，在我眼里，他不过是个薄情寡义的负心汉罢了。

白日的她，清醒理智。一到晚上，望着异乡月的时候，朝夕总会想起陆程安。想起她那些年遇到他时的场景，想起圈子里的人提到他时的语气，想起自己那个满身傲骨的哥哥都对他倍加赞赏。所以那时的她也会在深夜里有那么一点儿少女幻想。

后来又是婚约。她的天真破土而出，如杂草般疯长。她想他。也想希望他会为她停下。像是一条小船在海上漂泊数日，迷迷糊糊之际突然发现自己似乎看到了陆地。她是穷途末路的掌舵者，眼前的景象不知是真是假。

朝夕抿了抿唇，忽然问他："你之前说，婚约这事，你说不取消就一直存在，是真的还是骗我的？"

"真的。"

"我离开的时候，婚约是取消的。"

“那都是他们定的。”

“他们定的婚约，他们取消也是自然。”

陆程安：“我不行。”

“什么？”

“换作别人，我无所谓，”他直视前方，侧脸清冷，脸上没有丝毫的笑意，平静地说，“换作你，不行。”

朝夕怔住了，她不知道在想些什么：“爷爷说过，你要是愿意，季君菱也行。”

季老爷子曾担忧过因为这事把两家关系闹僵，于是提出建议：“我家还有个孙女，虽然是领养的，但我们从来都是视若己出的，而且你们放心，我们季家出来的女孩儿不输任何家庭。你们要是愿意，让陆程安和君菱在一起也好。”

结果被拒绝了。

陆程安扯了扯嘴角，笑容寡冷：“换作她，我无所谓。”

朝夕：“无所谓是什么意思？”

“订婚、结婚无所谓，有没有婚约也无所谓，”陆程安说，“反正也懒得看她一眼。”

“那我呢？”

“你不行。”

“为什么？”

阳光爬上枝头，金灿灿的晨光透过风挡玻璃照入车内，他的脸一半藏于黑暗，一半浸在光中，半明半暗的脸上，神情变得阴郁。

他沉声道：“只看得到你。”

换作别人，自己早就不屑置之，但是你季朝夕不行。谁见了你之后，还会想要别人？你是世间绝色。

朝夕沉默了。那条船摇摇晃晃，在海上漂泊数日，竟然真的找到了岸边停泊。

她做决定向来很快，没有一丝犹豫和迟疑："在一起吧！"

"什么？"陆程安一脚踩下刹车。

朝夕伸手打开车门，快速地跳下车，眼尾往上翘起，眼波旖旎，媚眼浸在晨光中，只微微一笑，就勾起他的满腔爱意。

阳光落在她的眼底。她眼如星辰般闪耀，俏声道："回应啊。十年前的见面，或者是上次在比利时见面，你对我说的那句话的回应。"

回应你当时的那一句"朝夕，我好像对你一见钟情了"。

朝夕向来不是个忸怩的人，想和他在一起，于是就和他在一起。

没有考虑过二人的性格是否合适，喜好是否一致，他们分开了那么长的时间……或许"分开"这个词都不够恰当，之前，他们也并未在一起过。

这会儿倒真像是旅途时的艳遇成真了。

一大早的工作颇多。

上班、交接班、查房、办出院、改医嘱、收入院，整个过程烦琐冗杂。公立医院似乎从没有清闲的时候，哪怕半夜，救护车的声音也会骤然鸣起。

中午的时候稍有喘气的空当，朝夕又被科室主任叫了过去。

会议室里，一同被叫过来的还有其他科室的医生。

朝夕和梁亦封坐在一起。

每次朝夕开会，都和梁亦封坐在一起，不为其他，就因为和他在一起清净，鲜少有人过来搭讪。他这人太冷，全身上下都散发着一股生人勿近的淡漠气息。

然而沈醉却不在意。

她在朝夕边上坐下，伸手和梁亦封打了声招呼："梁医生。"

梁亦封头也没抬，清清冷冷的一声"嗯"当作回应。

沈醉也不在意，她拉着朝夕，问："你知道这次开会是为了什么事吗？"

朝夕摇头。

沈醉说："有部电视剧要来咱们医院拍。"

"电视剧？"朝夕心里有种不祥的预感。

沈醉："咱们医院经常被剧组借用，只不过这次是纯医疗题材的电视剧，所以医院领导也比较重视，而且我听说你们科室是重点科室。"

果然。朝夕在心里叫苦不迭。

然而更惨的事情还在后面。神外是重点科室，百分之八十的专业内容都要在他们科室拍，而他们科室的医生要提供专业指导，神外的主任和副主任向来都不喜欢这些事，所以这事就交给了梁昭昭处理。

梁亦封自然是排除在外的，他冷淡到连同事都不亲近，更何况是这种事情。

年轻医生也不过那么几个，有时间分神应付这些事的，自然是没有门诊的医生，最好有丰富的经验和过硬的专业知识。

赫然印在名单上的名字是朝夕。

朝夕无奈地叹气。

而且剧组那边似乎分外严谨，希望医生能够提前研读剧本，这样才好给他们提供专业的技术支持。

其实国内像这样严谨认真的剧组已经不太常见了，基本上都是以医生为噱头，实则却是拍浪漫言情剧的，像这样以医疗题材为主、爱情线为辅的电视剧不可多得。

会议结束，回科室的路上。

梁亦封寡冷地道："你要是不愿意，和院长说一声就行。"他说的是季恒。

朝夕并不想因为这种事去麻烦伯父，她摇头："算了。"一部电视剧而已，能花得了她多长时间。

晚上下班。

陆程安过来接她，车上还有梁亦封。

今晚要去梁亦封家吃饭。

朝夕回国之后一直处在忙碌的状态，难得有空的时候，也鲜少有周末——医院轮休，哪来得及考虑工作日还是双休。钟念也在上班，两个人太难约时间见面，不过好在二人对叙旧这件事都不热衷。

但即便再不热衷，也要见一面。朋友之间便是这样，不常见面，但偶尔一次见面，就可以抵消之前所有不曾陪伴的时光。

到家之后，钟念在厨房里做菜，朝夕也进了厨房。

陆程安和梁亦封在客厅。

陆程安对着朝夕的背影突然叹了口气。

梁亦封剜了他一眼："怎么了？"

陆程安低头，哑然失笑："你觉得我和她像是在谈恋爱吗？"

"是不像。"

三人同车，一路无言。

陆程安点了支烟，吸了几口之后，他突然笑了出来，笑声低沉："我总觉得我谈恋爱是上辈子的事了。"

"十年前，"梁亦封耿直地道，"说是上辈子也不为过。"

"老三，你知道吗，我今天想了一天我以前是怎么谈恋爱的。"

"想出什么东西来？"

陆程安颓然地摇头。他以前谈恋爱太简单，没有任何挑战性。女朋友，唾手可得；情话，信手拈来；惊喜，都是金钱堆砌的产物，毫无心意可言。

"以前那些套路、小把戏，骗骗小女生还行，骗她？"他抽了口烟，烟雾缭绕，他吐了口浊气出来，嗓音低沉，"都是骗人感情的套路，用在别人身上还行，用在她身上不行。"

他把烟掐在烟灰缸里。垂眸，被烟浸渍的嗓音低哑："我不舍得。"

梁亦封向来不擅长处理这样的情感问题，神情漠然，只当一个合格的听众。

陆程安伸手松了松领口，叹了口气，道："算了，反正都在一起了，还能怎么办？新手上路，尴尬是难免的，过几天就好了。"

梁亦封诚恳地建议："要不你出去谈几个女朋友找找感觉？"

陆程安无语。

晚饭很快就做好了。

钟念接着上一个话题："所以你们医院要合作的那部电视剧叫什么？"

朝夕想了想，说："《心心相医》。"

陆程安："你们医院要合作拍电视剧？"

朝夕点头。

陆程安看向梁亦封："你怎么不和我说？"

梁亦封坦然地道："我又不是你女朋友，为什么要和你报备这个事？"

话音落下，三人的视线齐齐地落在朝夕身上。

朝夕正在夹菜，感受到众人火热的目光之后，她把手里夹着的糖醋排骨放到了陆程安的碗里，清了清嗓子，语气自然极了："我做的，尝尝看好不好吃。"

陆程安挑了挑眉，随即拿起筷子尝了一口，评价："不错。"

朝夕勾了勾嘴角，解释："没来得及和你说。"

"下不为例。"他用手指敲了一下桌子。

朝夕点头，又和钟念讨论起这部电视剧来。二人似乎真的在讨论电视剧的内容，男女主演、导演等一概跳过。直到快吃完饭的时候，钟念才想起来问她："这部剧很考验演技啊，女主角是谁啊？"

"女主角啊？"朝夕拧眉想了想，恰好这个时候客厅的投影仪播放着时下最火的青春励志言情剧，正剧播放之前，广告无孔不入地穿插进来。代言人笑容甜美，右下角印着她的名字。

朝夕说："就是她。"

三人的视线齐齐望去——尹落。

四人都不太关注娱乐圈，看到尹落的时候也不甚在意，匆匆地瞥了一眼就都挪开视线。

晚餐结束之后没多久，陆程安和朝夕就回去了。

吃完晚饭，朝夕的困劲就没了。

路过一家大型超市的时候，朝夕说：“去超市吗？”

“你想去？”

“嗯，家里的洗衣液没了。”

于是陆程安拐弯，进了超市的地下停车场。

陆程安推着手推车，朝夕在货柜前挑选东西。她对国内的产品了解得不多，这些年各大品牌异军突起，和她记忆里有的东西截然不同。

她时不时地问陆程安哪个比较好，陆程安其实也没怎么逛过超市，两个人开始认真探讨起来。

“这个牛奶比较好。”

“为什么？”

“比较贵。”

“哦！”

“这个薯片也可以。”

“因为它更贵吗？”

“不是，它广告挺多的。”

“哦！”

非常没有建设性的建议，但朝夕都听取了。

快逛完时，朝夕才想起来自己是来买洗衣液的，只是洗护用品在超市入口那边。她看了眼漫长的结账队伍，十几个结账口，每个结账口几乎都有十几个人排着队。

朝夕：“你先排队吧，我去拿洗衣液。”

陆程安：“不用我陪你去？”

“你先排队吧，队伍好长。”

他略一思忖，点头：“好。”

拿到洗衣液之后，朝夕就往回走，只不过中途路过餐具区，她想起家里的餐具款式老套，于是又挑选了一套，又折到另一个入口推了辆手推车。她方向感一般，来回的路因为她翻来覆去地拿东西便颠倒了。这家超市片区较多，她绕得晕头转向的。

索性懒得绕了，伸手拿出手机准备给陆程安打电话的时候，就听到超市的广播响起："朝夕女士，您未婚夫正在收银处等您，请您听到广播后速来收银台。"

朝夕最后还是问了导购才找到收银台。

远远地，她就看到了扶着手推车站在那儿的陆程安，只不过他面前站着个人，女人。

朝夕走近了，就听到女人讨好的声音："小哥哥，真的不能加个微信吗？"

她没走近，在离他们最近的货柜前站着，低头打量着货柜里的东西，只不过装得再不在意，耳朵仍旧是往那边伸的。

"不能。"他冷漠疏离地回答。

"为什么啊？"

"因为我有女朋友了。"

女人沉默了一下，又说："我加你微信就是单纯地想和你做个朋友，没想过什么，真的，小哥哥你相信我。"

朝夕闻言，意味不明地笑了一下。小女生勾引男人的手法。讨好、崇拜，再加上语气里的几分认真与恳切，年轻男人容易信以为真，容易因为自身散发的魅力而飘飘然。

只不过在同性眼里，这种手法恶俗且卑劣。男女之间从来没有单纯的友谊，如果有，就只有两种可能：一，双方性取向相同；二，一方看不上另一方。

陆程安也沉默了一下，再开口，嗓音里多了几分不耐烦："我不想和你做朋友。还有，你能往边上挪一挪吗？你挡着我看我女朋友了。"

口香糖的货柜并不高，朝夕身材高挑，漂亮的颈线都露了出来，陆程安长手一伸，越过货柜："过来。"

朝夕盯着他的手，迟疑了几秒。

他叹了口气，语气里充满无奈："你还要挑多久？"

朝夕没反应过来："什么？"

陆程安松开推车，直直地往她这边走来。

他的语气和刚才判若两人，温和，带着几分漫不经心的笑意："我一般用的都是这个型号的，说了多少遍了，你还不记得？"

说完，他伸手拿东西，一、二、三、四、五盒，扔进推车里。

而朝夕在他拿第三盒的时候，终于看清那里摆着的到底是什么东西。口香糖货柜不过是上面三层放着口香糖，第四层往下是清一色的计生用品。而且他拿的还是情趣超薄五合一。

朝夕在二十岁那年上系解课观看了真人裸体，从教学视频再到真人展示，她全程眼波无澜，心如止水。

她送给江渔和江烟的成人礼物众多，里面唯一相同的礼物是安全套。她面不改色地给江渔和江烟科普安全套的用法。

她也可以一本正经地对陆程安说"海绵体膨胀"一词。但这不代表她可以和陆程安在公共场合这样讨论他们平时用的是什么类型的安全套。而且他俩也没到那一步。

朝夕脸颊涨红，偏偏她还不能说一个"不"字。面前就有觊觎她男朋友的人站着，她总不可能拂了陆程安的面子。

她佯装镇定："五盒好像不太够吧？"

陆程安从容地道："周末再来补货就好。"

在边上要联系方式的女生沮丧地看着这一幕。

只是再镇定，朝夕也是未经人事的女生。

结账的时候，她看着手推车里无端多出来的避孕套，眼神闪烁："你确定要买单？"

"都拿了。"

朝夕没再说话。

夜晚，天边星光稀疏，白日的灼热被晚风轻拂而去。

已是夏末，夜晚的温度骤降，凉风徐徐。

朝夕降下车窗，凉风吹醒她几分，她突然想起陆程安是个浪迹情场的高手，对于那方面的事自然也是轻车熟路的。

要说在意，倒也不至于，多少年前的事了，没必要拿出来斤斤计较。但要说一点都不介怀是不可能的。

在后备箱里拿东西的时候，朝夕把那五盒安全套扔给他："你的。"

陆程安看都没看一眼，提起购物袋就往外走："扔了吧！"

"你不要？"

"我要了干什么？"他站在廊道处，廊灯投下一片昏黄的光，照得他的眉眼分外温和，他的嘴角微微挑起一抹漠然的笑意来，"压根没用过这玩意儿，放着也碍眼。"

朝夕是医生，深知从生理构造而言，男人比起女人更重欲纵欲。

她自然也是做好了他这些年床畔有人的打算，没有女朋友和没有性伴侣是两回事。她想要确认的，是他真的从身体到灵魂都是孑然一身的。

幸好答案是她想要的。

而他那句"压根没用过"，让朝夕在诧异震惊后，万种情绪在脑海中交杂。

她低头看着这几盒东西，半晌后离开。她没拿，也没扔，那些东西安静地躺在后备箱里。

陆程安帮她把东西提到她家，朝夕给他倒了杯水。整理买来的东西的时候，她的手机突然响了起来，她头也没回："你帮我看看是谁的电话。"

陆程安扫了一眼，嗓音很淡："沈临安。"

朝夕连忙放下手上的东西，过去接了电话。

她也没避讳，按下免提。

安静的房间里，沈临安的嗓音带笑："睡了？"

朝夕："还没。"

她察觉到陆程安的目光不太友善，像是夹枪带棒似的，冷飕飕的。她直接忽视，把手机放在桌子上，转身收拾冰箱里的东西。

沈临安："我刚下班，看到医院发给我的东西。"

"嗯！"

"你的合同我扫了一眼，有几处不太妥当，我明天过来当面和你说吧！"

朝夕和《心心相医》剧组合作，自然不是免费的劳动力，也是要签合同的。沈临安的事务所与医院有合作，而沈临安又是医院的法律顾问，她的合同自然是由沈临安负责的。

朝夕："你明天什么时候过来？"

"可能得下班之后，7 点多？"沈临安很擅长试探，"你那个时候上班还是下班了？"

朝夕："下班了。"

沈临安的语气轻松，未掺杂一丝私欲，道："或许可以一起吃个饭，边吃边聊？"

朝夕整理东西的手一顿，她下意识地看向陆程安。

他靠在一边的橱柜上，面朝着她背倚着墙，身形挺拔却慵懒，手里拿着只水杯，眼眸低垂，厨房的灯光昏黄，落在他的脸上也是同一色调。眼睑处投下片片阴影，情绪晦涩难辨。

听到这句话，他的头往后仰，抵在橱柜上，脖颈线条拉长，眼梢稍扬，神情有几分讥讽、几分不屑。

可是她下意识的小动作太令他受用了。

陆程安说："看我干什么，我什么时候管过你这些了？"

他的声音冷不丁响起。

手机那边的沈临安愣住了，沉默了一下，犹疑地问："陆程安？"

"嗯！"他慵懒地应了一声。

朝夕在回首的那一刻也觉得自己这动作奇怪，她也不是没和异性朋友吃过饭，她在没出国前也有过几次约会，世家子弟侃侃而谈，看向她的眼底满是爱意。

更何况她和沈临安吃饭是因为公事，即便不是公事，她和他也算是朋友。

沈临安似乎意识到了什么，没再说话。

朝夕清了清嗓子，说："那明天见。"也没说吃饭的事。

挂断电话，陆程安问她："什么合同？"

朝夕说："和剧组的合同。"

"沈临安？"

"他是我们医院的法律顾问，"朝夕收拾好冰箱，把门关上，转身，脊背贴在橱柜上，双手环在胸前，懒洋洋地看向他，"还有什么想问的，一起问了吧！"

陆程安摇头。

"不想问我和他是怎么认识的？"

"想知道，但是似乎没有问的必要。"

她略一挑眉。

他说："你都是我女朋友了，我还问那个干什么。"

可是临出门的时候，他转回身，站在玄关处，说："但我还是有点不爽。"

朝夕没反应过来："什么？"

"不是有点，是挺不爽的，"陆程安说，"我的未婚妻，当着我的面答应和异性一起吃饭。"

他现在的模样，倒是和以前有几分相似，眉头冷冷地蹙起，神情里带着浓郁的不爽，但眼尾还是上挑带笑的，那笑十分冷冽。换作任何一个人，这会儿估计身子都发颤了。但朝夕没有。她看着他这副模样，竟觉得自己的血脉都偾张起来，血液汩汩涌动，像是回到了那天——初见他的那天。少年身披霞光，雕刻了她十年的记忆。

她的唇畔溢出丝丝缕缕的笑意："陆程安。"

她叫他的名字。

他懒懒散散地抬眼:“嗯? ”

“朋友和未婚夫的区别，我还是分得清的。”她语调平缓，慢悠悠地说，“所以你没必要不开心。”

隔天中午，朝夕接到了江渔的电话。

朝夕边吃饭边接电话。

江渔:“我后天回家。”

朝夕:“这次能休息多久? ”

“半个月吧! ”江渔说，“我要进组拍戏了。”

江渔属于清冷美人，早些年也收到影视圈抛来的许多橄榄枝，只不过她当时专注走秀，而且谈合作的都是些十八线的网剧，所以公司都推了。这些年资源好了许多，再加上之前和林秉扬的那件事，她在国内的热度上升了不少。

这阵子公司又给她接了个户外竞技真人秀综艺，这个综艺到现在已经是第三季了，前两季打下了好口碑和观众好感度，因此第三季未播先火。

公司趁热打铁，又给她接了电视剧。

朝夕不甚在意，例行公事般地问:“拍什么戏? ”

“医疗片。”

朝夕蹙眉:“《心心相医》? ”

江渔:“你怎么知道? ”

她把碗筷一放，此刻已经不知道该怎么评价“缘分”这词了:“能不知道吗? 这部戏在我们医院拍，我还是你们的指导医生呢。”

江渔讶异:“这么巧? ”

“是啊! ”

江渔原本因为这忙碌的行程而闷闷不乐的心情顿时好了不少:“那我是不是能经常见到你了? ”

闻言，朝夕一愣。江渔比起江烟，话少沉默，情绪内敛，她鲜少会说出这样类似表达想念的话。

朝夕在国外和她们沟通，基本上都是打电话。每次一接通电话，江烟便说："姐姐，我好想你啊！"江渔不会。她不善于表达情感，但朝夕知道，她对自己是依恋的。所以每年江渔走秀结束的空当，朝夕都会到伦敦陪她，一待就是一整个假期。

朝夕无声地笑了笑，嗓音都软了几分："应该每天都会见到。"

江渔的嗓音明显轻快许多："那我就不打扰你上班了，我接着背台词了。"

挂了电话之后，微信群又沸腾起来，是朝夕和江渔、江烟的群。

江烟也知道了这件事，登时开心得不行，说自己到时候也要经常过来。江渔嫌弃极了，说她过来也没什么事做，瞎凑热闹。

朝夕笑了笑，什么也没说，就接着吃饭了。

下班前，朝夕接到沈临安的电话。

走廊里恰好沈醉也在，看到来电备注的时候眼神里充满几分旖旎的色彩，揶揄道："你和我哥什么时候这么熟了？还打电话呢！"

身边的小梦好心地提醒道："沈医生，你是不是忘了朝医生有未婚夫的事情了？"

沈醉的表情收放自如，她面无表情地看着她们："哦！"

接电话前，朝夕解释："是和剧组的合同的事情。"

随即，她便接起电话。

沈临安似乎想来接她，朝夕拒绝了："我开车来的，明天还要开车上班。"

于是二人约定在餐厅见。

沈临安似乎为了迎合她在国外多年求学的口味，订了家西餐厅。这家西餐厅似乎是网红餐厅，ins 风装修，陈设着简单又有设计感的装饰摆件。

沙发的椅背很高，能够阻挡住前后桌的视线。

餐厅分为上下两层，位子不多，不到十张，隐蔽性极强。

而且每张餐桌都挨着落地窗，能够让人看到这座城市繁华喧嚣的夜景。

点完餐之后，沈临安松了口气："我原本还怕你不喜欢吃西餐呢。"

朝夕："还好，我没有特别不喜欢的东西。"

和沈临安在一起，似乎永远都不需要她找话题，他非常擅长找话题，而且聊的内容朝夕都能给出反馈。尴尬的对话是因为只有一方侃侃而谈，另一方接不上话。

而沈临安找的话题，都是与朝夕相关的医疗圈的话题。

终于，沈临安聊到合同。

朝夕全然不知道合同哪里有问题，沈临安把他觉得有问题的点都用红笔标注出来，拿给朝夕看："这些都不太合理，侵占了你太多的个人时间，并且薪酬低于平均技术指导的水平。"

朝夕诧异地问："你和娱乐圈有过接触？"

"倒也没有，只是问了同行。"沈临安尽责得可怕，"不过没关系，到时候我会直接和那边的法务谈，如果他们不同意修改，你可以拒绝合作，让别的医生来。"

"别的医生不也得改合同吗？"她扯了扯嘴角，没什么情绪地笑了一下。

"别的医生的话，合同要改的不会这么多。"对上她疑惑的眼神，沈临安露出笑容，"毕竟我和你是朋友，我改这份合同的时候，带了那么一点点私心，希望你能够获得最大的利益。"

朝夕不由得笑了："那真的是谢谢你了！"

她伸手拿起桌子上装着饮料的杯子，笑容有几分狡黠，和他的杯子碰了碰，仰头喝饮料的时候，眼睛往别处看去。也就是这个时候，她看到了陆程安。不仅是陆程安，他身后还跟了个女人，明明是夏天，却戴着口罩和鸭舌帽。前后隔了有两米的距离，但二人显然是认识的关系。

朝夕的笑容一点一点地收起。

陆程安是从楼上下来的，他单手插兜，神情淡漠地下楼，全然没有注意到朝夕也在这里，甚至她就在这里看着他。

朝夕转头，透过落地窗看到那女人身上披了件衣服，黑色的西装外套，是男人的。

陆程安拦了辆车，女人似乎和他说着什么，嘴巴一张一合的，过了许久之后，女人坐进车里。

“在看什么？”沈临安顺着她的视线看了过去，“陆程安怎么在这儿？”他新奇得很，“好些年没见到他身边有女人了，你是第一个，这——第二个。”

昨晚没问出口的话，在今天到底是没憋住。沈临安问她：“昨晚我给你打电话，他……”

楼下的陆程安似乎察觉到了什么，突然抬头。朝夕和他的目光就这样撞上了。

朝夕转回头来，蕴藏在眼里一晚上的笑意此时已经消失得一干二净。她低头，拿着叉子戳着餐盘里的牛排，声音里没什么情绪：“他是我的未婚夫。”

即便已经猜到，沈临安的心底仍旧有些失落。

今晚的沉默来得异常突然。

隔了几秒，餐桌上突然投下一片阴影。

二人齐齐抬头，是陆程安。

朝夕看了他一眼，随即又收回视线。

沈临安起身，和他打招呼：“好巧，在这里能够遇到你。”

陆程安不咸不淡地和他打招呼：“很巧。”

陆程安一直盯在朝夕身上。

意识到气氛不对，沈临安抽身离席，给二人腾出空间来。

朝夕一直盯着餐盘里的牛排，盯得双眼都发涩之际，她忽然说：“你呢，你分得清朋友和未婚妻的区别吗？”你的衣服既能给我遮蔽风雨，也能给别的女人温暖心安，是吗？

这桩婚约朝夕一开始并不被重视。她在圈子里待了太久，季家又身居高位，龌龊的事情司空见惯，豪门联姻是最普通、最寻常的一种社交手段。一桩婚约定下、取消，是很常见的事情。所以朝夕没把这桩婚约当真过。而且陆程安也没当真。

据朝夕所知，陆程安早在她之前就知道这桩婚约，但是在那之后，他身边女伴依然不断，他流连花丛，从未想过为谁停留。

其实在初见之后，朝夕和陆程安也有过几次见面，印象最深的一

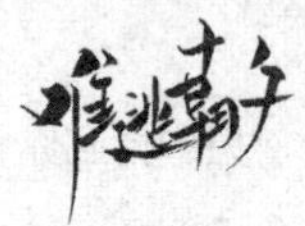

次当属那次。

城西梁家梁老爷子七十岁大寿，梁家给季家发了请柬，季家和梁家素来交好，季家为表重视，特意让朝夕和季洛甫出席那次宴会。

朝夕向来不喜这种场合，陪着季洛甫完成必要的应酬之后，便找借口离开。

季洛甫叮嘱她："不要随意走动，我只给你十分钟的时间。毕竟这是你第一次出席这种场合，不能失了礼数。"

"知道。"

但十分钟能干什么呢？上个厕所都花了一半的时间。

朝夕往洗手间走去。

梁家的洗手间，靠近宴会厅的是给客人们用的，她往里一看，洗手的地方站了好几位女眷，似乎在排队，抑或是闲聊，不管是哪种情况，她都不想参与。

她跟着季洛甫来过几次梁家，因此知道其他洗手间。

宴会厅往后，穿过一条过道，再转弯。

长走廊里，廊道灯只开了一半，营造出温馨柔和的安逸氛围。打破这片安逸的，是站在不远处的男女。

女人身形较好，穿着抹胸短裙，白皙漂亮的锁骨，饱满挺立的胸部，以及娇柔发甜的嗓音："陆程安。"

朝夕藏在拐角处，同为女人，那个甜软的声音听得她都酥了。

陆程安嗓音含笑："嗯？"

"晚上有时间吗，一起喝一杯？年前我在法国订的红酒到了，有兴趣吗？"

饶是未经人事的朝夕也听出了话里有话，太过明显的邀约。

喝酒是其次，酒后才是拉开夜晚帷幕的重点内容。

她很想知道陆程安是怎么说的，但是等了许久，都没听到陆程安的声音。

她困惑地探头，却看到女人背抵着墙，双手局促地护在胸前。男人虽然双手插兜，但是俯身靠近，二人之间的距离被骤然拉近。灯光像是一种点缀，为这旖旎的画面勾勒出几分暧昧，暗香涌动。

男人的嘴一开一合，似乎在说些什么。侧脸线条精致，有松散的笑意浮现。

朝夕突然失了兴趣，索然无味地转身，离开这里。

再回到宴会厅之后，季洛甫见她一副魂不守舍的模样，也没强求她陪着一同应酬，毕竟是季家大小姐，旁人讨好她还来不及，她哪里需要做这种事。她实在不在状态，于是季洛甫就让司机先送她回家了。

她向来不听任何流言蜚语，鲜少跟风，对于别人口中的“陆程安啊，他长得确实帅，可是有什么用啊，‘周更女友’这词你听过没？就是用在他身上的，他大概一周就换一个女朋友”这类话，她从未往心底去。

她不喜欢根据别人的描述去评判一个人。她有自己的思维方式，也有判别好坏的能力，一个人如何，她必须接触过、目睹过、交流沟通过，才能得出结论。依靠局外人的话语而跟风做出判断的，都是小学生的行为。

可是在今晚之后，她才发现原来所言非虚。

他不仅生了张招桃花的风流面孔，而且本身就是风流骨，他不会为她停下。

朝夕当时对二人的婚约有着十分清醒的认知，一段毫无感情基础并且之后也不会有任何感情纠葛的家族联姻。

或许是重逢以来的种种，让她突然迷失了，让她产生了一种他或许会为她停下的错觉，所以她选择和他在一起，选择再次提起这段作废了的婚约，并且履行。

朝夕似乎也缓过那股劲了，确实，在看到那女人身上披上陆程安的西装外套的时候，她的天灵盖像是被人用锤头狠狠地一击，反应变得迟钝。生气、难以置信，甚至还有羞辱感，种种情感叠加，对他的愤怒与厌恶也到了极点。

只是现在缓了过来，她重拾从前的心境。婚约，是她和爷爷再次承认的，她向来说一不二，答应了的事便不会反悔。左右不过再回到当初的认知罢了——和他做一对没有任何感情基础也不会有任何感情纠葛的未婚夫妻，互不插手对方的私生活。

想到这里，她冷静下来，于是抬头看向陆程安。

她看向他的眼神，似乎回到了重逢的那一天，她的眼里有着比利时晴朗的天，和煦的风，她像是无人区的玫瑰，傲骨盛放。

她脚踩着无数尸体，眼里似乎装了大千世界，但仔细看去，她的眼神空洞。曾经受过的伤，结成了痂。玫瑰带刺。

陆程安心里暗叫不好，连忙说："分得清。"可这已经无济于事了。

"我觉得昨天我可能表述得有点问题，所以让你有点误解。我在这里重新说明一下，我说我和你在一起，是指——"她顿了顿，神色漠然，平铺直叙像是在念稿，"我承认这桩婚约，即便我离开季家，这桩婚约我也承认，你是我的未婚夫，仅此而已，再无其他。"

陆程安的神情也冷了下来，他沉声说："你什么意思？"

"我想我表达得够清楚了，按照陆检的双商，应该非常明白我的意思才对。"她拒人于千里之外的架势令人心寒。

陆程安闭了闭眼，再睁开眼时，眼神明亮，再次重复："我分得清朋友和未婚妻的区别。"

朝夕不甚在意地点头。

陆程安似乎不耐烦了，伸手扯了扯领带，从口袋里掏出手机，拨了个号码出去，那边接起说："二哥，你怎么还不上来？"

“我在楼下，你给我滚下来。”他的声音冷冽。

没过一会儿，朝夕便看到了沈放。

沈放远远地就看到坐在这儿的两个人，隐隐地察觉到了一股剑拔弩张的火药味，他挠了挠头，慢腾腾地上前：“这不是朝夕嘛，怎么在这儿遇到你了？”

朝夕同他笑了笑，只是那笑怎么看怎么淡漠疏离。

沈放也察觉到了不对，他下意识地问：“二哥，你惹朝夕生气了？”

陆程安的眼梢冷冷地吊起：“解释一下。”

沈放：“我解释什么，我又没惹她生气。”

“沈愿。”

沈放突然明白了什么，他拍了一下大腿：“不是，刚才……朝夕，你都看到了？”他在陆程安身边坐下，解释刚才的事情：“刚才那女的是我表姐，这段时间正好没通告，在休息来着，听到我和二哥吃饭的事儿，立马赶过来了。”话倒是越描述越暧昧。

陆程安抬腿踹他：“说重点。”

“这不就要说重点了。”沈放说，“她追了我哥蛮多年的，从什么时候开始来着？好像是梁老爷子七十岁大寿的时候吧，反正她就说对我哥一见钟情来着，可是我哥当时就拒绝了她，结果没想到她这些年一直在追我哥。”

“我哥每次都是一句话，‘我有未婚妻了’。可你不是不在南城嘛，所以她就觉得自己还有机会，这些年一直都没放弃，刚刚……”沈放叹了口气，说，“刚刚她过来，二哥连我的面子都没给，非常无情地拒绝了她，她就哭嘛，毕竟坚持了快十年了，这总得掉几颗眼泪的对吧！”

陆程安：“衣服。”

“什么衣服？你的衣服不是在楼上放着吗？”沈放吐槽道，“让你给她披件衣服都不愿意。二哥，她怎么着也是我姐，你是真的不给我面子。”

讲到这里，故事的来龙去脉朝夕已经清楚了。

总而言之，这就是一场莫名其妙的误会。

可哪怕是一场误会，也让朝夕明白，原来她以为她不在乎他的过去是假的，她在意得很，小心眼得很，那些隐藏在内心深处的芥蒂会因为一桩小事风起云涌。这让她清楚地意识到，她的大气和无所谓都是假的。他过去的点滴，她都铭记于心；他的风流韵事，她仍耿耿于怀。

沉默了片刻，朝夕说：“你们还有别的事吗？”她赶人的意思太强烈了，陆程安皱了皱眉，事情的来龙去脉都已经解释得非常清楚了，他不明白她还在气什么。

朝夕指了指不远处的沈临安：“我今晚约的人是他。”言下之意，你们打扰到我的约会了。

沈放察觉到气氛不对，保持沉默。

陆程安揉了揉眉心：“晚点儿我来找你谈谈。”

“谈什么，恋爱吗？”朝夕说，“我和你之间还没到谈感情的那一步，我和你只是单纯的婚姻关系。”

这段时间维系的风平浪静在今晚彻底失去，海浪此起彼伏。

前功尽弃，就在此刻。

陆程安知道这会儿无论他说什么，她都听不进去，她太自我，也太主观，更何况女人本就是一种极其复杂的物种，他太久没和女人交往，也不知道如何才能缓解这样的局面。但他之前也并未遇到过这样的局面。他以前哪里受到过这种气，女人本就是唾手可得的。那些女人平时对他不是撒娇就是讨好，看向他的眼里满是爱意，哪里会像她一样冷而疏离。

沉默了几秒，陆程安妥协了：“我先走了，回去的时候告诉我一声。”怕她拒绝，陆程安补充道：“这是未婚妻的义务。”

朝夕点头："会的。"

得到回应，他起身带沈放离开。

回家的路上，沈放开着车，小心翼翼地打量着陆程安。

陆程安用右手撑着车门，手背支着脑袋。城市的霓虹灯影透过车窗照入室内，他的脸在明暗间清晰又模糊，脸色很沉，差到了极致，紧抿着双唇，眼里压抑着情绪，阴鸷可怕。

其实兄弟四人里面，陆程安的脾气最好，沈放甚至也一度以为他是个没脾气的人，可是没想到他的情绪会这般低沉。

沈放舔了舔后槽牙，说："二哥，你现在的样子，比三哥还可怕。"

陆程安没回答。

沈放又说："不是已经解释清楚了吗，怎么她还生气？大哥以前还说她全身上下挑不出一个缺点，我看未必，她那性格就不太好。"他自顾自地补充："你看我家画水就不这样，软绵绵的，我怎么欺负都行。"

"她不一样。"陆程安把车窗降下，从口袋里掏了包烟出来。夜风吹起他指尖的烟雾，烟雾弥漫进他眼底。他说，"你把画水扔进季家试试，季君菱用一个手指头就能把她弄死，你信不信？"

沈放："我信。可这和这件事有什么联系吗？"

陆程安说："她现在面对季君菱都不会有一丝脾气，你信吗？"

"我信。"

"所以你真觉得，她在生气？"

"没有吗？"沈放疑惑地问，"那她那样是什么意思？"

陆程安低头吸了口烟，从胸腔里吐了口浊气出来。"她是真的全身上下都挑不出一个缺点，所以连生气都不会。她只不过是在很理智地分析我和她之间的关系，而她的分析结果是——"他藏在晦暗里的眼睛淬出寒意，"我只不过是她答应结婚的对象，仅此而已。"

他这句话几乎是从唇齿间一个字一个字挤出来的，神情狠厉阴冷。

沈放从没见过这样的陆程安，梁亦封冷是冷，但从未有过这样让沈放惊出一身汗的时候。

现在的陆程安，可怕程度几乎是梁亦封的十倍。

陆程安缓缓地道："她凭什么觉得我会心甘情愿地成为两家联姻的牺牲品？"

沈放小心翼翼地问："所以二哥，你准备怎么办啊？"

"怎么办？"他的嘴角冷冷地勾起一抹凛笑来，眼神里充满了占有欲，"她都已经是我的未婚妻了，怎么可能逃出我的手掌心？仅此而已——这辈子都别想，仅此而已。"

这座城市在夜晚灯火阑珊，不夜城的霓虹灯点缀着喧嚣。

陆程安的话音落下没多久，沈放的手机响了起来。

放在中控台的手机屏幕亮起，陆程安扫了一眼，是沈愿的来电，沈放观察着他的脸色，不太敢接。

陆程安："接吧，毕竟是你姐。"

沈放伸手，准备按下接听键的时候，手机又归于沉寂了。

他也懒得回拨。

沉默了几秒，他失笑道："当初沈愿说喜欢你，我以为她不过是一时兴起罢了，没想到她追你，一追就是十年。你也真是冷血，一点儿机会都不给人家。"

陆程安神情寡冷："我和她不可能。"

"以前那些女的，不也都没可能嘛，你不也都和她们在一起了。"沈放漫不经心地调侃他。

陆程安闭上眼，伸手揉了揉眉骨。再开口时，嗓音里有几分无力："你知道我有多后悔曾经做过的那些事吗？要早知道是朝夕……"

要早知道是朝夕，如果能够早点遇到朝夕，他绝对会一身清白地等她的。而不是像现在这样，提到过往，满是风流韵事。

沈放自然是猜得到他话里的意思的，他清了清嗓子，转移话题，道："不过，哥，你和沈愿到底是什么时候遇到的，她怎么就喜欢上你了？"

陆程安说："那年梁老爷子七十岁大寿，你还记得吗？"

“记得啊！”沈放不可置信地看着他，“不会吧哥，你连和她第一次见面的日子都记得，你该不会真的对她有想法了吧？”

他冷淡地道：“那天朝夕也在。”

时间太久远，沈放已经记不太清了，可他隐隐约约地记得，自己从未在任何的公共场合见到过朝夕，他问：“有吗？”

“嗯！”

关于那天，陆程安记得异常清晰。

他和朝夕在之前见面的次数屈指可数，所以脑海里有关于她的部分，他都清晰地记着。在没和她重逢的这些年，他与夜晚针锋相对的时候，都依靠着这些仅存的、残缺的记忆画面而艰难地度过每一个无尽的暗夜。

沈愿叫住他的时候，他的余光就瞥到了躲在拐角处的酒红色裙摆，他原本以为是参加宴会的女眷，所以并不在意。

沈愿的表白和其他女生的表白也没什么两样，欲拒还迎的眼神，以及话里暧昧的暗示。

他心不在焉地想朝夕到底什么时候会过来，大哥说了今天会带她一起过来的。想到这里，他的嘴角上扬，眼梢轻佻地挑起，桃花眼既深情又浮荡。

沈愿以为他这个笑是同意的意思，壮着胆子接着说：“那，待会儿晚宴结束，我等你？”

她的嗓音很轻，微微颤抖，泄露出紧张的情绪。

陆程安回过神，双手插兜，俯身上前，毫无征兆地拉近二人之间的距离。

女人神情羞赧，眼神发怯，又满怀期待：“好吗？”

“晚宴结束，我有事。”他脸上的笑意在他回神的时候就已收尽，说出的话既直白又无情，“抱歉，沈……”

分明一分钟前她还自我介绍了，他却记不得她的名字：“沈小姐，我有未婚妻了。”

“你有未婚妻又怎么样？”沈愿不解，“你以前不是也有过很多女朋友吗？”

陆程安直起身来，仍旧是那副温和的模样，但看她的眼里，有几分寡冷的意味："你也说了，是以前。现在，我的未婚妻和女朋友只会是一个人。"

"抱歉，我先走了。"他转身就走，任沈愿在后面怎么叫他，他也没回头。

陆程安伸手扯了扯领带，眼神充斥着不耐烦与厌恶，不仅是对她，更是对自己，对自己曾经处理男女关系时的随意态度。

转弯的时候，突然听到一声："朝夕——"

他脚步骤停。顺着声音看去，就看到左边有一人穿着酒红色的长纱裙，头发虚拢在脑后，露肩裙，露出漂亮光滑的肩膀，皮肤似雪白，在灯光的照耀下如珠玉般。

她扭头，碎发游荡在天鹅颈的优雅线条上，单一个侧脸就已令璀璨灯光失色。

陆程安刚想迈步上前，身边突然有人叫他："二哥，你怎么在这儿？"是梁亦封的堂弟，陆程安和他说了几句话，再回头的时候，朝夕已然不见。

他匆忙去宴会厅里找她，结果遇到季洛甫。

季洛甫："别找了，她回去了。"

"这么突然？"

"她的心情不太好，所以我让她回家了。"

陆程安皱了皱眉，他想起刚才在洗手间过道里的事情，想起那抹一闪而过的裙摆，心底有几分不安。

但那晚事情太多，他很快就忘了这件事。他记得的是那天，她转头望去的那个惊艳侧脸。

第六章

亲够了吗

在那之后，陆程安和朝夕再没见过面。

她原本作息就和普通上班族不一样，二人平时见面的次数也少，再加上她刻意避开，他更是难以见到她。

再加上陆程安这阵子也忙。有桩十六年前的杀人案终于抓捕到凶手，这桩案子在网上再度引起关注，院里为表重视，特意让陆程安出庭。

只是虽然不见面，但每天朝夕的短信都会准时发送到陆程安的收件箱里，简单明了："上班了。""下班了。"统共就这么两句话，早晚问候各一次。未婚妻的义务履行得分外到位，堪称未婚妻履行义务教科书。

陆程安对此头疼不已，在庭审结束之后，立马抽空去了医院。

很快，就到了剧组开机的日子。

剧组征用医院的地方不多，办公室之类的全部都会重新布景，为了力求真实，将会进行 1 ∶ 1 还原。不过实地取景将会在医院内部，主要是神经外科，毕竟这部电视剧的男女主角是神外的医生。

自从剧组过来之后，科室里热闹极了，就连手术室都沸腾不已。

小梦："啊啊啊，我在急诊科的朋友给我发了林秉扬的照片，他真的好帅。"

小想："什么什么，真的是林秉扬啊？"

小成："我的天，我还以为网上传的都是假的，都是营销号拿出来溜粉玩儿的，没想到剧组这么有钱，竟然请得到林秉扬！"

小真："啥也别说了，你们看我今天穿得可还行？第一次和老公见面，还有点儿小紧张呢！"

隔了会儿，她们冷不丁地叫朝夕的名字："朝医生，我记得你是技术指导来着。"

朝夕："嗯！"

"那你是不是要去片场和我老公近距离接触了啊？"

她笑了："都是你老公了，你还没和他近距离接触过吗？"

小真："实不相瞒，昨晚我老公在床上对我特别温柔，他说今天要来医院拍戏，特意为了我呢！"

小成："但凡有一粒花生米。"

小想："也不至于醉成这个样子。"

几个人嘻嘻哈哈的。

梁昭昭进来的时候，看到众人嬉笑打闹，她好奇地问："聊什么呢，这么开心？"

小梦："聊林秉扬呢！梁医生，林秉扬好帅。"

梁昭昭也看过他的剧，感叹道："刚刚我在楼下看了一下，他是真的帅。"

"好了，可以开始手术了。"麻醉医生说。

众人立马不再嬉闹打趣，神情严肃地开始做手术。

开颅手术一般时间都久，因此大家在可以适当松懈的时间点都会聊几句，话题再一次扯回到剧组上。

小梦："不过女一号是谁啊？"

小想："是那个啊，国民闺女尹落。"

尹落是童星出身，她在八岁的时候就拍戏了，未成年时无一例外演的都是女儿，因此被网友们称为"国民闺女"。

大部分的童星都长残了，唯独尹落，出落得越发亭亭玉立。而且她演技在线，基本上拍的电视剧要么口碑好，要么收视高。

梁昭昭忽地道：“尹落？”

朝夕看了她一眼，梁昭昭也正好看向她，眼神古怪。

朝夕疑惑地问：“怎么了？”

梁昭昭欲言又止，最后含糊地道：“待会儿再说吧！”

手术结束已经是五个小时之后了。

手术结束时，朝夕发现王主任就在观察室站着，他身边还站了几个人，其中一个朝夕见过，江渔曾经的追求者，这部电视剧的男一号林秉扬。身边的男男女女，估计就是这部电视剧的男女主演了。

王主任见她看过来，立马朝她挥了挥手，示意她过去。

朝夕匆忙收拾了一下自己，连手术服都没换，口罩都没摘，就走了过去。

手术室里的众人都沸腾了。

小梦：“林秉扬！我老公！我老公是在看我吗？我的天！他好帅，他比电视机里帅一百倍！”

小想：“啊啊啊，怎么办？我的手好抖，我哭了，我在有生之年竟然能看到我老公！”

小成：“不过朝医生站在尹落边上，好像一点儿都不差呀！”

小真：“甚至有种朝医生比尹落还要好看的错觉。”

小梦：“自信点，朝医生确实比尹落好看。”

小成：“有一说一，朝医生的颜是真的能打，放进娱乐圈都是顶级美人。”

梁昭昭听着众人的话，默默地离开了手术室。

观察室里，王主任给他们做介绍。

“这是朝夕，是你们的专业指导，这是电视剧的主演和编剧林秉扬、尹落……”他一个个地做介绍。

朝夕点了点头，和他们打招呼。只是目光转移到尹落身上的时候，她感觉到，对方看她的眼神似乎不太一般。

果然，几句闲聊之后，尹落忽然问：“朝夕医生，是姓朝吗？”

朝夕：“怎么？”

"没什么，"尹落笑容友善，"我认识个人，也叫朝夕，只是觉得很巧。"

一旁的林秉扬忽地开口："认识的话，这会儿认不出来吗？"

尹落："有大概十年没见了，而且我和她也不是很熟，只是听说过这个名字，你们难道不觉得这个名字很好听吗？而且她人如其名，也非常好看。"

林秉扬不甚在意："能有多好看？再好看也不会比你更好看的。"

尹落和他似乎很熟，伸手娇俏地拍了拍他的肩，娇嗔道："哪有。"

尹落复又看向朝夕："朝夕医生，你这个口罩……"

朝夕出来得匆忙，口罩也忘了摘。虽然只露出一双眼睛，但眼眸潋滟，丝毫没有刚下手术的疲惫，睫毛长而密。漂亮得让人不舍得挪开眼。

朝夕没摘口罩，只说："我和你大概是不认识的。"

尹落："可我总觉得你是她。"

"我的朋友少，我认识的人也少。"

尹落连忙解释："我只是单方面听说过这个人，她不认识我，我也是在别人那里看过她的照片，所以我真的很想知道你是不是她，我没有恶意的。"

林秉扬笑了，打趣道："咱们尹大美女什么时候这么卑微了？竟然还有人不认得你。"

尹落的目光直直地落在朝夕的脸上，她有八成的把握，确定眼前的这个人就是朝夕。即便戴着口罩，即便刚下手术台，身上还有着做手术之后奇怪的味道，但女人的气质太独特，眼神清冷，偶尔笑的时候，那双眼像是在勾人似的。

朝夕是真的不认识她，在此之前甚至没听过这个名字。

而就在这个时候，尹落的目光一转，移到她的身后："昭昭？"

梁昭昭眉头一蹙："尹落。"

尹落惊讶："真的是你。"她边说着，就边朝梁昭昭走去。剩下的众人，有人说："行了，待会儿晚上拍戏的时候见吧！"

朝夕转身离开，和尹落错身的时候，她察觉到了对方落在她身上的视线，隐隐约约带了几分敌意。

朝夕回去换下手术服，穿上白大褂。

手术室就在办公室上面一层，等电梯只坐一层，还不如走楼梯来得快。

朝夕转头走楼道。安全通道的门一开，她就听到了里面的人的对话，是梁昭昭和尹落。

尹落说："陆程安现在还好吗？"

梁昭昭："你不是经常找人问他的事嘛。他现在好不好，你应该挺清楚的啊！"

尹落笑了一下："再清楚也没你清楚啊。他这人真的……对你好的时候是真好，分手之后也是真的一刀两断。"

梁昭昭冷笑："尹落，差不多得了。二哥和你在一起都是多少年前的事儿了，你有必要还在这儿念念不忘以前的那些破事吗？"

"你真觉得那是破事吗？"尹落反问，"那为什么他那么多前女友，他偏偏把我拉黑？每次有我出现的场合，他都故意不来。而且他在和我分手之后，身边再也没有过女人。昭昭，你真觉得他和我之间的事是破事吗？"

梁昭昭无语极了。她是真不明白，圈子里都传烂了陆程安是因为朝夕所以才单身多年的。怎么到了尹落这里，就变成了是因为和她分手，陆程安备受打击才不再找女人的了呢。

朝夕没有兴趣再听下去。她悄无声息地合上安全通道的门，转身，看到距离她五六米的地方，有人站在那里。

是陆程安。他似乎站在那里有一会儿了，看到她之后，嘴角松动，有微微的笑意："在看什么？"

随即，他朝她走了过来。

朝夕面无表情地看着他，说道："看你前女友。"

陆程安脚步一滞。

朝夕神态自若，似乎想起他前女友多到几乎可以住满这一层的病房，于是好心提醒他："刚分手的那位前女友。"

陆程安觉得有必要自证一下清白："我十年没谈恋爱了。"

"就是十年前最后的那段恋爱。"朝夕眼波无澜地看着他，"不能用'刚'来代替吗？"

"可以。"

朝夕今天没有晚班，这台手术结束之后就可以下班了。

她回办公室拿包，身后还跟着个陆程安。

正好是晚餐休息的时间点，办公室里的人用晚餐之后都在刷手机，看到朝夕进来的时候也只是打了声招呼，但在看到她身后的人的时候都愣了一下。

付倩倩默默地打开聊天记录，找到小梦之前发到群里的照片。

"这个人好像就是朝夕医生的未婚夫。"

侧脸线条被夕阳晕染，模糊清冷。

眼前的男人侧脸清冷，眉峰凌厉，五官清隽，神情疏冷淡漠，和照片里的男人有八成像。

付倩倩把手机屏幕往下，盖在桌子上。

她拖着椅子往朝夕边上靠，压低嗓音，问："朝夕，门口那个帅哥好像你的未婚夫啊！"

"嗯！"朝夕承认。

付倩倩放在桌子下的双腿直蹦跶："他真的好帅！比照片里帅一百倍，比林秉扬还帅。"

朝夕回忆了一下林秉扬的相貌，确实，陆程安比林秉扬要帅，除了相貌，更多的还是气场。或许是因为身为检察官，他身上有股肃然之气。

收拾好东西之后，她便离开办公室了。

回去的时候，朝夕没开自己的车，她上了陆程安的车。

两个人谁都没说话。朝夕懒得说，陆程安则是因为前女友的事情，一时之间也不知道说些什么。

中途，朝夕还接了个电话。江烟的嗓门大，在车厢里响起，倒让二人之间的气氛不再那么尴尬了："姐，我和小鱼儿都在陆师兄家吃火锅呢，你下班之后直接来对门啊！陆许泽——陆师兄到底什么时候回来啊？”

陆许泽不耐烦地道：“我哥去接朝夕姐了啊，笨蛋。你怎么每天都念叨我哥的名字，你怕不是看上我哥了吧？”

江烟“呸”了他一声：“照你这么说，我还每天和你见面呢，我难道看上你了？”

江渔目不转睛地看着手机里的游戏直播，认同般地点头：“你俩挺合适的，在一起吧！”

紧接着，就是二人争执的声音了。

朝夕听得头疼，赶紧就把电话给挂了。

电话挂断，陆程安的手机响起，他接起之后简单地应了几声，挂断之后，他说：“我待会儿有事，就不和你们一起吃了。”

“嗯！”她也不在意。

急的反倒是陆程安：“不问问我有什么事？”

她配合地问：“你待会儿去干吗？”

“和梁亦封他们见个面，聊点事。”

她点点头，当作自己知道了。

他把她送到楼下之后便开车离开了，朝夕转身上楼。

门打开，室内三人齐齐看了过来，看到只有她一个人的时候，万分失望。

江烟：“我陆师兄呢？”

朝夕在她边上坐下：“见到我不开心吗？”

“开心啊！”江烟伸手抹了一下嘴角，“可是陆师兄不是送你回来的吗，他人呢？”

朝夕：“有事，走了。”

陆许泽皱眉：“有什么事那么重要，连陪你吃顿饭的工夫都没有？”

“陪我吃饭也不是什么重要的事，”她轻飘飘地道，夹起一粒虾滑，低头吃的时候，侧脸清冷漠然，倏地，脸上显出一抹轻蔑的笑意来，“我也不是什么重要的人。”

三人意识到不对，陡然噤声。一顿饭在安静中吃完。

吃完之后，朝夕在厨房里收拾碗筷。

江渔进来陪她，二人一个洗碗，一个擦，分工明确，分外默契。

朝夕：“什么时候进组？”

江渔：“下下周，周二。”

“知道男一号是谁吗？”

“嗯！”

“那还接？”

“总不能因为他不赚钱吧！”江渔年纪虽小，但是看得很透彻，“娱乐圈也不大，以后我和他或多或少都会有合作，难道我都要拒绝？为了一个曾经追求我却没成功的追求者，不至于。”

朝夕笑了，她就知道自己的担心是多余的。

碗筷都收拾好之后，江渔突然叫住她：“那位陆检……”

朝夕挤了点洗手液洗手，闻言：“怎么了？”

“就是他吗？”江渔问，“你之前给我们看的那张照片是假的吧？你没来的时候，陆许泽说了，陆检……”

朝夕：“嗯，是他。”

江渔：“他看上去人挺好的。”

“是个很不错的人，”这一点朝夕无法否认，对于陆程安来说，当检察官不是最好的选择，但他选择当检察官，说明他心怀傲骨，“但是不是谈恋爱的最佳选择。”

江渔：“为什么？”

“花心啊！”朝夕的脸上陡然迸发出笑意，她低头洗着手，不知道自己硬生生挤出来的笑有多僵硬，“一个人身上有几十万亿个细胞，深情且专一的男人，那些细胞上都只刻着一个名字，但他不是，他的喜欢，有几十万亿份。”

“我对他而言，或许是几十万亿分之一，或许连几十万亿分之一都没有。”

水流淅沥未停，她一直用力地搓着手，直到手背都泛红，她才停了下来。

她的声音很轻，低喃道："我十年前就该明白的……"

真的，十年前她就该明白的，可为什么十年前她还是对他心动了呢。

今晚原本是季洛甫、陆程安、梁亦封和沈放四人的聚会。

但陆程安难得休息，想和朝夕见面，因此把聚会给推了，为此，沈放还在群里大骂了他一通。可是陆程安半路上又改了主意，说要过来，真是稀奇。

沈放看着他推开包厢门，玩味地打趣道："怎么回事儿呢，咱们二哥不是深情种吗？眼里除了女人就没兄弟了，今儿个倒是来见兄弟了？"

"把女人改成朝夕。"陆程安松了松领带，眉眼间满是不耐烦。

几个人对视了一眼。

季洛甫："发生什么事了？"

陆程安点了支烟，说："我前女友是谁？"

三人沉默。

梁亦封抬腿踹了沈放一脚："问你话。"

沈放很是莫名："前女友你问我干什么？又不是我前女友。"

季洛甫说："除了你，没人那么八卦。"

沈放抓抓头发："不是，你那么多前女友，你指的是哪个？"

梁亦封和季洛甫意味不明地笑了一下。

陆程安明白他们这笑的意思。换作他自己，直视过去的自己的时候也是带着鄙夷和轻蔑的。太放纵太荒唐，任性妄为、桀骜不驯，把感情当流水般挥霍。

所以这十年苦行僧生活，他没有任何怨言。这就是命。他命里注定要遭受这一劫。

为了朝夕，他心甘情愿。

陆程安说："刚分手的那个。"

沈放瞪大了眼："你不是十年没女人了吗，什么时候背着我们偷偷找女人了？我去，你不能因为朝夕不待见你，你就放弃啊，你为了她都等了十年不是——”

“十年前分手的那个。”陆程安不无疲惫地打断道。

“‘刚’是十年前的意思吗？”

陆程安神情寡冷：“朝夕说，是。”

众人沉默。

季洛甫很快就明白了：“朝夕遇到尹落了？”

“尹落？”梁亦封对这人没印象。

这个名字一出，陆程安似乎想起了什么。

沈放一拍大腿：“就是那个……那个童星！”

陆程安挑了挑眉。

沈放了然：“你在朝夕之前的最后一任女朋友，童星，小时候长得挺不错的，这些年也没长残，挺漂亮的，四小花旦之一。原本咱们沈氏国际准备签她的，但她咖位比不上向薇，所以就没签了。”

“讲重点。”

“重点就是，你在她之后再也没找过女朋友，她到处造谣说，你是因为和她分手受到了打击，所以才单身的。”

说到这里，陆程安终于想起来了。陆程安交往的历任女友中，尹落是最麻烦的。他和尹落分手的原因非常简单，甚至不是因为朝夕，就是单纯觉得他们不合适，所以分了手。分手之后他又去了趟瑞士，中途也没有时间找女友。回国不久，就遇到了朝夕。再之后，他身边便没有女人了。

后来，在某次小型聚会中，有人好奇陆程安身边竟然没有女伴，沈放在一边幸灾乐祸地调侃：“咱们二哥栽在一女人的手上了。”

“二哥会栽在女人的手上？我还真不信了。咱们二哥不是情场老手嘛，怎么可能会栽在女人的手上？那女的谁啊？”

沈放笑着，尾音上扬：“季朝夕呗！”

这次聚会来的人不多，但都是一个大院里的，自然是知道季朝夕的，瞬间了然：“原来是朝夕，那就不奇怪了。”

朝夕鲜少参加聚会，但她的口碑很好，这来源于季洛甫，他鲜少谈论家人，唯一提到的也只是朝夕。但左右也不过一句，“你们这些妹妹再好，哪里比得上朝夕”。

小半个圈子里的人都知道陆程安是为了朝夕才单身的，但是后来竟莫名其妙又多了一种传言——“陆程安在尹落那儿受了情伤，所以才单身的”。

这传言传得有鼻子有眼的，在圈子里倒是传了许久。

那阵子陆程安为了朝夕转专业，忙着考试忙着各种乱七八糟的事情，知道这事的时候都是半年之后了。

有人当面和陆程安说：“二哥，你要真喜欢尹落，就把她追回来吧！你说你都单身大半年了，这为的是啥啊？男人的面子有那么重要吗？真喜欢人家就去追呗！”

陆程安先是一愣，反应过来之后，当下冷脸，手里的酒杯被他重重地放在桌子上，一瞬间，包厢安静得落针可闻。

他面容寡情冷漠：“我和尹落？”眼神如利刃般扫了一眼大家，他再开口：“我不知道这话是从谁那儿传出来的，我没那个时间浪费在这种事上。有的话，我只说一次，竖起你们的耳朵给我听好了，我，为的是朝夕。”

经沈放这么一提醒，大家都想起来了。

沈放问：“朝夕怎么会遇到尹落？”

陆程安叼着烟，眉头紧锁：“我怎么知道。”

梁亦封的记性好得很，瞬间想起那晚朝夕指着客厅投影仪投射的电视剧女主角，而那女人右下角印着的名字恰好就是尹落。

梁亦封：“尹落在医院拍戏。”

陆程安：“拍戏？那个……医疗片？”

“嗯！”

他揉了揉额角，心里涌起一阵躁郁。

恰好这个时候他的手机响起，是梁昭昭的电话。

他和梁昭昭之间联系不多，见到是她的电话，奇怪地看向梁亦封：“梁昭昭怎么给我打电话？”

“接了就知道了。”梁亦封说。

陆程安接起。

“二哥。”

“嗯，昭昭。”

梁昭昭迟疑了几秒，还是一股脑地把白天遇到的事情都说了出来，尤其是在观察室的那一段，她着重强调：“尹落应该是认出朝夕来了。”

陆程安眉头紧锁：“还有吗？”

梁昭昭斟酌了一下：“尹落她……好像对你……”

他嗤笑：“我知道了。”

电话挂断。

陆程安坐在位子上，神色晦暗，不知道在想些什么。

沈放：“怎么，梁昭昭找你干吗？”

陆程安：“尹落认出朝夕了。”

“哦，那又怎样？”沈放不甚在意，“都是一个圈子里的，认出来也不稀奇。”

季洛甫笑着问：“你知道哪种女人最可怕吗？”

沈放：“哪种？”

“第一，有孩子的女人；第二，什么都不在乎的女人；第三，和你有过情感纠葛的女人，俗称前女友。”

梁亦封默默补充：“甚至是对你还念念不忘的前女友。”

梁亦封和季洛甫二人举杯相碰。

陆程安的心被无端地捅了几刀，他原本就头疼得很，这会儿更是满心郁闷。

陆程安在某段时间对尹落非常青睐，因为从小外出拍戏，尹落性格独立，但又不骄矜傲气。可他的喜欢变得很快，在此之前，他中意的类型，似乎还是柔软娇俏易扑倒的少女。

他对待每一段感情都秉持着好聚好散的想法，当初和尹落也是心平气和地谈分手。

但他不知道的是，女人是易反悔的动物。极其容易感怀往事，极其留恋旧人，以及阅尽千帆之后，会信奉那句“衣不如新人不如故”。

更何况陆程安本身就不是一个令人容易放下的男人。

陆程安盯着眼前没动过的红酒杯不知道在想些什么，忽地，他把烟掐了，拿起酒杯，一饮而尽。

晚上10点。

朝夕准备洗漱，手机骤然响起，打破一室寂静。

她探头一看，是陆程安的电话。沉默了几秒，她按下静音，把手机屏幕朝下，扣在桌子上。转身进了洗手间，洗手间里的镜子清晰敞亮，灯光将她脸上的细枝末节都照得清楚万分，更别说是她这双红肿的眼睛了。眼窝略凹，眼睫微湿，一看就是哭过的样子。

房间太安静，以至于她清晰地听到嗡嗡的振动声消失。

安静两秒，振动声再次嚣张地响起。

如此重复五六次，她才接起电话。只不过出乎意料的是，电话那端不是陆程安的声音，而是季洛甫："睡了？"

"准备睡了。"

"那就是还没睡。"

她没吭声。

季洛甫说："他喝醉了，你有时间的话，就过来接一下他。"

朝夕捏了捏手心："我准备睡了。"

"没时间是吗？也行，沈放，把你二哥扔在这儿就行。"

沈放的声音似乎很遥远，带着顽劣的笑意："大哥，要不我顺便再放个碗，说不定第二天二哥起来，早餐钱都有了。"

梁亦封冷冷地道："衣服也给他脱了岂不更好？"

沈放兴奋地道："好主意！"

他们似乎在室外，声音嘈杂，间或夹杂着喇叭声，风吹树叶簌簌作响，季洛甫声音平缓，道："那你睡吧！"

朝夕阖了阖眼："在哪里？"

季洛甫报了地址。

电话挂断。

季洛甫对面，陆程安慵懒地靠在车门上，指尖的香烟发出猩红的光，烟雾被晚风吹散。他听完全部对话，浸在夜色里的双眼带着笑意，哪儿有一点儿喝醉的模样。

陆程安："过来了？"

"不都听到了？"季洛甫把手机扔给他，"我还是第一次被人这么使唤。"

陆程安笑着说："哥。"

"要不是朝夕，你再怎么求我都没用。"

"要不是朝夕，我也不会求人。"

季洛甫笑了一下，忽地敛起神情。"你和朝夕能成，那是最好不过的了。如果成不了……"他正色道，"我们还是兄弟，这点不会改变。但朝夕要是真不喜欢你，我也不会让她成为联姻的工具。"

"如果你俩成不了，以后就别见面了。"季洛甫说，"我就这么一个亲妹妹，我总归得护着她。"

陆程安沉默了一下，挑眉，冷静地道："但我还是要娶她。"

"陆程安。"季洛甫的声音冷了下来。

陆程安把烟头按在车门上，歪着头，眼神很淡，说："我就是想得到她，就算她不喜欢我，我还是要得到她。"

"对于我而言，把她留在身边我就满足了，至于其他的……"他轻笑了一下，笑里似乎有拱手河山的魄力，"随便吧！"

他说得轻巧，但心底却是清楚的。朝夕不喜欢你，你真不介意吗？

骗谁呢！但她要是真不喜欢你，你要放手吗？决不。

他这段话，多多少少地让季洛甫心理不适。

季洛甫的生命里在乎的人和事很少，除了妻子初一以外，朝夕能排前三了。他也难得会对别人说这样的话，太过真心的内容会让人抓住把柄。

他难得表露真心，陆程安却不给半分面子。

季洛甫："她是我妹妹。"

夜晚的城市喧嚣，街头霓虹灯亮起，街头行人攒动，年轻男女们欢声笑语，结伴而行，目光所及之处皆是灿烂美好的爱情。

光影影绰绰地照在陆程安的脸上，他紧绷嘴角，似在竭力压抑着情绪。

许久的沉默对峙之后，他艰难地开口，道："可对我而言，她是我这样活着的意义。"

朝夕是打车过去的。

其余三人早已离开，只剩陆程安一个人坐在副驾驶座上。

打开车门，酒气扑鼻而来，十分呛人。朝夕严重怀疑他整个人在酒窖里滚了一圈。

听到开门声，陆程安睁开眼。

他似乎真喝多了，眼神迷离，许久之后才对上焦："你怎么过来了？"

"你喝了多少？"

"不多。"他伸手，虚虚地比了个三。

朝夕："三瓶？"

他没否认，只是对着她笑。

室外停车场只有两盏路灯亮起，灯光的饱和度极低，昏暗的光在他迷离的眼里盖上一层薄薄的雾。他轻挑眼梢，平时寡冷的桃花眼，此刻有丝丝缕缕的笑意抽离出来。

或许是酒精发酵的作用，他的笑意温柔缱绻。

朝夕的心脏猛地一紧。

陆程安看她这样，觉得她似乎不开心。垂在身侧的手忽地抬了起来，为了让自己更像一个喝醉酒的醉汉，他甚至在摸到她衣角的时候，还哆嗦了一下。抓了好几次，才成功地抓到她的衣角。

他扯了扯她的衣角，沉声道："朝夕。"

"嗯！"

"我不知道大哥会给你打电话。"

"嗯！"

她低头看着他抓着她衣角的手，手指修长，骨节分明，青筋脉络如山峦般起伏。

"那个时候，你在干吗？"陆程安问，"准备睡了吗？"

“嗯！”

她好像只会说这个字了。

陆程安喝了半瓶红酒，他酒量好，半瓶对他毫无影响。但红酒后劲足，这会儿酒意渐渐涌了上来，他已处于微醺的状态。他的嗓音也被酒精浸渍，声线比平时低了好几个度：“他们都有人来接。以前每次聚会结束，只有我是叫代驾的，他们都有老婆来接。”

朝夕看着他。

他半垂眼眸，眼睑处投下密密的阴影，让人看不太清神情。

一阵沉默过后，朝夕关上门：“回家吧！”

回去的路上他始终保持安静，车厢内酒精味太重，恰好遇到交警拦车检查酒驾，车窗一降，刺鼻的酒精味散了出去，把交警都呛到了：“姑娘，你这是把酒倒在车里了吧？”

朝夕拿过仪器，说：“他喝得有点多。”

半小时前把三瓶红酒倒在车里的人默默地把头对着车窗。

交警半俯下身看了进来：“男朋友啊？”

朝夕犹豫了一下，没否认。

交警自顾自地说：“你这男朋友怎么回事儿呢，喝这么多酒？我告诉你啊姑娘，喜欢喝酒的男人要不得，一点儿责任感都没有。我看你长得也挺漂亮的，要不你换个男朋友，我给你介绍个更好的，烟酒不沾的那种。”

朝夕测完之后，把仪器递还给他。

她扭头扫了陆程安一眼，他垂着头，双手抚在胸前，似乎在睡觉。

她淡淡地说：“他挺好的。”

“哪里好咯，喝酒喝得这么醉，大半夜的还要你开车。我是过来人，这小伙子啊，一看就不喜欢你。”

“他挺好的，”她冷淡极了，“也挺喜欢我的。”

话音落下，她升上车窗，脚踩油门飞驰离开。

几乎是车在车位上停稳的瞬间，睡死了一路的人突然有了动静，声音朦朦胧胧：“朝夕，还有多久到家？”

“已经到家了。”

朝夕解开安全带："下车吧！"

可是等她走了几步，身后还是没有一点儿动静。

她转身，透过风挡玻璃看到陆程安低头解着安全带，动作笨拙。朝夕无奈地叹了口气，算了，和一个喝醉的人计较什么呢。

她走上前，打开车门，俯身给他解安全带。

左边脸颊是他温热的鼻息，夹杂着浓重的酒精以及尼古丁的味道，她的动作微微一滞，正好这个时候附近一辆超跑开过，声音惊人。

她连忙抽回身："好了。"

陆程安坐在位子上，仰头，看到她背对着自己站在车外。她的头发由一条丝带松松地固定在脑后，露出她线条优美的脖颈，她的皮肤很白，微微侧过头来，下巴莹白小巧。

喝酒之后，他的喉咙本就发干发紧。

她转过头，双唇翕动，似乎在说些什么，但他什么都听不到，眼前只有她一开一合的双唇，像暗夜中的玫瑰，带着致命的吸引力。

他的喉结滑了滑。

回过神后，他起身从车里出来。

等他站定，朝夕便抬脚欲走，结果下一秒，胳膊猛地一紧，陆程安拽着她的胳膊，几乎是用蛮力把她整个人往回拉，然后，关上车门。

她靠着车门，在车门合上的时候，她的后背感受到了明显的震动。

再抬头，眼前的男人近在咫尺。他双眸幽深，直勾勾地盯着她，眼底哪里还有刚才的迷离朦胧，清亮得不得了，一点儿都不像是喝醉的模样。

朝夕很快意识到自己被骗了，"陆——"她的声音被吞没。

他吻得激烈。她被动地承受这突如其来的吻。下一秒，她狠狠地咬上他的唇，腥味瞬间蔓延至二人的口中。

尝到这股异样的腥味，陆程安终于回过神来，他整个人僵住，拉开和她之间的距离，难以置信地看着她："朝夕？"

朝夕看着他，冷声道："亲够了吗？"

陆程安伸手擦了擦唇瓣，借着灯光看到了鲜明的血渍，口腔里是血腥味，有痛感蔓延，他却跟感觉不到痛似的。

灯光在他的眼睑处投下一片阴影，他垂眸，蓦地轻笑了一下：“属猫的？”

他弯下腰来，视线和她在同一水平线上：“怎么跟只野猫似的。”

他的皮肤并不算白，但光照下来，衬得肤色白皙。清冷精致的五官如艺术品般，额前碎发颓靡地垂了下来，只露出狭长入鬓的双眼。

他分明是笑着说那句话的，但眼里没有丝毫笑意。唇瓣上有细细密密的血珠，他一擦，嘴角便沾染不少鲜明的血。像是个暗夜中的贵公子，但更像个吸血鬼，周身带着一股浓重的侵略感。

朝夕的呼吸滞了一瞬，她有种不管她再怎么挣扎，都会成为他的阶下囚的想法。冷静之后的分析残酷又无情：他们是未婚夫妻，接吻，她似乎没有拒绝的理由；他是个男人，她再怎么拒绝，还真能反抗得了他吗。

想法逐渐清晰，再搭配上他此刻侵略欲十足的眼神，朝夕认命地阖上眼。

“我不会动你。”陆程安似乎看出了她的想法，忽然说，“今晚的事，是个意外。”

她猛地睁开眼。眼前的人突然退了回去，他站在她的身边，靠着车门。

此时安静得只能听到躲在灌木丛中的蝉鸣声。

等了一会儿，朝夕说：“我先上去了。”

“我装醉骗你的。”

“我知道了。”

“如果我不装醉，你会来接我吗？”

她背对着他，没说话。

陆程安不咸不淡地道：“不会，对吗？”

又是沉默。

陆程安点了支烟，捏在手中，吞吐烟雾间，他沉声道：“我和尹落分手都有十年了，这十年我和她没有见过一次面。”

“和我说这个干什么？”

这下沉默的人换成了他。

朝夕说："你和尹落的事情，我不想知道。"

"我和她也没什么事。"

"前女友不算重要的人吗？"

陆程安："如果是重要的人，她就不会是前女友了。"

朝夕："至少她曾经重要过。"

她到底是女生，再大方得体，也会斤斤计较曾经。而更让她介怀的，是他有过无数的曾经，他的旧日恋情，他曾经对那些女人有多柔情蜜意。他心里曾经有过那么多女人，可她连他的眼底都未曾住过。

陆程安闻言，眼眸微张开半道缝，笑意讥讽："谁说她曾经重要过？"

"没有吗？"

"重要的人，我是不会让她与我错过的。"

"哪怕她不喜欢你？"

"即便她不喜欢我。"

"你是土匪吗？"

陆程安双唇翕动，唇齿中溢出轻笑来："是啊！"

朝夕："那你遇到过重要的人吗？"

她问完，许久未等到他的回答。

她转身，看到他直勾勾地盯着自己，浓浓的夜色在他眼里晕出一片墨色，眼里的情绪晦涩难辨，像是狂风肆虐的前兆。气压极低，云层密集，压得她喘不过气来。

蓦地，他笑了一下，四两拨千斤地道："你说呢？"

他并没有正面回答，但她隐隐约约地觉得自己似乎知道答案……

隔天，朝夕用过午餐准备回办公室，中途接到剧组的电话，说是有问题想要咨询她。她连办公室都没回，径直上了剧组拍戏的那层楼。

正是午餐时间，剧组暂停拍戏，都在吃饭。

朝夕找了个人，问编剧在哪儿，得到答案之后找到房间，进去。

打开房门，意外的是，里面除了编剧，男女主演也在。

朝夕是吃完饭就过来的，自然是没戴口罩，因为职业特殊，所以她上班时都不化妆，素面朝天。

可即便如此，在看到她清晰的正脸的时候，房间里的人都惊了。

有人疑惑地问："朝夕……医生吗？"

朝夕笑靥半开："是我。"

昨天她戴着口罩，只露出来一双眼，眼里似水波潋滟般清澈荡漾。而现在，她笑起来的时候，眼尾上翘，眼波流转似旖旎丛生。

都是娱乐圈的，大家都知道，个人的气质变化主要靠的是妆容和服饰。但朝夕不是，她素面朝天，气质、气场都能转化得如此自然。

尹落当下更确定了，朝夕就是季朝夕。

先反应过来的竟然是林秉扬，他说话的方式令人非常舒服："朝夕医生来了，陈老师你们还愣着干吗呢，不是有问题想咨询她吗？快点儿问啊，医生都很忙的，咱们抓紧时间好吧！"

几位编剧回过神来，连忙把记录问题的纸张拿了出来，问朝夕。

解决完问题之后，朝夕想要离开。

林秉扬突然说："我去一下洗手间。"跟在她的身后一起出了房。

电梯间在右边，洗手间在左边，朝夕发现，身后的人一直跟着她。

她的关心只限定于三种人：亲人、朋友以及病人。林秉扬哪一种都不是。她连张口和他说话的欲望都没有。

急得自然是林秉扬了，见她没有停下来的想法，林秉扬急忙拉住她："朝夕姐。"

朝夕蹙眉，偏头看向他拉着自己胳膊的手。

林秉扬连忙收回手："抱歉，我有点儿心急了。"

朝夕："我和你在之前似乎没见过。"

林秉扬笑着挠了挠头，说："江渔的手机桌面用的是你和她的合照。"

经过上一次热搜事件之后，林秉扬竟然还会以这样熟稔的口吻提起江渔，这是朝夕没想到的。

朝夕："你找我有事吗？"

"江渔她什么时候进组？"林秉扬直截了当极了。

朝夕："你可以自己去问她。"

“她把我删了。”

“她都删了你了，你还问她干什么？”

“因为还喜欢她吧！”年轻男子迎着阳光微笑，眼睛里像是有光在闪。要不是知道前因后果，朝夕真的会觉得他是个不错的男人，也会撮合他和江渔。

朝夕看着他，隐隐约约地像是看到了另一个人。

她沉默了一下，说：“你和我的一个朋友很像。”

“是吗？”林秉扬笑了，“你们怎么都这么说？”

朝夕不解地看向他。

林秉扬：“尹落也这么说，不过她当时说的是我和她的前男友很像。”他靠在墙边，视线往边上一扫，掠过朝夕，伸手：“尹落。”

身边多了个人。

尹落走过来：“你们在聊什么呢，大老远的你就在笑？”

林秉扬不甚在意地说：“你说巧不巧，你说我和你前男友很像，朝夕——”他差点叫姐，连忙改口：“医生也说，我和她的一位朋友很像，怎么着，难不成这朋友、前男友是同一个人？”

他原本就是随口这么一说，结果没想到——

尹落：“你也觉得他和陆程安很像，对吗？”

不输于她的长相，她有着一副很好听的温柔嗓音，此刻像是带着回忆旧人的怅然。

尹落看向朝夕：“我真的没有认错人，你真的是我认识的朝夕。”

朝夕淡笑：“但我不记得我们见过。”

“我们没有见过，我在一位朋友那里见到过你的照片。”尹落温柔地笑着说，“我以前是在十一中上的学，陆程安也是在那里上的学，你的哥哥姐姐都是，你怎么不在那里上学啊？”

朝夕：“姐姐？”

“季君菱呀！”尹落说，“我和她是好朋友。”

朝夕扯了一下嘴角：“你在她那里看到的我的照片？”

尹落：“对的。”

朝夕这才认真地打量她，朝夕的眼神很淡，但尹落总有种汗毛耸立的战栗感。

尹落和季君菱是关系不错的朋友，但二人成为朋友的前提是季君菱是外人口中的季家大小姐。尹落的家庭结构很简单，一家三口，所以她不能理解那种亲人炫耀，是炫耀领养的女儿的这种做法，尤其是在季家这样复杂的家族里。

她原本以为季君菱为了面子，故意夸张，结果没想到她们圈子里的人都会选择十一中读书，贵族学校，又是名校，每年重点升学率达到百分之九十，就连季家最旁支的孩子都在十一中读。可朝夕不是，她去了另一所学校。

由此，尹落认定季君菱这个朋友了。

在季君菱的嘴里，朝夕性格清冷，谁都瞧不上眼，十分傲慢，所以比起朝夕，季家的人更喜欢季君菱。

季家人到底喜欢的是谁？朝夕都离开季家了，这就是最好的证据。

尹落被季君菱灌输了太多这类说法，被洗脑了，再加上事实摆在眼前，她对朝夕自然没什么好印象，更别说朝夕曾是陆程安未婚妻这件事了。哪怕是“曾”，也让她不好受。

尹落能在娱乐圈风生水起多年，自然也不是个善茬，她迎着朝夕浅淡的目光，眼神微凛，嘴角有一抹冷冽带着攻击性的笑，正准备说话的时候，却被朝夕打断。

“你确实和以前的陆程安很像。”朝夕这话是对林秉扬说的，仿佛刚才的打量是尹落自作多情的幻想，朝夕只不过是很浅淡地扫了她一眼，在思考她说的那句话是不是对的。

她都进入战斗状态了，结果敌人轻描淡写地来一句：“你攻击错人了。”尹落顿时气结。

林秉扬对“陆程安”这个名字有种陌生的熟悉感：“这个名字，我好像在哪里听到过？”

尹落从没和娱乐圈内的人提过陆程安，但此刻她不想输。

她咧嘴，笑容甜而柔：“可能是我总提起他吧！”

林秉扬挠了挠头：“是吗？”

“要不然你能从哪儿听到他？他又不混娱乐圈。”

“也是，不过我和他真的很像吗？哪里像，长相吗？”

尹落嫌弃极了：“他可比你帅多了。”

林秉扬不乐意：“好歹我现在也是国民男友，你给点面子啊！”

“是真的帅。”尹落感慨地道，“他读书的时候就很帅了，非常吸引女孩子，我也是被他吸引的一个……反正就是个浪荡公子，后来我实在受不了他那招蜂引蝶的性格，于是和他提分手了，结果没想到他这些年一直单身……”

林秉扬拍了不少青春偶像剧了，这会儿秒懂：“他在你这儿受了情伤，所以一直没走出来？”

尹落不无惋惜地叹了口气。

朝夕对尹落的演技实在佩服，怪不得她能在一众小花旦里杀出重围。而且尹落厉害的一点是，她说的都是事实，没有一点儿凭空捏造的成分，只是她很擅长引导人的思想，说话说三分，情绪、气氛拿捏住，剩下的七分就让看客们揣摩。

朝夕压根不想搭理她幼稚的举动。

她跟看戏似的看着尹落无剧本的表演。

林秉扬又问：“那你呢，你想过和他和好吗？”

尹落看了朝夕一眼，见她一副不甚在意的模样，于是自导自演地接着发挥：“我也不知道啊，或许吧，毕竟他有十年没谈恋爱了。”

“这么夸张？”林秉扬不太相信。

话音刚落，朝夕的手机突然响了。

二人的视线落在她身上。

朝夕拿出手机，来电人竟然是这次谈话的主人公陆程安。

林秉扬：“哎，是这个陆程安吗？”

朝夕：“嗯！”

林秉扬不无奇怪地问尹落：“怎么我和你认识这么久，也没见他给你打过电话啊？”

尹落的表情稍稍有些扭曲，可更让她表情扭曲的还在后面。

朝夕也很奇怪：“我的未婚夫为什么要给她打电话？”

林秉扬十分疑惑。

朝夕接起手机，还没等对方开口，她就叫了声“老公”。声音是前所未有的甜，跟浸了蜜似的。她的声线本就偏软，再加上此刻撒娇的语调，是最明目张胆的勾引。

陆程安沉默了一下，他甚至还把手机从耳边拿下来看了一眼，确实是朝夕的手机号码。

他当然不会自作多情地以为朝夕这声“老公”是在向他示好，于是问她：“你边上有谁？”

“尹落，”朝夕看着尹落，问道，“你要和她说话吗？”

陆程安揉了揉眉心：“我和她有什么好说的。”

朝夕也没再追问下去。

尹落强颜欢笑，语含讥诮地道：“你回国之后，还没和你姐姐联系，就和陆程安联系上了吗？”

走道里太安静，尹落的声音传入陆程安的耳里。

陆程安蹙了蹙眉。对于尹落到处造谣他对自己还有旧情的事，他之所以生气，是因为朝夕。他向来不太在意自己在别人眼里的形象，无所谓好坏，旁人的评价都与他本人无关。可是针对朝夕就不行。他无法容忍朝夕受到任何攻击。

陆程安的目光冷得像冰，全身散发着阴鸷的气息。恰好有人找他谈明天开庭的事宜：“陆检——”话音在看到他脸色的时候戛然而止，来人下意识地打了个寒战。

陆程安起身，欲往外走：“我有事，先出去一趟，你的事——”

他说到一半，被朝夕打断：“工作要紧，别过来了。”

她的声调平缓，听不出一丝情绪波动。

陆程安：“你确定？”

朝夕淡笑：“有什么好过来的呢，她说得确实没错，我回国之后，第一个见的人是你。”她倏地吊起眼梢，轻淡地瞥了尹落一眼：“和未婚夫见面，这有什么不对的吗？”

她也不知道自己是怎么回事。她曾和钟念聊过过往，钟念听闻之后，用“天生无棱角”形容她。

无论被逼到哪种境地，她似乎都没有大悲大喜过，只是平静地做出一个又一个她认为是正确的选择。但现在呢？从那句“我的未婚夫为什么要给她打电话”开始，这段对话就脱离了“正确”的轨道，往一个未知的方向去了。

陆程安坐回位子上。

尹落皮笑肉不笑：“是吗，你确定他是你未婚夫？”

“嗯，我确定。”朝夕看到不远处的剧组工作人员有意无意地往这边投来八卦的视线，她说，“我还有事，先走了。”

等到朝夕的身影消失在二人的视线中。

尹落突然冷笑：“装什么。”

林秉扬：“啊？”

“早八百年就解除了的婚约，她在这儿装什么？”她不甚在意地道，“而且你真觉得这个陆程安是陆程安，而不是别人？”

林秉扬在剧组里待的年头不少，自然知道剧组里的勾心斗角远比电视剧要精彩得多，尤其是这种二女争一男的老套戏码。他向来独善其身，毕竟是真是假，现在还没个定数。

他说：“朝夕医生看上去不像是会做这种事情的人。”

尹落冷笑：“一个私生女，你真以为她多清高？”

林秉扬愣住。

尹落自知失言，但随即一想，朝夕在圈内人眼里早就是私生女了，她这么说也不假，而且刚刚……谁知道那个是真的陆程安，还是假的陆程安。她可不信陆程安会看上现在一无所有，甚至背负着“私生女”名号的朝夕。陆家是要名声的，她才不信陆家会瞧得上季朝夕。

晚上 9 点，朝夕下班。

医院停车场唯独四角装了路灯，灯光昏暗。

朝夕边掏出车钥匙边往车停着的方向走，突然听到身后有人叫她，声音微喘：“朝夕姐，你等一下。”

朝夕停下脚步，回身。

林秉扬小跑过来，他拎着一只纸袋，递给朝夕：“你是要回家吗？能方便帮我把这个东西转交给江渔吗？”

朝夕："我和江渔不住一起。"

林秉扬愣了一下，继而穷追不舍地问："那你能帮我把这个给她吗？"

朝夕垂眸扫了一眼。林秉扬不好意思地笑了笑："前阵子我在外面吃饭，刚好看到一条手链很好看，很适合她，所以就买下来了。"

面前的男人笑容腼腆，带着真心。朝夕很难把他和之前为了前途而放弃江渔的人联系在一起，但人心总是难猜测的。

朝夕张了张嘴，刚准备拒绝他的时候，身侧车子的远光灯突然亮了，光线刺眼，下意识地阖上眼。

紧接着，是车门打开的声音。

静谧的空气里突然响起一个熟悉的男嗓，声线跟初秋的夜风似的，低而冷："你们还准备在那里聊多久？"

朝夕扭头，看到陆程安斜倚着车门。停车场的灯光昏暗，映照得他的脸色都阴冷几分，紧抿薄唇，似有薄怒。

林秉扬疑惑地问："你是？"

陆程安抿着唇，没说话。

林秉扬看了看朝夕，又看了看陆程安，似乎知道了什么："他就是陆程安吧？"

朝夕点头。

林秉扬笑了："所以他真是你未婚夫？"

"那不然呢？"陆程安阴恻恻地道，"我不是，难不成你是？"

眼前的男人长相实在妖孽得过分，桃花眼，高鼻梁，薄唇，分明是一副多情风流的长相，但是神情冰冷。这样的男人，有没有心都不好说。

林秉扬很难想象这样的男人和自己会有相似的地方。

林秉扬摇头："不是不是。"

陆程安看向朝夕："回家了。"

朝夕："嗯！"

林秉扬连忙叫住她："朝夕姐。"

"江渔的事情我向来都不参与，所以没办法帮你转交。"

车子扬长而去。

回去的路上，陆程安问："他是谁？"

朝夕想了想："我回国那天在机场的事情你还记得吗？"

"林秉扬？"陆程安很快就想起这个人来，"他不是在追江渔吗？"

朝夕："你怎么知道？"

陆程安："那天的事，沈放处理的。"

沈氏集团日益壮大，沈放的野心不止于此。沈氏集团渐渐地往娱乐圈方向发展，成立了沈氏国际，旗下又有许多一线艺人，想查清那天机场的事情是轻而易举的。

因此那天所有的网络平台里，朝夕都没搜到有关于她和陆程安的任何内容。

陆程安自然是做不到的，但是沈放可以。

陆程安："他还在追江渔？"

朝夕点头，轻笑了一声："嗯！"

陆程安想到停车场那幕，他以为那个男人对朝夕有了别的心思，结果没想到他就是林秉扬。他想了想，问："让你帮忙追？"

"差不多吧！"

"你拒绝了？"

"我没有答应的理由。"朝夕说，"他那样的男人不适合江渔。"

陆程安不置可否地笑了一下。

朝夕歪头靠着车窗，看着手机。

白天的时候她和江渔提了一下林秉扬的事情，后来工作太忙，又有一台手术，她的手机调成静音状态，便没看到江渔的消息。

这会儿，她打开手机，江渔给她回消息了。

朝夕："林秉扬还喜欢你。"

江渔："我还是不喜欢他。"

朝夕翘了一下嘴角，打字："为什么不喜欢？"

江渔在不工作的时候都是拿着手机的，消息一发出去，她几乎是秒回："为什么要喜欢呢？因为他喜欢我，所以我也要喜欢他吗？"

江渔打字速度很快，又发来一句："他前女友太多。"

朝夕蓦地愣住，她下意识地瞥了陆程安一眼，心想，再多能有陆程安多吗？

朝夕下意识地打字，劝说她：“你不能因为一个人的过去而否认他的现在。”可是打完之后，又把这行字给删了。

她自己都做不到这一点，凭什么还要让江渔做到。

意识到她在看自己，陆程安问道：“怎么了？”

朝夕想了想，收起手机，说：“你有没有觉得刚刚那个男人和你特别像。”

陆程安：“除了都是男人这一点，其他没有一个地方像。”

朝夕说：“林秉扬有过很多前女友。”

陆程安哑口无言。

朝夕降下车窗，车速不快，晚风吹起她的头发。

她垂眸，说：“但他比起你，还是差一点的。”

“差了哪一点？”

“他求而未得，不如你。”朝夕说，“你从来没有求而不得的时候。”

车厢内静谧无声，只有车外风声作响。

说来也是奇怪，朝夕此刻也没有那么介怀了。或许是因为十年是太长的一个时间距离了。十年前她甚至还十指不沾阳春水，季洛甫都会做菜，全家上下，唯独她不会。她也想下厨，却被爷爷奶奶阻止：“下厨手指头会变粗的，还可能会被热油烫到，你可不许下厨。我家朝夕长得漂亮就够了，其他什么都不需要会。”

爷爷奶奶在某些方面是真的太宠溺她了。

可是十年后，中西餐她都会做了，就连甜点都会做。手不仅被热油烫到过，甚至还刮伤过，可这手依然很漂亮。

很多东西都在变，但也有很多东西依然没变。她去过那么多城市，见过那么多人，也有许多人和她表白过，但喜欢的人，还是十八岁时喜欢的那一个。

车厢内的沉默氛围一直持续到车停下来。

朝夕解开安全带，打开车门，下车。

她刚跳下车，就听到身后的人说：“你怎么知道我没有求而未得的时候呢？”

朝夕僵硬地转过身。

陆程安单手把着方向盘，侧脸瘦削地对着她。

路灯的光线被树叶遮挡，他的脸色沉浸在浓稠的夜色里，神情晦暗难测。他转过头来，眼里的情绪压抑，似下一秒就要喷薄而出。

他看着她，借着这单薄的月色看着她。

朝夕艰难地开口："你……"

"我也有求而未得的时候。"

他垂着的眼睑慢悠悠地掀开，从眼睛里溢出一抹笑意来，笑意比这月色还要淡。

昨晚的那种感觉再次来袭。她的情绪积压在胸口。重逢以来，很多事情逐一浮出水面，眼前的薄雾被风一片一片地吹开，渐渐地出现了模糊的轮廓。而她似乎离看清事实本身并不遥远。

只要她问："我是对你而言的，那个重要到不容错过的人吗？""我是你求而未得的那个人吗？"

只要她问。

第七章

等了她十年

可是还没等她开口，她的手机突然响了起来。是江烟。

她接起，那边竟然是陆许泽的声音。“嫂子，江烟得急性肠胃炎了，我正送她去医院，你还在医院吗？”陆许泽说完，又低声安抚江烟，“快到了快到了，你再忍忍啊！”

旖旎气氛顿时消散，朝夕一门心思都在江烟身上了。

她快速坐上陆程安的车：“去医院。”又让陆许泽把手机递给江烟，听到江烟疼得发出嘤咛声，朝夕急得不行，完全没反应过来陆许泽一开始对她的称呼，不是朝夕姐，也不是朝夕医生，而是嫂子。

朝夕到医院的时候，江烟已经在输液室输液了。

夜晚的输液室里人不多，格外安静，唯独液晶电视机亮着，播放着时下最火的青春偶像剧。

江烟和陆许泽背对着大门坐着，全然没发现朝夕和陆程安。

离得近了，朝夕听到二人的声音。

江烟：“你这个人不仅眼神不好，情商也很低！”声音虚弱，但是语气里充满讨伐意味。

朝夕悬着的心又回到原地。

她笑了笑，在接近江烟的时候，伸手挠了挠她的头发：“看你这样，似乎没什么大毛病。”

江烟转过头，瞬间眼泪汪汪：“姐姐。”

朝夕在她边上坐下："嗯！"

江烟扭头，看到陆程安，疑惑地问："陆师兄，你怎么也来了？"

朝夕翻着她的病历，淡淡地道："正好在一起。"

江烟意味深长地道："这个时间点还能正好在一起？"

朝夕淡淡地瞥了她一眼，倏地收起病历，扫了一眼边上坐着的陆许泽，跟家长问责的语气似的，说："那你呢，怎么这个时间点会和陆许泽在一起？"

说到这个，江烟愤怒极了，也像是受了欺负回家和父母告状的小孩。"姐，你是不知道，尹颂在我的宿舍楼下摆了好多蜡烛向我表白来着，结果还没等我答应他的表白，这个人，"她满腹牢骚地指着陆许泽，"这个人——他拿了灭火器过来把那些蜡烛都给灭了！"

江烟气得不行："我人生第一次被表白啊，竟然是这样的结局。"她气结，抬腿踹了陆许泽一脚，又向陆程安哭诉："陆师兄，你觉得陆许泽做的是人该做的事吗？"

陆程安看向陆许泽，淡淡地道："解释一下。"

陆许泽烦躁地抓了抓头发，说："不是，你知道尹颂是什么人吗？你就要答应他的表白！"

江烟："他不是你们化学系的系草吗？"

陆许泽面无表情地指着自己："化学系的系草在这里。"

江烟的嘴角抽动了一下。

陆许泽说："尹颂之前交往过多少女朋友啊，整个一花花公子，就你这种单细胞生物，你能玩得过他吗？他就是看你傻，所以才想泡你的。"

江烟不太乐意："你很了解他吗？"

"反正比你了解。"

江烟嘟囔："那可能人家迷途知返，浪子回头了呢。我觉得他对我还挺真诚的。"话虽这么说，但她越说越没底气。

陆许泽冷哼："浪子是不会回头的。"

朝夕在听到这句话的时候，目光投向陆程安。

陆程安尴尬地别过头去，却听到朝夕说："浪子也有可能会回头。"

江烟雀跃地道：“你看，我姐也这么觉得。”

“但是，”朝夕强调，“你确定你是他停下来的理由吗？”

沉默半晌，江烟咕哝道：“那我也没很喜欢他，我就是觉得他挺帅的，对我也挺好，打游戏也挺厉害，所以就……反正我单身，他也单身，年轻人谈个恋爱怎么了嘛！万一我俩在一起之后他发现我这么可爱这么有趣，然后无法自拔地爱上我了呢？”

陆许泽冷声打击：“这概率比你放的屁是香的还低。”

朝夕无声地叹了一口气，她打断二人的对话，问：“所以你怎么就来医院了呢？”

“就，我这快到手的男朋友跑了，我可不得很生气？”江烟说，“我拉着他去后街吃了鸡公煲，没想到那家鸡公煲那么辣，不愧是重庆鸡公煲，重庆味十足。”

陆许泽无语：“重庆鸡公煲不是重庆的，人家创始人叫重庆。”

“……”

二人拌嘴不停。

朝夕抬头看了眼输液瓶，输液已经过半。转头，看陆程安仍旧站着，她说：“坐下吧！”

陆程安在她身边坐下。

干等着也没事干，朝夕把目光投向输液室里的液晶显示屏上。只是没想到，电视机里播放的电视剧恰好是尹落主演的。

朝夕饶有兴致地看着电视。

陆程安沉默了一下，眸色略沉：“我出去抽根烟。”他起身离开。

等他回来的时候，江烟已经输完液了。罕见的是，江烟和陆许泽没再说话，安静地坐在位子上低头看着手机。

朝夕靠在江烟的肩膀上睡着了。她这段时间太忙了，本职工作加上剧组的工作，休息的时候还要看各种资料，休息的时间零零碎碎加起来，一天都不到五个小时。

江烟一直保持着奇怪的姿势坐着，见到他来了，一脸渴求。

陆程安蹙眉，上前，小心翼翼地把朝夕腾空抱了起来。

他的动作幅度很小，缓慢温柔，没把朝夕惊醒。

离开医院之后。

陆许泽说："哥，我和江烟就不打扰你们了，我俩打车回学校了。"

"嗯！"

江烟看着陆程安抱着朝夕的身影，她的心里有种不可名状的情绪在不断翻涌，隔了会儿，她突然拔腿跑了过去。

"陆师兄。"她小声说。

陆程安把朝夕放在副驾驶上，调好座椅，关上车门，转身看向江烟。

陆程安："怎么？"

江烟思考了几秒，才开口："我知道你是姐姐的未婚夫。"

"嗯！"

"陆师兄，"江烟抿了抿唇，眼里似乎有泪花在翻涌，她的语气很坚定，"姐姐很喜欢你的。"

陆程安漫不经心的眼眸陡然变大。他抬眸，眼里有难以置信的神情。

江烟说："姐姐原本不打算离开南城的，她又没做错什么，她只是……太善良了，我从来没有见到过像姐姐这么好的人。"她说到这里，喉咙哽住，揉了揉眼眶，哽咽着说："她做出离开南城的决定，是在接了一个电话之后。电话那边说了什么，我也不知道。但是电话打完，她就要走。我问她为什么要走。"

江烟到现在还记得那天的场景。

朝夕是她见过最漂亮的人，可是那么一张明艳的脸庞却充满了绝望和无助，眼神空洞寂寥，像是被全世界抛弃了一样。

朝夕坐在沙发上，阳光灼热，可她像是身处阴沟一样，带着窒息的绝望感。

"我被他放弃了，我和他甚至还没有正式地见过一次，我就被他放弃了。"那时的朝夕才十八岁，再成熟懂事，面对心上人的时候，仍旧藏不住心里的那份喜欢和悸动。同样，在听到被心上人放弃的时候，自己像是坠入无尽深渊一般。

她双手紧握成拳，指甲抠进手心，疼痛感袭来。她眼里充满血色，眼泪就这样毫无征兆地砸了下来。“真奇怪，我和他也没见过几次面，为什么在听到这件事的时候，我难过得好像要死掉一样？我好像没有留在这里的理由了。”

距离那天已经有太多年了，江烟那时年纪又小，但关于那天的所有细节她都记得很清楚。她清楚地记得那天是朝夕对这座城市绝望的日子，清楚地记得，朝夕明媚恣肆的生活里也有过灰暗时分。

江烟说：“我也是最近才知道你是她的未婚夫的。陆师兄，我姐姐她只是……”话说到一半，她又说不下去了，“只是”了好半天，也没得出个结果。

停顿了好几秒之后，她说：“她过得并不好。”

“所以陆师兄，求你对她好一点。”江烟捂着脸，朝他重重地鞠了一个躬，“她值得的，她什么都值得。”

江烟说完，便转身跑了，留下陆程安在原地。

这段往事的冲击力和影响力对他而言是前所未有的大，他开始一点点地回想，想他们重逢之后的所有，就连细枝末节也不放过。

又想起那天她说“在一起”的时候，双眼像是含着春色一般的潋滟。

陆程安低着头，突然笑了一下，又笑了一下。眼里没有任何笑意，只有讥讽和嘲笑。自己开心吗？在你喜欢她的时候，她也在喜欢你。

这十年不是只有你一个人在无望中满怀期待的。

可是当初你要是再坚决一点，再强硬一点，在听到消息之后便选择委曲求全，选择低头，那她就不会离开。

陆程安，这一切都是你罪有应得，你该认。但不是朝夕的错。

你有什么值得开心的？这一切都是你造成的。她的离开，也是你一手造成的。

陆程安在脑海里刻画着朝夕听到婚约取消时的场景，不管他怎么努力，脑海里，她的脸都是模糊的。

他难以想象，她是永远活在阳光下的人，她怎么会绝望呢？怎么会有负面情绪呢？怎么会呢？

他伸手掏了包烟出来，拿烟的动作不稳，试着点烟，火柴划了几次，只迸发出细小的火花，一闪而逝，鼻腔里是难闻的火药味。连续试了好久，才把烟点燃。烟雾缥缈，将他的思绪带至十年前，他那时和家里几乎处于冰点状态。

他那个时候离经叛道得很，每次家族聚餐的时候，他都会被自己的父亲指着骂："整个陆家都没有像你这样的人！我们陆家的脸都被你丢尽了！"

这话说得倒也没错。出身于陆家，看似光鲜亮丽，实则有太多的身不由己。交友圈固定，要和什么样的人交朋友，远离什么样的人，这是从有意识起就被灌入脑海里的观念。性格教养更不用提，就连未来也早被安排好。

陆程安的未来，自然也是。他被要求成为性格温润清冷，私生活干净清楚，毕业之后进检察院。工作稳定之后，和家里安排的相亲对象相亲，然后结婚。几乎是流水线一般的生活。

他自然是不愿意被这样安排的。是从什么时候开始与家里做斗争的呢？他也忘了。

反正后来他在众人的眼里就是个私生活糜烂的浪荡二世祖，但实际上，他的好友圈干净纯粹，季洛甫、梁亦封、沈放，出身名门，为人品行端正。而所谓的周更女友是不假，但他也止于暧昧。

再离经叛道，他的心里仍旧有一杆秤。可以有很多女友，但身体似乎无法接受自己和她们上床，总觉得上床之后，他就要和对方共度余生。有时候他也会嘲笑自己，不管怎样放浪形骸，骨子里仍旧是陆家人希望的那样。

那段时间父母为了让他转专业，一气之下把他关了禁闭。

知道婚约被取消的事，是四叔给他送饭的时候。

窗帘紧闭的漆黑室内，门被打开的时候，有光线照了进来。

陆开棠看到之前送进来的饭菜仍旧放在原地，没有任何动过的痕迹。他低声叹了口气，劝说了将近半小时，陆程安依然躺在床上没有任何响动。

离开之前，他突然想到这件事，说："你爸和季家商量了一下，把你和季家那丫头的婚事给取消了。”

多日浸在黑暗中的大脑慢慢地有了反应，太久没进食，就连身体都变得异常迟钝，他身体发虚，几乎是连滚带爬地从床上起来。

陆程安：“取消？”

陆开棠：“嗯，取消了。”

门又被关上，卧室再度陷入混沌中。

陆程安艰难地消化掉这句话之后，疯了似的砸门，嗓音干哑，撕心裂肺般地吼道：“让我出去！”

陆启棠的声音平静：“愿意转专业了？”

“爸，你让我出去！”他双眼猩红。

陆启棠：“没想好，接着反省。”

陆程安竭力地喊着，他伸手，一拳又一拳地砸着门，门发出“咚咚”的声响。他撕心裂肺的声音传到书房，小陆许泽哭着求父亲：“爸爸，你让哥哥出来吧，求求你让哥哥出来吧，哥哥知道错了，许泽也知道错了。”

陆启棠脸色平静：“他不知错。”

陆启棠：“不听话的孩子就应该吃点苦头才行。”

到后来，他敲得没力气了，整个人无力地顺着门倒了下去。

他满脑子都是朝夕。他甚至还没和她正式见一面，他都准备好了在和她见面的时候说的话，然后给她一个一生只有一次的表白。可是什么都没有了，婚约被取消了，他们之间唯一的纽带也没了。

窗帘紧紧地拉着，将外界的光源切断，一室漆黑。

他的拼命呐喊与声嘶力竭无人回应，被黑暗吞噬。

他不知道过了多久，直到他再次醒来，像是被抽筋挫骨般，他疼得只剩喘息的力气。睁开眼，仍旧是黑夜。脸上有湿漉漉的不明液体滑过。他阖上眼。

过了许久，他扶墙站了起来，他知道外面的人听得到他说话。

陆程安：“我接受你们的安排。”

不到一分钟，房门被打开。陆启棠站在门外。

陆程安垂着的眼睑很慢很慢地掀开，适应完光亮之后，他说：“我去当检察官，参加司法考试，走你们安排的那条路，但我有一个要求。”

“什么要求？”

“我和朝夕的婚约永远作数，日后我要娶她，你们不能有任何意见。”

陆启棠犹豫许久，点头了。

被应允出门之后，他第一时间就联系季洛甫要朝夕的地址，可是电话那端，季洛甫叹了口气，说：“她走了。”

陆程安愣住：“走了？”

“嗯，出国了。”季洛甫说，“一个人走的，前天晚上走的。”

陆程安那时候对朝夕也是有恨的，恨她为什么不能等他，恨她为什么这么狠心。

可后来，比起爱，恨又算不了什么。有的人见几百次都无法有好感，而有的人，见一次，就在心里定好了余生。

但现在，比起恨她当时的狠心与果决，他更多的是恨自己。他就应该做个听话的人，就应该早日学会低头。

人嘛，被逼个一两次就会学乖了。

陆程安深以为然。

吸完一根烟，陆程安转身，透过车窗玻璃看到安然入睡的朝夕。

你值得拥有这世上所有最好的，是我，是我让你受委屈了。

“朝夕，”他打开车门，突然俯身，在她的唇上落下羽毛擦过似的极轻的一吻，眼底的情绪流转万千，但这吻不带一丝情欲，语气近乎虔诚道，“你值得拥有一切最好的，我也会把最好的都给你。”

“我在。我一直在。永远都不会离开。”

或许因为太累，再加上没有休息好，朝夕这一觉睡得格外沉。

她还做了个梦，梦境竟然和之前做的那个意外重合了。

她梦到了十年前她和陆程安初遇时的场景，那个梦在他离开之后戛然而止，却没想到而今有了后半段——

朝夕出门，看到靠在车边低头点烟的陆程安。他白衣黑裤，看上去斯文清隽，眉眼稍稍垂下，似乎察觉到有人在看他，他若有所思地掀开眼睑，目光很淡，漫不经心地扫了过来。男人有一双极其好看的桃花眼，笑起来眼波流转，格外蛊惑人心。

他叼着烟，嗓音带着沙沙的质感："找我？"

朝夕皱眉："不找你。"

她转身离开，身后传来脚步声。接着，男人和她并肩走着。

陆程安吊儿郎当地说："不找我，那你看我干什么？"

朝夕莫名其妙极了："我不能看你吗？"

"不喜欢我还看我？"他似笑非笑地盯着她，"还和我说话？"

朝夕忍无可忍，停下脚步，板着脸："陆程安。"

陆程安："还知道我的名字。"

朝夕："你是流氓吗？"

"想让我对你耍流氓？"他说完，拿下嘴里叼着的烟，突然毫无预兆地倾身靠近她，他说话时吐出的气息还带着烟草味，并不难闻，"那你得做我女朋友。"

朝夕完全跟不上他的思维逻辑。他看上去斯文正经极了，但是语气和行为完完全全就是个败类。

朝夕："我凭什么要做你女朋友？"

"也是，你不是我女朋友。"陆程安点点头，唇瓣处溢出一抹轻佻的笑意，"你是我未婚妻，这比女朋友可重要得多。"

朝夕被这一番调戏给弄得心里窝火，偏偏他说的还是事实。

见她不说话，陆程安得寸进尺，悠悠地道："老婆？"

朝夕实在忍无可忍，恼羞成怒，挥手就是一巴掌。她的手拍打在他的脸上，触感真实温热。她的力气不大，但那巴掌声非常清脆，且真实。

朝夕睁开眼，眼前是陆程安的脸，她的手举在半空中，和他的脸颊离得很近。

晨光里，陆程安的左边脸颊上隐隐约约地浮现着红印，和她的手掌轮廓几乎一模一样。

朝夕眼里的惺忪睡意彻底散去。

陆程安也有点儿没反应过来，他只是看到她盖的被子垂了下来，于是弯腰给她整理被子，结果没想到被子刚盖好，睡梦中的她迎头就是一巴掌。

谢礼？陆程安看着她，黑眸沉沉的，积攒着不知名的情绪。

沉默了将近五秒，朝夕讷讷地道："抱歉。"

陆程安直起身，摸了摸被她扇的那半边脸，突然笑了起来："起床气？"

她在床上坐了起来，纠结了一下是告诉他自己做的梦的具体内容，还是随便找个理由敷衍他。

朝夕回忆了一下梦境，尤其是最后他说着那一声不着调的"老婆"的场景，像是在脑海里按了循环播放键似的。她的脸十分不争气地红了。

陆程安看着她的反应，略带玩味："真有起床气？"

朝夕回过神，敷衍他："嗯，很严重的起床气。"

"在医院值班怎么办，也打人？"

"在医院睡得浅。"

"在我床上睡得深？"

陆程安似笑非笑地看着她，语气非常勉强，道："那以后每天都睡我的床吧！"

朝夕这才意识到她睡的地方不是她的卧室，甚至也不是上次她来他家睡的客房，而是陆程安的卧室。

朝夕："我怎么在这里？"

"昨晚你在医院睡着了，我把你抱回来的。"陆程安低头看了眼腕表，时间不早了，他转身打开衣帽间的门，进去拿外套，边和朝夕说话，"江烟叫了你好几声，都没把你叫醒。"

朝夕当然不信："你骗我。"

"嗯！"他也坦率地承认，"你怎么这么不好骗？"

朝夕扬了扬下巴："我二十八岁了。"

陆程安拿了件衣服，搭在小臂上。他身形慵懒地靠在门边，清冷的眉眼往上一挑："嗯？"

“十八岁的小姑娘才好骗，我二十八岁了，一眼就能看出你说的是真话还是假话。”朝夕靠在床头，五官被晨光照耀，晕染上一层浅色的滤镜，温柔恬淡。

她笑意绵柔：“所以你骗不到我。”

陆程安突然迈步，走到她跟前。他抬起右手，衣服随着他的动作掉落在地。

下一秒，朝夕的眼睛被他蒙住，鼻腔处有温热的气息熨烫。

看不见的时候，其他感官格外敏感，将每一个举止放大几倍，解读出来，既暧昧又缱绻。比如说，他刻意压低的嗓音，低沉，带着蛊惑人心的意味：“我刚刚，其实想吻你。”

朝夕的心尖一颤，藏在他掌心的眼睫颤动。

陆程安突然松开手，她的眼前恢复光亮。抬头，对上陆程安的脸。

他神情淡漠，桃花眼微微挑起，眼尾曳出一抹玩味似的笑来。语气也不太正经：“你觉得是真话，还是骗你的假话？”

朝夕放在被子下的双手死捏着被套，她强装镇定，面不改色地道：“假话。”

陆程安挑眉，叹了口气，不无遗憾地道：“被你猜中了。”

朝夕的心坠了下去。

他低头看了眼腕表：“好了，我要上班了。”说着，他捡起掉落在地的外套，转身往门外走，连一个眼神都没分给朝夕。仿佛刚才的事情只不过是一场不走心的调戏。

但朝夕是真的入了戏，她的情绪怎么藏也藏不住，眼睫垂了下来，眼尾下拉，双唇紧抿着，神情怏怏。就在她唇边露出一抹自嘲的笑意的时候，走到门边的人突然折了回来。

她快速收敛好情绪，仰头：“你——”接下去的话，被毫无征兆的一个吻给推回喉咙里。

很轻很轻的一个吻，只是双唇相贴。

他没再进一步，也没退。温热的唇瓣贴合着，他睁着眼，看到她因为这猝不及防的亲密接触而睁大的眼，眼里有笑意浮动，带着温柔和缱绻。似乎过了好久，其实只是几秒。

他贴着她的唇，说："骗你的，我说的是真话。"

朝夕没力气地靠在床头了，陆程安在她的唇角处吻了吻，微喘着气，嗓音里带着一些情欲，既沙哑又性感："对不起，是我来晚了。"

十年前，是我来晚了。

朝夕不明所以地看向他："什么？"

陆程安淡淡地笑道："没什么。"

他又说："以后不会了。"

朝夕："什么不会了？"

陆程安笑而不语，朝夕一头雾水。

陆程安的这一句话，导致朝夕在那之后的好几天工作之余休息的空当，都在走神地——什么时候来晚了？又，以后不会？莫名其妙的。

很快，就到了江渔进组的时间。

朝夕某次和编剧沟通的时候，往片场里看了一眼。

江渔和林秉扬的对手戏。

导演一声"咔"之后，似乎气笑了，双手叉腰："江渔，你演的是对林秉扬念念不忘的前女友，你看他的眼神里要有爱，要有赤裸裸的欲望。"他指着林秉扬："还有，你对江渔已经没有任何感情了，你看她的眼神和看打菜阿姨的眼神要差不多。"

"什么是看打菜阿姨的眼神？"

"就是你希望她多给你打点肉，但你是个成熟的大人了，又不能表达得太直白。你对阿姨是有爱的吗？没有！所以不要用那种眼神看江渔，你清醒点，你不爱她！"

江渔和林秉扬点头："好的。"

但是不到十分钟，片场里又响起导演狂吼的声音："要不我让编剧改剧本吧，改成你俩在一起怎么样？林秉扬，你能不能不要用那种眼神看江渔？你对她没有感情了，你爱的是陈素不是喻梦。"

陈素是尹落的角色名，喻梦是江渔在里面饰演的人物。

导演狂吼："而且你当着现女友的面对前女友表现出一副恋恋不

舍的模样是什么意思，你是渣男吗？”

林秉扬忙不迭地道歉。

他的经纪人出面：“抱歉，他今天状态不是很好，休息一下可以吗？”

导演气得不行，随即说：“休息半小时。”

朝夕收回视线，就看到编剧们生无可恋的表情。

朝夕：“怎么了？”

编剧甲说：“林秉扬和江渔之前不是上过热搜吗？热搜这种东西吧，能上去就说明是真的，虽然后面出来否认了，但我们都知道，这就是糊弄粉丝们的。”

编剧乙说：“我们之前一直在猜他俩到底是分手了还是没分，结果最近一看——”

“发现两个人可能真的没在一起过。”

“林秉扬单方面喜欢江渔，江渔一点儿都不喜欢他，而且了解江渔之后，我发现她超酷的，虽然话少，但蛮有礼貌的。就算抽烟也都是背着大家偷偷地抽，工作态度也很棒，非常谦虚。”

朝夕的脸上露出满意的笑容来。

编剧们你一嘴我一嘴地说着，突然话锋一转，说：“朝夕，你下午做的手术简单吗？”

朝夕想了想：“还好。”

“要做多久？”

“按照之前的经验，五个小时。”

编剧们惊呼：“五小时，你不累吗？”

她浅笑道：“手术成功的话，不累。”

《心心相医》毕竟是以“医疗片”为主要噱头的，拍摄的重点自然是在医院发生的种种，手术室里发生的自然也要拍了。

做手术总不可能真让演员们上来摆摆姿势和造型，这一部分主要还是以剪辑为主。

职业医生做手术的镜头，后期剪辑，替换上演员们的脸。

她看了一眼时间：“没有问题的话，我先走了。”

“好的好的，你接着忙吧！”

下午，手术之前剧组就来手术室内放摄像机找角度了。

在此之前还有尹落和林秉扬的戏分。

恰好朝夕他们提前准备手术，她和沈醉讨论待会儿要注意的点，梁亦封作为主刀医生在和其他医生交代具体事宜。

突然，副导演敲了敲门。

朝夕看了过去：“你好。”

副导演搓了搓手：“朝夕医生，是这样的，我们想请你客串一下。”

朝夕冷淡地拒绝：“抱歉，这可能不行。”

副导演还是第一次被圈外人拒绝，这种上镜的好事竟然会有人拒绝？而且以朝夕这样出色的外貌，哪怕戴个口罩出演，都能引起无数热议。后续应该会有不少经纪公司来挖她。

实不相瞒，副导演早就动了挖她进娱乐圈的心思，却没想到朝夕这么果断地拒绝。副导演愣了一下。

梁昭昭一进来就听到二人的对话，她整理着手套，开玩笑似的说：“客串的话，朝夕会不会太抢眼了啊？所有人都戴着口罩，你说观众们是看尹落呢，还是看朝夕呢？”

她看向隔了一条过道的尹落：“你说对吧，尹落？”

尹落笑容牵强：“朝夕是挺漂亮的。”

梁昭昭：“她是我见过最漂亮的人。”

朝夕觉得奇怪，之前听尹落和梁昭昭说话的语气，二人是旧识，但是现在看来，她们的关系似乎并不好，话里话外，火药味十足。而且像是因为她才这样的。

副导演请不到朝夕，于是也就作罢，随便找了位实习生就开始拍摄了。

大概不到半小时，里面的拍摄结束。

朝夕进去做手术。

手术长达五个小时，漫长的时间里，大家开始聊天。但因为手术室里有镜头的存在，大家说话都格外谨慎。手术结束后等待检查，众人在外面聊天，才聊起刚才梁昭昭和尹落说话的事。

梁昭昭说："我刚刚说错了吗？没有吧，朝夕本来就比尹落好看。"

几人纷纷点头。

朝夕不参与对话，她刚才在手术上有个小失误，此刻正在反省。

沈醉笑着说："昭昭，我还是第一次看到你对人这种态度，怎么回事儿啊，人家招你惹你了？"

梁昭昭："是的。"

"之前认识啊？"

"很小就认识了。"梁昭昭看了一眼情绪明显激动，一脸想要了解"小花旦背后不为人知的秘密"的人们，"但事先声明，我和她关系不好，不代表我是个会在她背后嚼舌根的人。"

众人失望地叹了口气。

梁昭昭安分了一会儿，复又咕哝："她没招我惹我，但我就是硌硬她。"

"硌硬什么？"

"就……"梁昭昭看了眼朝夕，她清了清嗓子，说，"她和我一个哥哥在一起过。"

朝夕的心思一顿，但专注度仍旧在刚才的手术上。

小梦大胆地问："哥哥，梁医生吗？"

"怎么可能？"梁昭昭说，"我哥的太太就是他的初恋，哥，对吧？"

梁亦封几乎是从鼻腔里发出的声音："嗯！"

梁昭昭说："是我另一个哥哥。"

说到这里，她别有深意地看了朝夕一眼，缓缓地道："我那个哥哥以前挺花心的吧，他长得特别帅，人也特别好，对谁都很好。"

"中央空调？"

"那倒不是，他这人还是蛮有原则的，有女朋友的时候绝对不会拈花惹草。"梁昭昭的声音低了下来，"但他确实有过很多女朋友，尹落就是其中之一。"

"尹落是你哥哥的女朋友你觉得膈应？"

"结论，你喜欢那个哥哥！"

梁昭昭翻了个白眼：“怎么可能？我只把他当哥哥。”

“那你硌硬什么？”

“因为她造谣。”提到这一点，梁昭昭感到气愤，“她怎么可以……”时隔多年再提起这事，梁昭昭作为一个旁观者都极其窝火。

“我二哥等了一个人十年，可是尹落到处造谣，说我二哥在等她……”梁昭昭觉得荒谬，“她也配让我二哥等她十年？”

梁昭昭此刻目光灼热地盯着朝夕，一字一句地说：“我二哥喜欢的人比她好千倍万倍。”

平生第一次，朝夕开小差了。她没再做术后反思，听着这句话，脑子里有些放空。

梁亦封走过来，面色一贯的冷峻。刚才手术出了点小状况，他的脸更臭，过来就是来教训人的，却没想到听到这么一通话。他冷睨全场的人：“一个男人等一个女人十年怎么了，有必要拿出来炫耀？”梁亦封漠然无比：“没有人要求他这么做，对方也不需要为了他这十年的做法而感动。”

方才营造的深情旖旎故事霎时被碎冰笼罩。

梁亦封朝朝夕轻抬下巴，例行询问一些手术上的问题，朝夕还沉浸在方才的情绪中，一时没回过神。

他沉声：“朝夕。”

冷不丁被他用冷冽的嗓音喊自己名字，朝夕回过神：“抱歉，你刚刚说什么？”

梁亦封淡睨她：“刚才这么小的手术你也能出差错？”

朝夕知道是自己的错，不反驳：“抱歉。”

“抱歉有用？”

“我……”

“待会儿写术后总结。”梁亦封语气无温度，一句叮嘱经由他说出来却更像是警告，“以后不许再犯这种错误。”

“好。”

谈完正事，梁昭昭反驳梁亦封：“可是二哥不一样。”

“怎么不一样了？”

“他不仅等了她十年，还为了她变成了他最不想成为的那种人。”梁昭昭的鼻音微重，“他这十年，你不也是看过来的吗？他多辛苦，多累。”

梁亦封冷哼了一声。

梁昭昭说：“你们无所谓，什么都不说，不说他的付出，不说他曾经有多失意，你们大气，我不行，我就得说。”

梁亦封嗤笑了一声，极其冷静地点破：“爱情和感动无关。”所以没必要提。这和大不大气无关，只是他们的爱情观里，感动是最不能存在的东西。

他说完，垂眸看向朝夕。她闭眼反思，似乎什么都没听到。

手术室检查完毕，所有人离开。

梁亦封是最后一个出手术室的，他换好衣服之后，从楼道里下楼。

只是楼道门一打开，夜风立刻吹了过来。

窗边，有人站在那里。

梁亦封眯了眯眼，看到朝夕站在那儿，摘下帽子，头发凌乱地披散在肩头，她的指尖夹着一抹猩红。

注意到动静，她转过头来。双眼放空，她全身散发着一股既凌乱又颓败的美。

梁亦封视若无睹，下楼。

经过她的时候，被她叫住。

朝夕把烟掐了，说：“晚上的值班，我请假。”

梁亦封没问理由：“嗯！”

朝夕说：“抱歉，因为私事影响工作。”

梁亦封冷面：“既然知道，那就别再犯。没有重大事不要请假。每个人都有自己的事，你请假就是在影响别人的生活。”

朝夕自知理亏：“抱歉。”

梁亦封转身离开。快要离开楼道的时候，背后的人突然叫住他，声音里带了几分迟疑：“梁昭昭刚刚说的，都是真的吗？”

晚风吹过，她的声音颤动，似空灵幽谷般：“他……真的等了我十年？”

短暂的沉默之后，梁亦封说：“你自己去问他吧！”

其实朝夕知道梁昭昭的那些话是故意说给她听的，是真还是假，从梁亦封的态度就可以看出来了。他没嘲笑，也没打断。只在最后说没有人要求他这么做，这也没什么值得拿出来炫耀的。

就像她喜欢陆程安。无论是在国内还是在国外，她都遇到过不少优秀的男人，她也曾劝说过自己，陆程安有什么好的，他花名在外，一副浪荡风流骨。他配不上你的喜欢。

可是无论白天有多理智多清醒，每每深夜的时候，她总会想起他。

人在年少时真的不能遇到太惊艳的人。

朝夕提早下班了。

刚出医院大门，就被人叫住。朝夕转身，看到了沈临安："沈律师。"

沈临安走了过来："说了多少遍了，私底下叫我的名字就好。"

她不甚在意地笑了一下。

沈临安："下班了？"

朝夕说："嗯，你呢？"

"过来和委托人聊几句，也刚好下班，"沈临安低头看了一眼腕表，"你晚上有约吗，没有的话我们可以一起吃个饭？"

朝夕想了想，摇头："我有事，下次一起吃吧！"

沈临安失落地叹了口气："我可难得约你一次呀，就这么果断地拒绝我？"

"今晚确实有事。"朝夕说，"改天吧，改天我一定答应你。"

沈临安眼前一亮，立马说："十一有时间吗？我的朋友新开了个马场，他约我过去，我一个人去似乎也没什么好玩儿的，你要是有时间的话，我们可以一起过去。"

话音落下，沈临安突然往前："小心——"

他的手放在她的腰上，动作很快，把她揽进自己怀里。距离被骤然拉近，鼻息间闻到的是他身上清冽的木质香。耳边有嘈杂的声音飘过，余光看到不少人推着担架车进医院大厅，人流推搡拥挤。朝夕看了一下，如果刚刚沈临安没拉她，估计她就要撞上去了。

见危机解除，沈临安快速地缩回手。

他松了一口气："差点儿就撞上了。"

朝夕："谢谢！"

他复又问："所以十一有时间吗？"

她想了一下，说："我和朋友有约了，大概不行，不过你要是不介意的话，过段时间我请你吃饭。"

她虽鲜少交际，但不代表她的交际能力匮乏。

沈临安原本听到上半句还挺失落的，但没想到她后面竟然会说出这样的话，一勾嘴角，笑了："行，那我就等你约我了。"

朝夕："好。"

沈临安："去哪儿，要我送你吗？"

"不了，我开车来的。"朝夕朝他晃了晃手里的车钥匙，随即转身往职工停车场走去。

等到她的背影消失后，沈临安没往停车场走，反而走到另一边。

医院的停车场里停的车不多，因为不少车都是停在路边。

沈临安走了不到十米，在距离那辆越野车不到一米距离的时候，那辆车的车窗缓缓降下，男人清隽寡冷的侧脸露了出来。

沈临安："我就觉得这辆车像是你的车。"

陆程安冷淡地瞥了他一眼。

沈临安挑了挑眉，忽然说："我听说你新接的那个案子，两个未成年人发生性关系的案子不构成犯罪，所以只开展训诫工作，我没说错吧？"

"是的。"

"那个女生的家长前几天找我了，说要上诉。"

陆程安蹙眉。这个案子不复杂，但对于陆程安而言，挺有冲击力的。两个未成年的少男少女，才初中就早恋，而且还发生了性关系，陆程安在知道这事的时候都有点儿接受不了。现在的小孩们不学好，总是想些乱七八糟的。

这事不难办，两个人是主动发生性关系，而且法律规定"已满十四周岁不满十六周岁的人偶尔与幼女发生性关系，情节轻微、未造成严重后果的，不认为是犯罪"。因此案子就这样结束了。只不过女生的家长一直在闹，觉得男生侵犯了女生。

陆程安："你接了？"

"没，最近忙别的案子。"沈临安说，"不过那个家长不是什么省油的灯，我估摸着会私下找你算账，你最近可得注意点。"

陆程安不太在意："知道了。"

聊完这个，沈临安说："刚刚我和朝夕，你看到了？"

陆程安语气很淡："嗯！"

他看到了全部，包括那个抱。

沈临安的脸上挂着温润的笑容："要说实话吗？我确实挺喜欢季朝夕。"

陆程安低头点烟的动作一滞，他冷淡地挑了挑眉，看他："你知道的倒是不少。"

"我还知道你是她的未婚夫。"

陆程安叼着烟，朝他抬了抬下颌，神情散漫。

沈临安："我本来在想，得要多优秀的男人才配得上她这样的女人啊，结果没想到那个人是你。"

陆程安冷淡地笑了一下。

沈临安说："既然是你，我也无话可说了。"

陆程安："怎么，如果不是我，你准备夺人所爱了？"

沈临安："那也不是不行，毕竟朝夕这样的女人实在是少见。"不比陆程安，沈临安是书香门第出身，他的家庭教养是，比起惊艳的美貌，性格和才华才是人身上最珍贵的宝藏。可是在见到朝夕的第一眼，沈临安从小到大的教养与阅人的目光就被瞬间摒弃。倒不是他色令智昏，朝夕是那种让人回忆起来，不会因为喜欢她而后悔的女人。

烟雾飘在空中，陆程安咬着烟，笑意在烟雾后有几分浮荡："不好意思，她是我的未婚妻。"

沈临安不甚在意地笑了一下："可是怎么办呢？我其实真的蛮喜欢她的。"

陆程安眼神冷淡，说："喜欢着吧，反正她是我的人。"

"工作，我无所谓，反正每一次都是我赢。"他轻轻一笑，"但是朝夕不行。”

沈临安：“怎么就不行？我听说她已经离开季家了。”

陆程安：“你怎么知道她不会回季家？”

一根烟抽完，陆程安把它掐了扔进车里的烟灰缸里。他发动车子，踩下油门，离开之前，声音很淡，但语气里难掩几分嚣张与狂妄：“我要季家所有人八抬大轿请她回去，当初谁让她走的，我就让那个人跪在她面前求饶。”

车子快速离开，只剩下一地尾气。

沈临安站在原地，想到陆程安最后说话时的语气与神情，忍不住笑了。陆程安竟然也有这样狂妄的时候，真是少见。

朝夕到家之后在车里又坐了会儿。

进电梯之后，她按下楼层按钮，电梯门缓缓关上的时候，突然伸了只手出来，地下停车场一片漆黑，唯独电梯间亮着灯。

男人戴着鸭舌帽，帽檐压得极低，盖住大半张脸，声音粗犷：“谢谢！”

朝夕：“不客气。”

“几楼？”

男人看了一下她按的楼层，想了下，说：“13楼。”

朝夕的眉头几不可察地皱了一下。

13楼住着的两户人家她都认识，一户是退休的老人，朝夕有次回来遇到他们，老人家身体不太好，提了很多东西，当时朝夕帮他们提过东西，也因此了解到老人们的孩子在外地工作，很少回来。朝夕也看过他们子女的照片，绝对不是面前这个男人。另一户则是普通的三口之家。

男人突然问：“小姑娘住12楼？”

朝夕：“嗯！”

“小姑娘一个人住？”

“我和我先生。”朝夕说。

男人抬了抬头，他眼神锐利地打量着朝夕。他有一米八高，身形魁梧壮硕，使得这电梯间显得格外逼仄。

朝夕的呼吸都有点儿不顺了。她抿了抿唇，神情自然：“你呢，你是一个人住吗？”

男人说：“嗯！”

他又问：“你是哪户的？你看我这初来乍到的，啥都不懂，以后有事还可以找你。”

朝夕问他：“您是哪户的？”

“1302。”男人果然不是这个小区的。

这个小区不知是怎么弄的，门牌号和其他小区的不同，楼层数放在后面。比如说，朝夕住的是 12 层 01 号房，门牌号是 0112。

还没等朝夕开口，电梯就在 12 楼停下了。

朝夕出了电梯就往左走，她听到身后男人跟出来的脚步声，她按下指纹锁，手都在抖，门锁“嘀”一声解锁。

她闪身进了屋内，额头上沁着一层冷汗，她透过玄关处的监控看向外面，男人鬼鬼祟祟地走近她家，看到她家的门牌号之后摇了摇头，然后拿起了电话。

朝夕贴着门，听到那人打电话的声音。房子的隔音很好，她只能听到零星的话语：“检察官……12 楼……给他个教训……”

朝夕的心陡然一紧。她想到刚才男人是看到她按下楼层之后才报的楼层，还问她几个人住，她以为他是入室抢劫之类的人，结果这个男人似乎是来找陆程安麻烦的。

这么一想，她马上从口袋里掏出手机给陆程安打电话。

陆程安刚停好车就接到了朝夕的电话。

他解开安全带，接起她的电话，还没等他开口，就听到她说：“你今天别回来了。”

他沉默片刻，语气压低，似威胁般叫她：“朝夕？”

“外面有个人在等你。”朝夕说，“我不认识他，他好像是专门来找你麻烦的。你应该不止这里一个住处，你今晚就别回来了，换个地方住吧！”

他猛地停下脚步。陆程安也不是没遇到过被告雇人找他麻烦的事，他之前住的小区安保良好，找到他住的地方的事情从没有发生过，只是在外面就不好说了。停着的车被砸，收到恐吓信，被尾随过，也被人围堵过。

当检察官这些年，他自问从没做过任何一件违背法律、违背正义之事，可即便如此，他受到的打击报复数不胜数。

他做错了吗？没有。只是人间百态，人性的丑恶是最难以预估的。

他能平静地接受这一切，可不代表他会让朝夕也接受这一切。

陆程安语气低沉："你现在在哪儿？"

朝夕："我在家。"

"那个人现在在哪儿？"

朝夕看了一眼监控："我不知道，但他肯定守着你等你回来。陆程安，你别回来。"她急得不行。

陆程安："你和他说过话吗？"

沉默了几秒，她讷讷地道："嗯！"

"说了什么？"

"他问我和谁一起住。"

"你怎么回答的？"

"我说，我和我先生。"

"还有吗？"

"他问我住在哪间，但我没回。"朝夕快速地说，"但他跟我出来了，往我这儿看了一眼，又找到你那儿去了，他和别人打电话，具体内容我也没听清，但好像是找你的。"

陆程安说："你下来。"

朝夕愣了一下。

陆程安说："你在那里，我不放心。"

朝夕的心跳漏了半拍，她放轻了声音，说："你有什么不放心的，他是来找你的，不是来找我的。"

"朝夕，"陆程安用不容反驳的语气说，"你听我的，你下来。"

他知道那些人有多疯狂。他之前开车去医院找梁亦封，不过半小时，车子被砸得直接报废，即便有监控也没有用，雇主有钱且无耻，目中无人到了极致，找的都是些流氓混混，那些流氓混混，也不过是在派出所里蹲几天。

他们只是不想让他好过，想让他心惊胆战。

陆程安捏着手机的手心攥紧，他喉咙干哑，说："把你一个人留在那里，我真的不放心。朝夕，你听我的，下来。"

朝夕也是害怕的。比起旁人，她更怕。

她五岁时曾遭遇过绑架，虽然当时年纪小，但是留给她巨大的阴影。因此对于这些尾随跟踪的人，她是真的会毛骨悚然。

国外的治安并不好，她有时候半夜结束实验，甚至不敢回家，毕竟晚上是作案高峰期，她的许多同学都被抢劫过，也被酒鬼性骚扰过。

原本陆程安要是不让她下去，她还能平静地面对。小区的安保还算可以，而且家门一直锁着，外面的人估计也不敢乱来，甚至那个人也不是找她的，是找陆程安的。

可是陆程安对她说，他不放心。

朝夕的人生里，父母其实并不重要。她最喜欢的是爷爷奶奶，因为她从小跟在他们身边，所有的喜怒哀乐，即便她不表达，爷爷奶奶也能感受到。

"我们朝夕不开心了，谁让我们朝夕不开心了啊？"

"朝夕喜欢这道菜，奶奶以后经常让厨房给你做。"

"我们家朝夕不用那么乖的，你只要做你自己就好，开心要说，不开心也要说，喜欢要说，讨厌也要说，奶奶的宝贝孙女，只要做好自己就够了。我们的朝夕这么好，就连生气的模样也很讨人喜欢。"

客厅空旷，房间里只有玄关处点了一盏廊灯。

她形单影只地站在客厅里，漆黑夜色静谧地包裹住她。

她缓缓地垂下眸。她好像突然明白了她为什么喜欢他了。她喜欢他在她身处窘境的时候，第一时间出现在她的身边；她喜欢他不会把她一人留在危险之地，哪怕这危险只有万分之一的可能性。她喜欢他对她从不掩饰的关心；喜欢他直白赤裸的表白；喜欢他哪怕看不见她，但想到她所处的境地之后，比她更胆战心惊。

他分明是喜怒不形于色的人。可他在她这里，清晨神情恶劣地调戏她，在提到前女友时小心翼翼地面对她，提到婚约时强势又不容反驳地威胁她，以及此刻嗓音泄露出他的紧张与不安。

耳边，男人低沉醇厚的嗓音带着几分焦灼：“你听我的，那人应该是个地痞流氓，这种人什么事都做得出来的，他什么都不怕。”

朝夕：“可我锁着门。”

陆程安语气强硬：“你锁着门有什么用，这些年入室抢劫的案子还少吗？我前阵子还接到一个入室抢劫杀了户主并且强奸户主的妻子的案子。”

朝夕没敢说话了。

陆程安似乎也意识到了自己的语气不太好，于是放缓语气：“朝夕，你现在去外面看看，那个男人还在走道里吗？”

她往监控里看了一眼：“没。”

“我让保安过来接你。你坐电梯下来，保安会在里面，他会装作什么都不知道。”陆程安说，“你跟着他下来，电梯门一打开，你就能看到我。”

他安排得面面俱到，然后去保安室和保安进行沟通。

朝夕伸手，打开门。楼道里传来男人打电话的声音。“那检察官估计怕了，不知道躲哪儿去了。不过他对门住着的女的是真不错，说什么和先生一起住，我在这儿等了半天也没遇到男人进她屋。”语气猥琐，令人作呕，“长得是真不错，跟明星似的，身材也好，前凸后翘的……”

男人的声音传入手机里，陆程安气得青筋直冒，他捏着手机的手心不断收紧，像是要把手机给捏碎了似的。他忍着怒气，说：“保安上去了，你等电梯到了就出来，知道了吗，朝夕？”

朝夕很轻地“嗯”了一声。

关门声响起，男人似乎听到了动静：“那女的好像出来了，先不说了，先去看看那个女的，反正不一定能等到那个男的，还不如找这个女的先爽一把再说喽。”

朝夕的心猛地一紧。

电梯停在她这一层，楼上，男人下楼的脚步声逐渐逼近，越来越清晰。好在电梯里，保安站着："朝夕医生。"

她稍放松，进了电梯。电梯门缓缓合上，男人狰狞的脸，在瞥到穿着保安制服的人身上时变得僵硬。

好在电梯门在男人出楼道的时候就合上了。

她彻底地松了一口气，浑身无力地靠在墙边，手机因此脱手掉落在地。

陆程安不知道她这边到底发生了什么，只听到"砰"的一声手机掉下来的声音，他的一颗心顿时悬在半空中，他对着手机大声叫她的名字："朝夕！"

朝夕颤抖着手去抓掉在地上的手机。

等不到她的声音，陆程安转身就进了楼道，三步并作两步地往上爬，气息不稳，一声又一声地叫她的名字："朝夕。""朝夕。"

过了没一会儿，朝夕终于找回自己的声音，她很轻地应着："我在电梯里了。"

陆程安停在六楼。他扶着扶手，喘着粗气，问她："你在几楼？"

"八楼。"

他进了电梯间，按下下行键。

不到一分钟，电梯停下。

朝夕拿着手机，一只手扶墙，动作缓慢地从地上站起来。

电梯停下的时候，她整个人也像是被人按了暂停按键一般，呼吸凝滞，心里的惶恐不安被放大了百倍。结果下一秒，她整个人被人捞起，跌入一个温热熟悉的怀抱里。

陆程安低头吻了吻她的头发，他抱着她的手都在抖，用如获至宝的语气说："我在，我在你身边。"

朝夕眼里氤氲许久的眼泪，在此时掉落，砸在他胸口的位置。

他没骗她，电梯门一打开，对面的人就是他。

夜晚的南城依旧喧嚣，路边霓虹灯光芒璀璨。

马路上车流如织，车灯拉出绮丽的光带。

朝夕坐在副驾驶座上一动未动。她从刚才的事上渐渐回神，幸好她及时出来，幸好保安也在，幸好电梯门一打开，外边的人不是别人，也不是那个地痞流氓，是陆程安。

后怕的情绪渐渐散去。

她往窗外看了一眼，眼眸闪了闪，冷不丁地开口："我们去哪儿？"

陆程安："我在你们医院附近的小区还有套房子，我们今晚住那儿。"

"哦！"

她沉默了一下，又问："那个男人？"

车子在一家便利店外停了下来。

陆程安熄火下车："我去买点东西，你在车里等我，还是和我一起下去？"

她把座椅往后调了调，整个人几乎是半躺在位子上的。她虽然从刚才的事上回过神来，但是身体依然无力，闻言看了一眼便利店，距离很近，就十几米，四周街灯敞亮，边上就是小区入口，外面坐着几个保安。

她摇头："我在车里等你。"

"行。"

陆程安很快就回来了，买了一大袋东西。

他没绕回驾驶座，反倒是打开了副驾驶的门，把手里的购物袋递给她，又从里面拿了瓶热牛奶出来，拉开她的手放在她的掌心："热的。"

掌心被热牛奶的温热熨烫着。朝夕掀了掀眼睑，道路两边的梧桐遮天蔽日，将路灯的灯光遮去大半，光影影绰绰地落在他的身后，她仰头，看不太真切他的神情。

他侧身靠着敞开的车门站着，想拿烟抽，但想了想，还是放弃了。

他把事情的来龙去脉简单地说了一下。朝夕躺在位子上，意味不明地笑了一下："我们医院，每天都有小姑娘来做人流。好多都是十几岁的初中生，甚至还有一些年纪轻轻，但是流产了好几次的。"

陆程安拧了拧眉。

朝夕见到他这个反应，觉得有趣："你以前没遇到过？"

他摇头。

“那你谈恋爱，总归要到这一步的吧！”她神情淡然。

陆程安嘴角极为冷淡地抿出一道弧度来：“谁说谈恋爱都要到那一步的。”

朝夕哑然失笑：“难道不是吗？你谈恋爱不这样吗？”

陆程安：“不这样。”

朝夕当场愣了，她靠在椅背上的双肩紧绷，整个背部似乎都腾空般，只有蝴蝶骨勉强支撑着她。她有点儿不确定，又想起之前的那句“压根没用过”，有些想法油然冒出。她咽了咽唾沫，半信半疑地问：“你以前谈恋爱，都……”

“没有。”他冷淡地道。

朝夕动了动身子，放在腿上的购物袋发出窸窸窣窣的声响，里面的果冻随着她的动作掉了出来。

陆程安弯下腰，去捡滚入座位底下的果冻。

他嗓音低沉，缓缓地道：“我也没有你想的那么不堪。”

朝夕咕哝：“我也没把你想的那么不堪。”

他意味不明地笑了一下，手往下伸，朝夕把腿往里缩，给他腾出位置，她讷讷地说：“你以前谈过那么多女朋友，我只是……”

“我当时也不大。”陆程安说，“中学时候谈恋爱，哪儿会往那方面想。”

朝夕：“大学的时候呢？”

陆程安把果冻捡了起来，塞进购物袋里，顺手把购物袋理了理。他垂眸想了一下，说：“当时想着创业来着，就是现在的沈氏国际。”他含混不清地说了一下，省略中间的内容，继而道：“高中毕业之后就没怎么谈过恋爱了，也压根没心思。”

不得不说，陆程安说的这些话取悦到了她。她了解陆程安，他没必要也不会撒这种谎。连日来累积的不快似乎在这一瞬间荡然无存了。他以前的情史好像也变得不那么重要了。就连那位看起来哪儿哪儿都特别不顺眼的尹落，她也觉得不重要了。

她又问：“那后来呢？”

陆程安突然凑近她，借着室外微弱的灯光，她看到他黑漆漆的双眸，他的眼型是漂亮的内勾外翘，典型的风流桃花眼，这样专注地只盯着对方看的时候，满脸深情，会让对方有种自己被他认真爱着的感觉。

他寡冷的脸似笑非笑地看着她："后来？"

"嗯！"

"后来我就有未婚妻了。"昏暗的夜色中，他放荡不羁的脸上似有爱意弥漫，他翘了翘嘴角，调笑道，"未婚妻管得严。"

朝夕面色一哂："我可没管过你。"

陆程安往后退了退，眼梢稍扬，笑起来的时候桃花眼深邃迷人："那我都有未婚妻了，怎么还会对别的女人有心思？"

朝夕跟赌气似的，说："我们可是取消过婚约的。"

陆程安面色一沉，道："朝夕。"他很少用这种语气和她说话，嗓音微沉，带了几分压迫感。

朝夕温和地应了一声："我也没说错啊！"

"在我这里，没有'取消过'这个说法，这个婚约，它一直存在。"陆程安冷着嗓音，眼里有着冰冷的凉意与傲气，"我的未婚妻不会是别人，这辈子都只是也只能是你，听到了吗？听明白了吗？"

他的言语掷地有声，隐隐地带着威慑力。

这一时刻，朝夕突然想明白了。他等了她十年，是真的。

他口中那个重要到不容错过的人，是她；他说的那个求而未得的人，也是她；所有事情都与她有关，都是她。

这边的房子陆程安有太久没来住过，但好在每周都有人过来打扫。

她原本以为今晚会彻夜难眠，毕竟经历过这么一遭，而且环境陌生，结果没想到自己睡得异常安稳，一觉到天明。

吃早餐的时候，朝夕突然想起了什么，问他："经常会有这样的事吗？"

"什么？"

"昨晚那样。"

陆程安没什么情绪地笑了一下："偶尔。"

朝夕："为什么找你？"

"因为我没站在他们那一边，因为法律没有站在他们那一边，他们需要发泄，找不到发泄的地方，于是就找我，"他挑了挑眉，"毕竟是我让他们的利益受损的。"

朝夕："那他们之前做的是对的还是错的？"

陆程安屈指敲了敲桌面，说："我入行这么多年，从来没做过一件违背正义、违背道德的事，懂？"

她点头："那他们挺不可理喻的。"

"你们不也是？"陆程安不以为意，"救活了人，一句感激；没救活，医闹、报复，不都有？昨天你们医院不是有位医生被患者拿刀砍了，现在在重症室里待着吗？"

他说的确有其事。

昨天有位患者冲进骨科医生的诊室，手持菜刀，不由分说地就对着医生砍。医生措手不及之下也没地方躲避，连防御都没有时间，头部和手部多处被砍伤，左手和前臂肌腱断裂。据说这位医生以后大概率不能拿手术刀了。

而且这位医生在他们的学科领域有着非常高的知名度，甚至称得上国内顶级的骨科专家了。他本可以继续在这个岗位上发光发热，本可以救治更多病人，但因为一位患者不满意手术费用，所以遭到了打击报复。最可笑的是，这位患者家境不差，在南城这种寸土寸金的地方都有两套房和一家商铺，五位数的诊疗费用，也不过是商铺一个月的租金罢了。

朝夕听到这件事之后，也是万分怅然与惋惜的。

她闷声反驳："我治病救人，不是为了一句感激。"

陆程安浅笑，说："你怎么会想当医生的？"

"因为奶奶。"朝夕坦率极了。

陆程安突然想到，季奶奶在十年前生了场重病，也就是因为那场病，所有事情都走向了混沌的一面。

他想了想，问她："如果奶奶没有生病，你呢，会想过以后做什么吗？"

朝夕想了想，说："可能还是会做医生吧！"

“为什么？”

“因为想做点儿什么吧！”清晨的阳光微醺，女人在晨光下温柔地笑着，她眉眼盈盈，笑起来的时候给人一种岁月静好的舒适感，嗓音清淡恬静，缓缓地道，“想为这个社会做点儿力所能及的事情，想来想去，还是医生最好。”

“能够把人从悬崖边拉回来，能够给人希望，而且不只给一个人的希望，甚至能给一个家庭希望。当医生，是件很值得骄傲的事。”

她自小衣食无忧，即便后来离开季家，但卡上的金额一直没少过，而且江渔赚钱早，她的所有收入都给了朝夕，所以朝夕从没有因为物质上的事情而有过捉襟见肘的时刻。也因此，她的认知层面相对而言会比普通家庭出身的同龄人更广一些。

想做医生，不是因为医生这一行赚钱，也不是因为这份工作稳定。相反的是，医生的饮食作息常年不规律，一台手术少则四五个小时，最长的时候可达十一个小时，有时候半夜回家，有时候是清晨，有时候是正午。

她想做医生，只是因为她想为这个社会出一份绵薄之力。

陆程安看着她。明明她已经二十八岁了，可是他在她身上，看到了十八岁的少女才有的热切与憧憬，对于未知的一切充满热忱，满怀希望，始终相信这个世界是怀抱善意地迎接她的，所以她也用全部温柔面对这个世界。

经历过那么多不好的事，她为什么还可以这样温柔呢？她温柔到令他心碎。

“那你呢？”在他怔忡的时候，朝夕忽然问道，“为什么会当检察官？”

陆程安慵懒地靠在椅背上，手肘微屈，撑着下颌，嘴角逸出慵懒倦怠的笑意，语调极其不正经，道：“女人不都喜欢制服诱惑吗？我当检察官，就是为了用制服诱惑女人。”

朝夕好笑地问：“那你诱惑到了吗？”

他做思考状：“似乎诱惑到了。”

“是吗？”她的语气平静。

陆程安眼含春色，语调慵懒，慢条斯理地道：“她觉得我穿制服很帅，这算不算是诱惑到？”

朝夕下意识地问：“她是谁？”话问出口，脑袋里忽然“嗡”的一声，脑海里冒出一组对话来——

“你觉得我和他谁会赢？”

“陆程安会赢。”

“都是朋友，怎么你就站在他那一边？”

“因为他穿制服的样子很帅。”

朝夕陡然噤声了。

陆程安伸手敲了敲朝夕的脑门：“想起来了？”

朝夕低头咬着吐司，没接话。

他轻笑着说：“要不是沈临安，我还真不知道，原来我的未婚妻也在背后偷偷夸我来着。”

朝夕恼羞成怒，伸手想拿东西塞他的嘴。

情急之下，朝夕一时手快，扯下嘴里咬了几口的吐司片，伸手就往他的嘴里塞：“闭嘴！”

嘴巴里被胡乱塞进半块吐司片，陆程安也不恼，他的眼梢轻轻一挑，咽了大半下去之后，喉咙被塞得干哑，却含混不清地接着调笑她：“间接接吻？”

“……”

“早安吻？”

“……”

“还挺主动。”

“……”

朝夕面无表情地看着他。

陆程安不急不缓，把吐司片都咽下去之后，他拖着尾音，笑声低沉：“以后能给点儿准备的时间吗？太久没接吻，有点儿不太适应。”

朝夕强装镇定，好心地提醒他：“昨天早上。”

陆程安挑了挑眉，接过话茬：“早安吻从昨天开始，一人主动一天？”

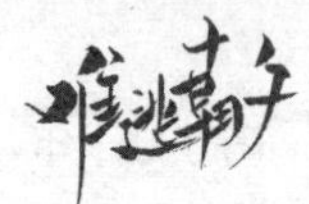

朝夕看着他，现在的陆程安，和她之前做梦时梦里的那个陆程安有八分像，浮荡、散漫、爱调戏人，跟个男妖精似的。

朝夕低声叹了口气，上挑的眼角微微耷拉下来，垂着眸，眼里潋滟的春色被垂下的眼睑遮盖住。她笑得很无奈，叹息着道："陆程安，你别和我玩这一套，我玩不过你的。"

陆程安想说他是认真的，可是下一秒，就听到她说"我迟早得栽在你手里"。

朝夕说完之后，两个人俱是一愣。

她神色不太自在地低头小口小口地抿着牛奶。

陆程安用了好几秒才反应过来，他心情愉悦，目光从上而下地扫视着她，眼神温柔缱绻，像是秋日里最后一抹晚霞。

察觉到他一直盯着她，朝夕有种自己被他看穿的错觉，尤其是在自己说出那么一句近乎赤裸的表白之后，朝夕要疯了。

她一口喝完杯子里的牛奶，板着脸，声音平静地说："时间不早了，我去上班了。"

"一起。"陆程安也站了起来。

在玄关处换鞋的时候，陆程安说："我送你过去？"

她摇摇头："这么近，我走过去就好。"

"我陪你走过去。"

"……"

"当作早安吻的谢礼。"

朝夕一脚踩在地板上，这人还没完没了了是吧。

朝夕垂着头，换好鞋子。

注意到她的心情不怎么好，陆程安敛了敛眸，没再接着撩拨她。

小区离医院很近，走路不到十分钟。

一路上两个人都没说话。

再过一条马路就是医院，朝夕说："你走吧！"

陆程安："我都送到这儿来了，还差那几步路吗？"

人行道上亮着红灯，朝夕无所事事地左右观望，瞥到他的身上，视线定住，顺着他凸起的喉结往下，停在他的领口处。

似乎察觉到了她的目光，他的目光投了过来："怎么？"

"没什么。"视线快速收回。

她清了清嗓子，说："你准备怎么处理？"

"什么？"

"昨晚那个事。"

"你觉得我应该怎么处理？"

绿灯亮起，二人随着人流往前走。

朝夕皱了皱眉："那个人又不是找我的，是找你麻烦的。"

陆程安侧眸，黑漆漆的眼眸冷淡地扫了她一眼，嗓音微沉："你确定他没有想过找你麻烦？"

想到昨晚男人在楼梯间说的话，以及在电梯里看到的男人最后的那个笑容，狰狞、猥琐又贪婪。哪怕就这样回忆一下，朝夕都不寒而栗。

她想了一下，说："报警吧！"

"嗯，那就报警。"他的语气很随意，没有一点儿惹事上身的焦灼感和紧迫感。

朝夕直觉不对："报警有用吗？"

陆程安条理清晰地给她说："报警的话，要用什么名头？跟踪者还是尾随狂，抑或入室抢劫？似乎什么都不成立。警察甚至还会埋怨你一句，这么点儿小事还来找警察。"

"那你觉得要怎么做？"

初秋的阳光依然刺眼，白天的温度很高，陆程安目视前方，脖颈处的线条在光线下显得顺滑流畅，凸起的喉结上下滑动，轻轻一笑，道："还能怎么办？"

"什么？"

"就这样晾着吧！"

朝夕怀疑自己的耳朵："就这样晾着？"

"那不然呢？"

他的笑意很淡，眼里没有任何情绪，淡声道："这种事你认为要怎么处理？对付这种无赖混混，讲道理还是说正义，有用吗？"

“没用。”

陆程安轻笑了一下，神情克制。

朝夕的心情瞬间低落下来。当医生最心酸的时候，不是救治失败的时候。医疗水平仍旧在进步中，仍旧不能治愈所有的病，医生把自己毕生所学都发挥出来，有些病也无法救治。

而心酸是因为病人家属的指责和谩骂；是哪怕救好了病人，也因为高额的治疗费和漫长的恢复期而引起不满，医闹事件令医护人员束手无策。

她扯了扯嘴角，挤出一抹笑来。她似乎想到了什么，说：“其实你可以不做检察官的，你有那么多条路可以选，为什么偏偏做检察官呢？”

陆程安突然停下脚步。她也随之停下，困惑地望着他。

阳光透过高大的梧桐树的叶子稀稀拉拉地洒下来。

她抬头，和他隐晦不明的目光撞上。

他的表情十分寡冷，隐晦难测的眼神轻飘飘地望向她，嗓音很淡，像是喟叹般，说：“因为只有这条路。”

“什么？”

“我只有当检察官这条路。”

“胡扯，你多的是选择，”朝夕觉得他的说法十分荒唐，“你不是一直以来都我行我素的吗，难不成还有人硬逼着你选这条路？”

她不过随口一问，没想到他的回答出乎意料——“还真有。”

朝夕：“什……什么？”

“也不算逼着我选这条路，”他低头淡淡地笑了笑，道，“这条路是我自己选的，只不过，我想当检察官……”

他停顿了几秒，轻呵了一下，气息格外悠长：“不像你那样志向高远，我这人很自私，凡事只考虑自己。”

朝夕听得一头雾水，既然只考虑自己，那么不想当就别当，不就好了吗？

为什么又还要选择当检察官呢？

陆程安的喉结滑动了一下，那句“因为你”就在嗓子里忽上忽下地滚动着，即便到最后，他也没说出口。

很多事情真的没必要说。

就像这十年苦等一样，说出来会令她良心不安。

她等了许久，都没等到他的回答。

她古怪地看着他："就，这样？"

"就，这样。"

朝夕紧绷着的脊背松开。

医院里的人越来越多，探病的、上班的、送外卖的，她看了眼四周，抬手想看看时间，手腕上是空的，手表似乎放在办公室的抽屉里了。

随即，她的动作自然极了，抓住陆程安的左手手腕，低头，靠近他的胸口。

"7 点 35 分。"她念了遍时间，刚想放手的时候，就听到头上男人懒散的嗓音响起，语气玩味："怎么就摸上了？"

她的嘴角僵住。

陆程安慢条斯理地道："不过未婚妻摸未婚夫，也算合情合理。"

抓着他手的地方温度骤然升高，像是抓着烫手山芋似的，连带着她和他触碰到的地方，温度也随之上升不少。

她阖了阖眼，想要抽回手，又听到他说："但是未婚夫不仅想摸你，还想亲你。"

朝夕怔住，她刚才为了看时间，往他站着的地方靠了靠，二人的距离被拉得很近。在她低头看时间的时候，陆程安也俯下身，他的视线落在她的耳边，莹白耳郭上有着细小的绒毛，耳垂很小，却圆润。

他盯着她的耳垂，在阳光的照耀下近乎透明的轮廓，以肉眼可见的速度染上红晕。他的嘴角勾起恶劣的弧度。

就在这个时候，朝夕突然抬起头来。

她只矮他半个头，抬头——

"咚"的一声，在二人中央响起。

头撞下巴，更疼的自然是下巴。

陆程安低声轻吼："嘶——"

朝夕揉了揉头，哭笑不得地看着他："你还好吗？"

他姿态别扭地捂着下巴，双唇抿成一道平滑的线，但即便如此，那双勾魂摄魄的桃花眼仍旧微微挑起，笑意无奈。

影影绰绰的碎光洒在他的眼底，朝夕像是在他的眼里看到了一抹类似于宠溺的笑意。

陆程安笑着说："你觉得呢？"

朝夕皱了皱眉，把责任都推给他："谁让你低头的。"

"哦，我的错。"他仍旧浅浅地笑着，松开手，下巴明显泛红，陆程安问她，"是不是很红？"

朝夕："嗯！"

陆程安若有所思地想了想，忽然眼眸微垂，看向她的眼底满是笑意，用一副很欠打的语气说："别人看到之后，会不会觉得我这是被家暴？"

朝夕心里的歉意退了大半。

陆程安沉默了一下，一双桃花眼轻佻浮荡地勾起，拖腔拉调地说："或者，这是情侣之间的情趣？"

朝夕没有一点儿歉意了。

她面无表情地看着他，突然朝他喉咙处伸手。

陆程安看她一副要掐死他的样子，也没往后退，尾音微扬："亲脖子？新情趣？也不是不——"还没说的"可以"硬生生地被憋回喉咙里。

朝夕有强迫症，在等红绿灯的时候就发现他的领带没系正，原本她想提醒他整理的，但直到刚刚——她发现他真的越来越得寸进尺了。

朝夕恼羞成怒，双手拎着他的领带，一手扣着领带结，一手拉着自然下垂着的领带，力度没有一丝控制，恶狠狠地往下往上拉，勒得他话说到中途就消声了。

朝夕挤了个笑容出来："新情趣，喜欢吗？"

陆程安伸手，散漫随性地拉了拉领带，他衣着斯文，随意拉扯着领带的动作却格外雅痞，不气反笑："喜欢啊！"

他忽地又低下头，靠近她的脸，语气既暧昧又温柔，道："原来我家朝夕喜欢玩儿这种刺激的。”

朝夕转身就走。

身后，陆程安的嗓音如初秋晨风般温润：“晚上我来接你下班。”

朝夕伸手在空中挥了挥，冷冷地回他：“我值班。”

“我陪你值班。”

“不要！”

“好的，那就这么说定了。”

朝夕停下脚步。转回身，陆程安站在树下，身形挺拔，一身黑色的检察官制服穿在他的身上显得无比合身，勾勒出他的宽肩窄腰，以及颀长的双腿。

朝夕想起早上他的语调慵懒轻佻，用似笑非笑的神情说着他是为了满足女人的制服诱惑所以才当检察官的。

她深以为然。

毕竟他穿制服的样子，实在是既斯文又败类，既正经又轻浮。

上一秒让你上天堂，下一秒也能让你入地狱。

他似乎没想到她会突然转过来，无有表情的脸上突然扬起一抹很淡的笑意来。他站在树荫下，影影绰绰的光照在他的身上，使他看起来像是从天堂或地狱来到人间的使者。而她是他名单上唯一存在的那一位，她终将和他一同上天堂或入地狱。

第八章

回到以前

等到朝夕彻底移开视线之后，陆程安的神情收起。

他面容寡冷，没有任何情绪。转身，朝着不远处的一辆黑色保姆车径直走去，在车边站定。

车门未动。

陆程安语气很淡，听不出任何情绪："尹落。"

尹落等了许久，也就等到这么两个字。

她到底耐心不够，气急败坏地拉开车门，从车上跳了下来。

今天 9 点开机，尹落的职业素养向来都要求她至少提前两个小时来片场待机，化妆、对台词等。也因为待会儿要化妆，此刻她脸上未施粉黛，素面朝天。

刚才朝夕路过的时候，她几乎是贴着车窗玻璃看朝夕的。

尹落自问也是个素颜美人，但因为拍戏导致作息不规律，所以皮肤状态时好时差，肤色暗沉也是常事，而且眼底的黑眼圈分外明显。她的唇色很浅，素颜的时候，像是个分外憔悴的病秧子。

但朝夕不是。医生的作息比演员的作息不规律得多，但无论什么时候看到朝夕，她都令人惊艳。她的皮肤是少见的冷白皮，脸上竟然没有一个斑点，眼睑处没有黑眼圈，反倒有着漂亮的卧蚕，笑起来明艳动人。

恼火与妒意几乎是刹那涌上心头。可尹落也是从小到大被人吹捧着的，即便此刻她也不认输，一副趾高气扬的高傲模样："你真和她在一起？你可别忘了，她现在不叫季朝夕了，她不是季家人了。"

陆程安淡淡地瞥了她一眼，从口袋里拿出烟和火柴。他面无表情地叼着烟，点燃。

她的情绪调整得特别快，这会儿又是那种温柔嗓音了："陆程安，我们以前那么好过不是吗？你也那么爱过我，以至于分手之后，你再也没找过女朋友。"

闻言，他冷淡地瞥了她一眼，很快又从她的身上移开。

尹落："圈子里的人说你在等朝夕，我不信。朝夕有什么好的？她甚至还被季家抛弃，不过是个私生女罢了，长得再好看又能怎么样？这种女人就是个狐狸精，来这世界上祸害人的。她根本配不上你。"

直到最后一句，陆程安终于有了反应。

陆程安不无嘲讽地道："她配不上我？"

尹落以为有转圜的余地，立马点头："她根本配不上你。"

"那谁配得上我？"陆程安用食指和中指夹着烟，随意指向她，语气很冷，像是裹了霜似的，冷淡极了，"你吗？"

还没等尹落开口，他的声音没有任何起伏地说："你也配？"

尹落整个人僵住。

陆程安顺势把手里的烟往她身后的车门上一按，烟头在车上留下难堪的印记。

他的眼神像是在看垃圾似的，既嫌恶又憎厌："朝夕是我的未婚妻。你，你算个什么东西，在我这里诋毁她？"

尹落难以置信地看向他："陆程安，好歹我们以前在一起过！"

"你可能不知道，我很讨厌有人在我面前提以前。"陆程安低头，漫不经心地整理着袖口，语气很淡，但隐隐地透露着威胁，"我有必要提醒你一句。"

"尹落，朝夕不是季家的人又如何？早在十年前，她就是我的人了。"他低垂着眸，神情寡冷，用居高临下的语调，说，"我虽然不过是个小小的检察官，但要动你们尹家也不是件难事。"

陆程安低头看了一眼手表，离他上班还有不到半小时。

他这些年来除了对待工作会认真投入，对待旁人都是冷漠的，此刻依然如此，连句“先走一步”都懒得说，转身就走。

尹落想叫住他，但医院里人流不断，她一叫，便会引起注意。她气得不行，在原地直跺脚，将陆程安今日的冷淡决绝都归罪于朝夕，咬牙切齿般地念她的名字：“季——朝——夕。”

晚上值班的时候，陆程安果然还是来了。

今晚值班的医生就两位，一位是朝夕，另一位则是梁亦封。

梁亦封看到陆程安的时候，眼神鄙夷：“闲杂人等，不许进办公室。”

陆程安不太赞同：“我是家属。”

梁亦封看向朝夕：“你的家属？”

朝夕低头写着术后反思，冷漠无情地道：“不认识。”

梁亦封幸灾乐祸地笑了。

陆程安叹了口气，他提着两袋外卖，一袋放在梁亦封的桌子上，一袋放在朝夕的桌子上，无奈地道：“我是送外卖的。”

梁亦封看了一眼外卖包装，印着南城最难订的私房菜 logo。

梁亦封冷言冷语：“价值四位数的外卖？”

陆程安一个冷眼扫了过去，学着他平时的模样，嗓音淡漠：“废话很多。”

这些年他虽冷漠寡言，但他在兄弟面前似乎始终是温和儒雅的，梁亦封也是看惯了他那副气定神闲的闲适模样，像现在这副冷漠淡然的样子实在少见。

梁亦封轻笑。

陆程安拉了把椅子，坐在朝夕边上。他伸头看了一眼，看清了第一行居中的四个大字，语气有点儿玩味：“术后反思？”

朝夕面无表情地看着他。

陆程安清了清嗓子，压低嗓音问：“手术出错了？”

朝夕的语气里稍稍带点儿别扭：“一点儿小问题。”

陆程安:“这不像你。”

朝夕和术后反思斗争了将近一个小时，一千字的术后反思，还得纯手写，她都不知道要说梁亦封是个老顽固，不了解先进的电子科技，还是说他讲究老一代的我手写我心。而且一千字的术后反思要怎么写——我因为手术结束后听了个故事，没回答上梁亦封的问题，被梁亦封抓到把柄，于是要写术后反思？写梁亦封斤斤计较，还是爱找碴？朝夕在脑海中天人交战了半小时，最后艰难地挤出极为官方的借口和措辞来解释自己那仅两秒钟的走神。结果写了半小时，只写了二百多字，十分痛苦不堪，像是回到了小时候，被爷爷奶奶早上抓起来练字的时候。

她当时才七八岁，清晨天光微亮就被人从床上拎了起来，心里满是不情愿不乐意，昏昏欲睡又饥肠辘辘，结果被勒令写好三页字帖才能洗漱吃饭。

她一开始还打着哈欠，写得心不在焉，宣纸上是乱七八糟的墨水渍，自然是被奶奶拿着毛笔打手心的。然后便边哭边写。

她现在还记得当时的那种心酸痛楚。只不过以前的那种痛苦是由自己造成的，但现在造成这痛苦的罪魁祸首一副事不关己甚至还指责她的模样，朝夕瞬间不乐意了:“是个人都会走神，我也会。”

陆程安:“你不一样。”

“我怎么就不一样了？”她一把扔下笔，双手环在胸前，薄唇抿成一道冷淡的线，一副要和他据理力争的架势。

陆程安云淡风轻地道:“因为在你眼里，医生不是一个职业。”

朝夕一愣，眼眸闪了闪。

陆程安忽地往后一靠，坐姿慵懒，垂着眸，眼神冷淡地睨向不远处的梁亦封，问道:“医生的话，见了太多生死，心里应该没有几分温情了吧？”

梁亦封反唇相讥:“检察官的话，见了太多人间百态，也不知道共情是什么了吧？”

陆程安笑着摊了摊手，对朝夕说:“你看。”

朝夕:“什么？”

“如果换作他，他在手术上出错，我当然可以理解。”陆程安的眼睑微微掀开半道缝，眼尾轻挑，“他那样的人，心里哪里有温情可言。”

梁亦封不置可否地挑了挑眉。他对待医术始终保持理性，始终没法投入感情，所以像他这样的人，完全没法理解朝夕那种“能救一个是一个”，和病人似乎站在同一条线上的幼稚想法。

“但你不一样，朝夕。”陆程安突然直起身，靠近她，嗓音低沉，很轻，“在你眼里，救人才是天下第一的大事，所以你不能出错。”

朝夕脸上的情绪一点一点地收起。她又拿起笔，低头继续写术后反思。她下笔如有风般，写得又快又有条理，但心跳得更快，扑通，扑通，扑通……平生第一次，也有人与她有了共鸣。

剩下的几百字她写得很快，但即便如此，写完也将近11点了。

好在办公室里有微波炉，陆程安把外卖热了一下，放在桌子上：“饿了吧？吃点儿。”

朝夕没有晚上吃东西的习惯，但他在这里等了这么久，而且也是专门给她送过来的，于是接过筷子，夹了个烧卖小口小口地吃着。

吃东西的时候，她注意到陆程安面前还放了厚厚的一沓纸。

朝夕：“你在看什么？”

陆程安：“新案子。”

“哦！”她知道检察院的工作需要保密，于是没再追问。

陆程安：“不问问是什么案子？”

朝夕问：“可以说吗？”

“嗯，是你们医院的案子。”陆程安揉了揉眉骨，“你们医院陈亮医生的案子，转交到检察院了。”

“我们医院……不是沈临安负责的吗？”

陆程安满脸凝重：“陈亮的案子在网上引起热议，医患关系一直都很紧张，这事儿闹得太大，有几十万甚至上百万的网友关注着，检察院、公安局、律所和医院沟通之后，决定把这件事交给检察院处理。”

这个案子几乎是事发当天就上了微博热搜。

陈亮医生是骨科领域的权威，业内对他的评价很高，不只是他的医术，更是他对待患者的态度，把病人当作朋友，竭尽所能地帮助每一个病人。他已经是他所在专业的领袖人物，甚至可以说是全国前三的骨科专家。

像他这样的医生，是国家花了无数人力和财力培养出来的，他是个医术精湛、医者仁心的好医生。

而砍他的患者，是曾被他医治过的患者。只因为不满手术费用，所以大动干戈。带着菜刀，在陈亮医生还在面诊患者的时候就拿出菜刀对着陈亮医生砍。几乎是那人拿出菜刀的时候，陈亮医生就反应过来了，想躲却躲不及，那人像是疯了般劈头盖脸地对着陈亮砍，面诊的患者和患者家属、外面的护士和医生都过来阻止，结果都被祸及。

陈亮的医生伤势最为严重。

当天，神外科、麻醉科、手外科、骨科的医生都聚集在手术室为他做手术。几乎是所有专业的大拿为他做这个手术，但即便如此，陈亮医生左手手掌全断，前臂肌腱断了，正中神经也断了。

医院内部最近也在讨论着这件事，关心着后续。

大家纷纷谴责那个伤人的患者，但更多的是关心陈亮医生的术后恢复状况。

朝夕想了想，问他："所以就交到你手上了吗？"

"嗯！"

"那个行凶者，你们会怎么公诉？"

陆程安："你们希望怎么判？"

朝夕说："网上好多人说要判死刑。"

"死刑估计够呛。"

"为什么？"

陆程安不痛不痒地说："按照现在法律规定，不太可能。"

"陈亮医生这事儿，情节可不轻。"

"但他还活着，这才是最主要的问题。"

"所以那个人就可以有恃无恐了吗？"

朝夕不能理解，她自己也是医生，知道学医到底有多苦，也知道培养一个陈亮医生有多难。她更知道的是，陈亮医生再也不能上手术台了，这意味着有太多的生命将得不到更好的医治。

这不仅是陈亮医生一个人的事，还涉及了许许多多患者。

她的眼里满是不解：“他凭什么砍伤人还可以全身而退？”

陆程安把手里的筷子放下，抽了张纸慢条斯理地擦着手，侧脸寡冷，语气很淡：“谁说他可以全身而退？”

“不能判死刑，就是全身而退。”朝夕说，“无期变有期，有期变减刑，这不就是全身而退的意思吗？”

陆程安勾了勾唇：“你倒是很了解。”

夜晚寂寥，梁亦封早已去休息室休息，办公室里只剩他们两个人，陆程安肆无忌惮地伸手擦掉她的嘴角处沾着的饭粒。语调散漫，懒洋洋地说：“嫁夫随夫？”

朝夕面无表情地拍开他的手。

陆程安笑了笑：“换个词，近朱者赤？检察官的夫人到底和别人不一样，这么了解法律。”

朝夕的脸色绷不住了，硬邦邦地说：“我还没嫁给你。”

“所以——”

陆程安脚尖踮地，轻松一转，背抵着桌沿，面朝着朝夕，桃花眼在夜色中绽放出一抹春色。他的唇色带红，跟个嗜血的吸血鬼似的，拖腔带调，极其不正经地说：“你这是向我求婚，还是说你在暗示我让我向你求婚？”顿了顿，笑得跟个斯文败类似的，说出来的话也跟个败类似的：“我们家朝夕喜欢什么样的求婚方式？传统点儿的，玫瑰、蜡烛？还是说想要刺激点儿的？”

朝夕的大脑有一瞬间的空白，她自问自己逻辑学学得挺好的，但无论怎么样，也没法将“我们还没结婚”联系到“自己在向他求婚”抑或“她在暗示他向自己求婚”上去。

这人真够没脸没皮的。朝夕忍不住抬起脚，一脚踢开他的椅子，椅子下面装了轮子，被她轻轻一踢，便往边上滑走。

眼前那张碍眼的散漫风流脸终于离开，她专心地吃着虾饺。

朝夕原本没有任何食欲，但是这家的外卖做得非常好吃，她一边看着新送进来的病人的颅脑 CT 一边吃，等她回过神的时候，发现外卖盒里的东西大半都被她吃了。

她对着外卖盒子愣了一下，转头看向陆程安，他正专心地看着卷宗。

朝夕清了清嗓子，小声问："你怎么不吃？"

陆程安也分外配合，压低声音，问："吃饱了？"

朝夕觉得这种氛围很奇怪，办公室里除了他们两个也没别人了，他俩却这么轻声细语地对话，跟间谍似的，这么一想，她又用回平常说话的声调，问："你吃吗？"

"吃。"话虽这么说，但他的目光仍旧落在身前的卷宗上，只是身体微微向她这里靠了过来，头微侧，张开嘴，很明显的暗示。

朝夕无语。

他还慢条斯理地催她："我很饿。"

朝夕抿了抿唇："饿了就吃。"

"嗯？"

"嗯！"

"嗯？"

"嗯！"

"嗯？"

她彻底败下阵来，捡起他之前用过的筷子，夹了个虾饺，一只手放在虾饺下面以防汤汁滴下来溅在身上，上半身往他这边靠。

陆程安也微微往这边靠。他的手仍旧放在桌子上，横亘在二人之间，随着彼此靠近的动作，手臂处有异样的触感，柔软温热。

他很快就意识到了那是什么，而且他为了方便翻卷宗，外套脱了，衬衣的袖子挽至手肘处。朝夕虽然外面套了白大褂，但里面也只穿了件单薄的丝绸衬衣，既柔软又轻薄。

隔着柔软的衣料，他似乎感知到了她的体温。

微微热。

朝夕也几乎是一秒就清醒了，她装作无事发生过的淡然模样挪回身子，只不过发颤的嗓音透露了她此时的心情："你自己吃。"

陆程安的背往后仰着，看到她碎发遮挡下微微泛红的耳郭，他的心情大好。夹了个虾饺送进嘴里，虾饺劲道有嚼劲，虾肉味道浓郁，里面加了马蹄，口感脆嫩爽口。里面还有特调的汤汁，汁液鲜美，他吃得唇色艳红，这会儿倒是真成了吸血鬼的模样了。

吸血鬼在深夜里笑意肆虐，语调稍扬："喜欢吗？"

她条件反射地说："不喜欢。"

"不喜欢还吃这么多，嗯？"

意识到他问的是外卖而不是别的，朝夕的心里憋屈得很，她表面上保持镇定，目不斜视地对着电脑看颅脑 CT，说："一般般。"

"哦！"陆程安挑了挑眉，遂又问，"那喜欢吗？"

朝夕皱眉，非常谨慎地问："什么？"还没等他回答，办公室的门突然被人敲开，在休息室休息的梁亦封站在门边，语调平平："没打扰到你们吧？"语气里倒是没有一丁半点的歉意。

陆程安悠闲地道："打扰到了。"

梁亦封："那你就出去。"

朝夕浅笑。

梁亦封走到陆程安边上，拉了把椅子坐下："你的车又被砸了？"

陆程安淡声道："嗯！"

朝夕蒙了："你的车被砸了？什么时候的事？"

"8 点吧？"陆程安不甚在意地笑了笑，"就去餐厅里拿了个外卖，和隋禹聊了几句，出来，车就被砸了。"

梁亦封："什么人砸的知道吗？"

陆程安："你都说'又'了，还能是什么人。"

"今年都第几次了？"

陆程安细想了一下："还好，第三次。"

"检察官能高危到你这种程度，厉害。"

"客气了。"陆程安谦虚地摆摆手。

朝夕听得心头一紧："你的车今年被砸三次？"

陆程安："啊！"

"你们院里不管吗？"

"怎么管？"他挑了挑眉，眼里有松散的笑意，"我不是和你说过吗，这种事管不了。”

梁亦封却说：“沈放不是要给你安排保镖吗？”

陆程安听得头疼：“我是检察官，一个正儿八经的国家公务员，在我身边安排保镖合适吗？而且大哥都没保镖，我瞎折腾什么？”

梁亦封淡声道：“还是让他给你安排一下吧！”

陆程安摇头，语气很淡：“不需要。”

朝夕突然开口：“安排一下吧！”

陆程安转过头看她，她正好也转过头来，眼里似乎没什么情绪，但说出的话却透露了她此刻的关心：“事情处理好之前，还是安排几个保镖吧！”

陆程安一直盯着她，盯得朝夕有点儿不自在，她逃避着他的视线，嘟囔：“看我干什么？”

他扬了扬嘴角，意味深长地道：“关心我？”

心思被戳中，朝夕板着脸：“我是在关心车。”

陆程安脸上的笑怎么都收不住。沉默片刻，他突然改变想法：“我还是让沈放安排几个保镖吧！”

朝夕急忙点头，又听到他补充：“两个够吗？”

朝夕：“你问我干什么？”

陆程安：“给你安排。”

她一头雾水：“给我安排什么，不是给你安排的吗？”

“我的身份安排保镖不合适。”陆程安已经拿起手机给沈放打电话了，一点儿都没想过现在已经是半夜，沈放是否在睡觉。他把手机放在耳边，看向朝夕，“那人和你见过，他可能记住你了。”

“不是，”她的语气里含着一丝莫名其妙，“我没招他惹他，他不会对我怎么样的。”

电话接通。

沈放的语气里带着慵懒的倦意，喘息声微重，拖腔带调地说：“二哥，这大半夜的你不好好地和你的卷宗玩儿，找我这么个有妇之夫聊天，合适吗？”

陆程安嗤笑了一声。

沈放接着说："我这个有妇之夫提醒你几句，这种夜晚是用来和老婆做快乐的事的。"

以为他和平时一样孤独地和卷宗面对面度过平静夜晚的沈放接着骚："不过谁让你这么多年都没追到老婆呢！哎，不像我，老婆就在家里，哦不对，老婆就在怀里。"

手机那端传来画水的声音："沈放！"

沈放被画水瞪了一眼："好好好，我好好说话，行吧？"

"你说人话。"

"行，我说人话。"

陆程安早在他第一句话出口的时候就把手机扔在桌子上，直到沈放似乎察觉到不对，陆程安扯着嗓子吼，声音大到在空旷的办公室都有回声的时候，他才动了动身子，准备接起电话。

"二哥，你是不是又没在听我说话？老前辈的谆谆教导你不好好听着，你这辈子都追不到朝夕！你这辈子都只能一个人过！"

陆程安的神色一紧，他陡然看向朝夕。

朝夕专注地看着电脑屏幕，侧脸线条清冷，神情很淡，似乎并没有因为沈放这句话而有任何情绪波动。

似乎察觉到了他的目光，她扭头看了过来，恍然大悟般，伸手抓着他拿着手机的手，往自己这边靠，把他的手拉到胸前，她按下免提。

沈放依旧在狼嚎："你看看咱哥俩，同样是未婚妻，怎么我的未婚妻就成了我老婆了？你的未婚妻呢？呜呜呜，好可怜，二哥你好可怜。"

朝夕："沈放。"

她的声音一出来，沈放愣了，他不敢置信地拿起手机看了一眼，确实是陆程安的电话号码："你……你是谁？"

"我。"

"朝夕？你怎么拿着我二哥的手机？"

朝夕没回答他的问题，她幽幽地道："你哥十年前就有未婚妻了，你十年前连未婚妻在哪儿都不知道，相比之下，谁更可怜？"

陆程安极为配合，扼腕痛惜道："老四，你真的好可怜。"

沈放无语。

梁亦封一笑，他拿出手机，给一直担心朝夕终身大事的钟念发消息：“她和老二，豺狼虎豹，天生一对。”

钟念正在加班，她几乎是秒回：“豺狼虎豹，确定不是男才女貌？”

“男才女貌是形容我和你。”

梁亦封收起手机，听到沈放隔着手机撕心裂肺的咆哮声。朝夕和陆程安二人并排坐着，朝夕的手拉着陆程安的手腕，从这个角度看过去，两个人的神情如出一辙，清冷的脸上挂着很淡的笑意。相似的眼型，眼尾上翘，一双娇媚，一双风流。

似乎发泄得差不多了，沈放没好气地道：“你们俩大晚上给我打电话就是为了秀十年前的陈年老恩爱的吗？”

朝夕拉着陆程安的手一僵，她狼狈地收回手，用还算镇定的语气说：“你以为谁都像你？”

沈放问：“那你们给我打电话干什么？”

陆程安：“公司安保部分几个人出来。”

“怎么，你终于想开了，要保镖了？”

“不，给朝夕。”

朝夕转过头来，态度强硬：“我不要，给你。”

沈放纳闷：“不是，这什么情况，继检察官成为高危职业之后，医生也遭到了打击报复？三哥咋没有遭到打击报复啊？”

梁亦封冷冷地道：“你希望我遭到打击报复？”

沈放惊了：“三……三……三哥？不是，你们仨大半夜的组团斗地主呢？”

陆程安说：“我在医院陪朝夕，老三也在。”他接着又把事情言简意赅地说了一遍，末了，说：“给朝夕安排两个保镖吧！”

朝夕无奈：“我真不需要。”

“放心，他们会将距离把持得很好，没有危险时绝对不会在你的视线里出现。”陆程安说着，伸手揉了揉她的头，他低头靠了过来，语气近乎恳求，“我不能保证每一次你出事时我都能及时赶到，你让我稍稍安心点，好吗，朝夕？”

朝夕勉强找回自己的声音：“我不会出事的。”

“我年纪大了，二十岁时能够承受的事，放到现在，我是真的承受不了了。”上一秒，陆程安的眼里还有着散漫的笑意，可他揉着她头发的手缓缓下垂，落在她的肩上，再开口时，嗓音里满是无力，“我三十岁了，是真的老了。你要真出了什么事……”他双唇翕动，声音轻得只有朝夕能听见，“我会死的。朝夕，我真的会死的。”

朝夕看着他的眼，漆黑深邃，眼里似乎什么都没有，又似乎满是爱意。

对着他这双勾魂摄魄的桃花眼，她连拒绝都说不出口，事情就这样定下来了。

梁亦封不知道什么时候走了，护士小梦来找朝夕，说是白天做手术的病人醒了，让朝夕去看看。

去病房的路上，小梦叽叽喳喳的：“朝夕医生，陆检拿过来的夜宵好好吃啊！”

朝夕：“啊？”

小梦：“据说是本市排行第一的私厨店呀，真的好好吃哦！”

朝夕笑了一下：“他还给你们拿了啊！”

“对呀对呀，”小梦说，“这家私厨店人均三位数呢，陆检真的好大方啊！”

朝夕低头浅笑：“你们喜欢吃就好。”

小梦欲言又止地看着她，等到朝夕检查完病人的情况之后，小梦才小心翼翼地说：“其实我们私底下有在讨论你和陆检来着。”

“讨论我们什么？”

“就……”小梦压根也不是能瞒得住事的人，索性一股脑地和盘托出，“我们都知道你是季院长的侄女，像你这样家庭的，应该都是在圈子里找人的吧？”

朝夕仍旧是浅浅地笑着。

“刚开始陆检没来的时候，我们一直以为你口中的未婚夫是那种三四十岁的中年油腻大叔，要不然你也不会不给我们看他的照片不是吗？”她一副“我很懂”的模样看着朝夕，明明只有她们两个人，她的声音却压得很低，“咱们院里的VIP客户不都这样吗，有钱是有钱，但是长得就是一脸富贵相，可是人家女朋友、老婆，那叫一个漂亮！”

朝夕失笑。她向来我行我素，不参与大家的讨论，自然是错过了不少八卦。

小梦说：“所以我们一直以为你的未婚夫就是那种富贵相的老男人，结果没想到是陆检这种极品帅哥！”

“陆检看上去冰冰冷冷的，很不好说话的样子，可是他提到你的时候，笑得好温柔好温柔啊！”小梦眼里放光，“所以你们就是传说中的先婚后爱，是吗？”

她脑洞大开。

朝夕思忖了几秒，说：“不是。”

小梦蒙了：“啊？”

“我们是因为相爱，所以才在一起的。”她的声音很轻，语气却很坚定，低眉敛目，眼里有温柔的春色在流淌，“和婚约没有多大关系。”

因为对方是他，所以婚约才成立。如果结婚的那个人不是他，那么婚约自然可以用各种理由拒绝，甚至不需要理由，她都可以拒绝。她是季家小姐，她真不愿意的事，没人能勉强她，即便是父母长辈也一样。

他亦然。

她低头笑着，小梦突然说：“朝夕医生，刚刚你笑起来的时候，和陆检好像啊！”

朝夕：“啊？”

“难道这就是传说中的夫妻相？”小梦调皮地眨了眨眼，揶揄道。

朝夕哑然失笑。

她回到办公室之后，发现陆程安躺在躺椅上睡着了，她轻手轻脚地走过去，在他面前蹲下，伸手，在空中描绘着他的脸的轮廓，最后停在他的眼睫处。

她自言自语：“哪里像了？我才不像你这样风流又招摇，那么招女孩子喜欢。”

她伸手碰了碰他的睫毛，突然又叹了口气，低声道：“不过要不是你长得这么招摇，我也不会对你一见钟情，也不会过了十年也忘不了你。”

谁遇到你陆程安之后，还爱得了别人？

朝夕因为临时请假的事情，导致后面几天她都要值班。也因此，陆程安每天都来医院陪她。

值班的医生不会有手术，因此这几天朝夕还蛮空闲的，查完房之后便在办公室里写病程记录。

中午在食堂吃饭的时候，她遇到小梦、小想，二人招呼着她过去。

落座之后，她才发现周围不少人在讨论陈亮医生的事情。

朝夕看了一眼，正说话的是骨科的一名实习医生：“陈主任……他还在 ICU 躺着，身体状况还可以，只是两条手臂都裹满了纱布，我听导师说，他以后应该不能再上手术台了。”气氛瞬间低落下来，喧嚣的食堂里格外安静。

小梦：“听说这事交给市检察院负责了。”

小想：“那有没有可能是陆检负责啊？”

朝夕淡然地道：“嗯！”

二人惊了，声调上扬：“真是陆检负责啊？”

朝夕：“是他负责。”

小梦：“那陆检有说过吗，那个砍伤陈主任的人会判死刑吗？”

小想愤愤不平地道：“死刑？那种人就应该千刀万剐才对！凭什么陈主任给他看病，病治好了，没一句感谢就算了，还反过头来砍陈主任？这种人就应该用古代最严酷、最残忍的刑罚惩治他！这种人株连九族都不为过！”

朝夕拨了拨米饭：“我问过他，他说死刑够呛。”

小梦尖声反问：“为什么啊？”她拍桌而起，引得食堂里坐着的人都把目光投了过来。小想尴尬地和大家道歉，然后拉着她的衣角：“你注意点儿形象。”

小梦努了努嘴：“好咯，我尽量控制一下自己的情绪。”

“所以为什么不会判死刑？”

“他没有说不会判死刑，只是说死刑够呛。”朝夕还记得陆程安的原话，他是个用词非常谨慎的人，没说不会判，也没说会判，只说够呛。

“那到底是会判还是不会判？”

朝夕想了想，说：“陈主任还在病床上躺着，所以死刑够呛。”

“但是陈主任以后再也不能上手术台了，而且陈主任是多好的医生啊！我以前实习的时候就在骨科，陈主任真的特别好，尽职尽责，而且心肠很好，特别幽默风趣，把病人当作朋友。”说到这里，小梦停了一下，她眨了眨眼，忽地凑近朝夕，“朝夕医生，我觉得你和陈主任有一点点像呢！”

朝夕惶然：“哪里像？”

“就对待医学和病人的态度啊，只不过你话太少。”

朝夕失笑。

小想：“但是那人真的不能判死刑吗？”

朝夕想了想，反问：“你看到网上的评论了吗？”

小想点头，几十万条的评论，清一色的两个字——死刑。

朝夕对生命是万分重视的，即便手术室里躺着的是她最深恶痛绝的人，她都会心无杂念地用尽毕生所学去救活对方。

成为一名医生，要尊重每一个生命。可即便像她这样的人，仍旧期盼对方被判死刑。

朝夕平静极了，说：“几十万名网友都一致认为王成文这样的人该被判处死刑，检察官会看不出来？法官没办法进行正义公道的审判，你们觉得可能吗？”

小梦和小想觉得她说得很在理，二人点头如捣蒜。

朝夕：“你们呀，要永远相信我们国家，相信我们国家的法律会保护我们每一个遵纪守法的公民的。犯了错的人，也会得到法律的严惩。”

她说着说着，脸上有了些许笑意：“更要相信陆程安。”

连续值了三天夜班之后，朝夕也迎来了休息日。

她早上 10 点就下班。

她在办公室里收拾东西的时候又接到剧组的电话，东西收拾了一半，又上楼去剧组了。和编剧们讨论完，她往江渔身上瞟。

编剧们和主演们坐在一个地方，一堆椅子扎堆挤着，咖位大的到底不一样，就连椅子都比较大。像江渔这样不上不下的，也不太在意位子大小、安排在哪里。

江渔似乎也不想让别人注意到她，坐在椅角旮旯认真地看着手机。

朝夕往她手机上瞥了一眼，似乎是游戏界面。

朝夕想到上一次吃饭的时候，江渔也是拿着手机在看游戏直播。她也凑过去看了一眼，主播顶着张面无表情的冷酷脸，在公屏上打字："人人人家想想想要哥哥的保护，呜呜呜。"江渔倒是少见地笑了，眉目舒展，神情放松。

想到这里，朝夕看了眼四周，走到江渔身后。她的视力好，一眼就看到了手机屏幕上只占了六分之一内容的那个男人头像，依旧是那张面无表情的冷酷脸。

朝夕突然出声："很好看吗？"吓得江渔手一抖，手机差点儿掉下去。江渔差点脱口而出一声"姐姐"："你怎么在这儿？"

"怎么沉迷上看游戏直播了？"

"就，挺有意思的。"提到这个，江渔不自觉地笑了一下，她举起手机，看到主播又开始新一轮的游戏，上来就是一句"有没有小哥哥带人家赢呀？"软萌可爱撒娇风，配上他张那面无表情的冷酷脸。

江渔实在忍不住，笑出了声，出手就是价值两千元钱的超级火箭。

朝夕张了张口，想说些什么，但这些年来，从没见江渔在某件事上这样开心放松过，于是把劝告的话都咽了回去，她改口道："在外面就别看了，回家再看。"

江渔想了想，点头："嗯！"

她随即摘下耳机，手机界面也退出了直播间。

江渔看她身上的白大褂都脱了，问道："今天不上班吗？"

朝夕："嗯，休息几天。"

江渔："我明天没什么事，能去你那儿吗？"

"可以。但得下午，我上午要好好睡一觉。"

江渔咧嘴微笑："好。"

朝夕和江渔简单地聊了几句之后便离开片场了。去电梯的路上，尹落迎面走来，她的身边还有个助理跟着，她的脸上挂着甜美的笑容。

朝夕面容恬淡，眼里像是含了初秋清晨的朝露似的。

二人目不斜视，装作没看到对方，擦身而过。

朝夕是真不屑看她，尹落则是心里憋着一股气，她向来高傲，哪里受过这种气，而且对方还是上不了台面的外面的女儿。

等到擦肩而过之后，她拿出手机，给季君菱发消息："你到底什么时候回南城，你知不知道你们季家的季朝夕已经先你一步回来了？"

朝夕一路回家，坐电梯的时候也没有察觉到任何异样，但她知道，沈放安排的保镖在角落里偷偷地保护着她。

想到这里，她给陆程安发了条消息，问他这个电梯男的事情到底解决了没有。

消息发出去之后，她就进屋洗澡去了。洗完澡出来，她边擦头发边看手机。未读消息一大堆，却没有陆程安的消息。或许他在忙。

朝夕打开冰箱，之前买的水果蔬菜都已经蔫了，西蓝花也发黄不能吃了，唯独橄榄菜还能吃，她煮了一碗面。煮面的空当，她煎了一个鸡蛋。

都弄好之后，手机响起，陆程安没回消息，直接打电话过来了。

朝夕接起。

陆程安："到家了？"

她的上班时间极其复杂，但陆程安掌握得一清二楚，每次给她打电话或者发消息的时候都是在她休息的时候。一个人对你上不上心，体现在生活的每一个细枝末节里。

朝夕点头，又想到他看不到，于是说："到家了。"

陆程安解释："刚刚在开会，手机调静音了。"

“嗯！”

“那个男人——昨晚沈放的保镖把他给抓住了，原本没什么由头可以把他送进局子里，结果发现昨晚他入室抢劫了。”陆程安的语气很淡。

梁亦封说得没错，检察官看过太多的人间百态，也不知道共情是什么。

比起不知道什么叫共情，他更知道不能把感情浪费在垃圾的身上。有的人就是垃圾。

朝夕略微惊讶，又问他：“那……那些保镖都撤了吧？”

陆程安：“没。”

“为什么不撤？”

“大哥说，先别撤。”

朝夕吃面的姿势顿住：“大哥？”

陆程安想了想，还是说了：“季君菱在覃城的工作要结束了，最迟十一，她就要回来。她这些年越加过分了，你的那几个弟弟在她面前都敢怒不敢言。”他轻哧一笑，淡漠地道：“我和大哥商量了一下，决定还是留着那几个保镖比较好。”

朝夕拿筷子拨了拨碗里发坨了的面，淡声道：“嗯！”

吃完面之后，她倒头就睡。她连续值了三天夜班，虽然在休息室可以睡会儿，但到底是连衣服都不能脱的睡觉，哪儿能睡得舒坦。这会儿终于可以好好休息了，一觉睡到第二天早上 10 点。

第二天刚好是周六，江烟和江渔陆续来她家。

江烟到得稍晚，她坐在江渔边上，探头一看：“你怎么又在看游戏直播？”

“因为他很有趣。”江渔说。

江烟撇了撇嘴。

江渔疑惑地问：“你不是有选修课吗，怎么这么早过来了？”

江烟：“我让陆许泽帮我上了。”

江渔：“哦！”

朝夕从洗手间出来就看到江烟在拆一个包装盒。

朝夕："买了什么？"

江烟："投影仪，用这个看视频比用电视机看爽多了。"

朝夕叹了口气："我很少看电视的。"

"哎呀，我们过来的时候看嘛！"江烟用胳膊蹭了蹭江渔，"小鱼儿，对吧？"

江渔："嗯！"

朝夕也拿她们两个人没辙。

等到投影仪装好之后，也没拿来放视频，而是把江渔手机上的直播投影到了墙上，那张偌大的、面无表情的冷酷脸，以及和他那张脸极为不符的行为。

他打字："哥哥不要欺负人家呜呜呜。人家是个女孩子啦，哥哥，人家喜欢你！"

朝夕无语。

江烟也扯了扯嘴角："小鱼儿，你的口味可真是独树一帜。"

江渔眉眼弯弯："多有趣。"

陪她们看了会儿直播，门铃就响了。

朝夕打开门，门外，是陆程安。

朝夕侧身让他进来。

陆程安听到里面的动静："江烟、江渔来了？"

"嗯！"

陆程安进去之后，两个人和他打招呼："姐夫！"

在喝水的朝夕差点把水喷出来。她艰难地把嘴里的水咽下去，似乎在怀疑自己的耳朵，难以置信地试探："你们刚才叫他什么？"

江烟笑容灿烂："姐夫啊，难道不是吗？"

江渔看着视频，目不斜视地道："还没结婚，得叫准姐夫。"

朝夕看向陆程安，陆程安低头，嘴角有着细微得意的弧度。

朝夕转身进了厨房。

陆程安也跟了进来，他靠在中岛台上，双手撑着台面，姿态慵懒散漫，嘴角噙着一抹笑意，弧度越来越夸张，笑得越来越嚣张。

朝夕面无表情地看了他一眼。

陆程安轻咳了一声，声音朗润，解释道：“和我无关。”

朝夕问他：“陆许泽知道我的身份了？”

陆程安说：“早就知道了。”

“早就知道？”

“嗯，”他回忆了一下，“你回国没多久，他就知道了。”

朝夕欲言又止地看向他，她迟疑地道：“那你家里……”

“嗯，也知道了。”陆程安面无表情的脸显得尤为寡冷，嗓音也很淡，似乎并没有如临大敌的紧张情绪。

朝夕看着他，似乎能猜到他们家里的态度，似乎并不排斥她，也没反对她。

她想了一下，还是决定要事先说清楚。

朝夕说：“我是朝夕。”

陆程安：“嗯，你是朝夕，怎么了？”

“我离开季家了。”

“嗯，是你离开季家的。”他站直身子，淡笑着说。

朝夕说：“我在圈里的名声可能不太好。”

他寡冷一笑，眉梢冷冷地挑起，嗓音里像是裹了碎冰似的：“所以呢？”

“所以你真的要和我在一起吗？”她神情认真，双眼里像是挟了星辰般璀璨闪耀，语气郑重地说，“不是婚约，我是问，你真的决定好和朝夕在一起吗，哪怕她的身后一无所有？”

陆程安脸上的淡薄笑意也一点一点地收起，他一言不发地盯着她。隔了许久，他轻笑了一下。朝夕不明所以地看着他。

陆程安突然伸手捏住她的下巴，迫使她仰头看他。他俯下身，几乎是贴着她的唇，用气音在说似的：“我什么时候对你不是真的过，嗯？你个小没良心的！”

面对面的距离太近，朝夕看清他的眼里只有她一个人。

朝夕想开口说话，他突然吻了吻她的嘴角。他贴在她的唇边，低声道：“而且，谁说你的身后一无所有？你有我，就够了。”

客厅里，江渔和江烟在讨论晚饭吃什么，最后的结果是吃火锅。

江烟："我让姐姐做酥肉！"

说完，她起身走到厨房。隔了不到十秒，她又灰溜溜地回到沙发上坐下，双膝并起，手放在膝盖上，脊背笔挺，一副好学生的坐相。

江渔一脸古怪地看着她："干什么？"

江烟一脸严肃地道："我们还是不要吃酥肉了吧！"

"为什么？"

"姐姐，有点儿忙。"

"忙什么？"

江烟想了一下十秒钟前看到的画面，朝夕腰抵着中岛台，双手反撑在中岛台上支撑着身子。身前，陆程安欺身靠了过去，二人的身体严丝合缝地紧靠着。他一只手捏着她的下巴，另一只手放在她的后颈，两个人吻得难舍难分。

江烟虽然一直说着要谈恋爱，喊着"爱情万岁"的口号，但事实上她一次恋爱都没有谈过。小姑娘到底是脸皮薄，单单回忆刚才的画面，脸颊都浮上一抹绯红。

她想了一下，十分谨慎地解释了一下刚才所看到的内容："忙着，厨房 play。"

江渔眼神波动，她转过头来："姐姐忙着干什么？"

江烟指了指厨房："和姐夫在厨房'play'。"

二人沉默半晌，最后，江烟默默地拿起手机："接着点外卖吧！"

点到一半，陆程安从厨房走了出来，淡漠的脸上泛着光。

江烟下意识地咽了口口水，唤他："姐夫。"

陆程安："嗯！"

江烟问他："晚上一起吃饭吗？待会儿陆许泽也过来。"

"可以，"陆程安低头，动作随意地整理着袖口，"想吃什么？"

"火锅。我和小鱼儿已经在点单了，你看看还需要点儿什么？"江烟站起来，走到陆程安面前，想把手机递给他。离得近了，她注意到他靠近脖颈内侧的衬衣领上有着淡淡的口红印。江烟在心里默念了十遍“少儿不宜”。

陆程安没接手机，说：“让你姐姐点吧！”

“你不点吗？”

“我吃什么都可以。”

“哦，好的。”

晚上的火锅自然是在朝夕这边吃的，陆许泽下了课就过来了，只不过脸臭得很，说是再也不会帮江烟上课之类的话。

江烟撒泼打滚地讨好他，哄了一会儿，陆许泽仍旧黑着脸。江烟也是个有小脾气的人，立马就翻脸不认人了：“我们不是好姐妹吗，好姐妹帮忙上个课怎么了吗？而且又不是我掐着你的脖子让你帮我上课的，是你自己点头的！”

“谁和你是好姐妹？我是男的，纯爷们。”

“行吧，我委屈一下，我们不是好兄弟吗？”

二人的重点渐渐走偏，房子里满是他们两个争执的声音。一顿饭吃得热闹极了。

吃完火锅之后，江渔仍旧兴致勃勃地看“面瘫脸”卖萌撒娇的游戏直播，江烟和陆许泽靠在沙发上打起了游戏。

桌子上一片狼藉。朝夕和陆程安整理好桌面，然后下楼扔垃圾。

已经是 9 月底了。终于熬过酷夏，蝉鸣声渐歇，晚风送来一阵清甜的桂花香。

朝夕和陆程安扔完垃圾之后在小区里散步。

安静了好一会儿，朝夕突然开口：“陈医生的案子什么时候开庭？”

陆程安：“下周三。”

朝夕问：“结果……”

“还是那句话，死刑够呛。”

“那……你觉得会判什么？无期？有期？”

沉默了几秒。

有风吹过，她耳边响起他细碎的笑声，他语气淡漠，既从容又肯定：“死刑。”

朝夕停下脚步。

察觉到她停下，陆程安回头："怎么？"

朦胧的月光像是年久失修的路灯般，透过树梢落在她脸上只有浅浅的一层幽光。

她的眼里清凌凌地映着月光："你不是说死刑够呛吗？"

"我也没说判不了死刑。"他轻飘飘地道，"只是事情还没成定局，提早谈论结果不是件好事。"

"那你为什么又和我谈结果？"

陆程安盯着她，半晌，喉咙里发出细碎的笑声。他没看她，视线反倒是看向她身后不远处小区的健身区。他的嗓音很淡，像是这初秋蚀尽月光的夜一般："因为是你。"

朝夕顿了一下，问他："你不怕食言吗？"

陆程安："我的人生，不会容许这样的事情发生。"

朝夕想了想，又问："你和别人说过吗？"

"这个案子？"

"嗯！"朝夕说，"你是怎么回答的？"

陆程安拧眉想了想，视线终于又回到朝夕的身上，似笑非笑地看着她，缓缓地道："不太好说，我会尽力。"

朝夕："你不是确定他能被判死刑吗？"

"嗯！"

"为什么隐瞒呢？"

陆程安反问："为什么要说？"

朝夕愣住了。

他微笑，眼里的情绪很淡，语气凉薄："不过是一群可有可无的人罢了。"

朝夕想到他刚才说的那句话，字字斟酌，又以问句的形式还给他："因为是我？"

他的脸上露出浅淡的笑意。

朝夕："所以可以把结果告诉我？"

他一挑眉梢，突然倾身，向她靠近。

他拉长气息，低声道：“那不然呢？”

这样的亲密距离，对朝夕而言，似乎变得不再陌生。

她仰头，也学着他的模样，轻轻地挑起眉来：“可是既然确定了他能判死刑，为什么不说出来让大家心安呢？”

陆程安不答反问：“你做手术前，希望手术的结果是什么？”

她毫不犹豫地回答：“当然是手术成功。”

“你确定你能成功？”

“百分之八十。”

不是每一台手术她都能保证万无一失，尤其是脑部手术，需要精神高度集中和万事谨慎，可很多病症并不是做个手术就能好的，也不排除手术时病人身体出现特殊情况。即便医术最精湛的医生，也不能在术前放大话，说手术一定会成功。一定、肯定、百分之百这样确凿精准的词，是医生的禁忌词。

“如果，”他说，“假设一个医生在术前说，他能保证手术百分之百成功，你会怎么想？”

朝夕的第一反应是：“庸医。”

很快，她对上陆程安的眼神，反应过来，继而轻笑出声：“太狂了。”

陆程安也笑了。

朝夕：“但你和我们不一样。”

“是不太一样，”他的语气很狂，“我接手一个案子，就能确定它的结局是我想要的结局，中间不会出现一丝偏差。”

朝夕心里一惊。

陆程安说：“可还是不能说。”

“为什么呢？”

他明明稳操胜券，有着十成十的把握。

陆程安莫名地笑出声：“太狂了。”

朝夕下意识地说：“你以前不就那样吗，怎么现在不行了？”

“因为身上穿的衣服。”哪怕他的初心并非检察官，哪怕他是被逼着走这条路的，但他做事向来专注认真，既然做了，就要做到最好。

少年心性早已湮没在岁月长河中，他周身清冷淡然，也有了几分检察官该有的正气。

朝夕想了想，如果每次开庭，旁人问他："陆检，这次开庭结果是怎么样？"陆程安把内心的结果说出来，旁人或许真的会觉得他太狂。或许还有，和对方律师在进行辩护前，轻描淡写的一句"你赢不了我的"，估计会把对方律师气死。

但朝夕总觉得，这种情况真的会发生在他的身上，又狂又嚣张，一点儿都不符合检察官的形象，但确实是陆程安会做的事。

他温和清冷的皮囊之下，藏着的是狂妄与浮荡，藏着的是锋芒与利刺，藏着的是独属于天之骄子才有的高高在上。

她想到这里，笑出了声。

忽地，陆程安没头没尾地问她："你想回到以前吗？"

还没等朝夕回答，不远处传来一个声音，小心翼翼地问："是……朝夕医生和陆检察官吗？"

二人同时望了过去，竟然是之前要跳楼的刘敏，她身边站着个小男生。

见到真是陆程安和朝夕，刘敏惊喜地朝他们走了过来，她手里提着一大袋东西，那袋东西似乎很沉，她的肩膀稍稍往那侧沉了下去。

刘敏："朝夕医生，我正准备去你那儿找你呢！"

朝夕看她现在的状况，似乎恢复得不错。

朝夕问道："最近还有哪里不舒服的吗？"

"没呢，我都在按时吃药，也没有任何不良反应。"刘敏说，"真的很谢谢你啊，朝夕医生！"

朝夕在面对这种情况的时候总有几分不知所措："不用谢，我只是做了我该做的事。"

刘敏："但那天是你和你先生把我从上面拉下来的。"

朝夕没反应过来："我先生？"

刘敏："啊……你和陆检察官不是夫妻吗？"

"啊，我和他——"

朝夕想说我和他还没结婚，话说到一半，却被陆程安打断："还不是，我还在追她。"

朝夕猛地抬头看他。

注意到了她的目光，陆程安低头浅笑，他压低了嗓音，反问："我说错了？"

朝夕抿了抿唇。

刘敏把二人的互动看作情侣间的打情骂俏，她笑着说："我原先还以为你们是夫妻，一个医生，一个检察官，真的很般配。"

陆程安以往都不太爱和不认识的人聊天，这会儿似乎来了兴致，眉梢一挑："是吗？"

"是啊，医生和检察官，多般配。两个都是救人的职业，只不过是在不同的地方。"

陆程安赞同着点头："听上去似乎确实很般配。"

刘敏看了看朝夕，又看了看陆程安，接着说："朝夕医生虽然话不多，但是人真的很好，长得漂亮，性格也好，还很热心肠，陆检察官，你一定要追上她啊！"

"会的。"他轻笑，"我一定会追到她的。"

刘敏说着说着，突然把手里提着的东西递了过来："朝夕医生，我前段时间回了趟老家，带了些土特产回来，我寻思着你没吃过这些，就带了点儿过来给你。"

朝夕推辞："不了不了。"

"要的，这些都是我的心意。"刘敏说，"你和陆检察官不仅是我的救命恩人，也是我们全家的救命恩人。"

朝夕的喉咙一噎："我们只是做了些我们力所能及的事情。"

"可是那天那么多人在看，只有你和陆检察官站出来告诉我，你们能帮我。"

朝夕沉默了片刻，仍旧推辞："我是医生，医生就是治病救人的，如果连出现在眼前的病人都救不了，那我还当什么医生呢？这些东西，您收回去吧！"

刘敏换了种说法："朝夕医生，你是不是嫌弃这些土特产啊？"

朝夕连忙摆手：“没有没有。”

“那你不收，就是嫌弃的意思。”

朝夕哭笑不得。

刘敏说：“我知道你只是治病救人，我也知道换了别的医生，我也能够治好病。可是换了别的医生，我的丈夫还会遇到陆检察官吗？他还会被无罪释放吗？”

她低头摸了摸站在她身边的孩子的头发，说：“所以朝夕医生，我真的很感谢你，也很感谢陆检察官。你和别的医生不一样，那天在天台的时候我就感觉出来了，你真的……特别适合当医生。”

朝夕的喉咙一紧。

刘敏：“朝夕医生，我是真的很感谢你，所以真的请你收下我们的心意，这些土特产不贵重，可能还比不上你在外面吃一顿饭，但……这是我们的心意，希望你能够收下。”

最后，朝夕还是收下来了。

见她收下，刘敏松了口气，简单地聊了几句，便离开了。

她身边的小男生乖巧地和他们告别：“朝夕姐姐再见，陆哥哥再见。”

送走刘敏之后，朝夕和陆程安也往回走。

刘敏的这袋土特产实在太沉了，朝夕拎着都有点儿走不动了，还是陆程安接过，提着往回走。中途，他接了个电话，似乎在谈工作，他放慢了步伐，朝夕犹疑地看了他一眼，他用口型回答：“工作。”

朝夕往前走着，拉开了二人之间的距离。

迎面走来一群学生模样的少年，边走边拍篮球。

朝气蓬勃的少年们嬉笑打闹，有人伸手拍开从地上弹起来的篮球，球在空中画出一道抛物线，最后滚在朝夕的面前，朝夕弯腰捡起。

几个男生互相推搡着，最后拍球的那个跑了过来。

他挠了挠头，不太好意思地说：“不好意思啊，姐姐。”

朝夕：“没关系。”她把球递了过去。

男生接过球之后却没走，回头张望了一下，随后似乎下定决心般，从运动裤里掏出手机，递给了朝夕：“姐姐，能加个微信吗？”

朝夕看着半空中的手机，她这是……被弟弟看上了吗？

见她迟疑着，男生说：“姐姐，就加个微信嘛，我保证我绝对不烦你，真的。”

朝夕失笑。想到刚才吃饭的时候，江烟看着电视剧，号叫着：“我也想要个姐弟恋，我也想赶个时髦谈一场甜甜蜜蜜的姐弟恋啊！”结果被陆许泽无情地吐槽：“你看起来像是三十岁，你找个二十九岁的弟弟吧！”二人自然又是好一通吵。

朝夕回过神来，就在她准备拒绝的时候，身后的脚步声逐渐清晰。

陆程安走到她身边，面无表情地看着面前的男生。

男生看了眼陆程安，又看了眼朝夕，似乎明白过来，懊恼不已：“对不起啊姐姐，我不知道你有男朋友。”

陆程安勾了勾唇。朝夕瞥了他一眼，她的眼里闪过戏谑的笑意，开口说：“他不是我男朋友。”确实不是男朋友，只不过是未婚夫罢了。

陆程安的眉头几不可察地蹙了一下，随即又被一抹温柔的秋风抹平。

男生大喜，立马道：“那姐姐，我也能追你咯？”

陆程安眼神不善地看着他，嗤笑着：“追什么追？”

男生以为他是她的男朋友，心里挺不安的，而且这个人看上去严厉清冷，非常不近人情的样子，他还挺害怕的，结果没想到他就是个追求者。

他的自信心瞬间爆棚，底气十足地回道：“怎么就不能追了？姐姐又不是你的女朋友，你只是他的追求者。”

“这位叔叔，我也是她的追求者，我和你是公平竞争的关系。”

陆程安的耳朵只捕捉到那四个字——这位叔叔。

陆程安上个月送刚入职南大数学系的陆宴迟陆副教授去南大的时候，他被好几个女生要微信，而那些女生开口第一句的称呼就是学长。不是老师，不是叔叔，是——学长。

他几乎是从嗓子里挤出的笑，又阴又冷，脸色黑得令人寒战。

朝夕憋着笑，说：“不能追。”

男生愣了：“为什么啊？”

“他虽然不是我男朋友，但他是我未婚夫。”

或许是因为对方是美女，所以被这么捉弄男生也没计较，灰溜溜地回到人堆里，他似乎说了什么，一群少年怅然地看了他们一眼，又叹了口气。

风将他们低声讨论的声音带了过来，模模糊糊地，朝夕捕捉到四个字：“英年早婚。”

她很是无奈，笑着看向陆程安，发现他仍旧皱着眉：“叔叔？”

朝夕幸灾乐祸地看着他，不无玩味，道：“陆叔叔好。”

陆程安似乎想到了什么，紧抿着的唇闲适地松开，嘴角微微往上挑，缓缓地道：“叔叔也行。”

朝夕：“嗯？”

他浅笑着：“叔叔三十岁了，年纪大了，也想赶赶时髦，谈个叔侄恋。”

他笑意渐深，故意压低嗓音，语气暧昧缱绻地说：“朝夕小侄女，你不介意吧？”

朝夕抬眸，对上他那双漆黑深邃的桃花眼，眼梢微微挑起，似笑非笑的。

没听到她的回答，他不无玩味地调笑她：“叔叔年纪也不太大，才三十岁，在别人那里也能听到一句哥哥。”他依旧一副散漫不着调的模样。

朝夕直勾勾地盯着他，她的双眸像是含了星光似的光芒璀璨，媚眼往上勾起，卷起无边春色。她忽地开口，声音甜柔：“哥哥。”

陆程安压根没反应过来，等到反应过来的时候，朝夕已经转身往回走了。

慕吱 著

下 册

长江出版社
CHANGJIANGPRESS

第九章

叫声哥哥

刘敏的土特产不知道是些什么东西，用超市的大号购物袋装着，陆程安估计了一下，得有二三十斤的重量，刚拿的时候不太费力，提的时间一久，肌肉酸胀。他感觉有点吃力，喘着气地跟上她。

已经到了小区楼下。

他们这栋楼在小区的最北边，人烟稀少，安静至极。

他走到她身边，“刚刚叫我什么？”

“嗯？”她若无其事地看着他，仿佛什么都没有发生过，“我说什么了？”

陆程安：“我听到了。”

朝夕恍若未闻，耳边是他的喘息声，不重，但是这条路实在太安静，导致他的喘息声格外明显且突兀。

他似乎刻意压低了喘息声，减慢速度，性感得惑乱人心。

朝夕仍旧坚持：“你听错了。”

不知道是不是她的错觉，她听到陆程安很轻地笑了一下，那笑里似乎有些许的不怀好意。

进了楼道，电梯显示十八楼。

电梯匀速缓慢下行。

陆程安把手里的购物袋往地上一放，发出沉闷的声音。

朝夕的心脏突然“咯噔”跳了一下。她下意识地往另一边靠，还没等她挪开一步，眼前一道阴影劈头盖脸地横扫过来，挡住她的视线。

还未等她抬头，腰间一紧，她被他带着往墙上靠去。

陆程安的力气不小，她几乎是整个人被他腾空拎起，后背撞在墙上，预料中猛烈的撞击感并没有发生，她后背凸起的蝴蝶骨被他绕在她身后的手撑住。

他的另一只手压在她的身侧，他低头俯身。

声控灯过了时效，骤然熄灭，只有窗外朦胧的月色照进来。

连夜色都站在他这一边。

他伸手轻捏着她的下巴，低头，缓缓靠近。

朝夕伸手推搡着他，刚想开口说话，却被他用大拇指按住双唇：“先叫一声。”顿了半秒，他的喉咙里发出细碎的笑声，有热气氤氲在二人的面颊上，气氛陡然变得暧昧起来。

“刚刚怎么叫的，现在就怎么叫。”

朝夕的脸一下就红了，她讷讷地道：“我刚刚叫什么了？”

按住她双唇的手松开。陆程安用双手撑在她的身侧，低着头，好整以暇地看着她。

她被他这赤裸裸的火辣眼神看得呼吸一紧，眼神逃也似的从他的面前挪开，整个人也想从他圈着的狭小天地里逃出去。

陆程安：“刚刚没叫？”

光线太暗，根本看不出对方脸上的颜色，她红着脸，嗓音听上去从容又镇定：“我刚刚没说话。”

“那我怎么听到有人说话？”

“不知道，可能是你年纪大了，幻听了。”顿了一下，她得寸进尺地补充，“毕竟你都三十岁了，是个老男人。”

“老男人？”他慢腾腾地重复了一遍这三个字，似乎在唇齿间咀嚼了个遍，最后一个字说完，他像是要把她拆骨入腹似的，“老男人也行。老男人年纪大了，不适合谈姐弟恋，就想谈个——叔侄恋。你看行吗？”

她不说话，陆程安配合着她的身高弯下腰，甚至比她还矮几厘米。

她低着头，他仰着头，慢慢、慢慢地靠向她，额头相抵，他问：“行吗？”

他的嗓音低沉，呼吸间带着惑乱人心的热气。

朝夕又羞又躁又恼，哪有人是这样子表白的。

就在她心神不宁的时候，电梯发出到达楼层的声音，“叮”的一声，像是救命稻草。

电梯门缓缓向两边打开，好在已经是晚上10点多了，小区里的居民大多安静地待在家里，灯光如蜂窝般紧密地亮起。

空气里只有浮尘飘动，没人走动，电梯门缓缓合上。

朝夕嗫嚅着保持镇定：“我对叔侄恋没有兴趣。”果断地拒绝。

陆程安上挑的眼梢瞬间冷了下来，却没想到她说：“正儿八经地谈个恋爱不行吗？”

朝夕蹙着眉，揣着一副和他认真讨论的正经模样：“你为什么要谈叔侄恋，正儿八经的恋爱不行吗？哥哥这个称呼，怎么听也比叔叔好听吧？”

陆程安整个人像是被按了暂停键一般，他从下颌到颈线都绷得特别紧。

安静了大概有十秒钟。

借着微弱的月光，朝夕看到他眼里像是掀起惊涛骇浪般，漆黑的瞳仁直勾勾地盯着她，淡然的脸上满是侵略感和占有欲。

他的嗓音喑哑：“正儿八经地谈个恋爱？”

朝夕也不知道怎么了，再开口的时候，音调也没有平时的平稳，音色柔软，在夜色中像是种诱惑：“啊，正儿八经地谈个恋爱。”

“行。”陆程安伸手，用指腹轻轻地按了按她的下巴：“那叫声哥哥。”

他说完，头往后靠，拉开二人之间的距离。这个距离，朝夕能够看清他脸上神情的细微变化。他似笑非笑地看着她，一双勾人的桃花眼眼梢挑起，眼里有调笑，也有愉悦的情绪。

朝夕无语，这人真是没完没了了。

见她不说话，陆程安几乎是在用气音低声诱哄她：“乖，朝夕，叫声哥哥。”他浸在暗夜里的双眼亮得慑人，喉咙里发出低沉的笑声。

朝夕抿了抿唇：“你故意的。”

“嗯！”他承认。

“多的是人叫你哥哥。”说完之后，似乎觉得自己这话挺酸的，于是又补充，“从小到大，大院里的小姑娘都叫你一声二哥。”

“那能一样吗？”

“怎么就不一样了？”

“都不是你。”

陆程安沉声道：“你也说了，大院里的小姑娘都叫我一声二哥，怎么你这个小姑娘从没这么叫过？”

她的声音低了下来：“我没遇到过你。”所以连和其他人一样叫你一声“二哥”的机会都没有。

陆程安自然也猜到了她在想些什么，只不过季家向来复杂，他对于别人的家事向来没什么兴趣去打听。他和季洛甫虽然有着过命的交情，但是男人之间谈论的话题从来都无关乎家庭。所以在之前，对于季洛甫的两个妹妹，陆程安只知道一些大众都知晓的内容。

朝夕的父母早年无所出，到很多医院看了也没找出原因，于是去福利院领养了季君菱。意外的是，季君菱在季家的第三年，朝夕出生了。朝夕的父亲叫季延。

季延夫妻对季君菱和朝夕的疼爱是一样的，没有因为一个是领养一个是亲生的而更偏爱朝夕。相反，季延夫妻更疼爱的是季君菱。

这并没什么好意外，也没什么好惊奇的。季君菱是跟在季延夫妻身边没错，但朝夕跟着的是季家的掌门人季老爷子和季家主母季老太太。季家这样的家庭，表面上说着视如己出，但心底却也在意血脉亲疏。

朝夕在上中学之前都是在南边生活的。

季老太太身体不太好，所以和季老爷子在南边休养，朝夕自然也被带过去了。等到了朝夕上中学的年纪，两位老人觉得还是得把她带回南城。

回到南城之后，朝夕没去十一中上学，而是去了离家更远的十三中。

两所学校教学条件一流，但是位置一南一北，相距甚远。因为离家太远，朝夕懒得每天来回，干脆寄宿在十三中，每个月只有两天的假期。朝夕回来得少，因此在大院里鲜少看到她。

陆程安对此也疑惑过，比起旁人口中讨论的“你们说季朝夕不和季君菱在一个学校上学，是怕自己不如这外来的，还是说季君菱把她治得死死的？”陆程安更愿意相信季洛甫说的那句“你们这些妹妹好是好，但不及朝夕一分”。

想到这里，陆程安语气自然地问她：“所以当时为什么不去十一中上学？要是去了，你这一声哥哥，我也不会等这么多年不是？”

朝夕放在他胸膛上的手微微用力：“你确定要在这里回忆往事？”

小区的电梯口，确实不适合用来回忆。

陆程安却没收手，他的嘴角扬起散漫的调笑的弧度，故意威胁她，说：“先叫声哥哥，哥哥就放你走。”

安静了几秒。

就在陆程安以为等不到回应，垂眸，收手离开的时候放在他胸膛上的手往上拉扯住他的衣领，猛地一用力，迫使他的头往一侧靠去，鼻尖嗅到她身上的味道，很淡的消毒药水味，以及清冷却又缱绻的树莓香味。

她靠在他的耳边，嗓音低柔，吐字缱绻温柔，缓缓地道：“好哥哥，求求你放我走吧，嗯？”

夜色无声。

她缱绻温柔的缠绵嗓音是最致命的诱惑，像是沙漠的寂静深处，风声呼啸，在沙砾中有一朵红玫瑰孤傲地盛放，每一片花瓣都有着血色的红，对人有着强烈致命的诱惑。

陆程安垂着的眼眸陡然睁开，藏在长而密的睫毛下的是被夜色氤氲的双眼，所有的调笑散漫与漫不经心通通收起。

他现在的状态和开庭前的状态很像，同样的面容寡冷，眼里有着漠视万物的傲慢和征服欲。不同的是，一个有条有理，一丝不苟，每一句话都经由缜密的逻辑而说出口，而现下，他的脑子被欲望吞噬，理智荡然无存。

这朵玫瑰太妖冶，对他有着太致命的诱惑，他连一秒都无法控制。

等到朝夕看清他眼底灼热燃烧的欲望的时候，一切都已经晚了。

她慌乱地想逃，却被他一把抱紧，男女之间体力悬殊，他甚至不需要几分力就能死死地把她禁锢在他的怀里。

陆程安伸手按下电梯按钮，电梯一直停留在一楼，很快就打开，他一手搂着她的腰就把她抱了进去。

监控就在电梯门的左上角。

朝夕被按在监控的斜对角的位置，她在他怀里挣扎，想要唤回他的理智："陆程安。"声音里带着渴求。

陆程安脱下外套，罩住她的脑袋，反手按下楼层。

紧接着，他背对着监控，拉开蒙在她头上的衣服，双手捧着她的脸，以吻封缄。

这次的吻和以前的任何一次都不一样，带着浓重的欲望，像是要把她整个人生吞活剥似的。她被动地承受着这个吻，意识模糊之际，脑海里似乎也没有任何反抗的想法了，唯一的想法似乎是，他那双诱人的桃花眼，竟然也有一天在她面前会有沉醉入梦的时刻。

幸运的是，电梯在中间没有一次停留，直接到了他们住的这一层。

陆程安放在她腰上的手用力，把她整个人腾空抱起。

他盖在她头上的衣服滑到她的肩上，他用另一只手压着外套不让它滑落，三步并作两步地从电梯里出来，出了电梯之后往家门口走去。

好在他家装了指纹锁，他轻而易举地打开门。

朝夕被他放在玄关处的柜子上。

进屋之后，再无任何忌惮，陆程安的动作越发放肆起来，把她身上盖着的外套脱掉。她原先穿着件薄的针织衫，领口很大，稍不注意便会滑下来，露出双肩。

这会儿，针织衫早就不见踪迹。

衣服从玄关一路扔到卧室。

二人的身体严丝合缝地紧密相贴，每一寸肌肤都疯狂地叫嚣。

她被放在床上。

陆程安既温柔又粗暴，她像是一艘在海上被海浪拍打的船，海潮声起，她整个人迷离失控。

海潮声起，她拉着他颤抖；海潮声落，整个人陷入虚空之中。

起起伏伏。

她挣扎着，失措着，双手死死地抱着他的脖子，红了眼，最后双眼放空，和这夜色纠缠。

隔天醒来的时候，朝夕跟散了架似的，全身酸涩无力，她反手撑着床，艰难地从床上坐起来。

床的另一侧，温凉，陆程安不见了。

朝夕有一瞬间的蒙，不过好在她很快就想起一些破碎的片段。

早上五六点，或许更早，他房间的窗帘并不像她家那样严丝合缝地拉着，会稍稍敞开一道缝。日光稀薄，是清晨。

安静的房间里，手机的声音突兀地响起。

朝夕因为职业的原因，哪怕休假，手机也二十四小时保持开机状态，并且永远不静音。清晨的手机铃声吵醒了二人，但她刚经历过一场苦战，也没办法像以前那样神经紧绷且理智清醒地接起手机。

她循着声音，模模糊糊地抓起躺在地上的手机。接起来的时候，声音沙哑，像是许久没喝过水的人似的，又带着很浓的倦音："我是朝夕。"

对方安静了几秒。

朝夕躺回床上，腰上一紧，落入一个温热的怀抱。陆程安也被吵醒，他把下巴搁在她的肩颈处，声音也好不到哪里去，甚至还带着事后缱绻的音调："谁啊？"

那边似乎听到了他的声音，小心翼翼又心惊胆战地说："陆检……案子有新进展……你什么时候过来？"

朝夕把手机扔给他："找你的。"困意纠缠着她，她接着睡去。

过了会儿，迷迷糊糊地听到他在耳边说："我要去检察院一趟，你接着睡。"

直到这刻，她才清醒过来不少。

她用双手捂着脸，想到昨晚。她是怎么也想不到，就一句“好哥哥”会引起后面这么多事。

她抱着被子，环顾四周。

陆程安走得匆忙，地上一片狼藉，衣服和裤子搅和在一起，分不出到底是她的，还是他的。朝夕抱着被子下床，出了卧室之后，看到从玄关处到卧室门的衣服，她几乎是气笑的。最后终于翻翻找找，找出她的衣服。

干脆在他家洗了个澡。洗完澡之后神清气爽不少，整个人也恢复了平日的理智。

朝夕转身进了卧室。她把床单给取了下来，扔进洗衣机里，又把陆程安的衣服也收拾了，只不过捡衣服的时候发现，他的外套似乎不见了。她也没多想，把其他衣服带回家，和自己的衣服一起放进洗衣机里。

早上 6 点，公诉科办公室。

陆程安风尘仆仆地赶来，孙梦瑶把材料递给他：“这是租户提供的录音和聊天截图，租户也说了，愿意出庭作证。”

陆程安接过材料。

在他边上坐着的许微末打着哈欠：“所以为什么一大清早就叫我们过来，这个租户不睡觉的吗？”

孙梦瑶也困，说话时带着浓重的倦意：“没办法，我们和何琪琪有时差嘛！”

陈亮医生的案子，开庭时间迫在眉睫，每一分每一秒都需要把握住，哪里顾得上是清晨还是半夜。

这段时间陆程安都在调查王成文这个人。原本他说“死刑够呛”是真的，这事确实判死刑太不真实，但随着进一步的调查之后，陆程安发现王成文这个人劣迹斑斑。

首先，在警察逮捕他的时候，王成文袭警。一名警察被他砍伤，至今还躺在医院。

其次，他有一套房子是拿来收租的，中介提到王成文的时候，神情满是嫌恶："这个房东是真的麻烦，每次给的中介费都和说好的不一样，而且他的房子邪得很，不到两个月就换租户。"见到是检察官，中介把听说的内容都逐一交代出来。"听说王成文私底下在房间里装摄像头，之前有位租户闹得很大，都打电话报警了，后来怎么处理的，我也不清楚。"

陆程安便又去派出所调查。

一开始派出所的人还打马虎眼，含糊其词。

陆程安掀起眼睑，语气冷淡："我不介意打电话给你们楚局长，让他来问这件事到底是怎么处理的。"

几个人你看看我，我看看你，仍旧在斟酌犹豫。

陆程安向来不喜欢在这种事上浪费时间，于是打电话给楚局长，电话挂断不到两分钟，面前的人姿态谦恭，将事情如实相告。

王成文确实在房间里装摄像头了，而且不止一个，也不止一次。前面几个女租户都怕把事情闹大，拿回视频原件便退租离开了，唯独何琪琪特别执拗，一定要警察给个结果。

奈何这片区的副所长是王成文的亲戚，几位负责的警察十分无奈，只能劝小姑娘得饶人处且饶人，要回视频原件就算了吧！

何琪琪当初还在派出所大哭了一场："什么算了？要是你们的女儿在外面租房子遇到这样的事，你们也让她算了吗？"

"被人偷拍身体，就这样算了？"

"我凭什么算了，你们凭什么要求我算了？"

可这事到头来还是以"算了"告一段落。

只是何琪琪的联系方式换了，检察院的人联系她费了好大的劲，而且她在国外，有着明显的时差，和她的每一次沟通都分外艰难。直到今天凌晨，才彻底取好材料。

孙梦瑶也是在第一时间就把案子的有关负责人都叫了过来。

陆程安看着手上的材料，其他人仍旧处于昏昏欲睡的状态。

蓦地，孙梦瑶屏住呼吸，问："陆检，我刚刚给你打电话的时候，好像……是一个女生接的电话来着？"

这一句话令在场所有人都精神振奋了。

陆程安翻看着材料，闻言，淡声道："我的未婚妻。"他并不太喜欢在工作时间谈私事，很快就将话题带回到案件本身："其他的材料都整理得差不多了吧？"

孙梦瑶："差不多了。"

"流程都申请好了吗？"

许微末："还差一点点。"

"加快速度。"

陆程安又把所有材料都浏览了一遍。

上午10点。

陆程安："去审讯室，把王成文叫过去。"

审讯室里，王成文仍旧趾高气扬地看着陆程安："你别和我说这些有的没的，我要找我的辩护律师。"

陆程安问孙梦瑶："他的辩护律师是谁？"

"正安律所的何律。"

他冷笑道："怪不得了。"

正安律所有两位律师在圈内非常出名。一位是沈临安沈律，离开检察院到了正安律所，接的案子无分大小也无关数目金额，只从人性这一角度出发，被业界评为最有良心的律师。

而何东何律，是与他截然相反的一位律师。他这个人非常邪门，案子不管好坏，只要给的价高，他都会接。今年甚至还帮一位连环杀人案的凶手做辩护。

王成文以为陆程安是怕何律，沾沾自喜地开口："我找的律师可了不起，起码要这个数，"他伸手比画了一个数字，"他一定能让我从这里出去的，你们就别费劲了。"

孙梦瑶强忍着翻白眼的冲动，说："我是想不明白了，你请个律师的钱可比你看病的钱多得多了，怎么请律师的时候愿意花钱，看病就不乐意了呢？"

"看病都是医院坑人的，随随便便一个小手术就要那么多钱！"

王成文气愤极了，“现在的医生没多大本事，但是要钱的时候那叫一个狠，做这个检查那个检查，前后加起来小几千！我又没毛病，为什么要做检查？”

孙梦瑶：“不是有医保吗？”

“所以啊，我都有医保了，为什么还要出好几万？”

完全就是流氓作风，压根不讲理。

二人也懒得和这样的人纠缠，等到何东来了之后，何东全权发言。

陆程安和何东有过几次交集，也深知他的为人，比起在审讯室和他斗智斗勇，陆程安更享受在法庭里打败他的过程。

何东是个非常善于钻法律空子的律师，所以就导致哪怕十恶不赦的罪犯，到他嘴里也成了个无辜者，面前的王成文自然也成了受害者。

在他的口中，是王成文失手伤害陈亮医生，而他之所以做这件事，完全是因为术后恢复得不好，受到许多人的嘲笑，心理创伤和身体创伤加到一块儿，王成文才是最大的受害者。

在审讯室外面听着的人都惊呆了，再一次被何律的无耻给震惊到了。

陆程安之前和何东的接触都是在饭局上，或者是听别人提到他，今天是他和何东第一次正面接触，和传闻中的一样厚颜无耻，也和传闻中的一样毫无底线，没有良知。

陆程安没把时间浪费在这上面，简短交谈之后便离开审讯室了。

王成文嚷嚷着要离开，何东安抚他：“放心，周三之后你就可以离开这破地方了。”

离开审讯室。

何东走到陆程安身边：“陆检，这还是我们第一次站在对立面？”

“嗯！”

“上次沈临安实在是太丢我们律所的面子，竟然输了。”

“你和他的结局一样。”陆程安淡淡地瞥了他一眼，冷淡极了，“而且比起沈临安，你会输得很难看。”

何东的脸都黑了。

陆程安轻扯嘴角：“抱歉，先走一步。”

其他人捂着嘴，幸灾乐祸地笑着。

到了办公室之后，陆程安看了眼时间，已经是中午了。

他说："休息一下，吃个饭吧！"

"好的。"

因为去审讯室，所以他把手机放在抽屉里了。

陆程安回到座位上，拿出手机看消息。

果然，朝夕给他发了消息过来。

朝夕："我的项链掉在你家了，你家密码是多少？"

消息发过来的时间是十分钟前。

陆程安没回消息，直接拨了电话过去。

他背对着众人坐着，等待电话接通的时候，从口袋里掏出一条项链出来，早上捡衣服的时候太匆忙，没在意，等到了检察院他准备把外套穿上，才看到缠在外套纽扣上的项链。

没多久，电话接通了。

朝夕："你工作结束了？"

"休息时间。"

"你家的密码是多少？我的项链掉在你那儿了。"

"项链在我这里。"

"在你那儿？"

他的嗓音带笑，说道："昨晚我们可能都太激动了。"

"哦！"

"它缠在我外套的纽扣上了。"

"嗯！"

陆程安的脑海里甚至能想象出此刻电话那边朝夕的反应，佯装镇定，但眼神一定在飘忽。他不疾不徐地接着调戏她，"你说那条项链，到底是什么时候掉下去的？"

朝夕小声道："我怎么知道。"

"在电梯上的时候，还是在玄关？"因为是在办公室，他把声音压得极低极轻，在电流的传导下，声音带着沙沙的质感，格外性感诱人。更别说他故意调戏她说的那些话了："是在玄关吧，毕竟电梯里你那么紧张，进家之后你才热情起来，对吧？”

沉默了好几秒。

他忽地勾了勾唇，心神愉悦地说：“妹妹，嗯？”

沉默了三秒。

电话“嘟”的一声，被无情挂断。

陆程安把手机从耳边拿到面前，又回拨过去。响了几声之后，电话接起，那边依然是沉默。

陆程安心情似乎很好，说话的语速放慢：“生气了？”

“没有。”朝夕问他，“你家的密码到底是多少？”

“没密码。指纹锁和钥匙，选一个。”

“没密码？”

“嗯！”怕她以为自己在骗她，陆程安和她解释，“密码锁容易被破解，所以我就把密码这个功能给关了。”顿了顿，又补充：“没骗你。”

朝夕想了想，问他：“你工作忙吗？”

“嗯？还好。”

安静了几秒，朝夕没再开口。

陆程安终于反应过来她这话的意思：“过来吗？”

“过来吧，把项链拿走也不需要多长时间，不影响我工作。”

恰好这个时候孙梦瑶过来敲了敲陆程安面前的桌子：“陆检，我们准备去附近的商场吃火锅，你一起吗？”

她的声音不轻不重，但就靠近陆程安举着手机的那一侧，因此朝夕也听到了这句话。

朝夕问：“你还没吃饭？”

“刚结束工作，等等——”陆程安把手机从耳边拿开，他起身往办公室外走，边走边和孙梦瑶说，“你们吃吧，我中午有约了。”

出了办公室之后，陆程安把手机贴在耳边：“好了，我出来了。”

“你中午要和别人吃饭吗？你先去吃饭好了，项链的话……”朝夕有点儿为难，纠结道，“我晚上上班的时候到你那里拿，还是你下班的时候送到医院来？”

陆程安摊开手心，项链的款式简约大气，钻石在阳光下璀璨闪耀。

陆程安问她："这条项链很重要吗？"他没见过她对一件事这么上心过。

朝夕沉默了几秒，说："奶奶送我的。"

意料之中的回答。

陆程安收紧手心："现在过来吧！"

朝夕愣了一下，问他："你不是和别人约好了吗？"

"嗯？"他散漫地应了声，淡笑着，"我除了你，哪里还有别人。"

陆程安低头，慢条斯理地整理着袖口，不紧不慢地说："所以，我可以约你一起吃个午饭吗，我的……未婚妻？"

朝夕无情地道："你的未婚妻已经吃过午饭了。"

陆程安的嘴角一僵。

"不过，"朝夕慢悠悠地说，"她可以陪你一起吃个午饭。"

出租车停在检察院大门口。

朝夕提着便当盒下车，看到站在自动推拉门处的门卫，她走了过去。

门卫笑眯眯地问："姑娘，找谁啊？"

"陆程安。"

"陆检？办事吗？"

"找他吃饭。"

朝夕如实回答。

门卫却误会了她的意思，以为她是来走后门，企图用一顿饭收买陆程安的。他好心劝道："姑娘，你回去吧！"

朝夕："啊？"

"陆检虽然看上去温温和和的，其实是我们院最难说话的检察官了。你的案子到他的手上，他会按规矩办事的，该怎么着就怎么着，不会因为你长得漂亮，就对你心软的。"门卫大叔又上下扫了她一眼，"你这姑娘长得挺漂亮的，犯什么事儿了？"

朝夕哭笑不得："我没犯事儿，我就是来找他吃饭。"

"那也不行啊，陆检一般不和女生吃饭的。"说到这个，门卫大叔说，“用你们年轻人的话说，就是很高冷的。我偷偷和你说啊，咱们院多少单身女孩儿想追他啊，结果呢？没一个追上的，别说追了，想要私下吃饭都没机会。”

门卫大叔笑呵呵地说：“你还别说，陆检有几分我年轻时的风范。”

朝夕看着面前显然中年发福，有着大肚腩并且脑袋上是“地中海”的门卫大叔，企图从他身上找到所谓的几分年轻时的风范，结果显然一分都找不到。

很快，门卫大叔接着说：“我年轻时也很受女孩子欢迎的。”

门卫大叔的倾诉欲在这一瞬间跟开了闸的水龙头似的，一股脑地往外倒，他兴致盎然地开始回忆起往事来。

朝夕好几次想打断他：“师傅，我——”

“你也觉得我应该拒绝她的对吗？”

“不是，我——”

“唉，没办法，我不喜欢她我就不能和她离得那么近，不好。”

尝试几次之后，朝夕彻底放弃了。她从口袋里掏出手机，刚准备给陆程安打电话的时候，瞥到陆程安从办公楼里走了出来。

门卫大叔也注意到了她的视线，话说到一半停住，转身回望，看到陆程安。

门卫大叔：“陆检，你怎么出来了？”

他说着，就走到陆程安身边，压低嗓音，急迫地催他：“陆检，这个小姑娘想找你办事，你快走，我来应付她。”

陆程安对上朝夕无奈的视线，瞬间了然。

陆程安：“王叔。”

被叫王叔的门卫大叔应了声。

陆程安：“这是我的女朋友。”

王叔还是一脸催他的神情，闻言：“女朋友也不行啊。什么，女朋友？”王叔反应过来，看了眼朝夕，又看了眼陆程安，忽地，重重地拍了一下大腿：“我说呢，长这么漂亮的姑娘也不可能惹事啊，原来她是你的女朋友啊！”王叔看向朝夕，埋怨道：“姑娘你怎么不早说呢？你要是早点解释，我肯定让你进去。”

周末的检察院空荡安静。

陆程安的办公室就在三楼。上楼的时候，朝夕问他：“你们办公室还有别人吗？”

“没，他们都出去吃饭了。”

随即，陆程安伸手把她提着的便当拿了过来，放在左手，右手自然而然地牵起朝夕的手。

朝夕挣了挣，没挣开：“公共场所。”

“公共场所就不能牵手？”陆程安的神情没有一丝变化，寡淡的、冷冽的，和此刻的冷肃氛围似乎都融为一体。但他说出的话又跟败类如出一辙，“你要庆幸这是公共场所，要不然我对你做的，就不只是单单牵个手了。”

朝夕对他的流氓行径非常无语。

转了个弯，陆程安推开办公室的门。

扫视一圈，办公室里空荡无人。朝夕进来之后，陆程安反手关上门，他慢条斯理地拉着朝夕往自己的工位走。

把便当盒放在桌子上之后，他伸手，动作散漫地扯了扯领带。

朝夕回头，看到他似笑非笑的模样。

不过须臾，他伸手把她推在桌子上，双手撑在她的身侧，缓缓向她靠近，在离她还有一掌左右距离的时候，朝夕似乎意识到他接下来的动作，伸手，用掌心盖住他的唇。

她的语气里满是警告的意味：“陆程安！”

下半张脸被她盖住，只剩上半张脸。此刻他那双勾人的桃花眼分外清晰。秋日正午时分的阳光，带着淡黄的温柔滤镜。他的眼尾微往上挑，冷肃的双眸被温柔的光线晕染，显得笑意浮荡，又像是一种明目张胆的引诱。

藏在手心的双唇翕动，弄得她手心发痒：“在哪儿。”声调懒洋洋的。

朝夕的眼眸闪了闪，还没等她回过神来，陆程安又倾身压了上来，她整个人下意识地往后靠，脊骨处一紧，后背被他托住，往他这边回拉。

他语调慵懒："跑什么？"

掌心像是被高温灼烧过似的，发烫，朝夕收回手。

陆程安却没再进一步，嘴角玩味地勾起，轻飘飘地把还没说完的下半句话给补充上："我又不会吃了你。"

陆程安松开手，长手一伸，拉过边上的椅子坐下，拿过她带来的便当盒，打开，简单的两个菜，一荤一素，黑椒牛柳和番茄炒蛋。

见他终于放过自己，朝夕松了一口气，她在边上的位子坐下。

在他吃饭的时候，朝夕打量着办公室。公诉科的办公室非常乱，柜子里满是卷宗，几乎每张桌子上都放着半米高的文件，桌子上都乱糟糟的，电脑、笔筒、密封文件、零食，甚至还有盆栽。

唯独陆程安的桌子不一样，虽然也有不少东西堆放着，但仍旧干净整洁。

桌子上摆放着一个文件。朝夕仓促地扫了一眼，目光顿住，是陈亮医生的案子。

朝夕想了想，问他："你早上出门的时候是几点啊？"

陆程安说："5 点多。"

"这么早？"她蹙眉。

"还好，凌晨三四点也有过，"陆程安平淡地提起，"有的案子麻烦，通宵加班也是常事，只不过这样的案子很少。"

"陈医生的案子麻烦吧？"

"嗯，"他说，"案子本身其实并不麻烦，医闹不足为奇，只不过社会舆论太大，有太多人关注，后续如果不好好处理，负面影响会超出预期。"

网络时代带来的好处不少，好比说陈医生的案子得以曝光，导致更多人关注，也因此案子就会公平地进行审判。

但网络时代的坏处在于，如果结果不尽如人意，那么舆论便会如狂风暴雨般向这案子所有有关人员袭来，人们也会开始怀疑医院，怀疑检察院，怀疑法院，怀疑政府。

朝夕问他："你怕吗？"

“嗯？”

“如果结局不是大家想看到的那样，你会怕吗？”

陆程安挑了挑眉，伸手揉了揉她的头发，语气很淡：“我不知道大家想看的结局是什么，但我知道我想要的结局是什么。我是检察官，不是受舆论摆布的机器。”

其实话一说出口，朝夕自己也觉得荒唐。他是陆程安啊，他有什么害怕的，他怎么可能会害怕。

可他的回答，并不是她想的那样狂妄桀骜。

他变了吗？变了，变得更成熟更稳重，他在检察官这个位置上做得很好，没有因为他的家世背景而有一丝的骄傲蛮横，反倒是因为出身陆家，所以可以更无所畏惧地投入这一份维护正义的事业中去。

但十年并未把他成功地涤荡，穿上制服，他是正气肃然的检察官，不会因为任何私欲而受影响；脱下制服，他面无表情的脸上染上几分随性散漫，眼里有着冰冷的傲气与淡笑。一双漆黑的桃花眼，眉梢若有若无地挑着，给人一种玩世不恭的感觉。

朝夕突然想到昨晚，他问她：“你会想回到从前吗？”

朝夕低着头，认真地想了想，忽地也没头没尾地问他：“你呢，你有想过回到从前吗？”

“嗯？”话题变得太快，陆程安有些微妙地看着她，“怎么突然问这个问题？”

“昨晚不是你先问的吗？”

陆程安都快忘了这件事，他浅笑着：“你还记着？”

“嗯！”她直视他，“你有想过回到从前吗？”

陆程安不答反问：“你呢？”

朝夕思忖片刻，答非所问地说：“这些年我过得其实挺好的。”

“后悔过吗？”

“什么？”

“离开季家，后悔过吗？”

朝夕沉默了半晌，有的话她总觉得不能说出口，太过真心的话和把柄没什么差别，而真心有的时候似乎又毫无用处。

这个时代讲究速食恋爱，真心已然成为垃圾的一种代名词。

可与她面对面坐着的人是陆程安，她和他曾有过最亲密的瞬间。

经过昨晚那一遭，与他互诉真心就显得不足为奇了。

隔了许久，朝夕抬眸望着他。她的眼里很干净，这一眼似乎裹挟风月与晨霜，有着清冷的韵味。不知道她想到了什么，渐渐挑起眼梢，眼里的清冷被明媚取代。

朝夕："一开始后悔过，但现在不后悔了。"

陆程安："一开始？"

她突然笑了，脸上绽放出丝丝缕缕的笑意来。她的语气很淡，有几分怅然的意味："当时太年轻了，所以想得很片面，以为你同意解除婚约是因为我不是季家的人，所以后悔过。"

陆程安怔住，他的嘴角噙着的些许笑意一点一点地收起，下颌线紧绷着，眼里闪过不可置信。

她仰着头，在日光下浅淡地笑着，美好得像是个幻象。

陆程安现在的心情复杂到难以言说。朝夕该后悔的事应该是离开季家，离开那个荣光加持的家庭，她该后悔的是自己不再是季家的人，她该后悔的事有很多。除了这一件，因为不是季家人，所以和他的婚约不作数。

陆程安想起江烟曾对他说的话。想到那天，她做出离开的决定的时候，心里该有多无望、多无力、多无助。但他从没想过，比起无望，更令他心碎的是，她曾为了他，也有过那样卑微的时刻。她那样好，好到令他一眼就忘却此生，甘愿等她多年。但那时的她褪去骄傲与恣肆，卑微到跌入尘埃之中。

"我那时候想，我要是不离开季家就好了，那么你还会是我的。"朝夕恬静地笑着，眼里似乎有什么东西在闪烁，她又是一副什么都不在意的漠然的神情，"那时候我太小，才十八岁，所以把感情看得很重，总觉得——"

她还没说完话，眼前的陆程安突然站了起来，毫无防备地，她被拥入一个温暖的怀抱中。

朝夕愣了，放在身侧的手伸出来，拍了拍他的背，声音温柔：“怎么了？”

陆程安蓦地叹了口气：“别说了。”

朝夕以为他不喜欢说这个话题，于是没再开口。

却没想到他的头渐渐往下靠，动作温柔，贴在她的耳边低喃，嗓音低沉，既醇厚又惑动人心：“你再说下去，我真保不准会对你做些不适合在公共场合做的事了。”顿了顿，似乎意犹未尽，于是补充道：“就像昨天那样。”

朝夕在进检察院的时候，还觉得眼前的男人周身肃然，俨然是成熟和稳重的代名词，衣着斯文，只是劣根性还在。

但他在低眉调戏她的时候，和败类别无二致。

可隔了没几秒，他话一转，问她：“还难受吗？”

朝夕愣了一下：“啊？”

“昨天原本不想那么快的，”陆程安偏头吻了吻她的侧颈，几乎是贴着她的耳朵，说，“可我都等了十年了，一时之间真的有点儿忍不住。”

“原本想今早好好地和你聊聊的，但是没想到会临时加班。把你一个人留在家里，是我不对。”他的喉咙里含着笑，语调散漫，但奇怪的是，朝夕从他这话里读出一股珍重的意味来。

她摇头，轻声道：“没关系，工作重要。”

陆程安笑了一下。

朝夕问他：“你想过回到以前吗？”

“没有。”他坦白道。

朝夕笑了：“嗯！”

“不问我理由？”

“你早就告诉我了啊！”

陆程安松开怀抱，他的背后就是桌子，他整个人往桌子上靠，半坐在桌子上，双手撑着桌沿，闻言，朝她挑了挑眉：“我什么时候告诉过你了？”

“在医院的时候。”朝夕垂眸，神情内敛。

那晚在医院，陆程安对她说：“我年纪大了，二十岁时能够承受的事，放到现在，我是真的承受不了了。”所以他不想回到以前。

但其实想不想又有什么重要的呢？人这一生，回头最难。

朝夕在他的办公室里又待了一会儿之后，便要离开了。

临走前，她朝他伸出手：“给我。”

陆程安故作不解地把自己的手放了上去，嘴角的弧度上扬，语气调笑：“喜欢和我牵手？”

朝夕无情地拍开他的手：“我的项链。”

陆程安笑着从口袋里掏出项链来。

钻石项链在空中摇晃，朝夕伸手想拿过来，陆程安又将其高高地举起，他轻叹一声，叹息声悠长暧昧：“我帮你戴。”

他说完，倾身向她靠近，为她戴上这条项链。他的动作笨拙，却又小心翼翼的。

戴好之后，他用头抵着她的肩窝，突然叹了口气。

朝夕：“怎么了？”

“想亲你。”他直白地调戏，停顿了两秒，又轻笑了一下，“虽然知道你会拒绝，但还是想亲你，怎么办？”

朝夕垂着眸，瞥到他的侧脸，嘴角有着明显上扬的弧度。他就靠在她的耳边，说话时嗓音含笑：“算了，等我回家再亲你，嗯？”

话音落下，陆程安察觉到耳边有着温热的触感，微微泛湿，却很柔软。

这个吻轻柔，像是羽毛轻拂而过一般。

朝夕亲完之后，脸色稍显不自然，脸颊微微泛红，她舔了舔唇，伸手推搡着他，语气尽量保持着镇定和从容：“这样，可以了吧？”

她站了起来。

陆程安半坐在桌子上，目光和她平视，视线从她娇媚潋滟的双眼渐渐往下移，最后落在她的双唇上。她的唇色鲜亮，微微泛湿，像是亟待采撷的樱桃。

陆程安往后靠了靠，颈线拉长，凸起的喉结难以遏制地上下滚动，喉咙莫名地发干、发紧。他舔了舔唇，慢条斯理地说："朝夕，你说实话。"

"啊？"她有一丝茫然。

陆程安："刚刚亲我的时候，你的脑袋里还有别的念头吗？"

朝夕更茫然了。但她对上他隐晦暧昧的眼神之后，瞬间明白了什么。

他仍旧笑着，脸上有几分温润的神色，眼里带着浅淡又勾人的笑意，唇色艳丽，眼尾上扬，多情浪荡。

经过昨晚，他在她面前再没有任何隐藏了。

他看了眼腕表，说："行了，时间差不多了，待会儿是不是还要回去上班？"

朝夕："嗯！"

"开我的车回去吧！"

"那你呢？"

两个人已经走出办公室了，闻言，他瞥了她一眼，眼眸含笑，从这个角度看过去，略有几分玩世不恭："心疼我打车回去？要不然你晚上来接我？"

朝夕果断拒绝："我要上班。"

到了停车场。

朝夕想了想，问道："你几点下班？"

陆程安勾了一下唇："不一定，可能 3 点，可能 10 点，不好说。"他从口袋里拿出一串车钥匙，放在她的手心："好了，别担心了，真以为你男人只有一辆车？我还有一辆办公用的车停在二号停车场。"

朝夕想到他的停车位上也总是换车。

只是好巧不巧，朝夕刚打开车门，边上就传来轮胎碾过地面的声音，有车经过，在离他们两米左右的时候停了下来。

两辆车，车窗都降了下来。

"陆检。"两辆车里的人都对着陆程安打招呼，只是视线都瞥向陆程安的身后，"这位是？"

他们远远地就看到陆程安身边有个女人，距离太远，只觉得身材窈窕纤细，众人纷纷猜测，这就是传说中陆程安的未婚妻。

陆程安自然也看到了他们眼里的好奇心。

他问朝夕："打个招呼？"

朝夕松开车门，走到陆程安边上，对他的这些同事很淡地笑了一下："你们好！"

"你好！"

几句简短的交流之后，朝夕便开车离开了。

等到她离开停车场，陆程安的脸色又恢复如常，没什么情绪，眼神淡漠，带着拒人千里之外的疏离感。他淡声道："差不多到时间了，回办公室吧！"

众人点头。

大家在后面走着，低声讨论："不是吧，我一直觉得陆检的未婚妻应该挺好看的，但是……但是，这好看得有点儿夸张吧？"其实朝夕和他们说话的时间也就一分钟，但这一分钟，就令他们惊讶不已。

不止是惊讶，更多的是惊艳。

"就美得让人惊心动魄的那种感觉，而且你们仔细看她的脸没？反正我仔细看了，要么是裸素颜妆，要么就是纯素颜。"说话的叫陈茜，她非常喜欢化妆，化妆技术也很好。

她这话一出，众人啧啧称叹。

"说实话，真的好看，真的太好看了，原谅我没文化，除了说好看，我再也说不出别的词了。"

"有一说一，我也是。"

许微末想到刚才朝夕转身而过的时候，她往陆程安身上看了一眼，眼尾上扬，带着些许笑意，眼里似含春色般潋滟。

分明像她这样长相妖媚的，对于同性来说非常具有攻击力，但朝夕没有，她的娇媚，似乎只展示在陆程安面前，给旁人的，似乎只有淡漠与疏离。

许微末笑了一下。这个嫂子，她挺喜欢的。

第十章

惹火

办公室紧张忙碌的氛围一直持续到周二中午才缓和，所有材料都准备妥当，所有人都松了一口气。

陆程安:“今天准时下班。”

快下班的时候，他拿出手机给朝夕发了条消息：“今天不回家，我回大院。”

消息发出去好一会儿，朝夕也没有动静，估计她是在做手术。

陆程安也没在意，手机里还躺着几条消息。

半小时前陆徐礼给他发的：“哥，我待会儿过去接微末回家，你和我们一起回去吗，还是你自己开车回去？”

陆程安:“你们走。”

陆家规矩多，早些年还要求他们这堆没成家的每周回家，后来是陆程安的父亲主动提出：“你们工作太忙，每周回家太折腾，每个月，你们这堆兄弟姐妹选一天回趟家吧！”

于是就改成了每个月回家一次。

转眼已经是 9 月底了。

陆程安一直以来都抵触回家这件事，每回回大院都会叫上季洛甫、梁亦封和沈放。

他和自家兄弟的关系倒是一般，和季洛甫他们却是生死之交。很大一部分原因是，早些年他的逆反心理太严重，做的事太出格，导致家里的长辈回回拿他做负面材料，以致家里的兄弟们和他不太能亲近起来。

今天回大院也不例外。

只不过不凑巧的是，季洛甫出差，梁亦封上夜班，不过好在沈放很好约。

陆程安给陆徐礼发完消息之后，给沈放发消息："我晚上回大院。"

沈放几乎是秒回："我来接你还是怎么说？"

陆程安："我开车过去。"

沈放："行，老地方？"

老地方指的是篮球场。

陆程安还没回，屏幕上很快又多了条消息出来："你有没有觉得，我们这对话总有种奇怪的感觉？"

沈放打字的速度很快："我有种我是你养在外面的小三的感觉？每个月就找我一次，而且每次开口都是老地方。"

沈放："而且我还每次都有求必应。"

刚好下班，办公室的人早就收拾好东西，时间一到立马打卡走人。

陆程安是最后走的。

许微末张望了一下，确定没人，她问："二哥，徐礼到了，你和我们一起回去吗？"

"你们走。"陆程安拿着手机，面容寡淡地回道。

许微末"哦哦"地应着，随即就离开了办公室。

在她的身后。

陆程安面无表情地看着手机，回沈放，回复的内容却非常张狂："来，宝贝，叫老公。"

沈放："？？？"

陆程安面不改色地回他："毕竟我家朝夕每天都这么叫我。"

沈放："？？？"

朝夕并没有在上班。因为再过几天就是钟念和梁亦封的婚礼，所以当初排班时，特意让她在那几天休息，也因为如此，她这几天白班夜班不断，直到今天中午，为期三天的休息开始了。

钟念和梁亦封的婚礼是西式婚礼，简单低调，只邀请了双方近亲和好友，宾客总共加起来甚至还不到百位。

梁亦封为人低调，但一旦涉及钟念，他就想大张旗鼓，恨不得昭告天下自己求得了年少所爱，因此就连求婚都无比高调。可钟念不是，她向来淡漠低调，于是婚礼办得格外简单。

可即便再简单，该走的流程也还是要走。

结婚的流程几经精简，依然烦冗得令人窒息。

核对完流程之后，朝夕有气无力地靠在沙发上。

钟念觉得好笑："也没有那么累吧？"

"比做一台十个小时的手术还累。"朝夕滴水不漏地补充，"毕竟不是自己擅长且感兴趣的事情。"

钟念了然一笑："幸好你不是伴娘，伴娘可比这个累多了。"

当时钟念邀请过朝夕。

钟念的好友屈指可数，就两个。凑巧的是，两个人的名字里都带了"朝"，苏花朝和朝夕。

可是苏花朝已婚，没有办法当伴娘，不过把她那粉雕玉琢的女儿霍朝颜贡献出来做花童。

而朝夕当时还没确定好回国后入职哪家医院，医院体系复杂，请假休假是件非常麻烦的事情。再加上当时陆程安已经是板上钉钉的伴郎，朝夕当时还没完全看清自己的心，即使内心也有过期待有过幻想，可还是带有偏见。

钟念也没为难她，于是说："我有个表妹以前关系还算可以，让她来吧！"

现在一提到这个，朝夕问她："你表妹什么时候过来？"

钟念："明晚。哦，对了，她也是你们医院的医生。"

"我怎么没听梁亦封提起过？"

"他连自己的妹妹都不会提起，怎么会提起我的表妹？"钟念淡笑着，"而且我和沈家也不太亲近，这个表妹还是堂叔的孩子。"

沈家？朝夕的脑海里冒出一个名字来："沈醉？"

钟念："认识？"

"嗯，经常一起做手术。"

"那倒是省去介绍的环节了。"

朝夕放在茶几上的手机在这个时候亮了起来，是陆程安发来的消息。

她打开手机，回了个"哦"。

放下手机之后，她佯装闲聊般问钟念："有几位伴郎？"

钟念一眼看穿她的心思，点破道："想知道有几位伴娘吧？"

心思被戳穿，朝夕娇嗔地道："钟念！"

钟念淡笑着："三位伴娘，不过你现在还不放心二哥吗？"

"放心啊！"朝夕的语气闲散，"但我害怕伴娘们看上他。"

钟念认真地思索了一下，觉得这种事情发生的概率似乎还挺大的。

"所以呢？"

朝夕歪头看向她，眼尾上挑，曳出一抹妩媚多情："所以我明天打算去买条裙子，打扮得漂亮一点儿，断了那些女人的念头。"

她像个妖精，举手投足之间对人有着致命的吸引力。

钟念："明天？"

"嗯！"

"明天陆程安的案子开庭，你不过去吗？"

她摇头："不去。"

"为什么？"

朝夕："太多媒体过去了，你不是也要过去吗？"

钟念："嗯，毕竟这案子的关注度太高，而且又涉及敏感的医患关系，电视台把它视为一级选题。"

"人太多，位置不够，我还是不过去凑热闹了。"

"不想知道结果？"

朝夕淡漠地一笑："陆程安已经把结果告诉我了。"

"万一有变呢？"

朝夕摇了摇头，嗓音很淡，语气却很坚定："不会的，他想做的事，一定会做到的。”

隔天。

陈亮医生的案子开庭。

旁听席座无虚席，除却检察院的职员、王成文的家属，剩下的都是各大主流媒体，只不过因为强制要求，他们的采访工具均放在外面，只带了纸笔进来。

开庭的时候，朝夕正在逛街。

等到她买到中意的裙子之后，就收到了钟念的消息，言简意赅的两个字，内容却大快人心：“死刑。”

还没等她回消息，手机来电响起，是陆程安。

朝夕接起电话：“结束了？”

电话那边嘈杂，人声喧嚣，陆程安的嗓音微哑：“嗯，结束了。”

还没等他再说话，那边传来声音：“陆检，市电视台的记者想要采访你。”

陆程安：“推了。”

“可是她说和你约好了。”

陆程安沉默了几秒：“她叫什么？”

“钟念。”

朝夕笑了：“帮帮钟念吧，人家明天结婚，今天还尽职尽责地来采访你，而且她还是梁亦封的妻子。”

“她是你的朋友？”陆程安饶是再不乐意，也得帮这个忙，但仍旧烦躁地吐了口浊气出来，“麻烦。”

朝夕在停车场里走着，找到自己的车之后，她说：“你去接受采访吧，待会儿我开车过来接你过去？”

陆程安不悦的情绪登时消散：“好。”

从商场到法院将近四十分钟的车程。好在今天是工作日，一路上并没有堵车。快到法院的时候，手机响起，朝夕接通电话，陆程安的嗓音清润，在封闭的车厢内响起：“我就站在路边，看到我了吗？”

朝夕看了一下，很快就找到了站在路边的陆程安。

陆程安仍旧穿着上庭时的制服，只不过外套被他脱下拎在手里。阳光明媚，空气温热带着风，风吹起他的白衬衣，将他宽肩窄腰的上半身勾勒在光影之下。黑色的西装裤包裹住他颀长笔直的双腿，他一只手举着手机，眼尾上扬，桃花眼似含浅淡的春色。

他也发现了朝夕，透过手机和她说："我看到你了。"

朝夕："我也是。"

她把车在他面前停下。

陆程安坐上副驾驶之后，车子在前面的路口掉头，往城西的一家度假山庄开去。隔天就是梁亦封和钟念的婚礼，二人在这家度假山庄举行这场低调的婚礼。

大堂经理是认得陆程安的，上来迎接他："陆先生，您的房间已经准备好了。"

陆程安点头，遂又问道："看看名单安排里，朝夕的房间是哪一间？"

大堂经理有一瞬间的茫然，好在她训练有素，很快就想起那晚沈放把宾客入住安排名单给她时的特意叮嘱。

沈放的语气似笑非笑，隐晦极了："还有一位叫朝夕的，她的身份比较特殊，她的房间你不要安排。"

这度假山庄是沈氏集团旗下的，沈放当初是玩票性质地搞了这么个度假山庄，因此里面的房间并不多，满打满算，正好供所有宾客入住，连一个房间都多不了。

大堂经理很是为难："这……"

沈放大手一挥，道："放心，有人会负责的，你要是敢给她安排房间——"他话音一顿，继而阴恻恻地暗示："国庆就可以放无限期的年假了。"

大堂经理想起那晚沈放的叮嘱，再看看眼前。陆程安来山庄的次数不太多，但每次来，其他人身边都有女眷，唯独他孑然一身，今天他竟然带着女伴过来。

大堂经理也是个人精，瞬间明白了"有人会负责的"那个"有人"到底是谁。

她面不改色地说："朝夕小姐和您是一个房间的。"

陆程安的眉头几不可察地皱了一下，他倒也不是不想和朝夕在一个房间，毕竟两个人更亲密的事都做过了，可是那晚之后，二人也没再在一起过夜。他怕朝夕以为这是他的别有用心。

没想到耳边突然响起她的声音，清脆，没有半点迟疑："带我们过去吧！"

大堂经理悬在半空的心脏落回原地，她松了一口气："好的。"

陆程安挑了挑眉，眼里若有若无地流淌着一丝笑意，但直到进房之前，他都没开口说过一个字。房门合上的时候，他松散地靠在门板上。脊背和门碰撞，发出一声闷响。

朝夕回身，看到他手里提着的衣服被随手扔在玄关处，右手搭在玄关柜上，另一只手散漫地扯了扯领带，他玩世不恭地站在那儿，嘴角挂着笑意："嗯？"

他笑得别有深意，朝夕自然知道他的意思。

方才的尴尬此刻涌了上来，对着外人她倒是能强装镇定，落落大方、面不改色地说一间房的事情。可现在迎上他意味深长的眼神，朝夕略有点儿不自在，她下意识地抿了抿唇："怎么？"

陆程安突然慢条斯理地朝她走过来。

不知道是她的错觉，还是温柔昏黄的光将他的动作拉长，他每一步都走得格外漫长，双手搭在领带上，一松一扯，领带被他解开，随手扔在地上。手指往下，解着纽扣，第一颗，锁骨微露，第二颗，他的胸肌明显，第三颗的时候，戛然而止。

他已到她的面前，站定。她双眼低垂，透过敞开的衣襟，隐隐约约地窥见了他的腹肌。

她的眼眸微闪。头顶，响起了他的嗓音。

陆程安刻意压低了嗓音问："你是不是故意的？"

朝夕一知半解："什么？"

"故意让钟念给我们安排一间房，"陆程安伸出手指挑起她的下巴，眼神浮荡地看着她，"然后——"

他拖腔带调地说："侵占我。"

恶人先告状也不过如此。

朝夕伸手扯了扯他敞开的衣服，刚想开口，他的另一只手却拉住她的手腕。“这就对我动手了？”他面容温润，神情正经极了，“现在是下午 1 点 30 分，你是不是有点太着急了？”

朝夕强调：“是你自己脱的衣服。”

他的手往下。

不知道什么时候，她的手搭在他第三颗纽扣的位置，而他的手垂在身侧。

“我太热了，想解两颗纽扣，”陆程安一本正经地道，“但是你的手放在这个位置，是什么意思？帮我散热，嗯？”

他说话间，故意将热气扑在她的脸上。

朝夕深吸了一口气：“陆程安。”

陆程安：“在。”

朝夕忽地展颜一笑。她踮脚，贴在他的耳边，轻轻地吹了一口气，之后，语气暧昧极了：“现在开始，是不是太早了呢，嗯？”

声音发颤，又带着女人固有的娇媚。

陆程安的脑袋里发出“嗡”的一声。

她放在他第三颗纽扣上的手，指尖轻点，陆程安的身体瞬间紧绷，他看着她青葱纤细的手指沿着纽扣打转。

“我呢，比较注重氛围。”她垂眸，慢条斯理地说，“不太喜欢白天，比较喜欢晚上，所以——”

她把他解开的纽扣一颗又一颗地扣上，扣最上面那颗纽扣的时候，她还刻意拉紧他的领口，陆程安被勒得轻咳了一下。

扣好所有纽扣之后，朝夕又捡起那条领带，帮他系上。

眨眼之间，他又成为那个众人眼中的陆检察官，斯文温润，面无表情，令人不敢靠近半步。

朝夕拍了拍他的肩，眼里似含春色般，潋滟得能冒出水似的。

她压低嗓音，语气慵懒至极，说出的话却极为无情冷漠：“麻烦你在白天做个人，行吗？”

一室旖旎在这瞬间化为乌有。

陆程安不知道触碰到了哪个神经点，没来由地开始笑，双肩都在抖，他靠在边上的柜子上，笑得胸腔都在震。

朝夕拧了拧眉，没好气地道：“有这么好笑吗？”

“啊！”陆程安认真地想了想，“还行！”却还是笑个不停。

朝夕原本没觉得自己刚刚说的话有多好笑，甚至还觉得自己说得特别义正词严。

她也不是什么柳下惠，陆程安刚刚那样确实勾引到了她。

其实甚至不需要他怎样做，今天她接他的时候，他一身制服站在路边，她就已为他倾倒，更别说刚刚那样堪比十八禁开头的画面了。

可他一直笑，下颌微敛，似乎想要克制却又实在克制不住，隐忍地笑着，嘴角扬起，眼里似乎映着室外的秋日艳阳般，璀璨温柔，含着碎光。

朝夕也忍不住笑了。

过了好一会儿，陆程安似乎笑得差不多了，于是伸手揉了揉她的头发，语气挺勉强的：“行，我暂时先做个人。”

停顿了几秒。

他略一挑眉，目光隐晦暧昧，沉声道：“到了晚上，再不当人。”

陆程安和朝夕到得算早的。

度假山庄里并没有多少人，现在还是工作日，接到邀请参加婚礼的宾客还没下班，就连沈放这个能够任意支配时间的人也仍旧在公司上班。

二人在房间里待了没多久，大堂经理就敲响房门，声音恭敬地道：“陆先生，射击场馆已经打扫干净了。”

山庄里配套着一个射击场馆。

过去的路上，陆程安问朝夕：“以前玩过吗？”

朝夕摇头：“没。”

“行，哥哥教你。”陆程安勾了勾唇，说。

进了场馆，朝夕才深刻意识到，这家度假山庄确实是沈放玩票性质开的，毕竟没有一家以营利为主的度假山庄里，会建一个三层楼，里面有一个室内射击场馆。

场馆分为多区域，枪支弓箭都有。

陆程安带着朝夕直上三楼。

三楼和楼下的光景又是截然不同的，一楼和二楼似乎是为客人服务的，但三楼却是极其私人化的场所，一半是休息区，一半是射击场。

休息区占了大半，而且休息区还有个吧台，酒柜上摆了不少红酒。

射击场也分好几种，200米靶道、100米靶道以及25米手枪靶道，靶子也分为人形靶、移动靶、旋转靶。

朝夕注意到室内有块大屏幕，上面显示着数据。

第一名拉开第二名八环，朝夕问道："这个第一是谁打的啊？"

陆程安在枪械收纳区挑选枪支，闻言，漫不经心的脸上浮现出浅淡的笑意："还能是谁？"

朝夕略显诧异："你打的？"

"那不然呢？"他漠然地一笑。

陆程安戴上眼镜，一只手拿了把枪，徐徐向她走来，脸庞冷削，五官精致立体，鼻梁处的射击专用眼镜为他更添一分斯文从容的气韵。

他脚步从容，嘴角上挑，脸上映着抹浮浪不羁的笑。

这一块儿的光线并不好，有细小尘埃在空中飘着，他从暗角区走过来，手上还拿着一把枪，像是从地狱而来的魔刹，来到人间只为击中她的心。

他在她面前停下，扬了扬眉，语气很淡，却带了几分天之骄子专属的骄矜："我有什么不会的？"

说完，就把手里的枪放在她的手上。

格洛克不像玩具枪那样轻飘飘的，有一定的重量，朝夕的手心一沉，她茫然地看着他："我不会。"

陆程安拿了副眼镜过来："低头。"

她微低下头，镜腿穿过头发，她的眼前多了一层保护罩。

他的双手顺势放在她的肩上，眼睫微垂，在下眼睑处覆盖着一片阴影。他笑得克制，嗓音低沉：“叫一声哥哥，哥哥教你。”

朝夕拿着枪的手都有点儿不太稳。

注意到她的小动作，陆程安嘴角的笑意渐渐明显：“行了，去射击区，我教你。”

朝夕瞥他一眼：“不用叫哥哥？”

陆程安一脸非常为难的样子：“你要真想叫就叫吧！”

“不。”

陆程安带朝夕进了个封闭式的射击区。

这里和休息室就隔了一扇隔音玻璃，距离射击区十米处有个人形靶，最上面有一个大屏幕，显示着此前的所有记录，十环，一百分。

此刻记录消除，自动报靶系统重新清零。

朝夕在位置上站定，扭头看他：“怎么打？”

她以为他会教她，结果他的教和她想象中的方式似乎有点儿不一样。

陆程安绕到她的身侧，一只手托着她拿枪的手，另一只手举着她的左手，声音低沉清冽，就靠在她的耳边，说：“这样拿枪。”

他扣着她的手指，教她拿枪。

两个人的身体相贴，几乎没有一点儿空隙。陆程安虽然穿着制服，一副斯文相，但他本质上还是个禽兽，是个败类，而且在她面前都懒得掩饰了。

他的下巴搁在她的肩上：“双腿与肩同宽，手臂伸直，别绷着。”

他突然笑了：“这么紧张？”

朝夕忍无可忍：“你以前学打枪，老师也是这么教你的吗？”

“那倒不是。”他挺坦诚，遂又朝她靠近了些，贴着她的耳蜗吐纳气息，“我又不是你的老师，我是你的未婚夫。”

他厚颜无耻地道：“未婚夫教未婚妻，就是这么手把手地教。”

他还刻意将“手把手”三个字说得极重。

朝夕想了想：“行吧！”

“好，那我们就接着教。”

不可否认的是，陆程安确实是一个挺合格的老师，每句话都讲到点子上，讲得通俗易懂，朝夕一下就领悟了。当然，得除开他那些故意的动手动脚。

“好，我松手了。”他站在她的斜后方，看她打靶。

“砰”的一声巨响，六环。

对于新手而言，这是非常不错的成绩了。

但朝夕却皱了皱眉，她转头看陆程安：“再来一次。”

“行。”他朝她扬了扬下颌。

第二发子弹依然是六环。

连续十发，最好的成绩是七环。

射击是件非常消耗体力的事情，需要注意力高度集中，身体紧绷成一道线，而且每次射击时枪的后坐力又大，朝夕这会儿胳膊都有点儿酸了。

她看着靶子，不禁怀疑：“你这靶子是歪的吧？”

陆程安笑了，拿过她手中的枪，低头换子弹：“我要是中了十环，怎么说？”

“那就中了。”

“靶子歪了我也能打中十环，”他笑得别有深意，暗示意味十足，“没点儿奖励？”

朝夕：“你中了再说。”

“行，听你的。”他抿了抿唇，缓缓地道，“我中了，我想要什么奖励你就给什么奖励。”

他扭头，侧脸对着她。

脸上的笑意收起，双唇抿成一道冷淡的线，下颌紧绷，侧脸瘦削冷淡，微眯着眼，看向前方，身上的散漫被清冷疏离代替。食指扣下的瞬间，子弹出膛。屏幕上的自动报靶系统显示成绩，十环。

陆程安低头，修长的手指玩弄着手里的枪，面无表情的脸染上几分笑意，他转过头来，桃花眼上挑，笑得深邃迷人。

喉结上下滑动：“我想要什么奖励，你就给什么奖励，对吧？”

陆程安想要的东西，从没有失手过。

朝夕也不知道为什么，她明明是过来学射击的，怎么就演变成了现在这样。

那部电梯像是潘多拉的魔盒，盒子打开后，她在他的地狱里彻底沦陷了。

她做的每一件事都超乎常理，都像是脱离了人生轨迹，但她又是心甘情愿的。

被这样一个精通世俗情爱的人这般热烈地爱着，既霸道又深情，他的心底、眼里满满当当的都只有她一人。这样的感受太疯狂、太震撼。

爱过这样的一个人，就再也没有办法去爱其他任何一个人了。

再也没有人能够给她这样既浓烈又刻骨的爱。

这样的爱，一生难忘。

晚上 6 点多，陆程安和朝夕来餐厅用餐。

餐厅是玻璃幕墙，能看到窗外夕阳欲退时的落寞黄昏，夜幕渐渐笼罩大地，夜色将最后一抹薄光吞噬的时候，陆程安接到了沈放的电话。

沈放那边响着震耳欲聋的音乐，他嘶吼着："哥，单身狂欢夜，来嗨啊！"

音乐声太响，震得陆程安的耳朵都疼。

陆程安开了免提，把手机扔在桌子上："你在哪儿？"

"我给你发了消息啊，我和大哥、三哥都在酒吧，就三环这儿，"沈放嚷嚷着，"你不也回了消息吗？不是，你不会忘了吧？"

确实有这么件事。

可陆程安这个下午过得太惬意了，以至于忘了这档子事。

陆程安淡声道："没忘。"

沈放疑惑："那你怎么不过来？"

"我过去干什么？"陆程安轻笑，"你都说了是单身狂欢夜，我一个有未婚妻的过去，影响不好。"

沈放很是无语："婚前固定环节能有什么影响？而且有哪条法律规定了检察官不能进酒吧的？"

陆程安懒洋洋地掀起眼睑，目光投在朝夕的身上，他的双唇翕动，缓缓吐出两个字来："家法。"

他顿了几秒，又说："朝夕要是知道我去参加这种单身活动——"

他眼神含笑，看着朝夕，一字一句说得很轻却缓慢："我可能会死。"

朝夕差点被噎住，拍了拍胸口，缓过来之后，似乎气笑般地看着他，玩味似的重复了一遍他刚才的话："我要是知道你去参加这种单身活动，你可能会死？"

陆程安："昨晚。"

"？"

"梦里。"他厚颜无耻又面不改色地说。

朝夕无语。

沈放那边是震耳欲聋的音乐声，他自然没听清陆程安说的后半句话，他不停地对着手机嚷嚷："二哥，你说什么？"

朝夕一把拿过他的手机，对沈放说。

恰好这个时候 DJ 换碟，有几秒的安静空当，导致朝夕的话格外清晰。

她说："他说，他虽然不能去，但是我可以过去。"

沈放："？"

"地址发给我，我马上过去参加这个单身狂欢夜。"

朝夕边说，边起身。她刚站起来，手肘就被陆程安抓住。她扭头，对上他似笑非笑的神情，淡笑着问："怎么，你要打死我吗？"

"我不舍得。"

"那你要干什么？"

陆程安："真要去？"

"自然。"

陆程安提醒她："你知道今晚的主题是什么吗？"

"单身狂欢啊！"

他摇头。

"那是什么？"

“蒙面狂欢夜。”

虽然叫作单身狂欢夜，但季洛甫和初一、沈放和画水这两对夫妻都在，甚至梁亦封和钟念虽然明天才办婚礼，但二人早就领了证，也是名副其实的夫妻，他俩也在。这个主题夜不过是一个噱头，梁亦封的婚事有太多人想借此献个殷勤，他和钟念自然是无所谓，可沈放是生意人，他需要借此疏通、维护关系，于是组织了这么一个名为“单身狂欢夜”，实则是以“蒙面”为主题的狂欢夜。

像今晚这样的大型娱乐活动，聚集了南城所有名流。这些人一方面想借此与沈氏交好，另一方面便是将这主题里的“狂欢”二字贯彻到底。

而蒙面更是给这狂欢笼上一层暧昧的薄纱，半遮半掩，将暧昧的氛围放大到了极致，也将男女之间的情欲扩大数倍。

陆程安再一次问她：“真打算去？”

朝夕这些年一直在学校、实验室和医院待着，酒吧这种地方从未去过，再加上她的酒量极差，一杯倒，因此更是远离这样的娱乐场所。

正是因为没去过，所以她对这种地方总有一种期待。

朝夕：“我都答应他了。”

“你可以拒绝。”

“我不想拒绝。”

陆程安叹了一口气。

见他叹气，朝夕扬了扬头，歪头朝他笑了一下，伸出手指轻点着他的胸口，有一搭没一搭的，似乎是撩拨，撩得他的心弦都在颤。

她那张媚惑人心的脸笑得分外妖娆，像只狐狸：“那你陪我一起过去吗？”

陆程安没应声。

“好哥哥。”朝夕放软声音，叫他。

他受用极了：“行，哥哥带你过去，但你得一直跟在我身边，知道吗？”

朝夕敷衍着点头。

车开到酒吧附近的停车场。

下车之后，陆程安突然想起来，这种蒙面夜他曾参加过一次，从一开始就是男女分开入场的，入场前就从服务员提供的假面里挑选一个喜欢的，再入场。

只露出下半张脸，又是那样昏暗迷离的环境，要认清一个人是很难的事情。

他刚想说，就已经到了酒吧门口。

门口分成两个入口，一男一女，两边站着酒吧的服务员，边上贴着张入场须知，朝夕看完之后，只觉得大开眼界。

她问："假面呢？"

"进了这个门，里面有很多假面供你挑选。"服务员贴心极了。

朝夕了然点头，扭头看向陆程安："那，进去吧？"

夜风凉丝丝的，陆程安和她隔了一道横杠。进门前，他突然扯住她的小臂，倾身在她耳边低语，嗓音带笑："乖啊，等哥哥过来泡你。"

陆程安在说完那句话之后便掀开门帘进了酒吧里面。

朝夕回神的时候，他已不见踪迹了。她失笑勾了勾唇，也没再犹豫，掀开门帘。门帘掀开的刹那，酒吧内的昏暗光景映入眼帘，镭射灯光五彩迷离变幻，隐晦又带着诡谲的神秘色彩。

朝夕进去。

入场之前，朝夕挑选了一个带有黑色羽毛的假面。

她今天因为逛街，特意穿了条黑色吊带裙，把外面套着的开衫一拿，剩下内里略显身材的裙子。裙摆只堪堪遮住大腿根，质感丝滑的裙子将她的身段裹得玲珑有致，性感魅惑。再配上她脸上戴着的假面，像是一只暗夜妖狐。

酒吧里的灯光以蓝色调为主，镭射灯向四周散发着五彩迷幻的光，方才在手机里听到的震耳欲聋的重金属音乐此刻已被抒情乐替代。

入场通道双侧是玻璃墙，顶部昏暗的光线透射而下，又被反射，光线在空中汇聚交杂。

朝夕裸露在外的肌肤，在蓝调光的照耀下，像是笼上一层朦胧暧昧的纱。

酒吧很大，卡座上零零星星地坐着人。

灯光昏暗，朝夕的视线也模糊了几分。

大部分人是绅士且合矩的，保持着适当的距离。

朝夕将视线收回。

她在吧台的高脚椅上坐下，台面空荡冰冷，映着冷光。调酒师身后的一整堵墙放着密密麻麻的酒，灼黄色的光打在酒瓶上，瓶身透明，五颜六色的液体泛着光泽。

没等她开口，调酒师就递给她一杯酒。

调酒师神情正经，但说出的话却很暧昧："祝你有一个愉快的夜晚。"

透明酒杯里装满了橙色液体，朝夕低头闻了闻，偏甜，又微微有些酸味，酒精味并不重。但酒吧里的酒闻着都是果香味浓郁，实则后劲十足。

她酒量不好，因此也没喝，伸手戳着酒杯的杯壁，透过酒杯往外瞧。

沈临安坐在沙发上，他的视线不自觉地被吧台处的女人吸引。女人穿着简约，就一条简单的黑裙，但那条裙子包裹下的身材窈窕，前凸后翘，双腿又白又长。腰窝凹陷，纤细的腰肢往上，是莹白纤细的手臂，肩头圆润白皙。她半侧着身，颈线精致流畅，双唇艳红，唇畔处藏着些许笑意。

简单的黑裙，却性感至极，吸引了不少人的眼球。

男人靠近她，语气轻佻暧昧，她漫不经心地一笑，五彩灯球在她头顶打着旋，哪怕遮了脸，笑起来的时候依然风情万种。

沈临安的喉结滚了滚，那人和朝夕很像。

但不可能是朝夕，她不会穿成这样，也不会出现在这种场合，甚至也不会对人这样笑。她是冷艳孤傲的沙漠玫瑰，不是这样妖冶惹火的红玫瑰。

就在沈临安踌躇的时候。

二楼。

陆程安和沈放斜斜地靠在栏杆上，沈放把玩着手里的酒杯，陆程安手上夹着一根烟，却没抽，他目光散漫地往下瞥。

没有沈临安的犹豫，他几乎是在朝夕进来的时候就发现了她。

看到她身上的裙子的时候，陆程安的笑是从牙缝里挤出来的，显得阴森冷淡。

沈放原本觉得四个人里面，陆程安是最好说话的那一个，也是最没有脾气的那一个，可是自从朝夕回来之后，他变得越发阴晴不定，阴沉的时候，那种阴森感是比梁亦封还要可怖的。

现在又看到他这副模样，沈放有点儿发怵：“哥，看什么呢？”

陆程安的下颌微敛：“还能看什么！”

沈放：“啊？”

“你嫂子。”陆程安叼着烟，眼眸微敛，语气很淡，没什么情绪地说，“穿了跟没穿似的，很好。”

沈放没听出半点儿“很好”的意思，反倒听出了一点儿他要把朝夕拆骨入腹的意思来。

顺着陆程安的目光看过去，沈放看到了朝夕。

要怎么说呢？他也不是没见过世面，沈氏国际有那么多明星艺人，什么风格的都有，妖冶妩媚或是清新自然的，但没一个像朝夕这样的，美得风情万种，自然天成。

自然也是有不少纨绔子弟发现了这一抹绝色，纷纷上前搭话。

沈放看好戏似的，扭头打量着陆程安，他的脸色果然又黑又臭，快跟这昏暗的夜色融为一体了。

陆程安一言不发，转头就从楼上下去。

他下去的时候，朝夕身边的男人已经换第四个了。

男人嗓音清冽，听上去挺年轻的，像是陆许泽那个年纪的。他语气暧昧，一看就是情场老手：“一个人？”

朝夕淡笑，没应声。

那人也不在意，举着手里的酒杯和她面前的酒杯碰了碰：“喝一杯？”

她连余光都没分给他。

“你这样会不会太冷淡了些？”那人斜斜地靠在吧台上，嘴角掀起几分玩世不恭的笑，“我尹颂还是第一次这么被人对待，真是稀奇。”

尹颂。

朝夕是医生，对某些事物的记忆力好到出奇，尤其是人名。

她很快就想起来当初追江烟的那个男人。

果然，和陆许泽描述的没有任何出入。

尹颂仔细打量着眼前的女人，细细的眉眼温顺地低垂着，黑色假面下是她透白的肌肤，双唇很薄，唇珠凸起，既艳丽又饱满。

他下意识地吞了口口水，这样的女人实属绝色。

尹颂的心思一动，他叹了口气，说："算了，咱们有缘再见吧！"

说完，他拿起酒杯。只不过在离开的时候，拿着酒杯的那只手刻意一歪，红色的酒水浸过冰块，冰凉地砸在她裸露的肩头。顺着肩膀往下，液体细细密密地流淌。朝夕今天穿的吊带裙并不宽松，身上被酒水一浸，丝绸裙子紧贴着她的身体，她的上半身被勾勒出既饱满又完美的胸型。

朝夕皱了皱眉，还没等她有所动作，双肩一重，有人拿着衣服把她的上身盖住。

紧接着，耳边响起尖叫声。

朝夕一抬眸，就看到尹颂被人掐着后颈，那只拿着酒杯的手被人反剪在身后，手腕往上折压，他被控得无法动弹，疼得直叫："谁打我？"

陆程安不咸不淡地道："今天打的就是你。"

尹颂的半边脸被压在吧台上，刺骨冰凉，他听出了陆程安的声音，乞求道："二哥，是我，我是尹颂啊！我是尹落的弟弟。"

陆程安冷嗤了一声，他的眼神狠厉阴鸷，控制尹颂的手没有任何收力，手背上的青筋凸起。

"尹落的弟弟？"他冷笑着，嗓音冷冰冰的，淡漠轻蔑，"关我屁事！"

陆程安压着他的后颈，力气大得惊人，把他提起，然后抬脚，一脚把他踢倒。尹颂的身前就是高脚椅，他整个人不可控地往前倒，连带着椅子都掀翻了，他在地上滚了好几圈。

酒吧一下安静了，只剩下舒缓的音乐声作响。

尹颂疼得龇牙咧嘴的，他滚过去的时候，之前拿着的酒杯早就掉落在地，地上都是玻璃碎碴，他上半身在玻璃碎碴中碾过，白色衬衣上逐渐有了星星点点的红色血渍。

陆程安气场全开。他脸上的假面早已摘下，眼神又冷又沉，带着隔绝千里的冷漠。

在场所有人都看着，没有一个人敢上来说半句，就连与尹颂交好多年的也不敢说一句话怕自身难保，更怕连累家族。他们互相使了使眼色，去叫还在包厢里的尹落。

陆程安似乎仍觉得不过瘾，还想再踹他几脚，却被朝夕叫住。

“够了。”朝夕从高脚椅上跳了下来，她拉过陆程安的手腕，“这样就好了。”

她一说话，沈临安就听出来了，真的是朝夕。

她竟然真的会出现在这里。

陆程安下颌紧绷，他盯着尹颂，尹颂苦苦求饶：“二哥，你放过我吧。要知道是你的女人，给我一百个狗胆我也不会看她一眼的。”

正好这个时候，尹落从楼上下来。

她急匆匆地跑过来，看到自己的亲弟弟被弄成这番模样，既心疼又难受。

她的眼里湿漉漉的，像是有泪光在闪：“陆程安，你至于吗？”

陆程安冷笑着。

尹落又说：“他可是我的弟弟，我就这么一个弟弟啊，你好歹看在我的面子上，看在我们曾经在一起的分上……”她喉咙哽住，悬泪欲泣的模样我见犹怜：“他到底招你惹你什么了，你要这样对他？”

陆程安的脸上没有一丝情绪：“他动了我的女人。”

尹落怔住，她的视线落在陆程安身后，试探性地叫着：“朝夕？”

朝夕没应。

陆程安倏地笑了：“你也知道朝夕是我的女人。”

尹落忍了忍，酝酿了一下，说：“陆程安，可他毕竟是我的弟弟。你不看僧面也要看佛面的对不对？”

陆程安低头，动作散漫随性地理了理颈下的领带，但身上散发着冷冽的气息，听到这句话的时候，他冷淡地挑起眉梢，冷冷地吐了几个字出来："你也配？"

他扫视了一周，语气漠然地道："这世界上能给我脸色的只有朝夕，你——算什么东西。"

尹落被这几句话打击得整个人都蒙了。

而在场的所有人，在听到那个名字的时候都震惊了。

朝夕，原来那个人是朝夕。她戴着假面，看不真切脸，但是身上有股冷艳的风情。哪怕受到这么多目光，她也没有一丝局促。

陆程安说完，转身，扣着朝夕的腰就往外走。

朝夕在他的怀里，仰头，看到他紧绷着的下颌线，眼睑垂着，脸上没有一丝情绪，但他身上散发着阴冷的气息。

出了酒吧之后，陆程安就松开了手。他没等朝夕，自顾自地拔腿往车停着的地方走。

朝夕穿着高跟鞋，本身就走得慢。再加上刚刚的事情，他原本就不打算来这里，是她要来的。来了之后，虽然她没有去招惹别人，但是总归有男的来调戏她，而且还把酒倒进她的胸口。要不是他及时赶到，她今晚得多狼狈。

陆程安走了几步，又停下，转身，大步往回走。

他沉着脸。

说实话朝夕也是怕他的，毕竟之前陆程安对外人再如何，面无表情也好，阴沉着脸也罢，但面对她的时候，始终是没有脾气的，眼里总含着细碎的笑意。

但现在不是了。

他离她两三米左右距离的时候，朝夕小心翼翼地开口："陆程安，我——"

还没等她说完，陆程安上前，弯腰，一手压着她的膝，一手扶着她的腰，把她整个人架在肩上往回走。

朝夕趴在他的肩上，上半身倒立着。这个姿势羞耻极了，又是在大街上。虽然是酒吧街，来往的都是年轻人，见惯了情侣之间这样的打闹，但她仍旧觉得羞耻。

她脑部充血，红着脸喊他："陆程安！"

陆程安没应。

她气结，蹬着腿："你放我下来！"

陆程安搁在她腿上压着她裙摆的手一提，然后重重地拍了一下她的屁股，"啪"的一声。

朝夕不敢动了。

他面无表情地道："安静点。"

扛到车外，陆程安把车解锁，打开副驾驶座的车门，然后把朝夕往副驾驶座上一扔，没有半点儿温柔可言。

系安全带的时候陆程安也绷着张脸，借着风挡玻璃外的霓虹灯光，朝夕看到他眼里积压着的薄怒。

她眨了眨眼，没再说话了。

这种诡异的沉默一直延续到了山庄，一直到朝夕走进房间。

房间内没开灯。

陆程安伸手就把门给关上，伸手，抵着她背后的门板，另一只手把披在她身上的外套给掀开，眼里积攒许久的薄怒终于撕开，但藏在底下的仍旧是温和的情绪。

他对她始终发不出脾气。

他忍了又忍，嗓音很哑："以后还去不去那种地方了？"

朝夕摇头。

"说话。"

"不去了。"

"还有，"陆程安指着她的裙子，不太理解，"谁让你这么穿的？你知不知道酒吧到底是干什么的，你穿成这样想干吗？"

朝夕目不斜视："勾引你。"

陆程安原本对她的这条裙子有很多不满，白天的时候外面套着件外套，他没注意。但现在，裙子湿答答地贴在皮肤上，把她上半身勾勒得无比明显，而裙摆甚至只盖过大腿。

听到她的话，陆程安愣了一下。他抬眸，似乎没听清她说的话："你说什么？"

窗外的月色朦胧，影影绰绰地落在她的脸上，她笑起来的时候，媚眼勾魂摄魄。她压着嗓音，说话间朝他的脸上暧昧地吐气："我当然知道酒吧是干什么的，当然是为了……"

她刻意停顿了几秒，接着，踮脚，仰头，贴在他的耳边，说话时的热气熨烫着他的耳郭，音色柔媚，她把没说完的后半句话补充完整：

"勾引哥哥呀——"

朝夕醒来的时候腰酸背痛，转头看了眼时间，已经是中午11点多了。

好在钟念和梁亦封的婚礼是下午 3 点开始，她还有时间准备。

正好这个时候洗手间传来声响。

陆程安出了洗手间，刚走进房间，迎面就是一个枕头朝他飞来。

他一手接过，眼里含着笑："醒了？"

他身上穿着银灰色的伴郎服。

朝夕问他："你怎么还在这里？"

"差不多要吃饭了，所以回来看看你醒了没。"陆程安走到她边上，拿了件外套披在她身上，他低声问，"还难受吗？"

"你说呢？"她冷淡地道。

他的桃花眼开成扇，笑起来的时候温柔多情："我以后尽量控制一下。"

室外婚礼简约大气。

布置以白色调为主。迎宾门铁艺背景板是一整面墙的白玫瑰，满天星作为装饰点缀其中。婚礼现场，气球和白色软纱随风而起，缥缈如仙境。

每个座位后的白色软纱上都绑着一束白玫瑰和飘浮在空中的淡粉色气球。

草坪上是由白玫瑰和粉玫瑰铺成的地毯。

这场婚礼低调奢侈，素雅唯美。

陆程安把朝夕带入婚礼会场之后便又忙其他事去了，朝夕一个人无所事事地在会场上闲逛。不知道是不是她的错觉，她总觉得她的一举一动被人注视着。

朝夕放下手上的香槟，缓缓往洗手间走去。

她低头洗着手。

不到半分钟，镜子里多了一张脸出来。长相大气，温和典雅，细细的眉眼既温柔又友善地笑着：“我刚刚还以为是我眼瞎了，没想到真的是你，朝夕。”

朝夕抬眸，轻笑了一下。

“咱们有多少年没见了，三年还是四年？”她从包里拿出口红，在唇内侧涂上，接着拿无名指指腹轻点推开，说，“上次见面，好像是奶奶离开那年？”

朝夕抽了张纸巾，低头擦着手，叫她：“季君菱。”

来人正是季君菱。

三年前，朝夕曾回国过。那时奶奶病危，家里的几个弟弟都给她发了邮件，希望她能够回来一趟，毕竟奶奶最疼的晚辈就是她。

朝夕当时忙得昏天暗地，收到邮件的时候是清晨5点多。

她那时将近三十九个小时没睡，整个人疲乏到了极致。她拖着困倦的身子坐在医院的消防通道里，看季景繁发来的邮件。邮件里有两样东西，一个是病危通知单，另一个则是一个视频。

视频是偷偷录制的，只能看到病床一角。

朝夕把声音拉到最大，听到了老人的声音，孱弱无力：“小五，你说你姐姐在国外还好吗？”

季景繁：“她应该过得挺好的吧！”

老人的语气稍稍愉悦了些，又带了点儿骄傲：“是啊，我们朝夕，不管在哪儿都过得很好，对吧？”

“嗯！”

镜头逐渐往上，对上了老人苍白瘦削的脸，病痛缠身，她的双颊凹陷，看上去虚弱极了，她口中喃喃地还在说些什么，却是听不清楚了。

可隔了许久，老人突然开口：“小五，我知道你们都在联系她。不要联系她，也不要叫她回来，我欠她太多了……我们家朝夕那么好，她原本会更好的，是我这把老骨头拖累她了，让她背井离乡，有家都不能回……我欠她太多了……我们的朝夕，已经够好了，她不回来也没关系，我不怪她，我真的不怪她。”

眼泪是什么时候流下来的，朝夕也不清楚了。她只知道那天她在楼道里掩面痛哭，一脸悲怆。她的导师詹姆斯无意中经过，看到她这一面的时候大惊，平时见惯了她清冷疏离的模样，他甚至一度以为朝夕是个没有感情的机器。

他不善安慰，手忙脚乱地安慰着她，德语、法语和英语混杂着，问她到底出了什么事。

朝夕抓着詹姆斯的手，哭着说：“我要回家，我要回家。”

她那个时候手上有着一个很重要的研究实验，如果能完成，她就能够顺利进入詹姆斯的核心实验室。

她知道这句回家意味着什么，詹姆斯也再三向她确认。

朝夕点头，坚定地和他说：“我有不得不回国的理由，这个世界上我最爱的人即将离开，我甚至不知道能不能见她最后一面，我希望能够见她最后一面。”

只要能见到就好。

只要能见到就好。

她的前程、她的未来她都不要了，她只想回国见见奶奶。

十一个小时的航班，晚上 7 点 30 分，朝夕到了南城，她在酒店放下行李之后便去了医院。季奶奶住的是 VIP 病房，探望人员都需要登记。

她回国的事情只告诉了季景繁，于是在晚上，过了探望的时间点，让季景繁带她过去，并且还再三叮嘱他，不能把她回国的事透露出去。

到了病房之后。

奶奶是真的不清醒了，身体也不行了，朝夕坐在边上，伪装在外的坚强和清冷在此刻变得不堪一击，她趴在病床上哭得泣不成声。

老人睡觉总是迷迷糊糊的，她清醒的时候太少，一天都是神志不清的。

醒来的时候似乎是难得清醒的时刻，但清醒的时候，怎么会看到朝夕呢？老人以为是梦。梦里，她最疼爱的孙女就在她的床侧。

她摸摸朝夕的头，轻声说：“朝夕啊，哭什么呢？哭了就不漂亮了啊！”

朝夕抬起头，抓着她的手贴在脸侧，抽噎着喊她："奶奶。"

老人颤抖着手，轻轻抚摸着朝夕的脸，说："人都会到这一步的，我早就该走了，要不是你，我也不会多活了这么多年。"

朝夕摇着头："不是的，不是的。"

老人说："你这些年过得还好吗？在国外一切顺利吧？我让你大哥偷偷给你打的钱，你收到了吗？那都是你的钱，是奶奶给你的钱，你不要不舍得用，缺钱了就告诉奶奶……梦里告诉奶奶就行，奶奶醒来一定不会忘记，会告诉你大哥的，让他给你转钱。"

朝夕流着泪，哽咽着说："我过得很好，真的过得很好。"

"过得好就好，过得好就好，那我也就放心了。"老人又迷迷糊糊地睡了过去，只是嘴里始终喃喃地在说，"我们家朝夕……我们家朝夕……"

一直到夜里 2 点多，朝夕才从病房出来。

只是一出病房，她就看到了对面的季景繁神情僵硬，他伸手指了指另一边，朝夕顺着他的手指看过去，是季君菱。

她的笑容温柔大方："朝夕。"

朝夕才哭过一场，没有什么精力和她周旋，语气很淡："我就回来看奶奶一次，看完就走，12 点的机票飞伦敦。"

这是季君菱最喜欢朝夕的一点，通透、大方、面面俱到，永远不会让人失望。

就像当初老人生病时，得知季君菱的骨髓和老人相配，季君菱倒也不是不能献，季家对她有恩，但老人的年岁已高，医生也说了，献骨髓有风险，也不一定能治好老人。

不是不能献，也不是一定要献。

就在她犹豫的时候，是朝夕来找的她。

季君菱那时就说了一句话："那我总得得到点儿什么啊，你说对吧，朝夕？她是你的亲奶奶，但不是我的。"

朝夕太清楚季君菱这个人了。她有野心，所以能够在季家占有一席之地，而实现她的野心缺少了一点儿能够让她站稳的东西，那样东西叫作身份，是季家千金的身份。

虽然她是名义上的季家千金，但整个季家上下包括季君菱本人都清楚，只要有季朝夕在的一天，季君菱便永无出头之日。

朝夕看着她，说："你献了骨髓，我离开季家。"

季君菱意外地看着她："你真能离开季家？"

"你知道的，我对这些从来都不在意。"朝夕是真的不在意这种东西，更何况牵扯到她的至亲至爱，哪怕再在意，她的取舍，也是舍去这些外在的东西，"你答应我，我也能够答应你，我从不食言。"

季君菱："好。"

后来，季君菱献了骨髓，幸运的是，老人年事虽高，但手术没出意外，在医院安心休养之后，医生给了家里人满意的回答。

而朝夕也没食言，她离开季家，又离开南城，一去就是七年。

这七年季君菱依靠着季家千金的名号过得一帆风顺，季家本身就是一张通行证，而她又是季家唯一的千金，自然享受到了无数吹捧，工作上也便利不少。

知道朝夕回来是很意外的事情，她有个朋友在机场看到一个人，觉得和朝夕很像，于是拍照发给季君菱。照片模糊不清，季君菱也很难辨别。但她的心底始终不安，于是晚上加班之后便来医院。

没想到真的是朝夕。

其实也没什么想不到的，老人是朝夕生命中最重要的人之一，病危通知书都发了三次了，朝夕怎么可能会不回来。

季君菱笑容大方："没关系的，奶奶生病，你回来看是正常的。"

朝夕连和她虚与委蛇的力气都没有，她连续三天没有休息，又飞了十个多小时，中途零零碎碎倒是睡了两三个小时，但依然不够，身体疲乏到了极致，精神状态也不太好，她脸色苍白，说："季君菱，我说过的话我会做到的。我累了，我要回去休息了。"

她看了季景繁一眼："走了。"

季景繁走之前，语气怯怯："姐姐，我送……"当着季君菱的面叫朝夕姐姐似乎已经不太合适，他改口："我送她回去。"

季君菱："是要送的，毕竟来看奶奶，也是客人。"装得再大气又如何，到底还是小心眼的人，斤斤计较到了极致。

后来回酒店的时候，季景繁和朝夕道歉。

朝夕摇了摇头："你又没做错什么。"

老人隔天醒来之后见到季铭远，抓着他的手，颤巍巍地说："老头子，我昨天见到朝夕了。我们家朝夕还是那么好看，她在我面前哭，你说她哭什么，人老了，都要走的，这有什么好哭的，对吧？"

季铭远以为她做梦了，毕竟她总是梦到朝夕。可她住院之后却没梦到过朝夕，这是她第一次梦到朝夕。

他笑着配合着她，说："是啊，有什么好哭的呢！"却又在心底苦笑。

老人是在那天下午走的。或许是因为唯一的心愿完成了，见到了朝夕，她再无遗憾了。

朝夕一下飞机就知道了这个消息。

她把帽檐往下压，拿起行李，脚步镇定地往前走，看似一切无恙，但是帽檐底下，脸上的口罩已被泪水浸渍。

季君菱温柔地笑着。"尹落和我说你回来，我还不太相信，我昨晚甚至还回了趟家，爸妈也不知道你回来的事。"她把口红放进包里，落落大方地道，"我这段时间在外地出差，倒是错过了许多东西，要不是尹落告诉我，我都不知道，原来你进市立第一医院了，甚至还和陆程安在一起了。"

提到陆程安，朝夕的眼神闪了闪："怎么？"

季君菱："陆程安倒是挺出乎我意料的，能等你这么多年，并且还不在乎你的身份，你知道吗？当初他是为了你转专业的。"

朝夕的脸色一滞。

季君菱没注意到她的神情变幻，自顾自地说："你说他也真是够奇怪的，分明之前还女朋友不断，突然间性情大变。尹落使了点儿小花招，到处传陆程安是因为和她分手一蹶不振，所以才不近女色的。后来传到陆程安的耳朵里，脾气那么好的一个人，当场冷下脸，说他是为了你。"

"哦，对了，他之前不是和沈放、大哥他们一块儿创业开沈氏的吗？就连大哥都说他是个合格且成功的商人，假以时日一定能够让沈氏发光发热的，结果没想到他突然转专业了，学的还是法学，他的家人劝了他多少年学法学啊，结果都没一个你管用。为了让你俩的婚约作数，他竟然就去学法学了。”

“朝夕，”季君菱倚着墙，她仍旧笑着，但目光冷淡，上下打量着朝夕，语气嘲讽，“你到底哪里好了，值得他惦记你这么多年，甚至为了你放弃之前所有的付出和努力，过自己并不想过的生活？”

季君菱还在说话，但朝夕已经听不进去了。

她想起那天她回大院的时候，季洛甫和她的对话。

季洛甫：“人哪儿会那么容易改变。”

朝夕说：“陆程安不也变了吗？”

“他也是没办法。”

她听了只觉好笑：“难不成有人逼他？”

夜色昏沉，而她的视线飘浮着，也没注意到季洛甫隐晦的言语：“你真以为他一直都随心所欲？”

朝夕那时也没往心里去：“难道不是吗？”

季洛甫当时是怎么回答的呢？

朝夕想了想，季洛甫当时的原话是：“人嘛，被逼过一两次就会学乖了，就会知道随心所欲是要付出代价的。”

她当时不以为意。

而当下她突然明白了季洛甫说的“学乖”到底是指什么了。

原来人真的没有那么容易改变，原来陆程安也不是随心所欲的，原来陆程安是真的很爱很爱她。

不仅用了十年的时间爱她，他甚至把自己的余生都当作赌注，只为了多年后的再次相遇时，他能够坦然无畏地对她说一句：“朝夕，我们的婚约还作数。”

所有的付出都保持缄默，再爱也不提，他卑微到只想用婚约把她绑在身边。

第十一章

护短

朝夕在婚礼开始前回到了婚礼现场。

她坐的位子很靠前。

钟念邀请来的亲戚并不多，因此位子也不需要多少，朝夕被安排在了第二排。她身边空了四个座位，还没等她看位子上贴着的名字，耳边响起一个声音：“麻烦让一下。”

她抬头，和来人视线对上。

来人五官精致漂亮，是极具攻击力的长相，太明媚张扬，看到是朝夕的时候，没有一丝诧异，和怀里粉雕玉琢的女孩说：“祸水儿，叫阿姨。”

霍朝颜眉目如画，乖巧无比地纠正：“漂亮姐姐。”

苏花朝“啧”了一声：“怎么一见到长得漂亮的就叫姐姐？”

霍朝颜窝在她的怀里害羞地捂着脸。

朝夕也笑，只不过视线往后掠去，落到霍绥的身上。

她小时候跟着霍孟勉学习山水画，因此和霍绥也算是有几分交集，每每见到他都会叫他一声“霍绥哥”，此刻也不例外。

霍绥朝她点了点头：“好久不见。”

朝夕也是这个时候才注意到，霍绥身边还跟了个小男生，个子不高，甚至没有霍绥的膝盖高，看着也不过两岁模样，五官和霍绥几乎是一个模子里刻出来的，面无表情，穿着正装，系着领带，整个一小绅士。

苏花朝和霍绥落座。

霍朝颜走到朝夕身边，用小手戳了戳朝夕的手，笑靥如花："姐姐，你好漂亮啊！"

朝夕摊开掌心，把她的手放在自己的手心，也笑："你也很漂亮。"

霍朝颜笑得趴在朝夕的腿上，她的身上有股奶香味。

她迈着小短腿跑到刚被霍绥抱在位子上坐下的霍叶身边，在他的口袋里翻翻找找，然后，手里似乎抓了一把什么东西，攥起拳头，跑到朝夕身边："姐姐。"

"嗯？"

霍朝颜让朝夕摊开手，朝夕的手里多了一把奶糖。

朝夕看向苏花朝。

苏花朝也惊了："她除了愿意给她弟弟糖，只给过两个人糖，一个是你。"

"另一个是谁？"

苏花朝别有深意地看了她一眼，继而不咸不淡地吐出了那个名字："陆程安。"

朝夕失笑地看着霍朝颜。

霍朝颜一脸天真地看着她，冷不丁地问："漂亮姐姐，你有男朋友吗？"

"嗯？"

"我叔叔长得可帅啦，你愿意当他女朋友吗？"霍朝颜趴在朝夕的膝盖上，她手脚并用，想爬到朝夕的怀里。朝夕伸手，一把把她抱在自己的腿上坐着。

霍朝颜双手捧着朝夕的脸，面容稚嫩，却又学着大人模样认真打量着朝夕，她突然趴在朝夕的肩上，靠近她的耳边，小声说："姐姐，你是我见过的最漂亮的人。"

朝夕看着苏花朝："我比你妈妈还漂亮吗？"

"我妈妈不是人。"她脆生生地道。

苏花朝无语，但紧接着又听到她说："我妈妈是仙女！"

朝夕笑了。

霍朝颜又小声地说："姐姐，你愿不愿意当我叔叔的女朋友呀？我叔叔长得可帅啦，他还特别好，他比我干爹对我还要好，他可疼我啦！"

小孩子都童言无忌，朝夕也没往心里去。

可是霍朝颜突然大声叫道："叔叔！"

她推着朝夕："姐姐，你快看我叔叔，快看我叔叔！"

朝夕只不过一个转眸，眼前就有一片阴影覆盖而下。

她仰头，来人是陆程安。

霍朝颜在她怀里手舞足蹈，伸手想要让陆程安抱，甜甜地笑着："二叔。"

陆程安伸手，从朝夕的怀里接过霍朝颜。

霍朝颜兴冲冲地说："二叔，这个姐姐好漂亮啊，我好喜欢她啊，你能当她男朋友吗？"

朝夕没想到霍朝颜口中的叔叔就是陆程安。

陆程安淡笑："那你得问这位漂亮姐姐愿不愿意当我的女朋友。"

霍朝颜理直气壮地说："她肯定愿意，你这么帅！"

有人在叫陆程安。

陆程安伸手揉了揉霍朝颜的头发："好了，带上弟弟参加你干爹干妈的婚礼去。"

霍朝颜和霍叶是花童。

小姑娘没忘记正事，蹦跶着从陆程安的怀里下来，又细致地把霍叶从位子上抱了下来，她拉着霍叶和陆程安走。

走出十几米，她又撒开拉着霍叶的手，跑向朝夕："姐姐，我二叔真的很帅，你喜欢他不吃亏的！"

等到霍朝颜消失后，朝夕问苏花朝："你女儿多大了？"

"四岁半。"苏花朝眉眼弯弯，"挺能折腾人的。"

确实挺能折腾人的。

朝夕问她："她经常给陆程安介绍女朋友吗？"

"没，"不知道想到了什么，苏花朝嗤笑了一下，"陆程安最疼她，她虽然总嚷嚷着要给他介绍女朋友，但小姑娘眼界高，是个十足的颜控，觉得要特别漂亮的女生才配得上她最喜欢的二叔，好几次沈放带她去沈氏国际，指着圈子里最火的几位女星故意逗她，让她挑一个介绍给陆程安，结果她一个都瞧不上。”

说到这里，苏花朝瞅了朝夕一眼：“连一个小丫头都觉得你俩合适。”

朝夕的眼里始终隔了层很淡的情绪，她不咸不淡地笑着说：“是吗？”

察觉到她的异常，苏花朝问道：“怎么？”

“没什么。”

婚礼很快就开始了。

朝夕的心思却不在婚礼上，她满脑子都是洗手间里季君菱和她说的那些话，以及自从回来之后，她遇到的圈子里的每一个人，他们似乎都知道陆程安为她做了些什么。

所有人都在有意无意地让她知晓她空缺的这十年到底发生了什么，唯独陆程安，他从来没有提过半句，到底他有多隐忍多喜欢她，所以才会这样沉默无声？

朝夕看着站在角落处矮身揉霍朝颜头发的陆程安，他一身温润，淡漠的脸上有着笑意。

她也下意识地跟着笑。

婚礼进行到一个环节，玫瑰花瓣满天散落。

缥缈的花海中，朝夕的心像是泊了一万顷温柔。

过去的十年不值一提，人最重要的，永远都是活在当下。

婚礼结束之后，陆程安抱着玩累了的霍朝颜过来，她睡在陆程安的怀里，霍绥接过的时候动作小心温柔。

霍绥：“她又折腾你了。”

陆程安不以为意：“小姑娘这个年纪，总归是闹腾的。”他说完，低头看着抓着他裤管的霍叶，小男生连走路都不太顺畅，却一直都没让陆程安抱他，只是安静地跟在他的身边。他伸手揉了揉霍叶的头发：“等他年纪大些，也爱折腾。”

霍绥冷淡地瞥了一眼霍叶："没人管，随便他。"

这会儿他又成了那个冷漠的霍绥了，方才的片刻温柔似乎只是一种幻象。

送走霍绥一家之后，陆程安把外套给脱了，挂在小臂上。

昨天还在淅淅沥沥地下着小雨，今天天空就放晴了，甚至艳阳高照，陆程安的额头上都沁了层薄薄的汗。

陆程安："小姑娘可真能折腾人。"分明是句埋怨，但朝夕从他的眼里看出了几分艳羡。

仔细一想，他也都三十岁了。一般像他这样年纪的，也都成家立业了。

中间耗费的这十年也并不是不值一提，如果不是这十年，他们或许早就在一起，或许早就结婚生子，如果有孩子的话，可能比眼前的霍朝颜还要大。

朝夕忍住心里翻江倒海般的情感，语气轻松地说："我听苏花朝说，你最宠霍朝颜了。"

陆程安淡笑着："小姑娘就是用来疼的。"

"怎么，你也想要孩子了？"她顺势接话。

陆程安挑了挑眉，忽地停下脚步，毫无征兆地靠近朝夕，眼开成扇，一双桃花眼笑得多情，缓缓地道："比起想要孩子，我更喜欢的是——"

他吐字暧昧："要孩子的过程。"

回到山庄之后，二人休息了一下就去餐厅用餐。

刚到餐厅，就听到有人叫他们，是沈临安。

他和沈醉坐在靠路口的位子，见到他们之后同他们招呼："一起吃？"

陆程安和朝夕对视一眼，于是过去坐了下来。

沈醉："今天在婚礼现场看到你的时候我和我哥都惊了一下，原本我以为你是和陆检一起来的，没想到你是作为钟念好朋友的身份来的。"

朝夕淡笑着。

沈醉："不过你和钟念是什么时候认识的？钟念很早就出国了啊！"

"在国外的时候认识的。"她说。

沈醉点点头。她是个很不容易冷场的人，做手术的时候也是，有很多话题可聊，这顿饭也基本是靠她撑着的。

等到快吃完的时候，沈醉突然想到了什么，问朝夕："婚礼开始前，我看到你和一个女的在洗手间待了好久。我事先说明，我只是想上厕所所以才过去的，我也没有偷听的习惯，看到你俩在那儿说话，我就去了山庄里的洗手间上厕所了。只是回来的时候路过，看到你俩还在里面，那个女的……我好像在哪儿见过，好熟悉的感觉。"

朝夕神色如常，淡声说："她叫季君菱。"

耳边响起沉闷的玻璃杯敲击木质桌面的声音，陆程安沉声道："季君菱？"

"对对对，就是她。"沈醉想了起来，难得语气里有几分轻蔑，"她不是季家的大小姐吗？挺出名的。"

朝夕："挺出名的？"

"对啊，"沈家是书香门第，和政商界并没有太多交集，因此也并不知晓他们圈子里的事，只是偶尔会听说边缘性话题，她把这些道听途说的八卦告诉朝夕，"我听说她是领养的，她那养父养母有个亲生的女儿，后来不知道怎么了，亲生的女儿被赶走，她被留了下来——这是一个版本。"

"另一个版本是她是亲生的，那个被赶走的是季家的私生女。他们圈子里都觉得第二种是真的，毕竟哪户人家会心甘情愿地养别人家的女儿啊，而且还是季家这样的家庭。"沈醉撑着下巴，"可我比较倾向第一种呢！"

朝夕微敛笑意："为什么？"

"她太高调。"沈醉垂着眸，因此也没注意到身边的沈临安和对面的陆程安的脸色沉了下来，"季家培养出来的人，不应该是这样的。她太高调，太张扬，也太擅长利用季家的名号做事。"

朝夕的脸上没什么情绪。

沈醉说完，反省了一下自己刚刚说的话太带有主观色彩，万一朝夕和季君菱是好朋友，那她刚才的话就是在挑拨二人之间的关系。

她舔了舔唇，试探性地问道："不过你和她好像很熟的样子，她是你的朋友吗？"

朝夕："不是。"

沈醉松了一口气，可就在这时，听到朝夕慢条斯理地补充："她是我姐姐。"

沈醉："哦，她是你姐姐。"

隔了两秒。

她震惊："什么，她是你姐姐？"

"嗯！"朝夕脸上的笑意很淡，却带了几分感激和友善。

沈醉沉默了片刻："所以……"

朝夕既坦然又大方地承认："嗯，我以前姓季，叫季朝夕。"

话音落下，朝夕的手腕就被陆程安拽住，他沉着脸，神情阴鸷，眉眼处布满阴霾，连一句"抱歉"都没说，拉着朝夕就往外走。朝夕几乎是被他拖着从椅子上站起来，出去的时候还踉跄了一下，差点儿被椅子绊倒。

沈醉被这个架势给吓着了，她动了动身子："陆——"

"别说了。"沈临安的视线落在二人离开的背影上，眼神凛冽，声音也很冷，跟裹了层碎冰似的，"我还是第一次见到有人这么直冲冲地往人最脆弱的地方捅刀的，得亏是朝夕脾气好，要是换作别人，估计当场就掀桌子了。"

沈醉也很委屈："那我也不知道她就是季君菱的那个妹妹啊！"

她侥幸地拍了拍胸口："不过我刚刚表明了我的态度，我没听信那些流言飞语，我可是发自肺腑地觉得朝夕才是亲生的，这样怎么着也……能有个减刑吧，沈律师？"

沈临安眉梢冷冷地吊起："你也说了，外面都在传她是私生女。"

沉默半晌。

沈醉问："你这是什么意思？"

“陆程安这人太护短。”他答非所问道。

沈醉一头雾水：“什么？”

沈临安拿过餐巾纸，慢条斯理地擦了擦嘴，继而语速很慢却又别有深意地说：“他这种人怎么可能容许外面有人那样说朝夕？”

顿了顿，他低着头，会心一笑：“也更不能容许朝夕那样说自己。”

陆程安是发了狠力的，把朝夕拖着往前走。他步子大，又快，朝夕在后面小跑着跟上。

山庄的客房廊道长而幽静，走廊尽头是在暗夜中沉睡的青山，此刻也与黑夜融为一体，只剩漆黑的剪影。

廊道的灯只零星亮了几盏。

朝夕被他拽着，手腕处拽得生疼，她挣扎着：“陆程安。”

陆程安置之不理。

她抬高了声音：“陆程安！”

他仍旧没回头。

朝夕竭力嘶吼：“陆程安，我疼！”

这句话喊完，陆程安果然有了反应，他收回迈开的步子，一只手搭在朝夕的腰上，拽着朝夕的手顺势一压，把朝夕压在墙上。

四目相对。

他的眼里似有怒火喷出来，他整个人在此时极具攻击性，气场全开。

朝夕喘着气。

陆程安似乎更累，胸口上下起伏着，但双唇始终死抿着，他的喉结上下滚动，再开口时，嗓子像是含了一口沙似的在说话：“你也承认你是私生女吗？什么叫以前叫季朝夕？哪有什么以前以后，你一辈子都叫朝夕，如果前面非得加一个姓氏，那也是陆——”

“季君菱那样的人也配你叫她一声姐姐？你别妄自菲薄了，她是哪里出生的垃圾货色，你上赶着叫她姐姐干什么？”

陆程安突然松手，他往后退了一步。

他此刻的模样让人瘆得慌，就连朝夕看着都有点儿发抖。

陆程安伸手松了松领口的领带，动作猖狂不羁。突然，他抬腿，狠狠地朝边上的垃圾桶踹了一脚，冷漠的声音掷地有声：“朝夕你别给我犯贱，要和那种女人扯上关系。”

“你非得叫季朝夕也不是不行，你是怎么从季家出来的，我就让季君菱怎么从季家出来！”

廊道处的灯光昏黄，陆程安浑身散发着阴冷寡淡的气息，他靠在墙边，微垂着眼，灯光在他的眼睑处打下一片细密的阴影，更衬得他整个人隐晦难辨。昏黄的灯光下，他脸上的轮廓清晰立体，笔笔刻满冷削，脖颈处的青筋凸起，满身戾气。

朝夕这些年也被江烟和江渔问过，值得吗？甘愿吗？还想回去吗？值得。甘愿。回不回去也无所谓了。

江烟是个被狗血泡沫剧和玛丽苏总裁小说洗脑的女孩子，总觉得朝夕不应该放弃那么好的一切，也耿耿于怀季家其他人的态度。

而且在至亲血脉和领养的孩子之间，季家人竟保持沉默，任由季君菱玩转整个家族。

江烟愤愤不平：“姐姐，你爸妈到底是怎么想的？”

朝夕理解她的愤怒和意难平。

朝夕略一思索，告诉她：“爸妈在三十六七岁的时候才怀的我。在此之前，他们被告知怀孕困难，今后可能不会有孩子。”

所以他们领养了季君菱。

他们在领养季君菱之后，是把她当作亲生女儿对待的。而季家这一辈又都是男孩，所以在朝夕出生之前，季君菱备受宠爱。她乖巧可爱，爱撒娇，又知礼，模样又粉雕玉琢，十分讨人喜欢。

直到朝夕出生之前，她都是季家的掌上明珠。

甚至在朝夕出生之后的很长一段时间里，季延夫妻害怕季君菱因为朝夕的来到而心怀芥蒂，因此对季君菱比以前更好。

季延夫妻都是受过高等教育的，又在季家这样的家庭，比起普通的富贾豪门，他们更懂得尊重，不会因为季君菱不是亲生的而忽略她。

她是活生生的一个人，不是一个物品，当他们做出领养这个决定的时候，就决定了把她视为己出。他们也明白，一个家庭有两个孩子，父母尚且都不能做到一碗水端平，更何况季君菱又是领养的，所以他们对待季君菱是真的好。

但整个季家上下也都是打心眼里更喜欢朝夕的。不管什么好的，第一时间都是留给朝夕的，其次才是季君菱。

这大概就是所谓的血脉亲情。

江烟听到这里，大脑混沌极了："所以他们到底是更重视你，还是更重视季君菱呢？你是最重要的，但为什么他们会让你出来，让她留在季家？"

朝夕讳莫如深地笑了一下。沉默半晌，她轻飘飘地说："因为我欠她两条命。"

季家内部的事情从来都不和外人提，所以旁人只看到表象，只看到季君菱在季家扎根多年，只知道朝夕从南边回来之后在这座城的另一所中学读书。

而内情，无人得知。

朝夕对季君菱的隐忍、退让，一个原因是她本身就不将名利放在眼里，而且即便她离开季家，每个月银行卡都会收到五位数的转账。

这就让她有种她只是在外面生活，而并非离家的感觉。

而另一个原因则是，季君菱给老太太续了七年的命。

季老爷子老太太鹣鲽情深，自然是感激季君菱的，季家上下十分讲究血脉，也十分在意老太太，因此对季君菱也是容忍的。这些年季君菱也没做什么太逾矩的事，也不过是享受着季家带来的便利。

第二条命是朝夕的命。

朝夕在五岁的时候遭遇绑架，绑匪拿枪威胁，是季君菱咬住绑匪的手，那枪从季君菱的背上穿过一层皮。

朝夕欠季君菱的，是她自己的命。

所以日后不管季君菱做再过分的事，只要不涉及道德底线，朝夕都选择隐忍和退让。

她没的选，这是她的救命恩人，朝夕必须隐忍，也必须退让。

江烟和江渔在听到这些话之前，总觉得朝夕太窝囊，季家太离谱，可在听完之后，再也没说过一句话，也再没提过季君菱，甚至连季家都没再提过。

而眼前的陆程安在听完之后，眼里一闪而过许多情绪，震惊、心疼、不可置信，最后是满目荒唐，所以一切都那样合理，连带着季家的沉默都变得万分合理。

你朝夕确实是季家最受宠的人，但我是你的救命恩人，我还是你季家主母的救命恩人，我让你离开季家，你能拒绝吗？以你那良好的教养，你拒绝得出口吗？

朝夕淡笑着，眼里是无尽的苍凉："陆程安，这是我欠她的。"

"没有谁欠谁的。"陆程安人生中唯一不清醒的时候便是被锁在房间里思索未来的时候，在此之后，他一直清醒且理智。即便此刻，听完这些话，他的震惊也不过是几秒。几秒过后，他双眸明朗："季君菱在你家享受到的，是普通人十辈子都享受不到的生活。她救了你，但不代表她可以安排你的人生。"

陆程安这人冷血而淡薄。知恩图报是没错，但知恩图报并不代表可以得寸进尺。

男人和女人最大的差异是，女人太感性，重感情，脆弱且极易动情；而男人则与之相反，永远理性，永远能权衡利弊，计较得失。

陆程安："朝夕。"

朝夕看着他。

"我很感激她救了你，但不代表我会对她收手，只不过我会考虑让她离开得体面一点儿罢了，你懂我的意思吗？"

朝夕缓慢地眨了眨眼，又眨了眨眼。

她点头："我懂。"

但那晚却是唯一一个二人同床，却背对着背沉默以对的夜晚。

下午的时候，陆程安接到了一个电话，挂断电话之后，他拉着朝夕去了附近的一个马术俱乐部。刚到俱乐部，就遇到了沈临安和沈醉。

男女的换衣间不同。

朝夕和沈醉进了换衣间，由专业人员带领挑选了护具之后，二人佩戴上。

沈醉自从见到朝夕之后，目光都有几分闪烁，她欲言又止地看着朝夕，隔了好一会儿，她说："我原本以为你不会过来的。"

朝夕："怎么说？"

"季君菱也在。"

朝夕神色未变，沉默了几秒，她问："很多人在这里吗？"

"挺多的，哦，对了，还有尹落。"

"有人组织吗？"

"就……尹落的弟弟尹颂，你认识吗？"

朝夕意味不明地笑了一下："见过一次。"

沈醉也笑："她弟弟也真是个纨绔子弟，昨晚我在餐厅的时候，目睹了一次……怎么说呢，尬撩？结果没想到撩的也是个不好惹的人，那人叫陈清梦，你认得吧？沈放的表妹。尹颂被拒绝之后，一直在骂她，纨绔无礼。真觉得有钱就了不起，我都怀疑他是不是暴发户出身的了。"

穿戴好护具之后，二人出去。

陆程安和沈临安已经在外面等了。

朝夕走到陆程安身边，她低声道："你知道今天季君菱在这里？"

"嗯！"

"你故意的？"

"嗯！"

她叹了口气，语气无奈："你答应过我的，不能把她逼到死路。"

"我也没决定今天就对她动手。"陆程安淡然地道，"不过你都这么说了，我也不是很介意定在今天。"

陆程安在这里是有自己的马的，朝夕却没有，他带着朝夕去马棚里挑了匹性格温驯的马"骑过马吗？"

朝夕："以前骑过。"

"现在还会吗？"

她摇头。

陆程安一挑眉梢："我教你。"

他穿着一身英伦风骑马装，脚踩着黑色的马靴，牵着匹马，像是上个世纪留洋归来的公子哥。

朝夕被他扶着上马。

她的动作既笨拙又陌生，马来回走动，稍显不满。

陆程安挑的这匹马是纯种马，正儿八经能参加马术比赛的，此刻却温驯地被朝夕骑在身下，低垂着头，一副丧家犬的悲怆模样。

朝夕小时候学过马术，甚至技术算得上不错。即便太久没骑，但在陆程安的指导下，她很快就掌握技巧，没一会儿，就撇开陆程安挥着马鞭在马道上跑了起来。

她没扎头发，头发散落在肩上。

马一跑动，她上半身挺直，但一头长发在空中飞舞，又飒又美。

边上不少人都看呆了。

“那不是朝夕吗？”

“朝夕？季家那位？”

“嗯！”

“前天晚上的事儿你们知道吧，陆二哥为了朝夕打了尹颂一顿，当下冷下脸来，而且我总觉得这事儿有古怪。陆二哥什么人啊，要什么女人没有，犯得着喜欢季家上不了台面的那位吗？”

“你说的也是。”

“别说了，季君菱来了，安静点吧！”

陆程安倒是一心看着朝夕，她神情放松，眼里有笑意，似乎很享受这一刻。

耳边冷不丁响起一个声音：“陆程安，你怎么有时间来这儿？”

陆程安置若罔闻。

季君菱笑着说：“我说呢，一路上不少人在夸，马场上有人骑马跟拍电影似的，又漂亮又养眼，原来是朝夕。”

陆程安：“季君菱。”

“啊，怎么？”季君菱笑着，眼底却没有一丝笑意，“你和朝夕在一起，按照辈分，你应该叫我一声姐姐的。不过你说咱俩是不是挺有缘的，你前女友是我的好朋友，现女友是我妹妹。尹落，对吧？”

猝不及防被点到名字，尹落愣了一下，她的脸色很是不好看：“季君菱。”

话语里满是不赞同，她已然不想和陆程安牵扯到一块儿去了。陆程安这人太狠，那晚陆程安在酒吧的暗示已经极为明显了，她要是再过分，陆程安估计真的会拿尹家开刀。陆程安身后牵扯的太多，陆家、季家、沈家、梁家，甚至还有霍家……尹落的父母甚至都打电话警告她，让她掂量掂量分量，别做不符合身份的事，也不要惹是生非。

但季君菱在季家享受到了太多的仰视和艳羡，即便季洛甫的婚礼上，她都能收获“恨不相逢未嫁时”的感叹，抢了一对新人的风头。

季君菱：“朝夕是真的漂亮，这么多年，我都没见过有人比她长得还漂亮的。陆程安，你真是好福气。”

陆程安淡淡地瞥她一眼。

“你们准备什么时候结婚啊？”

陆程安：“与你无关。”

“你这话说的，怎么会和我无关呢？朝夕是我的妹妹啊，虽然她离开了季家，但她永远都是我的妹妹。”

她在外人面前表现得慷慨大度。

“旁人都知道朝夕是永远上不了台面的人，朝夕在外面也不敢以‘季家女儿’这样的称呼行事，但在我季君菱眼里，她永远都是我的妹妹。”

陆程安嗤笑一声：“季家族谱往上翻五代，都没有你的名字。”

这话像是一把利刃，重重地插进季君菱的心里。

有不少人注意着这边的一举一动，自然也听到了陆程安的这句话，以及看到了季君菱的反应。她说不出一个“不”字。

陆程安：“订婚的时候，季老爷子亲口对我说，让我娶他的亲孙女，要不然陆家会答应这门亲事。”他说这话时神情寡冷，眼里曳出一抹漠然的气息来。

圈子里都知道陆家和季家的婚事，但后来朝夕离开，这桩婚事就渐渐地被淡忘掉。

不过陆程安一直等朝夕，这事大家又是知道的。只是大家表面上不说，内心都很疑惑，陆程安到底怎么就心甘情愿地栽在了朝夕身上。虽然传闻中她长得十分好看，但再好看也是身份不详、上不了台面的人，哪里进得了陆家这样人家。

可如今陆程安竟然说出了这么一句话出来，话说到这里，点到为止。

陆程安虽不喜欢用语言来战斗，但有时候这种方式很有效。话不用多，几个字就好，便会给人无限的遐想空间和无尽的猜想。这个圈子说大不大，说小也不小，他说的这句话，不出两个小时就会传遍整个圈子。

更何况今天这里不是他的主战场。

他不过是来给季君菱提个醒，他还没真正动手。

他不想当着朝夕的面动手。

那些肮脏的、龌龊的事，让他处理就好。

陆程安说完之后，就转身离开，往马场的另一个入口走去。

在他离开之后，众人果然十分震惊，窃窃私语着。就连尹落都万分震惊。但她和季君菱认识太久了，而她的教养又时刻提醒着她不要在这个时候和季君菱翻脸，于是直到她和季君菱到了停车场，她才开口质问季君菱："所以你一直在骗我？"

季君菱深吸了一口气："朝夕都被赶出季家了，你觉得我在骗你什么？"

尹落："那陆程安说那话是什么意思？"

季君菱："那是他的女人，他自然要站在朝夕那边了。"

"你还想骗我是吗？"尹落是和陆程安在一起过的，哪怕只有不到半个月的时间，但她也知道陆程安的为人，"陆程安这人从不撒谎，他不可能骗人的。"

季君菱："所以你觉得我在骗你吗？"

"是的。"尹落往后退了一步，信任破碎，她的目光犀利，"所以一切都说得通了。陆程安和季洛甫那么要好，却不待见你，就连沈放都不喜欢你。归根结底，你和季家才是毫无关系的人。甚至……"她笑了一下，"你还把朝夕赶出家门？"

她留有最后一丝体面，没把"私生女"这种称呼冠在季君菱身上。

"尹落。"季君菱沉下脸，双眸冷淡，"你知不知道你在说什么？"

尹落道：“我很清楚我在说什么。”

“那你也知道惹怒我的下场。”

尹落尖叫道：“我都已经惹怒陆程安了，还怕一个你吗？我弟弟都被陆程安教训成那样了！如果不是你怂恿我，让我放话出去，说陆程安是为了我才单身的，陆程安也不会那么生气，害得我爸妈的事业都受到了影响！我真是疯了才会和你成为朋友，才会相信你说的话！你这个骗子！”

尹落这阵子并不好过。沈氏国际是以房地产为主的，尹家也是做房地产的，原本不少定好的项目都被截和，而且截和的那位都是沈氏国际。尹父尹母不知道是什么原因让沈氏做出这些事儿来，低声下气地问了几次之后，沈放的助理施舍般地说了一句：“希望尹总能管好你女儿的感情生活。”

尹落被爸妈骂得一头雾水，她最近忙着拍戏，感情生活一片空白。

她很快就想到了，是陆程安。

到今天之前，尹落仍旧是相信季君菱的，仍旧觉得陆程安和朝夕不会长久，但陆程安说出那句话之后，她像是被打通了任督二脉，瞬间清醒了。

她终于明白过来，她被骗了。

不仅是她，圈子里所有人都被季君菱骗了。

尹落冷笑着，看着季君菱，说：“惹怒你总比惹怒陆程安要好，你不会真以为你出事了季家会给你兜底吧？他陆程安真要对你动手，你真觉得季家能护得住你？不，你真觉得季家想护你一个——”

她轻蔑地一笑，原本想把那个词原路奉还给季君菱，但后来一想，她甚至都只是一个外人。

马场休息区里。

陆程安到的时候发现沈放一脸揶揄地对着他笑。

陆程安：“笑什么？”

沈放把手里的手机扔到陆程安的怀里，陆程安接过，三十多人的群，消息刷新的速度很快。他匆匆地浏览了一眼，不出他的意料，他对季君菱说的那句话已经传了小半个圈子。

陆程安从小人缘就好，年少时性格温润，大院里人人都叫他一声“二哥”，大家遇到麻烦事儿，也都会选择找陆程安帮忙。虽然后来他性情大变，但如果向他开口，陆程安也会答应给予帮助。

圈子里原本对于真假季家千金一事就疑云满腹，如今陆程安这么一句话，再加上季君菱当时的反应，沉默就是最好的证词。

陆程安却没有一丝愉悦，他把手机扔给沈放，低头拧开了一瓶水。

沈放笑着说：“二哥，你到底是怎么想的啊？”

陆程安双手撑在膝盖上，接着从桌子上的烟盒抽出一支烟，叼在嘴里，白雾升腾，将他的眉眼模糊了几分。但他浸在迷雾里的双眸漆黑深邃，多情的桃花眼平淡地下垂，表情寡冷淡漠。

思忖半刻，他沉吟道：“我记得季君菱之前被调去美国工作了。”

“啊，”这事儿还是沈放着手做的，他们几个兄弟里，沈放的身份最适合做这种事，他也最方便。“新锐在海外的分公司，过去还是个副总。”

“那怎么就回来了？”

“年初就回来了。”

陆程安淡漠地看了他一眼。

沈放：“新锐被收购了，新老板你也知道，隋舜。”

“隋舜？”

“嗯，他俩在一起了。”

隋家即便是鼎盛时期在圈子里也只处于中等位置，更何况这些年逐渐在走下坡路，隋舜和季君菱在一起，估计比新锐被收购要早，毕竟以隋舜的能力和智商还不到收购新锐的程度，中间季君菱一定出了不少力。

陆程安：“做个意向并购书。”

沈放心领神会：“新锐的？”

“不，隋舜旗下的所有产业。”

“嘶——”沈放倒吸一口冷气，“这会不会太狠？”

陆程安漫不经心地抽着烟：“还是那句话，吃得下、能消化的，就吃。吃不下、没法消化的，别浪费钱，收购了就卖了。”

旁人说他适合做一个检察官，并没有说错，但比起检察官，他更适合做一位商人。杀伐果决，为达目的誓不罢休，手段狠厉到不给对手留一点儿退路。用最纯良的一张脸，做最无情的事。

沈放轻啧了一声，却没反对。

他轻轻地笑了一下：“不过，人家季君菱好歹也是一女的，二哥，你这样会不会太狠了点儿？而且季伯父伯母那边，不太好吧？”

陆程安眉眼散漫，淡笑着：“我把他们亲闺女送回去不更好？”

沈放微愣，随之笑得开怀：“那确实，但二哥，怜香惜玉你懂不懂？”

陆程安把烟头掐灭，他的目光放远，落在不远处的马道上，闻言，冷淡极了：“不懂，没学过，不认识这词。”

沈放顺着陆程安的视线看过去，登时乐了。

朝夕已经从马上下来了，她牵着马，而身边沈临安也牵着匹白马和她在马道上慢悠悠地走着，二人看上去似乎有说有笑的。

郎才女貌，画面和谐美好，像是拍电影大片似的。

再看陆程安，他的眉头已经拧成结了。

沈放火上浇油，刺激道：“白马王子呢！”

陆程安不耐烦地“啧”了声。

他起身。

沈放：“你干吗去？咱俩话还没说完呢，那季君菱到底咋解决啊？”

陆程安头也不回：“排队等着。”

“你还要解决谁啊？”

陆程安从休息区走过来的中途，就看到沈临安和朝夕齐齐地望了过来，沈临安似乎说了什么话，引得朝夕低眸浅笑，眼里水波流转。

隔了几秒，沈临安上马离开了。

陆程安到朝夕面前的时候，沈临安已经走远了。

他站在朝夕的面前，下颌散漫地往沈临安的方向抬了抬，似笑非笑地开口，嗓音拖沓：“我这才离开多久？”

朝夕："嗯？"

"你身边就多了个男的。"

"沈临安，你不也认识？"

陆程安的视线从远处收了回来，落在朝夕的身上。

朝夕从他的眼里竟看出了几分委屈的意味，不过稍纵即逝，让她有种是自己看错了的错觉。

他眼眸微敛，幽幽地开口："我刚刚和沈放坐在一起，他也看到了。他指着沈临安和你对我说了一句话。"

"什么话？"

陆程安面无表情地看着她，语气平静极了："他说——"

"二哥，你家朝夕，当着你的面，公然出轨。"

"不过我回了他一句话。"

"什么话？"

她有种不好的预感。

陆程安嘴角一勾，桃花眼带笑，带了几分漫不经心的痞气，缓缓地道："没关系，我再用肉体把她勾引回来。"

那天在马场上发生的一切，犹如一石激起千层浪，在圈子里人人议论。但对朝夕而言，只不过是水波荡漾了一下，她的生活依然平稳进行，没被任何事影响。

短暂的假期之后，朝夕又回到医院开始忙碌的工作。

医院其实也分淡季和旺季，类似于雨天、节假日和休息日，都是旺季。就连神外科也不例外。

这一个月，朝夕连回家的时间都屈指可数，更别说关心其他事了。

11 月底。

《心心相医》剧组正式杀青。

剧组杀青当天上午，在医院天台补拍镜头。

朝夕接到编剧的电话，她当时恰好得空，因此也上了天台。到了天台之后，她发现编剧不在，给编剧发了消息。编剧回她："我在上厕所，朝夕你等我一会儿。”

“嗯，好。”

回完消息，她收起手机，绕过一群工作人员，走到江渔边上。

江渔是个非常敬业的人，只要当天有她的戏，她那一整天都会待在剧组，大部分时间看剧本背台词，很少的时候会打打游戏看看视频直播。

她的戏早就杀青，因此今天戴着耳机，坐在角落处低头看着手机。

朝夕过去看了一眼，依然是那个冷面撒娇主播。

感觉到有人走了过来，江渔收起手机。

她抬头，看到是朝夕，眼里有喜色：“你怎么来了？”

“编剧让我过来，说有事要找我说。”朝夕看着她的衣服，南城已经下雪，气温已是零下，她在外面虽罩了件羽绒服，但里面只有一件短袖，朝夕皱了皱眉，“冷吗？”

江渔在寒冬中都穿着旗袍走过秀，抗冻程度可见一斑。

她摇头：“还好。”

“多穿点。”

“嗯！”江渔把手插进口袋里，“我下个月要录个综艺节目，接着就放年假了，今年放年假……我还是想住你那里，可以吗？”

江渔对朝夕的依恋和江烟的不同。她嘴上不说，但是每到假期，她都会到朝夕的住处和朝夕住。虽然朝夕在家的时间很少，但她这么多年都是如此。

而江烟的生活太丰富多彩了。她过着普通人的生活，循规蹈矩地参加中考、高考。大学生活丰富，课业虽多，但是充实，而且社交圈广泛。她对朝夕的想念，也不过是偶尔的空暇中，在微信上发给朝夕的一句话而已。

不同以往的同意，朝夕这次摇头拒绝她了。

江渔瞬间落寞了。

朝夕：“我和陆程安一起住，你确定要搬过来吗？”

“你们住一起了啊？”

“嗯！”

“那你们准备什么时候结婚？”江渔自然而然地问出了这个问题。

朝夕愣了一下，继而淡笑着：“不知道。”

“为什么不知道？”

“因为不知道他什么时候求婚。”

“他求婚你就答应他吗？”

朝夕理所当然地点头。

江渔撇了撇嘴：“那娶你也太容易了点儿吧！”

朝夕眉梢轻挑，眼里有着浅淡的笑意，含笑着道：“是挺容易的。”

编剧在此时姗姗来迟，她找朝夕是为了杀青宴的事情。剧组在今晚有个杀青宴，朝夕作为专业技术指导人员，自然也被邀请了。

朝夕却拒绝了：“我晚上要值班。”

编剧表示理解，并且把手里提着的袋子递给朝夕：“谢谢你这段时间的帮助！”

“不用了。”

“要的，你收下吧！”编剧说，“就是几支小口红，要不了多少钱的。我们知道你有工资，但是你真的是我们大家合作以来性格还有工作态度最好的一个工作伙伴了。这是我们的一点儿小心意，你收下吧！”

推辞不过，朝夕还是收下了。

从天台下来之后要坐电梯回科室。

朝夕下了楼梯之后，遇到了带着助理迎面走来的尹落。

擦肩而过的时候，尹落突然叫住她：“季朝夕。”

朝夕停下脚步。

尹落是个非常能屈能伸的人，低头快速说道：“对不起。”

朝夕情绪淡淡的，不置一词。

尹落：“我和季君菱在一起太久了，所以她说什么我就信什么，对不起。”

朝夕不在意。

人云亦云从古至今都有，捏造事实的也是。朝夕从不在乎旁人的言语，她在乎的只是亲近之人的想法。

尹落："关于陆程安的事，我知道他这些年都在等你，我被季君菱骗了，所以不只单方面地欺骗自己，也误导别人，让别人以为他在等我。对不起。"

朝夕也不感兴趣。

尹落："还有我弟弟的事，对不起。"

她顿了几秒，忽地抬高声音，语气近乎渴求："所以你能不能让陆程安放过我们家？我爸妈年纪也大了，他们经不起折腾。"

朝夕终于有所反应："那你应该去求陆程安。"

"没有用，他做这一切都是为了你。"

正是因为陆程安做的这一切都是为了她，所以朝夕不可能插手任何一件事。因为那样做的话，就是把陆程安的真心踩在脚底下，把他的付出当作不值得。而她又太了解陆程安，即便她劝，他也不会收手。

她大部分时候心软，而他少部分时候柔情。所以为她讨回这十年的所有，爱情、亲情、名声、前途等一切，都由陆程安一人承包。

朝夕抬脚往电梯处走。

倏地，尹落语气不善地开口："你们之间最大的问题不就是季君菱吗？你们处理季君菱就是把她逐出季家，让她出国，到我这里反倒更残忍了，凭什么？"

朝夕停下脚步："季君菱被逐出季家了？"

"对啊，你不知道吗？"尹落忽然笑了起来，笑声阴冷冷的，"季君菱走了，出国继续风光。你呢，你回去做你正儿八经的季家千金。我做错了什么，我爸妈做错了什么，公司濒临破产？"

朝夕："这和我无关。"

她按下下行键，没有一丝留恋地离开。

回到办公室之后，朝夕把装了口红的小袋子放在一边。

她拿出手机，刚想给陆程安打电话的时候，陆程安就给她打了电话过来。

朝夕接起来，却没听到陆程安的声音。她以为是陆程安打错了，刚想挂断的时候，就听到了另一个声音，是季君菱。

此刻的陆程安，正和季君菱面对面坐着。

季君菱冷笑着："陆程安，看到我这样，你开心了吧？"

这一个多月的时间，隋舜的所有产业都被沈氏集团收购，对沈氏集团有利的，留下，涉及沈氏集团不擅长的部分，低价转手。

隋舜喜欢季君菱，第一个原因是季君菱确实长得好看，工作能力强，完全的高级货；第二个原因，也是最主要的原因，那就是季君菱姓季，季家长女。和季君菱在一起，那就是和季家在一起，那么以后他的事业将一片辉煌。可是他没想到辉煌被溃败取代。

他整个人就是只丧家之犬，平日的好友都不敢出手帮他，原因无他，只因"不是我不帮你，沈放放话了，谁要是帮你，他就连带着那人的公司一起收购"。

隋舜后来打听到，这一切的一切，都是因为季君菱。

这人竟然不是季家的千金，她甚至连私生女都算不上，不过是个领养来的外人！她拿着鸡毛当令箭骗了他，还骗了圈子里的人这么久！

隋舜气得当下就和季君菱分手了。

隋舜本就是季君菱的踏板，季君菱也不在意，平日里追她的公子哥数不胜数。但她没想到的是，陆程安做得太绝，平日里追她的人一听说是她的电话，接都不敢接，找到公司去，也称人不在。

季君菱享受着季家千金的称号，享受着季家带来的便利与众人艳羡的目光，享受着优渥的生活。而现在，她却成了人人喊打的过街老鼠，众人看她的眼神充满了嫌恶，像是在看垃圾一般。

季君菱原本被划分在食物链的顶端，而经过这一遭，她成为食物链的最下层。

哪怕在季家这样澄澈的家庭，受过良好的教育，她也依然难改贪婪恶臭的丑陋本性。

众人说她从骨子里烂到外面。

言语不管放在什么时代都是攻击人最有效的武器，每一句话就像是一把刀，在她的心上重重地插下，她整个人都已千疮百孔。而且越是享受这些表面浮华的人，越是自卑。

季君菱快要疯了。

她哭着求养父养母，求季老爷子。

季延夫妻原本是将她当作亲生女儿对待的，可是经过朝夕那一遭之后，老两口对季君菱到底是亲近不起来了。这些年也见到了季君菱如何用看似巧妙又滴水不漏的方式以季家的名号在外面招摇。她没做什么错事，但她错就错在太招摇。更何况现在，朝夕回来了。

季延看着她，感叹般地说了一句话："这些年，我们待你不薄，是你太得寸进尺了。"

季老爷子一直都是休养身体的状态，从不知道外面是如何议论朝夕，又是如何议论季君菱的。陆程安和他说了之后，他少见地动怒了，扶着拐杖的手都在抖。

陆程安见缝插针地又说："您以为朝夕为什么会出国，因为当时她被所有人指指点点，说她是不可见光的私生女。"

"你别说了。"季老爷子忍着怒意，"季家不可能留这种人。"

所以在季君菱来了之后，季老爷子问她的第一句话就是："这种滋味不好受吧？"

季君菱以为这是关心，她红着眼点头。

但季老爷子很快就说："我的亲孙女，我的朝夕，这么多年也都是这么过来的……阿菱，季家待你不薄吧，你在外面传那样的话，你不会良心不安吗？你半夜就不会被吓醒吗？朝夕当时才多大啊！"季老爷子敲了敲拐杖，声音沉厚，带着怒意，又带着心疼："她当时才18岁啊！我甚至都不敢想她在那些日子里是怎么熬过来的！"

老爷子有太多年没有这么激动过了，就连妻子去世他都是平静地接受，唯独此刻，心如针扎。他喘着粗气，捂着胸口调整好呼吸之后，语速很慢，却没有任何余地地说："你走吧，季家不可能有你这样的人。"

季君菱在出事之后，听到最多的就是这句话——季家怎么可能会有你这样的人？后面还会补充一句——我忘了，她压根就不是季家的人。

曾经享受到的艳羡和赞美如今都成了带着利刃的刀，一刀又一刀地劈向她，朝着她内心最柔软、最脆弱的部分劈来。

季君菱认输了，她离开季家了。

季老爷子虽然让她走，但是也没做什么实际举动，还是季君菱自己主动回家，收拾好所有的东西。

她走的这天，文晴走进她的房间，她是个极易动情的女人，此刻眼眶发红，但也没阻止季君菱离开。

季君菱早已认清现实，收拾好东西之后，她说："您怪过我吧？"

文晴："没有意义了。"

"朝夕离开的时候，您就怪我了，我知道，养女再好，也不如亲生女儿。"季君菱不无讽刺地道，"既然这样，当初为什么要领养我呢？既然领养我了，为什么不能把我当作亲生女儿看待呢？"

文晴轻声："我一直都把你当作亲生女儿。"

季君菱轻蔑地笑，头也不回地就走了。

出了季家，有一辆车停在她的面前。

有人从里面出来："有人想和你见一面。"

她没有多想，上车。

果然，想见她的人是陆程安。

季君菱看着他："你对我做的这些，朝夕知道吗？她不知道吧？她要是知道，你绝对不敢对我做这些的。"

"为什么？"陆程安语气冷淡，玩味似的说，"因为她欠你两条命？"

季君菱："你知道？"

"我有什么不知道的。"陆程安的语气很淡，但带着强大的冷硬、狠戾的气场，"你要庆幸你救过她，不然你连退路都不会有。"

季君菱看着眼前的男人。他这些年早已将纨绔放荡收得一干二净，情绪内敛自持。但即便如此，旁人若有求于他，他也一定慷慨相助。

她见惯了他多情温润的一面，以为他始终如此，却不料多情的人最无情。

沉默许久。

季君菱扯了扯嘴角，淡笑着："当初朝夕离开季家，季家的人给她买车买房，她要出国，爸妈就给她准备好所有手续，甚至每个月都给她打一笔钱。"

"别把她拿来和你比，"陆程安寡冷地道，"你不配。"

季君菱盯着他，听到这句话之后陡然一笑。

她的语气轻飘飘的，也没反驳："是啊，我不配。"

从事发到决定离开，将近两个月的时间，这两个月是她人生中最灰暗的时光。被无数人打击、谩骂、羞辱、诋毁，曾引以为傲的资本成为众人嘲讽的要点。她的人生陷入漆黑之中。

她再也直不起腰。

她转过头，视线落在不远处高耸入云的医院住院楼上，眼里有种很旷远的情绪。

她这些年身边好友无数，但大多是表面知己，从未有任何一人触碰到她的真心。她封闭地活了太多年，此刻是真的累了，她突然想要付诸真心了。

她缓缓开口，对一个从没有过任何交集的陆程安，说着真心话——

她被接到季家的时候有两岁大，孤儿院的生活令她早早懂事。她早熟且记事，知道自己要懂事，知道自己现在的生活来之不易，知道自己是幸运的，被季家选上，而且养父养母也将她视为己出。

她很珍惜自己所得的一切。

后来朝夕出生，季君菱也是真心地把她当作妹妹疼爱的。季君菱比朝夕大 3 岁，她上学时，老师问她家里最喜欢谁，她说最喜欢她的妹妹。

"你不喜欢你的爸爸妈妈吗？"

"也喜欢的，但是我最喜欢的是我的妹妹。"

"为什么啊？"

"因为我的妹妹是上天给我的礼物。"

所以她会带着朝夕这个小家伙满大院地跑，带着朝夕吃所有好吃的东西，然后帮朝夕擦嘴，语气宠溺地说："吃得跟只小花猫似的。"

所以被绑架的时候，她和朝夕被绑匪一边一只手抓着，绑匪朝朝夕开枪的时候，季君菱会毫不犹豫、奋不顾身地扑过去帮朝夕挡那一枪。

可后来怎么就变了呢？大概是在那次绑架事件之后。

明明受重伤的那个人是她，文晴抱着她："阿菱别怕，妈妈在，你一定会好的。"文晴细声细气地安慰她。

季君菱以为这就是母爱。

可是送去医院的救护车上，季君菱在迷迷糊糊之际，看到文晴抱着毫发无损的朝夕泪流满面，她的声音哽咽："幸好，朝夕，幸好你没有出事。"

你看，人总是这样的，嘴上说着没有差别，但是心底里泾渭分明。

后来季君菱又经过很多事。她想，亲情、爱情这些都不重要，她从出生就被亲生父母抛弃，上天注定了她这一辈子都不能奢求感情。

没有感情，有钱也好。

所以她渐渐地活成了现在这样。

说完之后，季君菱眼里满是苦涩："陆程安，你以为我想活成现在这个样子吗？"

陆程安："是你自己的选择，和别人无关。"

"是啊，是我自己的选择，但如果有更好的选择，你以为我不会选吗？我是被逼上绝路的。"季君菱眼眶泛红，"季家那样的家庭，我在那个时候只有那一条路。"

陆程安看着眼前的这个女人。平心而论，她刚才说的往事很打动人，加上这副悬泪欲泣的模样，真的很容易令人心软。

可陆程安这样的人，真心是独一份的，只留给了朝夕。在面对其他人的时候，他连有没有心都不好说，更何况是真心共鸣。

寄人篱下的人，擅长演戏。

她即便穷途末路到这种时刻，也想要用那过去的所谓"真心"来寻找机会让他心软，她口口声声说着真心，但剥开这层皮，底下的依然是贪婪丑陋的嘴脸。

"你愿意献骨髓，季家会感激你一辈子。但凡你没那么贪心，都不会落到现在这地步。”陆程安的耐心告罄，他用手指轻敲了一下桌面，“飞凌市的机票在这里，明天中午，到时候有人会送你去机场。”

虽然传出去的话是季君菱从季家离开，而且是她主动离开的。这话不假，确实是她主动离开的，她已经没法待在季家了，继续待下去，只会是漫长无期的苦难折磨。

她从季家离开，是去国外。这话也不过是季家给她的最后一分体面。实际上，陆程安给她安排的是凌市。

凌市和南城相隔天南海北，而且凌市还是一个四线城市。

但季君菱依靠季家，这些年她攒了不少积蓄，够她在那个并不发达，甚至可以说是落后的小城风光体面地过一辈子了。

季君菱看着陆程安，倏地笑了起来：“你们总说我自私有心机，说朝夕善良又大方，可在我看来，她才是最有城府的人。”

陆程安唰地抬起眸来，眼神锐利带刺。

季君菱：“我一走，获利最大的是谁？你，还是季家？都不是吧？是朝夕。名声、身份、钱、地位，什么都有了，但她在这里做了什么？她什么都没做，她只需要看你一眼，对你吹几句枕边风，你就什么都愿意为她做。呵呵，陆程安，你不过就是她回到季家的一个棋子罢了，你在这边耗费心力，用各种手段，她则坐享其成。女人真的只要长得好看就行了，尤其是朝夕那种相貌的……世间独一份了，她只需要稍稍表现出对你有那么一丁点儿的兴趣，你看，你就为她前赴后继地卖命了。”

陆程安不咸不淡地笑了一下：“是啊！”

季君菱没想到他会是这种反应，完全的油盐不进。她最后的挣扎像是一场笑话，她绞尽脑汁地辩解，想要把脏水泼到朝夕身上，想要把朝夕也变得和她一样。

她也不信朝夕是那样纯粹和干净的。

没有人是完全干净的，没有。

这世间，所有人的付出都是有目的的，所有人做事也都是带着目的的。

可是陆程安并不在意。

季君菱彻头彻尾地认输，扔下一句："陆程安，做人能心狠到你这种程度……哦，不对，你这样的人哪里有心啊，你和隋舜一样，都是被女人利用的，真蠢。"

她离开的时候，身边也有人跟着，像是被人监禁般。

等她离开之后。

陆程安拿起手机："听到了？"

朝夕："嗯！"

"会觉得我心狠吗？"

"不会。"

短暂沉默了几分钟。

朝夕突然开口："她说的是假的。"

"嗯，什么？"他心不在焉极了。

"我没有利用你，我也没想过利用你。"

"哦，没事。"

陆程安从咖啡馆里出来，他偏着头，手机被肩膀和侧脸压着，他从烟盒里抽了根烟出来，手虚拢着打火机点烟。

烟雾升腾而上的时候，他重新举起手机，另一只手夹着烟。

被烟草浸过的嗓子微哑，听上去是有几分浮荡不羁的，说出来的话更是玩世不恭，像是情场浪子特有的浅薄真心："你就算是利用我，我也心甘情愿。"

朝夕笑了一下。

朝夕问他："我听尹落说季君菱去国外，怎么又去凌市了？"

陆程安道："这就是我给她的退路。"

最后的体面，比起落魄去四线城市的丧家犬，显然出国定居更有面子。

季君菱这小半辈子，看得最重的就是这些徒有虚表的东西。

朝夕叹了口气。

陆程安听到这声叹息，挑了挑眉："怎么，为她惋惜？"

"没有。"她说得很快。

"那叹什么气？"

“我只是想起她刚刚说的话，”朝夕说，“她以前确实待我很好，后来发生了一点点转变，我也没在意。等我回到南城之后，我和她之间就有了很大的隔阂，我一直不知道是什么原因，原来是这样。”

陆程安不擅长安慰。好在朝夕也不太需要他的安慰，很快就转移话题了。

二人有一搭没一搭地聊了几句之后，小想就来找朝夕，朝夕就把电话给挂了，之后跟没事发生过一样地出了办公室。

从病房出来，快到护士站的时候，小想叫她：“朝夕医生，来吃蛋糕。”

朝夕的视线落在她的身上，淡笑：“好。”可步子刚迈出去，大腿一重，朝夕低头，怀里多了个小姑娘。

小姑娘年纪不大，才5岁，看到朝夕，笑容单纯可爱：“医生姐姐。”

朝夕记得她，是57号床病人的姐姐。

57号床的病人叫陈澄，年纪很小，不到1岁，脑袋里却有了一个巨大的肿瘤。中枢神经系统肿瘤在小儿中最为常见，发病率仅次于白血病，而小儿颅脑肿瘤占了全部颅脑肿瘤的百分之十五到百分之二十。

陈澄年纪小，所以诊断较之成年人更困难，她没有明确表达病痛的能力，体征也不易被发现，前期呕吐不爱动，大人以为是吃坏了东西，所以前期进行了护胃和抗感染等治疗，等到真正发现不对劲，已经是一周后了。

朝夕每次去查房都会看到陈澄的病床旁有个小姑娘陪着，一问，是陈澄的姐姐，叫陈滢。

陈滢仰头看着朝夕：“医生姐姐，我妹妹什么时候做手术呀？”

朝夕：“后天。”

“你给她做手术吗？”

“不是的，是另外的医生给她做手术。”

“她会好的吧？”

“给她做手术的医生很厉害。”

"那她一定会好的，会跟在我身后叫我姐姐！"

朝夕从口袋里掏出一颗糖，递给陈滢。

陈滢摇头："妈妈不让我吃糖。"

"为什么？"

"妈妈说我再吃糖我就不会有牙齿啦！"

"那……这颗糖我就拿走啦？"

"不……"小姑娘一脸纠结，小声道，"姐姐，我就放着，等到我妹妹做完手术，我给我妹妹吃！"

朝夕看着她，心里情绪翻涌。脑海里陡然想起很久以前，她那时也有个姐姐，也会经常给她买糖吃。她爱吃糖葫芦，季君菱便带着她在胡同里穿梭，那几条胡同里的糖葫芦她都吃过，都是季君菱带她吃的。

她年纪小，吃的时候糖渍沾得她满脸都是。季君菱也不嫌脏，扯着袖子给她擦脸："吃得跟只小花猫似的。"

"朝夕是只小花猫。"

"是，我们朝夕是最漂亮的小花猫。"

"姐姐也是最漂亮的姐姐。"

她眼前氤氲出一片雾气，眼里似有泪意翻涌。

陈滢看着她，有些疑惑："医生姐姐，你在想什么呀？"

朝夕回过神，淡笑着："我在想，你可真是个好姐姐。"

"那当然啦！"小姑娘骄傲地挺着胸脯，"我最爱我的妹妹啦！"

朝夕揉了揉她的头发："真好。"

小姑娘拿着糖，蹦蹦跳跳地走了。

朝夕看着她的背影，心里掀起一阵又一阵的热浪，真希望她们姐妹能一直都这样好。

可是后天下午，她上班的时候，却听到了陈澄手术失败的消息。

朝夕站在手术室那层楼的护士台边。她手里还拎着一块给陈滢的小蛋糕和一杯热牛奶，听到这个消息的时候，她整个人当下愣住。

而不远处的手术室外，陈滢父母掩面痛哭。

小姑娘年纪小，所有情绪都表露得非常明显，此刻她被妈妈抱在怀里，哭得撕心裂肺，哭声似乎要穿破天花板，一声又一声，表达着痛苦与难过。

小姑娘似乎看到了朝夕，从妈妈的怀里挣脱出来。

她踉跄着跑到朝夕的面前，扯着朝夕的裤腿，号啕大哭：“你骗我！你骗我！你这个骗子！我没有妹妹了，我没有妹妹了！你这个骗子！”

“我没有妹妹了——”

她竭力嘶吼着，发泄着，哭闹着，把所有痛苦都发泄在了这位她最喜欢、最信任的医生身上——“你骗我！”

朝夕手里拿着的东西，“咚”的一声坠在了地上。

第十二章

没有不要你

今天是凛冬寻常的一天。

天色暗沉沉的，灰蒙的云压了下来，带着令人窒息的压抑。天台上毫无阻碍，狂风卷着细雨，隔着蒙蒙雨帘，连不远处的高楼都显得遥远了几分。

听到身后的动静，朝夕转过身来。

梁亦封跨过横杆，手上拿着两杯咖啡。

对上她的视线，他举了举手里的咖啡："喝一杯？"

朝夕扬了扬嘴角，眼里却无任何笑意。

墙边有着一米左右宽的跳梁，二人靠墙站着。

梁亦封："我还以为会看到你哭。"

朝夕很是无语。

沉默了几秒。

朝夕问他："陈滢……那个小姑娘还好吗？"

"哪个？"

"抱着我哭的那个。"

"不知道。"梁亦封语气寡冷，"少关心这些不相干的人。"

朝夕很淡地笑了一下。

他们对待医学的态度相差太大，倒也没什么好争执的，相互尊重各自的想法就好，没必要争出个究竟来。

朝夕："我以为你上来是来安慰我的。"

"想太多。"梁亦封冷淡地瞥了她一眼，"你，也与我无关。"

朝夕无语。

短暂的沉默之后。

楼梯间传来脚步声，步伐很快，沉闷的回声在楼梯间盘旋。

梁亦封往里瞥了一眼，脚尖一点地，靠着墙的脊背笔挺，他扔下一句"谁的女人谁负责"便走了。

朝夕侧头，看到了从楼道里出来的陆程安，他伸手拍了拍梁亦封的肩："谢了！"

梁亦封嫌恶地躲开陆程安的手："别恶心。"

陆程安无奈地一笑。

他走到朝夕身边，微喘着汗："抱歉，我来晚了。"

分明是12月了，他却跑得脸上淌着汗，说话时胸膛一起一伏的，写满了急迫和后怕。

朝夕笑着："下班就过来了吗？"

"嗯！"

"这么快？超速了？"她竟还有心思关心这种事。

陆程安平复了一下呼吸，说："没，压着车速过来的。"

"那就好。"朝夕抿了口咖啡，她的目光看向远处，眼里像是装了缥缈雨雾似的，情绪淡薄，看不真切。

她淡笑了一下："你是不是把我看得太脆弱了些？"

"没。"

"那你还让梁亦封上来安慰我？"

"他安慰你了？"

"没有。"

何止是没有安慰，甚至还甩了一句"你，也与我无关"，既无情又冷淡。

朝夕忽地转身，把手里的咖啡放在陆程安的手里。

陆程安淡笑着："不喝了？"

她摇摇头，继而又扯开他另一只手，她往前轻飘飘地一扑，连雨丝都没有一丝波动，她却已经栽进了他的怀里。

他的外套上微沾湿雨，带着寒意。

朝夕伸手拨开他的衣襟，他不怕冷，天气预报说今天最低温度有零下五度，早上她迷迷糊糊地听到他起床的声音，叮嘱他多穿点。但她双手一环，手心和他的皮肤只隔了一层单薄的衬衣。

可朝夕却从他的身上汲取到源源不断的热意。

毫无征兆的拥抱，陆程安也不过用了一秒的时间反应。顺势，他另一只空着的手搁在她的后腰，低头，用下巴蹭了蹭她的耳尖，尾音低沉，带着笑意："嗯？"

朝夕埋在他的胸口，说起往事："我第一次跟台做手术的那位患者，抢救无效离开了。"

"我当时是真的被吓到了，出了手术室，我的导师……他是个非常有耐心的人，害怕我产生心理阴影，拉着我在一家中餐厅聊了两个多小时的天。"

"你的导师很好。"

有风呼啸，朝夕往他的怀里钻了钻，接着说："后来我才知道，他想吃那家餐厅的东西很久了，那顿饭花了我二百多英镑。"

陆程安忍不住笑了。

朝夕说："其实我知道的，医生这个职业就是会面对无数的生死，只是当时的我没想到，死亡会来得这么快。"

她的语气瞬间低了下来，说："今天离开的那位患者，她叫陈澄，是个特别可爱的小女孩，她有个姐姐，每次见到我，都会叫我医生姐姐。"

"那个抱着你哭的小姑娘？"

"嗯！"朝夕垂下眸来，"她是个很好的姐姐，我给了她一颗糖，她说要留给她的妹妹，等着陈澄做完手术，把糖留给她。"

陆程安总算知道她当时失态的原因了。她曾经也有过一个对她很好的姐姐。只可惜时移世易，那位疼爱她的姐姐永远地留在回忆里了。

朝夕吸了一口气。冷空气涌入嗓子里，惊得身体打了一个寒战。

她说："其实我也没有那么大度，也没有那么善良，我也恨过她。"

在很长的一段时间里，朝夕都恨过季君菱。明明季家待季君菱不薄，为什么她要求那么多，为什么她不能大度点儿，把奶奶当作亲奶奶呢？

陆程安刚想开口反驳她，却被她伸手，用手指抵着唇。

朝夕仰着头看他：“我后来也想明白了，其实我和她想要的不一样，她想要的是钱、地位，而我想要守护我的家人。”

世界上很多事是分不出对错的，就像好坏一样。

季君菱和朝夕只是做了一个交换，季君菱选择的是虚名，而朝夕选择的是守护她的家人。

朝夕和季君菱没有谁对谁错。

但朝夕至少没有辜负任何人，也没有愧对任何人，没有半夜惊醒的后怕时刻，她坦荡澄澈，生命里始终有光。

而季君菱曾拿过最好的牌，人生被光照进过，是她自己伸手将光亮隔绝。她企图自己做自己的光。可是她的那道光始终带着尘埃，夹着灰烬。她每每夜晚惊醒，总有只无形的手勒住她的脖子。她后来才知道，她那自以为是自己的光，其实是从别人手里夺来的。与道德、正义相违。那是不属于她的，也不该属于她的。

她这一生，哪怕从善从良，也带着自私与苟且的欲望。蒙了尘的光，始终无法照进人心里去。

所以朝夕可以坦荡地提起季君菱，但季君菱不行。因为朝夕从没有对不起季君菱，因为她永远都坦荡，一生光明。

所以面对季君菱的结局，朝夕没有一丝怜悯。

对和错是没有一个区分的标准，但季君菱辜负了季家。她应该是那样的结局，她也配不上朝夕的同情与怜悯。

陆程安：“你做得很对。”

“嗯！”

朝夕靠在他的怀里，许久之后，她喃喃开口：“陆程安。”

“在呢。”

“我好想回家啊……”她抱着他的力度加大，像是要把自己嵌入他的怀里似的，声音很轻，却带着缠绵悱恻，“我真的好想回家。”

陆程安伸手捏着她的下巴，他低头在她的唇上吻了吻。再退开，他眼开成扇，淡笑着："你什么时候休息，我就带你回家。"

"你为什么要带我回家？"朝夕一脸古怪地看着他，"我家是我家，你家是你家，请你分清楚。"

陆程安捏着她下巴的手微微用力。蓦地，他的嘴角勾起一个玩味的弧度，桃花眼勾起笑意，天色昏沉沉的，但他眼里似含春光，语调慵懒，慢悠悠地道："你这是在暗示我，想要早点嫁给我的意思？"

"不是？"陆程安了然点头，恍悟道，"你想让我入赘？"

朝夕忍不住笑了出来。她舔了舔唇，万分配合他，小心翼翼地接过他的话茬，问："那你愿意吗？"

话一出口，陆程安的脸色就变了。

朝夕在心底大叫不好。

果然，陆程安笑得更不羁了，桃花眼深邃迷人，他靠她更近，说话间温热的气息扑在她的脸上，有些痒。

他说："你这是在向我求婚吗？"

朝夕难以置信地看着他，她实在不敢相信，为什么他能够穿着这么严肃的制服，说出这样厚颜无耻的话。

她看着他。

昏沉沉的夜色，他立在雨夜中。他的皮肤不禁晒，在国外的时候是小麦色，可当她回国和他见面的时候，他的肤色就偏白了，养了半年，配上此刻淅淅沥沥的暗夜，他的肤色看着是那种病态的白。可他唇色艳红，笑意张扬放肆，眼尾上挑，带着一股勾人的意味。像是妖孽，来取她的心，要她的命的那种。

朝夕艰难地恢复理智，从他怀里退了出来。

陆程安跟在她后面慢悠悠地下楼。

他双手插兜，语调散漫，玩味道："被我说中了？"

"……"

"什么时候脸皮这么薄了？"

"……"

陆程安笑着点头，朝夕这才松开手。

她转身想要下楼，一脚踩下去的时候，就听到身后的那人嗓音含笑，慢悠悠地道："所以你到底准备什么时候向我求婚？你先说一下，我好做个准备。"

朝夕一脚踩空。眼看着要从楼梯上摔下去，她下意识地闭上眼，等待痛意来临，结果腰间一紧，她被人拉住，往后倒去，倒在陆程安的怀里。

她睁开眼，看到他风流地一挑眉，眼眸带笑，不紧不慢地道："想让我抱你直说，我又不是不给抱，刚刚你还抱了我那么久。"

顿了几秒，他语气暧昧缱绻，拖腔带调般："吃我豆腐。"

朝夕无语。

但朝夕一整个月都很忙。

31 日那天晚上，陆程安来接朝夕下班回家，她坐在车里看着自己这个月的值班，数了一下，竟然只有三天的全天假期，自然也是没时间回季家了。

季家那边倒是打了不少电话回来，最多的还是季老爷子。几乎隔天就一个电话，老爷子把时间掐得很好，都是在饭点给她打电话，怕打扰她工作。但医生这行确实太忙，尤其是神外科，随随便便一个手术都要做六七个小时，偶尔电话也是无人接听的状态。

朝夕每次都会打回去，老爷子精神矍铄地和她说着话。

可后来有一次是照顾老爷子的阿姨接的电话，她把声音压得很轻，小心翼翼地说："老爷子知道你会打回来，每次都等着，一等就是两三个小时，今儿个等得实在累了，睡了过去，我也不敢叫醒他。"

朝夕当时刚下手术，那台手术做了十几个小时，她满头大汗，整个人疲乏到了极致，肚子很饿，她坐在消防通道的台阶上打电话，听到这话，她心里的情绪翻江倒海般地上涌。

老爷子每次都是一副神采奕奕的模样，导致她根本忘了老爷子已过耄耋之年。他向来早睡，不到 8 点就睡觉，可她好几次打电话过去都是 9 点。

挂电话前，她对阿姨说："您和爷爷说，我周日就回家，回家……

做他的好孙女。”

周日就是后天。

朝夕在 12 月和科室里另一位医生调休，虽然只有两天，但她原本休息的时间就少了，再加上有临时的手术，半夜被电话叫醒的时候不在少数，甚至有一次她和陆程安准备看电影，结果一到电影院，就接到了医院的电话，约会就这样告吹。

不过也因为调休，导致她从明天开始连休三天。

陆程安在这种法定节假日自然是不需要加班的，于是二人决定第二天去看场电影。

朝夕订票，问他：“你喜欢坐第几排啊？”

陆程安的侧脸线条精致流畅，神情略有几分心不在焉：“最后一排。”

朝夕选了最后一排的位子，随口说道：“可我听说第六排、第七排的位子是看电影的最佳角度。”

路边的霓虹灯明暗交替地落在他的脸上。

陆程安手握着方向盘，从她坐着的角度看过去，眼尾微往上翘，光影交错中，五官拢上一层温柔。他的脸上有着暧昧的笑容：“最后一排才好。”

手机界面进入结算界面，朝夕准备支付，问道：“最后一排哪里好了？”

他故意压低了嗓音，语气暧昧缱绻，缓缓地道：“适合接吻。”

支付页面跳转，朝夕按下右上角的“叉”。

她面无表情地回到选位页面，然后选了第六排最中间的位子，以及第七排最中间的位子——两个全场最适合观影的绝佳位子。

陆程安无语。

朝夕当然没有那么狠心，她把第七排的位子取消，改成了第六排的位子，两个位子连在一起。

电影是第二天早上 9 点 30 分的场，电影结束就可以去吃饭。

他们到得早，取好票之后在休息区坐着。

恰好是节假日，来看电影的人格外多，大部分面容青涩，还是学生。朝夕问陆程安：“你上大学的时候，也经常来电影院吗？”

“没怎么来过。”陆程安懒懒散散地靠着椅背，双手搁在扶手上，眼尾玩世不恭地挑起散漫的笑意，语气不太正经，“我看的电影，一般电影院都不能放。”

朝夕看着他的眼里多了几分微妙，她很快起身，很刻意地转移话题：“我去买杯奶茶，你要喝吗？”

“不喝。”

买奶茶的柜台前排起了不长不短的队伍。

朝夕买好之后发现离电影开场也没多长时间了，于是小跑着回去，陆程安看她这么一副急匆匆的模样，连忙站起身。

他轻轻挑起眼尾，淡笑着问：“跑什么？”

“电影要开始了。”朝夕把奶茶递给他，低头从口袋里翻了电影票出来，她把电影票递给检票人员。在放映厅坐好之后，她朝陆程安伸手，陆程安晃了晃手里的奶茶：“嗯哼？”

“给我。”

“想要？”

“我的奶茶。”

陆程安安稳地坐在位子上，双手拿着奶茶：“它在我手上。”

“你给我。”

“你亲我一下。”他毫无征兆地说出了这么句话。

恰好这个时候，电影院的灯光骤然熄灭，只有大银幕发出微渺的光，光影影绰绰地照在他的脸上。他侧过头，一半脸被微弱的光亮照着，一半脸陷入昏暗中，半明半暗中，他的嘴角逸出些许笑意：“或者叫声哥哥，哥哥就给你。”

放映厅里有不少人在看电影，但大部分是情侣，而且朝夕在进来的时候看了一眼，后排的位子都被选走了。

他们这一排空空荡荡的，但是前排还坐了人。

朝夕和他对视几秒：“无聊。”接着速度很快地转过头去。

陆程安掀了掀眼皮，眼角往下弯，神情有几分落寞。继而，很快，脸上像是掠过一阵风，有种柔软湿润的触感。

陆程安挑了挑眉，眼梢带笑地看着她。

电影看完之后，两个人找了家餐厅吃东西。

只是吃东西的时候，朝夕觉得小腹处有股异样，她动了动身子，陆程安发现了："怎么，饭菜不合胃口吗？"

"没。"她暗暗算了一下日期，"我好像……"

陆程安："怎么？"

"我去趟厕所。"

到了洗手间之后，朝夕发现例假提早了一周。

她原先经期也紊乱，她总是加班，作息不规律，吃的东西又太清淡，她知道这样不好，但无可奈何。职业特殊性导致工作作息完全无法随心改变，也无法谨遵医嘱。

九九六的人羡慕双休的人，双休的人羡慕自由职业者，自由职业者羡慕富家子弟。医生似乎是这条食物链最底端的存在，作息比九九六还夸张，毕竟每天都要二十四小时保持可联系的状态，半夜睡觉都会被吵醒，而且不得有任何怨言。

朝夕也只能尽量做到补充睡眠，在休息的时间多睡觉。

至于饮食，她也在一点点地改变。

或许不是改变，国内的美食比国外的好吃太多。她回国半年，硬生生地胖了十斤。

朝夕叹了口气，想着过段时间还是去看看中医，调理一下。

这么想着，身体里又是一阵风起云涌。

这么出去是不行了，无奈之下，她只好给陆程安打了电话。

朝夕："你可能得帮我去买个东西。"

陆程安："买什么？你不是去洗手间了吗，怎么还没出来？"

"我遇到点儿事。"她抿了抿唇，语气尽量平静。

陆程安下意识地以为她遇到了什么麻烦，起身，脚步匆忙地往洗手间走："怎么了？我马上过来，你在那里等我。"

"我来例假了。"

陆程安突然停下脚步。

朝夕说："你可能需要帮我买点儿东西。"

陆程安和这家餐厅的老板是旧交了，他订位的时候，老板也打电话给员工交代过，此刻，经理面对陆程安，恭敬地问："陆检，有什么需要帮忙的吗？"

陆程安面容凝肃，皱着眉，似乎遇到了什么棘手的事。

经理提心吊胆，以为是他用餐不愉快，没想到他说的是："给我纸和笔，我记个东西。"

经理连忙从收银台那里拿了纸笔过来，递给他。

陆程安一只手拿着手机，另一只手拿着笔，他眉头紧锁："你说。"

经理"啊"了一声。

陆程安冷淡地瞥他一眼："谢谢！没你事了。"

经理松了一口气，离开之后，躲在角落处仍偷偷摸摸地观察着陆程安的举动，毕竟他的神色看上去太冷厉，似乎对此次用餐有诸多不满，或者乐观点想，是工作上遇到了什么困难。

经理一直惴惴不安的。

而在经理离开之后，陆程安拿着笔，听朝夕说："如果有棉条就买棉条，棉条的话拿 regular 的就行。没有棉条的话，拿日用的，液体的那款。"

陆程安笔触一顿，他确实碰到了世纪难题，不敢相信卫生棉竟然还有液体的："液体？"

"只是名字，它是干的。"朝夕简单地解释了一下。

陆程安在纸上写了下来，又和她重复了一遍："是这样的顺序，没错吧？"

"嗯！"

"好了，我马上去买，你在洗手间等着。"

朝夕有点儿羞："你……快点儿啊！"

陆程安花费了不到六分钟的时间。

到了洗手间之后，他拜托一个路人："抱歉。"

女人微笑着："你好！"

"我的女朋友在里面出了一点儿状况，能麻烦你把这个东西递给她吗？”陆程安说，“她叫朝夕，你叫一声她就会应。”

女人的脸色沉了下来，原以为是艳遇，却没想到是这样。

即便如此，她还是答应了陆程安的请求。

朝夕出来的时候双唇毫无血色，整个人都病恹恹的，饭也没吃几口，陆程安怕她营养跟不上，又打包了一份粥和几个小菜回去。

回去之后朝夕就躺在床上了，她一觉睡到了晚上 7 点多。

醒来的时候发现窗外的天已经黑了，屋内静悄悄的，她坐了起来，整个人无力疲惫。

她打开灯之后，外面才有响动。

脚步声传来，陆程安打开门："醒了？"

"嗯！"

陆程安走了过来，揉了揉她的头发："我给你找了位中医，我看了一下你的值班表，下周日带你去看。每次这么疼着也不是个事儿。"

"不疼。"

朝夕说："就是浑身无力。"

"差不多。"陆程安说，"我给你熬了粥，想喝吗？"

朝夕其实没什么胃口，但她今天确实没吃什么东西，肚子空空的，为了身体，她点头："喝一点吧！"

陆程安把粥拿进来之后，朝夕伸手要接，却被他躲过。

朝夕茫然："你给我呀！"

"我喂你。"

朝夕果断拒绝："不要。"

陆程安拿勺子搅着粥，让它快速变凉，接着舀了一勺递到朝夕嘴边。她现在的状态其实很勾引人，脸色苍白，但双眼湿漉漉的，双唇抿着，一副委屈模样，惹人心疼。

朝夕看着他："很奇怪。"

"奇怪吗？"陆程安勾了勾唇，一双桃花眼笑得漆黑深邃，笑得居心叵测，语调上扬道，"那行，用勺子还是用嘴喂你，自己选一个。"

到最后，自然是陆程安一勺一勺地喂她喝的。

只不过朝夕的胃口确实不怎么好，一碗粥也只喝了一半，喝完之后她又躺回床上接着睡了。

这也导致第二天她醒得特别早。

天蒙蒙亮的时候她就醒了，醒来之后无所事事，她拿起手机，看到工作群里几百条消息，她直接滑到最上面开始浏览。有讨论工作的，最近的手术相对之前少了点儿，但仍旧一堆麻烦事。也有讨论生活的，大多是下班之后遇到的新鲜事或者是奇葩事。还有最新的一条消息，是今天凌晨 4 点发的。最近新增大量流感病人，为此医院每天清晨 6 点将进行全院消毒，请各位医护人员上班期间戴口罩，注意清洁。

发的时间点是凌晨，因此也无人回复，并且这种消息向来也没什么人回复。

看完消息之后，朝夕翻了个身，腰间陡然一紧。

陆程安的下巴压在她的颈窝里，蹭了蹭，声音带着惺忪的睡意："几点了？"

"6 点多。"她说，"你再睡会儿吧！"

陆程安偏头，在她的后颈吻了吻，呼吸之间的热浪扑在她的身上，他问："早饭想吃什么？"

"灌汤包、油条。"

"还有吗？"

朝夕想了想："我以前在江南的时候喝过咸豆浆，碗里放了葱花、酱油和香油，一勺豆浆倒进碗里，搅拌一下就有豆花，泡油条吃特别好吃。"

陆程安笑了一下："怎么会想喝这个？"

"不知道。"

"我知道有家早餐店，就在附近，有你想喝的咸豆浆，待会儿带你去。"

等吃完早餐之后，陆程安便开车带朝夕回大院。

寒冬的暴雪天，能见度很低，一眼望去雾蒙蒙的。陆程安将车开得很慢，朝夕靠在车窗上看着外面萧索的风景。

没一会儿，陆程安的手机响了起来，是沈放的电话。

手机连着蓝牙，沈放的声音在车厢内响起："二哥，你什么时候到啊？"

陆程安："在路上了。"

"半小时前你也是这么和我说的，我和大哥、三哥都在，就等你了——"沈放话音未落，就被一个女声打断："三哥不是还没来吗？"

沈放那边噤声了。

陆程安挑了挑眉，嗓音发沉："沈放？"

沈放清了清嗓子，语气讨好："我的意思是，三哥永远在我的心里。"

前面恰好是个十字路口。

前几年这边修路，原本直行就能到大院的路硬生生地改成右转，陆程安和沈放打着电话，也没多想，径直往前开去。

好在朝夕意识到不对，出声："往右转。"

听到她的话几乎是条件反射般，直到转弯过后，他才意识到自己刚刚开错路了，要是真往前开，前面的掉头路口得有一千多米，绕好大一个圈。

可很快，他也察觉到了不对。

沈放还在喋喋不休地说着什么，陆程安无情地打断："有事，待会儿见面再说。"说完，就把电话挂断了。

朝夕疑惑地问："你有什么事？"

陆程安专心地开着车，目视前方，只是从侧面看过去，仍旧可以看出他的神色略有几分紧绷，眉头紧锁，双唇紧抿着。过了几秒，他突然说："这条路改过。"

"啊？"

"五年前改过，原本直行能回家，现在不能了。"他把车速放慢，转过头来，欲言又止地看着朝夕。

朝夕也没隐瞒："我回来过。"

"什么时候？"

"奶奶生病的时候。"

果然如此，陆程安的嘴角一扯，笑得寡冷。

朝夕察觉到他的异常，心里冒出了个极其荒诞的想法，她按捺住心底的期待和躁动，小心翼翼却又轻描淡写般地问他："你不会那个时候见到过我吧？"

"算是吧！"他说。

朝夕心头一颤："算是？"

陆程安眼里流露出了几分无奈，语气低缓，说："我去医院等过你。"

朝夕不无震惊地看向他。

"我总觉得你会回来，可大哥说你连他的邮件都没回，让我别抱希望。我倒也没抱多大希望，只是觉得，如果遇到你的概率是万分之一，那我会把那万分之一变成百分之百。"

"可当时我没有看到你。"

"嗯，探望时间已经过了，所以我就走了，只是离开的时候，在停车场看到了季景繁，你家小五，他的车上下来一个女人，"陆程安说，"我看了一眼，总觉得那个人像你。"

他忽然嗤笑了一声："我这些年把人误当作你的次数太多了，当时以为是自己眼花，也没太在意。"

朝夕的喉咙发紧，她拿了瓶水想喝，瓶盖拧了半天，也没拧开。

前面就是大门，陆程安松开油门，一只脚轻踩着刹车，车速逐渐降了下来，最后停在路边。

他拿过朝夕手里的水，略微使劲，拧开了。

他把双手放在方向盘上，手指轻敲了一下方向盘，继而缓缓开口，嗓音低沉醇厚，既平静又沉稳地说："但我回去之后越想越不对，当晚做了个梦，梦到了你。"

"梦到我……什么？"

"梦到你质问我，为什么不去找你。"陆程安还清醒地记得那个梦，这些年他经常梦到朝夕，但大部分还是梦回二人见面时的场景，或者是连她正脸都不清晰的画面。但那个梦不一样，那个梦清晰到他甚至看到她的眼角撕裂，眼里的红血丝分外清晰，从眼里坠了下来，鲜明又刺眼的红。

朝夕哭着质问他："你为什么还不来找我？为什么？"

陆程安想和她说，这些年他一直都在找她。但他职业特殊，一年只能出国两次，年假又少，他把所有时间都耗费在了寻找她的路上。

去了她的学校，无果。

她偶尔会更新 Ins，陆程安借由下面的定位找她，可每次他一到那里就扑空，她的 Ins 更新已经换了地点。

从非洲到欧洲，这些年他为了她去了不少地方。

见他不说话，朝夕指着他，语气冰冷："我不应该对你有期望的。"

陆程安是惊醒的。醒来的时候后背发凉，他摸了摸，身上穿着的睡衣都湿漉漉的。

他自嘲般地笑了笑："我醒来之后就给小五打电话，但他一口咬定是我看错了，那个人不是你。"

"你没看错。"

陆程安轻哂："嗯！"是没看错，但这个时候谈论看没看错也没有任何意义了，他们当时确实是错过了。可人生就是这样，兜兜转转，到头来，你仍旧是我的命中注定。

陆程安把朝夕送回季家之后便去了沈放那儿。

他到得晚，梁亦封、季洛甫已经到了，见他来了，季洛甫疑惑地问："朝夕呢？"

"送回家了。"陆程安也很疑惑，"你怎么在这儿？"

季洛甫既无奈又头疼地闭上了眼。

陆程安纳闷："什么情况？"

沈放在边上幸灾乐祸地笑："他家老爷子从昨儿个开始就准备朝夕回来的事儿了，那架势用'夸张'这词都不够形容，得用'浮夸'来形容了。大门挂了两红灯笼，屋里也弄得红红火火的，也不知道从哪儿听说的，还整了个火盆，说是去晦气。要不是大哥阻止，朝夕今儿个回来还得跨火盆。"

大门的红灯笼他倒是看到了，毕竟是元旦，他寻思着可能老人家重视这节日所以挂的，但没想到是这个原因。

沈放更乐不可支了："老爷子要求每个人都穿红衣服，大哥哪儿有什么红衣服啊，结果被老爷子赶出来了。不过大哥，红衣服我没有，红内裤行吗？我友情提供你一条红内裤。"

季洛甫摇了摇头："你消停点儿吧！"

四个人在客厅里聊了会儿，眨眼就是饭点。

季洛甫的手机响起，接完电话之后，他不无疲惫地拧了拧眉。

陆程安："怎么了？"

"我先过去吃个饭，待会儿再回来。"

沈放惊讶："不要红衣服了吗？"

季洛甫面无表情地转过头来："你能闭嘴吗？"

"不能，"沈放非常诚恳地建议，"我真有红内裤。"

季洛甫咬牙："不需要。"

沈放家过一条马路就是季家。

这场雪连续下了几天，茫茫白雪裹着寒风，围墙上堆积着一拳厚的雪，季洛甫推开栅栏门，刚好和推门出来的朝夕视线对上。

两个人隔着苍茫白雪，继而一笑。

季洛甫："怎么出来了？"

朝夕头疼不已："太累了。"

二人站在门边，均双手插兜，望着远处，神情也是如出一辙的淡漠。一墙之隔的室内热闹至极，欢声笑语；而室外，二人静默无声，唯有簌簌白雪被寒风吹动发出的声音。

这幅画面太熟悉。

以前每年过年的时候，季家所有亲戚都来这边拜年，室内太吵，朝夕不喜欢这样的喧嚣嘈杂，于是从人群中退出。她在门外待不了多久，身后就传来开门声，都不用转身去看来人，就知道是季洛甫。

这种时候，向来是季君菱施展手脚的时候，她向来乖巧，又长袖善舞。朝夕和季洛甫不擅长和长辈接触，因此每到此刻，他们都是艰难地顶着张笑脸附和着长辈们，时间差不多了，便退场离开。

两个人出来之后，也没什么好说的，简单的一两句："不再待一会儿？""烦。"

说完，便看着这满园飞雪，直到屋内传来开饭的声音，二人才推门进去。

今天也是如此。

吃完饭之后，朝夕给了季洛甫一个眼神。

季洛甫心领神会，说：“我带朝夕出去转转。”

季老爷子不满：“大雪天有什么好转的，而且朝夕刚回家，我还没怎么和她聊天，你拉她出去干吗？”

季洛甫：“她都回来了，您还愁没时间聊天吗？”

朝夕说：“是啊，我都回来了。”

季老爷子眼珠子骨碌一转，意味深长地问：“陆程安也在？”

朝夕：“嗯！”

“那去吧！”他长手一挥，语气悠长地道，“过段时间他该上门提亲了吧？你俩的事儿也该定下来了。”

朝夕嘴角挂着浅淡的笑意，没说好，也没说不好。

季老爷子其实不太喜欢小辈们这样，但面对的是朝夕，他也说不出任何催促的话，拍拍朝夕的手，语重心长地叹了口气：“爷爷对你也没什么要求，希望你万事顺利就好。”

“会的。”她说。

朝夕和季洛甫到沈放家的时候，意外发现陆程安不在。

朝夕想拿出手机给陆程安发消息，却被沈放制止：“二哥没回家，他出门说是要买劳什子的糖葫芦，看看时间，差不多也该回来了。”

“糖葫芦？”朝夕猛地抬起头。

沈放：“不是给你买的吗？”

话音刚落，陆程安就回来了。

朝夕还站在玄关，门一敞开，室外风雪涌了进来，陆程安很快就把门关上，他一抬眸，恰好对上朝夕的视线。

她的神情有几分呆愣。

陆程安脱下沾了风雪的衣服，挂衣服的时候，他说：“发什么呆呢？”

朝夕回过神来。

他脱下衣服的时候，从怀里拿了两根糖葫芦出来，此刻，他把其中一根扔给沈放："喏，拿楼上给你那小娇妻吃。"

沈放嬉皮笑脸地接过："谢了，二哥！"

剩下的那根给朝夕。

朝夕垂眸，盯着他拿着糖葫芦的手，他的手被冻得通红。

她没伸手："你买这个干吗？"

"不要？"他往前跨了一步，倏地，半弓着身子，头凑到朝夕面前，微微仰着头看她，伸手捏了捏她的下巴。

朝夕小声道："你干吗？"

陆程安笑了起来，嗓音低沉，说："我也想让你记我一辈子。"

朝夕愣了一下。很快，她记起来，当初她和陆程安说，季君菱对她也有过很好的时候，也带她四处游走买糖葫芦。哪怕后来她到了那样的境地，她也依然记得季君菱给过她的糖。这无关软弱，人回忆往事，记起的总是两个部分，如蜜般的糖以及戳心般的痛。

"以后提到糖葫芦，不要想那些不相干的人，"陆程安的眼神炙热火辣，眼里的欲望与控制欲倾泻而出，语气轻飘飘的，但说的话，每个字都很强势。

"想我。"

"一辈子都只能记得我。"

朝夕接过那根糖葫芦，她眨了眨眼，说："这辈子我都会记得你。"停顿了几秒，她又补充："你这辈子都不能忘了我。"

陆程安一扬眉梢，笑着说："这么霸道？"

朝夕也笑："就是这么霸道。"

因为那根糖葫芦，画水也从楼上下来了。

她个子小小的，被沈放抱在怀里，乖巧地叫人："二哥，朝夕姐。"

之前在钟念的婚礼上，朝夕和她见过面，也知道她是学医的，也在市立第一医院上班，只不过是另一个科室，两个人从没见过面。

沈放、梁亦封、季洛甫和陆程安四人聊着天。

朝夕和画水低声说着话，都是医疗系统里的，自然也有着共同话题。快到饭店的时候，画水突然想到什么，声音带着惺忪的鼻音，说：

"朝夕姐，最近流感暴发，你在医院小心点儿，我就是不小心所以才这样的。"

朝夕点点头："好，我会注意的。"

吃饭中途，沈放接了个电话。

电话挂断之后，他问陆程安："二哥，你晚上有事儿吗？帮我去一下会所。"

"怎么？"

"林家那位在那儿，我得过去见个面，"沈放看了眼画水，"但画水不是生病了吗，我不放心她。二哥，要不你顺道帮我去吧。林家那小公子我记得和你关系挺好的，以前总跟在你身后叫你二哥来着。"

陆程安："叫我二哥的多了去了。"

"那也得认你这个二哥才能叫啊。"

陆程安犹豫着。

就在他左右为难之际，朝夕突然开口："去吧！"

她问沈放："应该挺快的吧？"

沈放立马道："很快。"

朝夕爽快地点头："那去吧！"

陆程安提醒她："人很多，而且是个酒局。"

"我又不是主角，"她不甚在意，"而且沈放不是说了，很快就能结束嘛。"

"行，那咱们待会儿过去。"

但朝夕想错了，原本的主角当然不是她，可她一来，主角就成了她。毕竟这些年她太神秘，活在传闻中，是陆程安念念不忘的人。

陆程安这些年性情大变，又越发洁身自好。

圈内不少女的都对他痴心妄想过，听信了两个版本，对于尹落的嗤之以鼻，这主要来源于他的诸位前任。她们在听到尹落的那个版本的时候无一例外地冷漠发笑，语气很淡，却充满讽刺意味："尹落那样的人真配不上陆程安。"却也打击那些蠢蠢欲动的女生："听过飞蛾扑火吗？靠近陆程安，只有这样的结局。"

"你就是得到过他所以才这么说的吧？谁不知道陆程安对历任女

友都很上心。”

“上心？他这个人哪里有什么心啊！”

却仍旧有人不听劝，想要迎难而上。

但陆程安实在低调，若非必要，绝不出席这些聚会，他身边的人也都是私交多年。渐渐地，女人心底的躁动被其他男人安抚，可心底仍旧贪恋着陆程安，更想着见朝夕一面。

女人嘛，计较的点无非是那几样，外貌、身材、家境、学历。

朝夕和陆程安进来的刹那，包厢里瞬间陷入静谧。

那晚的酒吧，大家也不是没见过朝夕，只是她半蒙着脸。而今，她整张脸裸露在日光之下，她看人的眼神温和，身上却散发着很淡的疏离冷漠的气息。

很快，房间里传来笑声。

“二哥，真是你来了，沈放和我说的时候我还不太信，你竟然会来这儿，”林源起身，迎了上来，语气里满是惊喜，“我之前叫了你好多次你都没来！”

“之前太忙。”陆程安淡声道。

林源的视线落在他身边：“这是……我要叫嫂子还是叫朝夕姐啊？”

陆程安拉着朝夕在他附近的空位上坐下。

他垂着眼眸，面无表情的脸显得尤为寡冷，闻言，勾了勾唇，道：“叫嫂子。”

“行，嫂子。”

朝夕微微一笑。

她坐在陆程安身边，听着二人聊天。

朝夕全程都没说话，只安之若素地在陆程安身边待着，她分明没有任何高调的举动，但举手投足之间都吸引着众人的眼球。

男人们内心惊啧，女人们则满腹嫉妒。嫉妒之后，又小心眼地认为，朝夕也不过徒有美色罢了。

私底下大家开始议论，觉得她被季家赶出这些年，也没听季家任何人提起过，想来应该是在国外的野鸡大学就读。因此，大家的心里又好过不少。

今天这个聚会梁亦封的堂弟梁祺也在。

他参加过梁亦封的婚礼，自然也见到了朝夕。那天婚礼上的人他都认识，唯独朝夕，她穿着一条深蓝色的连衣裙，肌肤似雪，五官精致，不知道是谁叫了她一声，她回眸，朝梁祺这边一笑，笑意潋滟，似含春色。

梁祺的心脏受到重重一击。

他自然四下找人问了，得到的答案是，那人是朝夕。

并不意外的答案。传闻中的人间绝色，确实名副其实。

他也从梁昭昭的口中得知，朝夕在他们科室上班，专业态度和技术水平堪称一流。这样的女人，不管是外貌、身材、家境还是学历，都不逊色于任何人。

听到这些人嫉妒愤懑的声音，梁祺冷笑道："她是UCL毕业的，学医，和我三哥在同一个科室工作。"

众人瞬间噤声。

大家面面相觑好一会儿，最后既刻意又尴尬地清了清嗓子。

然后，有人主动向朝夕示好。

这个圈子本身就是这样，充斥着浮华和浮躁。上一秒还对你露出友善笑意的人，下一秒就能顶着那张笑脸往你的胸口插一刀。

但似乎不管到了哪里都是如此。

世界上本来就没什么真心，真心从来都建立在利益之上。

离朝夕最近的女人凑了过来，声音细小，带了几分拘谨："你好。"

朝夕："你好。"

"我叫陈可怡。"她自我介绍道，"我还是第一次见到你，你好漂亮。"

朝夕抬眸看了她一眼："你也很漂亮。"

陈可怡莫名地涨红了脸，她举起一杯酒："喝吗？"

"谢谢！我不喝酒。"

"这个是果酒，没什么度数的。"

朝夕仍摇头："抱歉，我不喝酒。"

陈可怡歪了歪头："为什么呀，你酒精过敏吗？"

“不是，我酒量不好。”朝夕曾经并不知道自己的酒量，在某次和钟念一起喝酒之后，她才发现自己根本不是酒量不好，而是根本没有酒量。不是一杯倒，是两口醉。

而且醉了之后，她会耍酒疯说胡话。也是在那个时候，钟念知道了陆程安的存在，知道了朝夕和陆程安之间的婚约，以及喝醉之后的朝夕，卸下盔甲，抱着酒瓶，双眼红红的，跟个得不到糖的小孩似的：“我讨厌他，钟念，我真的好讨厌他……”可隔了一会儿，又小声反驳自己：“比起讨厌，更多的是喜欢。”

朝夕在清醒之后忘得一干二净，钟念也没提及这事，只说她耍酒疯，叮嘱她千万别在外人面前喝酒，否则后果不可估量。

上次和江烟喝酒也是意外，不过好在她只抿了几小口，意识到不对之后，马上就回房躺着了。

陈可怡听完，问边上的人：“我记得有人点了可乐，可乐呢？”

“这个吧？”那人随手一指。

陈可怡顺手拿了过来，递给朝夕：“那你喝这个吧！”

因为点的时间久了，包厢内的暖气又太足，里面的冰块已经融化，朝夕接过来，感受到杯壁的温度和她身体温度差不多。

她也没在意，低头喝了一口，很甜，不像是可乐。

正好这个时候陆程安谈完事了，转头过来，看到朝夕手里拿着杯东西，她拧着眉：“这个可乐味道好奇怪。”

陆程安闻了一下。

“这是酒，”他神色不快，语气很沉，“谁给你喝的？”

陈可怡不知所措：“我以为这个是可乐，我不知道那是酒。”

那酒看上去跟可乐似的，实则是四十度的烈酒。

朝夕的理智被酒精浸渍，连带着说话语速都放慢了不少，温吞道：“好了，我也没喝多少，只喝了一口。”

放在平时陆程安倒也不会这么生气，只是朝夕在生理期，喝酒太伤身体。

好在事情已经谈妥，陆程安拉着朝夕提早退场。

会所的停车场是室外停车场。

室外格外冷。雪纷纷扬扬地下着，朝夕的步伐慢腾腾的，陆程安配合着她的步伐走着，走了没几步，她停在原地。

陆程安转回身来："怎么了，朝夕？"

朝夕仰着头。

头顶是一盏柔黄色的路灯，雪花在温暖的光线下飞舞，她毫无征兆地冒出一句话出来："我的钱包被偷了。"

陆程安失笑："就一口酒？"

"巴黎的治安一点儿都不好，我就一个转身的工夫，钱包和手机就被偷了。"朝夕收回视线，目光笔直地看着他，"我第一天去巴黎，连酒店的路都不记得，找了好久都没找到。下午的时候巴黎下起了暴雪，那天好冷，地上都是湿的，我还摔了一跤。"

她是真的喝醉了，都开始说起以前的事来。

"当时有个好心人来扶我，他还帮我找到酒店，到了酒店之后，他问我有没有男朋友，"朝夕双眼通红，说，"我说我有未婚夫了，他在国内等我，等我回国就结婚。"

陆程安脸上的笑意尽敛。

沉默了几秒，她哽咽着说："可是我的未婚夫不要我了，他不要我了。"

"他没有不要你。"陆程安垂下眼，往前走了一步，双手扶着她的脸，让她仰着头看他，他的眼里也是血丝遍布，嗓音低哑，一字一句地道，"陆程安从来都没有不要朝夕。"

又是一阵冷风吹过。

朝夕抽抽噎噎的，说："我也没有不要你。"

"我知道。"

"不，你不知道。"她踮起脚，学着他的姿势，双手扶着他的脸，她一点一点地靠近，脑袋晕乎乎的，酒精把她的理智都化成渣了，视线也模糊着。过了好久她才看清陆程安的神情，她语气珍重，又诚恳地道，"我喜欢你。"

这句话太震撼，以至于陆程安愣了许久。

她说："你是不是觉得我没那么喜欢你？"

陆程安没回答。但在他心底，他是这么认为的。

他能感受到朝夕对他的喜欢，但那喜欢太浅淡。

她吸了吸鼻子："我喜欢了你十年，我的喜欢一点都不比你的少。"她啜泣着，好像要崩溃了似的："我的喜欢有很多很多，我喜欢你，不比你喜欢我少。"

陆程安伸手擦着她的眼泪，不无心疼地道："原来你这么喜欢我啊，都喜欢了我十年了。"

十年，听上去那样漫长。而他们彼此竟然都这样漫长无望地喜欢着对方。

可她话锋一转，抽噎着说："可是好不公平，你在我之前有过那么多女朋友，你喜欢过那么多人……"积攒了多年的心里话在此刻倾泻而出。

她哭着说："你为什么要喜欢那么多人？你为什么不能等等我？为什么我要遇见你？为什么我那么喜欢你？"

那些深埋于心的秘密，那些即便深夜想起，她都无法直面的东西，在此刻跟开了闸似的说出口。

明知喜欢你是飞蛾扑火，我却还是一往无前。

陆程安说："没有，我没有喜欢过别人。"

"胡说。"

"我什么时候骗过你？"他耐心地哄着她。

天气太冷，陆程安把她裹紧了，低声道："我们先回车上好不好？"

朝夕点头，却又哭丧着脸："我走不动了。"

"怎么就走不动了？"

"脚好冰，我好冷啊，我的腿要被冻没了，物理截肢，呜呜呜……"她今天似乎要把所有眼泪都流出来似的，陆程安从没见过她这一面，笑得整个人都在抖，他哄着她："我背你过去好不好？"

说完，他把她抱起，放在花坛边上的石阶上。

朝夕往前一扑，陆程安把她背了起来，往停车场走。

她趴在他的颈侧，呼吸声很粗，缕缕热气扑在他的脖子上，还有湿答答的眼泪。她仍旧在哭："我要是截肢了，你还会喜欢我吗？"

"喜欢。"

“你都没有想。”

陆程安停下脚步，他看着地上的影子，定定地说：“因为是你，所以无论怎样，我都喜欢。”

可他没想到，这句话说出口，滑进他身体里的眼泪更多了。

她“啪嗒啪嗒”地掉着眼泪：“你用这些话骗过多少个小姑娘？”

陆程安侧过头来，对上她湿漉漉的视线，他说：“我就你这么一个小姑娘。”

“对，你就我这么一个小姑娘。”可是她不知道想到了什么，泪水又上涌了，“可是你有那么多妹妹，好多人都叫你二哥，好多人。”

陆程安怔了几秒，继而他似乎想到了什么，问她：“所以你才不喜欢叫我哥哥，是吗？”

她咬着下唇，慢腾腾地点了点头。

陆程安满意地一笑：“行，听你的。”

朝夕低头，过了好久，她迟钝地反应过来之前的事，问他：“那你不喜欢她们，为什么还要和她们在一起？”

陆程安说：“因为不知道有你，早知道我的生命里会出现一个叫朝夕的人，我说什么都不会看别的女人一眼。”

“我叫季朝夕。”她纠正道，“我姓季。”

“好，季朝夕。”

朝夕看着他，忽然没头没尾地说：“我在国外的时候好想回家啊，可我现在回家了，却也没那么开心。”

“怎么不开心呢？跟我说。”陆程安说，“哪里不开心？”

“就是不开心，总觉得那儿不是我的家了。”

陆程安背着她往前走。

风雪夜，湿漉漉的风雪擦过他的耳尖，喧嚣的车声似乎都已远去，陆程安听到他踩着雪地的声音，和他作响的心跳声。

背上的人安静下来。

他偏头望去，她已经合上眼睡着了。

陆程安停下脚步，在昏昏沉沉的光亮中，他盯着她，突然笑了出来。他笑得很纯澈。

“朝夕。”

他轻声叫她，回应他的是漫天风雪。

像是过了好久，又像是只过了几分钟。

他语气诚恳，又郑重地说：“我给你一个家，好不好？”

他说这话时神态那样认真，那样专注，“真的，朝夕，我给你一个家，好不好？”

陆程安的眼神温柔，“一个只属于我和你的家。”

“不要你付出，也不要你牺牲。”

“你什么都不要做。”

“做好我的妹——”他想到了刚才的对话，笑了，“那么多妹妹又怎么了？那些妹妹都叫我二哥，就你叫我哥哥。”

“你都不知道，你叫我哥哥的时候我有多开心。”

“那些妹妹都是一起长大的，我怎么会对她们有想法？我又不是禽兽，怎么会对从小一起长大的妹妹感兴趣，对吧？”

顿了顿，他又改口，调笑道：“可是仔细一想，我和你要是没有婚约，我还是会喜欢你。”

“行吧，我是禽兽。”

他于是改口：“好好做我的小姑娘就行。”

“做我的小姑娘也挺简单的。”

“就……别离开我就行，我年纪大了，真的没法再经历一次那样的事情了。”等待这件事，就连回忆起来都觉得苦涩。

“反正你都这么喜欢我了，对吧？”想到这里，陆程安笑了，“我还真不知道你这么喜欢我。”

“还喜欢了我十年。”

他转过头，接着往前走，嘴角始终挂着笑。

他等了十年，到头来还是把她等到了。他一直以为再遇到朝夕是用了那万分之一里的唯一可能，原来不是。

被朝夕喜欢，才是。

朝夕这一觉睡得昏昏沉沉的，直到第二天中午才醒过来，醒来之后立马就进了洗手间。昨晚那杯酒的度数实在夸张，后劲太足，她原本就没有酒量，那一口下去，酒精浸渍她的大脑，她整个人都失去了理智。

刷牙的时候，她回想了一下昨晚的事情，大脑里一片空白。

洗完脸，她直起腰，看到镜子里陡然多了个人，朝夕吓了一跳：“你走路都没有声音的吗？”

陆程安靠在门边：“有哪里不舒服的吗？”

“还好。”朝夕转过身来，她背抵着洗手台，“我昨晚喝醉了。”

“嗯！”

“我有没有说什么乱七八糟的话？”

陆程安一挑眉梢：“什么话是乱七八糟的话？”

“就……我平时没说过的话。”

他摇头：“那没有，昨晚说的话，平时也说。”

朝夕松了一口气，她想出去换件衣服，陆程安靠门站着没挪位置，一副不让她出去的架势。他垂眸，眼里有着细碎的笑意，眼尾勾起调戏的笑意，声音低哑，道：“昨晚你也就说了‘我好爱你，没有你我就活不下去’这样的话。”

朝夕仰着头，既古怪又疑惑地看向他。偏偏她压根也不敢反驳，毕竟当初她喝醉了之后，钟念对她的叮嘱还言犹在耳。朝夕从没见过钟念那么严肃的表情。

她斟酌了一下，刚想问是真的吗，却突然反应过来：“我平时也没说过这样的话。”

“是吗？”陆程安低头，“我怎么觉得你一天要说十句这样的话？”

朝夕面无表情：“那是你。”

“哦，是我。”

朝夕眨了眨眼，再次确认：“我昨晚真说了那些话？”

“你还拉着我的手，”他牵着朝夕的手，别有深意地看着她，拖腔带调地补充完：“色诱我。”

陆程安拉着朝夕的手往下按了按，手心的触感从柔软变到滚烫，像是烫手山芋，朝夕想抽开，却被他压着。他整个人也都靠了过来，偏了偏头，眸间两盏桃色，嗓音沙哑：“这才是色诱，知道了吗？”

不得不承认，朝夕确实被他诱惑到了，空气里飘着暧昧的因子。

朝夕忽地踮起脚，另一只手绕过他的后颈，唇瓣若有若无地擦过他的下巴，留下缱绻的温热，像是下一秒就要吻上他。

朝夕的身上有股很好闻的气息，她说话时双唇若即若离地和他接触，要触碰到，却又离开，吊人胃口。

她压着嗓音，音色带媚："这才是色诱。"

"你这个？"

朝夕在他的脸上缓缓吐气，像是个妖精，媚惑人心，但那妩媚的勾引只不过是她的兴之所至。过后，她潇洒地转身离开："不过如此。"

语气很淡，像是一种嘲讽。

卧室里手机在响，他们的手机是同款，颜色也一样，来电人没有备注，她以为是自己的手机，于是接起。还没等她开口，那边的人就说："二哥，我有事想找你帮忙。"娇滴滴的女声。

朝夕："他在洗澡。"

"你是？"

"等一下。"朝夕敲了敲浴室的门，语气平淡，"有人给你打电话。"

浴室里淅淅沥沥的水声暂停。

陆程安："谁？"

"不清楚。"

话音落下，浴室门被打开，浴室里氤氲着雾气，朝夕把手机放在靠门的柜子上："还在通话中。"

陆程安拿过手机，听到声音后知道是许微末，陆徐礼的妻子。

没多久，陆程安从洗手间出来。他在衣帽间换衣服的时候往外瞥了一眼，发现床上空荡荡的："朝夕？"他边扣扣子边走了出来。

朝夕在外面的洗手间洗漱。

陆程安走了过来："这就起床了，不再回去躺一会儿？"

"吵。"她伸手拍开他揉自己头发的手，低头洗脸。

洗完脸之后，朝夕直接忽视边上站着的陆程安，从他的身边走过去，陆程安一把拉住她，偏头，注意到她垂着眸，脸上的情绪怎么藏也藏不住，带着薄怒。

他笑："生气了？"

朝夕否认："没有。"她甩开他的手。

陆程安从她的身后抱住她，双手搂着她的腰，靠在她耳边，笑着解释："许微末是我弟弟的妻子，她给我打电话是有事要我帮忙，家事。"

朝夕："哦！"

"就这样？"

"嗯！"

"没生气？"

朝夕面无表情："我为什么要生气？"

陆程安忍着笑："因为吃醋？"

她的语气里有几丝荒谬："我吃什么醋？"

"是我多想了。"他弯腰抱着她，几乎整个人都贴在她的后背上，他似乎心情很好，喉咙里溢出细碎的笑声，她感受到他笑起来时胸腔都在颤动。

朝夕："你以为呢？"

"我以为……"他说话间带出温热的气息，熨烫着她的耳郭，气音绵长，夹着笑，"我以为你因为有女生大早上给我打电话，你吃醋了。"

"没有。"她冷哼了一声。

沉默了几秒。

她又补充："谁给你打电话都和我无关。"语气淡漠，看似毫不在意，但说完之后，连朝夕都觉得自己这话说得太过刻意。

陆程安把她整个人给扳过来，面对面。

朝夕始终垂眸不看他。

陆程安微微低下头来，唇间的温热从眼睑处落下，渐渐地蔓延到她的鼻尖，最后停留在她的嘴角上。

朝夕往后仰了仰，却被他一手托住头。

陆程安眉眼轻抬："真没吃醋？害我白高兴一场。"

朝夕莫名其妙："这有什么好高兴的？"

"这不是在意我才会吃醋的吗？"陆程安轻"啧"了一声，语气带着探究和疑惑，"真不吃醋啊？这大清早的一个女的给我打电话，你不吃醋？换我，要是大早上发现有个陌生男子给你打电话，我可能……”

“可能什么？”她绷直的嘴角松了一些，提醒他别做触碰刑法的事，“你可是个检察官。”

陆程安笑出了声，他皱了皱眉，解读了一下她这句话的意思，哑然失笑：“可能在想，怎么把你金屋藏娇。”

“……”

“不让别人看到你。”

“……”

“这样你就是我的了。”

“……”

“朝夕。”

他捏了捏她的下巴。

朝夕终于有了反应，她慢腾腾地抬眸。

陆程安：“金屋藏娇，好不好？”

朝夕按下心里的悸动，很微妙地问他：“你这是在向我求婚吗？”

陆程安有一秒钟的愣怔，继而笑了起来，他的眼尾往上浮浪地挑起，看上去似乎心情很好的样子：“那你愿意嫁给我吗？”

“有你这么求婚的吗？”

“你答应了不就有了。”

朝夕拍开他的手，甩给他一个背影：“我拒绝。”

也因为这突然转折的话题，导致朝夕都忘了她一开始生气的原因了。

第十三章

归你了

午餐是陆程安做的。

他这些年独居，一开始叫外卖过日子，后来时常加班，胃不好，因此也学会了自己做菜。

吃完之后，两个人在书房办公。

朝夕看了几页书发现自己怎么都看不下去，于是拿出手机，给钟念发消息。

朝夕："我之前喝醉酒的那次，你还记得吧？"

钟念回得很快："研一的时候？"

朝夕："嗯！"

钟念："怎么了？"

朝夕："我醉了之后发生了什么？"

朝夕看着屏幕上的"对方正在输入中"不断显示又消失，过了好几分钟，钟念回她："太久了，记不清了，怎么突然问这个？"

朝夕："我昨晚喝醉了。"

钟念："边上还有谁吗？"

朝夕如实道："陆程安。"

这三个字发出去之后，钟念那边突然陷入安静之中，朝夕以为她有事在忙，于是也没催她，接着看书。但看了几行字，她始终心不在焉。

她又拿起手机，给钟念发信息："他说我喝醉之后和他真情告白了。"

朝夕："我又不是喝了假酒。"

钟念终于回复了："你只是喝多了。"

朝夕："什么意思？"

钟念："上次醉了之后，你也告白了。"

朝夕："向你？"

钟念："他。"

朝夕既认命又羞愧地闭上了眼。

但她也很清楚，知道陆程安那些话是夸大其词的，可"告白"这个词，不加任何修饰语，一句告白，也是"我爱你"。

"我爱你"这三个字，就已经充满了旖旎暧昧。

朝夕叹了口气。

她一叹气，陆程安就说："叹什么气？"

朝夕看了眼钟念新发过来的消息，于是顺势道："钟念说年三十他们小区能放烟火，可我年三十还要值班。"

"不能出来？"

"会轮着回家，可能得十一二点了。"

"我来接你回家，一起跨年。"陆程安往后一靠，身形松散地坐在椅子上，他懒洋洋地掀了掀眼皮。

台灯是柔黄色的，倾泻一室温柔。

这一天过得很快。

隔天，休假就结束了，二人接着上班。

日子平静地过。

朝夕的抵抗力不太好，再加上近期流感严重，医院里几乎挤满了人，她也不幸感冒了。于是，她下午找了个时间去认识的医生那里开点感冒药，却发现会诊室里有病人面诊，她无意打扰，给徐医生使了个眼色示意她自己在外面等，却被面诊的病人抓住："医生，我生病了，想要看病。"

朝夕扯回自己的手："你不是在看病吗？"

"那我想换个医生看。"

朝夕扫了他一眼，衣着打扮一看就是纨绔子弟，行为举止也很不正经。那人见朝夕打量他，以为她是被自己吸引住了，于是勾了勾唇，乘胜追击道："医生，你叫什么？我来挂你的号啊！"

朝夕双手插兜："你要挂我的号？"

"对啊！"那人笑得更欢了。

朝夕说："你脑子哪里出问题了？"

那人脸色一僵。

朝夕："等你脑子出问题了再来找我。"说完，转身就走。

男人还没被人这么当面说过，脸上青一阵白一阵的，场面一度十分搞笑。徐医生憋着笑，解释道："那名医生是神外的医生，专做开颅手术。"

所以是真的脑子出问题了再去找她。有理有据，无法反驳。

朝夕拿完药之后就回了科室。

回到办公室后，她就被王主任叫了名字，待会儿王主任有个手术，朝夕是他的助手。手术较为复杂，病人有松果体区肿瘤，松果体区在脑子的中央，进入这个手术区域要越过的脑结构较多，因此手术风险很高。

见她回来，王主任笑着说："看看啊，虽然大家都戴着口罩，但一眼就能认出朝夕。"

梁昭昭："王主任，你是在说我不漂亮吗？"

王主任："那还是漂亮的，只是你这么漂亮，怎么还没有男朋友啊？"

梁昭昭佯装生气："王主任，你不说这话我们还能是好朋友。"

科室里氛围轻松融洽。

隔了一会儿，就到手术时间了。

朝夕把病人的各项检查结果又看了一遍，才进手术室沟通。

今天的麻醉医生仍旧是沈醉。

沈醉已经提早到了，正和病人聊着天，看到朝夕进来，连忙朝她使了个眼色，走了出来。

朝夕："怎么了？"

沈醉："你这个病人在发烧你知道吗？"

"他发烧了？"朝夕皱眉，"我中午的时候还让护士给他量过体温。"

沈醉："他还咳嗽。"

"前几天还好好的。"

"可能是流感吧！"

正好王主任过来，朝夕和他说了下情况，手术就此取消。

开颅手术对人体的损伤太大，感冒发烧是不能做这种手术的。

王主任的时间向来很难约，今天的这名患者也是他的朋友，在非洲做陶瓷生意，他开的公司在非洲非常出名。朝夕曾经去过非洲，也听说过这家公司。

手术取消，病人以为发生了什么状况，连忙问道："老王，这怎么就取消了啊？"

"你发烧了，发烧做不了手术，等你退烧了再做。"王主任安慰他，"不过中午量体温的时候你也是正常的，怎么才过了两个小时就发烧了？"

"我也不知道啊！"

病人就这样被送回病房。

朝夕和王主任回到办公室。

办公室的人也从护士的嘴里听到了这件事，梁昭昭小声和朝夕说："那不挺好的，下午就放假了啊！"

朝夕笑着："是啊！"

可是过了不到两个小时，护士说病人不舒服了。

朝夕和护士过去："点滴打完了吗？"

小真点头："打完了，打完之后就拉肚子了。"

进了病房，朝夕给他做检查。

他仍旧在咳嗽。

朝夕取下听诊器之后微微皱了皱眉头，她说："小真，你再给他量个体温，然后带他去拍个双下肺，再做个血常规。"

朝夕出了病房，总觉得哪里不对，流感似乎没有严重到这种程度。

隔了一天，病人的情况仍旧没有好转。

朝夕四处找着非洲各国的新闻。

她找了病人的公司，这家陶瓷公司占据非洲百分之三十的陶瓷份额，公司很大，在非洲四国均有公司。

她把这四个国家的最近的新闻都翻了出来。

下午的时候，病人的检查结果出来了，双下肺有明显阴影，白细胞极高。

而与此同时，朝夕找出的视频说该国家最近小面积暴发了传染病，病人患病时的具体表现为发热、咳嗽、腹泻。

朝夕看了眼检查结果，心里猛地一紧。她连忙把事情和王主任说了，王主任也皱着眉。

朝夕补充："不过新闻上也说了，传染途径主要为血液和体液传染。"

王主任："这样，我们先去看看他的具体情况。"

"好。"

还没到病房，远远地就听到了病人的咳嗽声，以及小真的声音："我马上叫朝夕医生过来，你别急啊，我马上叫她过来，哎呀！你忍忍呀！"

王主任在中途被病人拦住问问题，朝夕于是先一步过去。

她还没进病房，就和急匆匆跑出来的小真撞上了，小真转了个弯，因此没注意到朝夕。而朝夕下意识地伸手扶住小真。

小真神情急切："朝夕医生，病人都咳出血来了。"

朝夕的动作非常慢，她的心底有那么一丝侥幸，祈祷她的手刚才接触到的那湿漉漉的，不是她想象的。

可她低头，看到的是小真沾了血的护士服。

朝夕摊开掌心，果然，她的手里也沾上了血。

王主任和病人聊完，一个转身，就看到朝夕松开手，她接触到的护士的衣袖上，有很多血，而朝夕的手上也沾了血。

朝夕的脸色发白，语气里却听不出一丝慌乱："这个病房可能需要隔离。"

小真："啊？"

朝夕扯了一抹笑出来："王主任，我和小真可能需要一个隔离病房，然后再做一个详细的检查。"

王主任一脸凝重："嗯！"

全身消毒之后，二人又做了个检查，检查完之后，医院给她们的隔离病房也准备好了。

朝夕和小真在同一个病房内，只不过仍旧戴着口罩。

她简单地和小真说完，小真整个人都蒙了，腿一软瘫在地上，眼泪止不住地往下流："你的意思是，我们可能也会得那样的病是吗？"

"可能而已。"朝夕坐在病床上，语气淡然地安慰她。

"我……我根本不知道的，他就突然咳血了，一股脑地往外喷，我也不想碰的，脏兮兮的，"小真边擦着泪边说，"我男朋友一直不喜欢我干这行，吃苦受累又不讨好，工资也没有很高。一上晚班人就憔悴不少，而且一个晚班就二百块的补贴，我买瓶精华都要八百多块钱，我缺这二百块钱吗我！"

"病人骂我们说我们，我一句都说不得，什么医疗行业，压根就是服务行业，而且还可能有生命危险，时不时来一个医闹，你看现在，还传染病……朝夕医生，我才 25 岁，我还有很多地方没有去，还有很多好吃的没有吃，我爸爸妈妈就我这么一个女儿，我男朋友说了，明年房子装修好我们就结婚的啊……我想和他结婚，呜呜呜……"

她语无伦次地说着，哭得撕心裂肺的。

没过多久，门被敲响了。

王主任沉厚的声音响起："朝夕。"

朝夕："主任，我在。"

"病人不是流感，他确实是染上了传染病。"王主任说，"你俩估计得先观察一段时间，这段时间先住在医院里。"

听到王主任的话，小真哭得更大声了。

王主任自己也有个女儿，将心比心，他的女儿要是身陷这样的处境，他会是怎样的心情啊！痛苦、折磨、心如刀割。

朝夕说："什么病？确诊了吗？"

"检验科还在分析，很快就会出结果了。"

"嗯！"

“不紧张吗？”

“紧张。”朝夕垂眸，看不清神情。

王主任叹了口气：“我应该先进病房的。”

小真哭着哭着就开始打嗝了：“我——嗝——我应该多穿点嗝——穿着雨衣嗝——不对，是——嗝是防护服嗝——再进病房的。”

朝夕被她边打嗝边说话的模样逗笑了，她笑了笑，又问：“你不应该说，你就不应该进病房吗？”

小真哭得累了，她拉过椅子趴在上面，头发湿答答地黏在她的脸上，她慢腾腾地拨开，说话时有明显的哭腔，即便说了有半小时“不要再做护士了”这样的话，她此刻仍旧说：“他是我的病人，我得对他负责。”

朝夕笑了：“是啊，即便外界对我们有太多误解，甚至连我们自己都在怀疑自己所在的行业，但是穿上制服，我们仍旧会心无旁骛地为每一位病人而奋斗。因为我们曾经宣过誓。因为这位病人，全院都进行了一遍检查。而且原本今天是大年三十，检验科的人都放了一半，因为这件事，他们都被叫回来加班了。即便如此，全院检查也是个大工程，所以检查结果仍旧要到明天才能出来。”

小真好不容易止住的眼泪又往下掉：“我是生是死，就看明天了吗？呜呜呜，古代上断头台还能吃顿好的呢，我今天为了减肥中午就吃了一个苹果，呜呜呜，我怎么也没想到我会是这么死的，竟然是个饿死鬼……”

朝夕哭笑不得。

等到小真情绪安定下来，她看向朝夕。

朝夕似乎始终都是一副风轻云淡的模样，从刚来医院就是，长得妖冶好看，却收敛光芒，分明是个千金大小姐，却没有一点儿架子。她始终都是这样温婉从容的模样，即便在这样生死攸关的时刻，也依旧面色淡然。

小真问道：“朝夕医生，你不害怕吗？”

朝夕淡笑着，却没回答她的问题，只说：“我本科的时候有去过埃博拉疫区，你知道埃博拉吗？”

小真点头:“在电视上看到过。”很快，她想到了电视的背景恰好也是非洲，方才平息的焦虑和惶恐又涌上心头，说话的时候牙床都在打战:“你，你，你，不会是在暗示我，那个人他得的就是埃博拉吧？”

“不会。”朝夕快速否定，“这种病有太多年没有人得了，而且一旦传染上这种病毒，不到十天就会死亡，7号床的病人回国有二十多天了。”

小真松了一口气。

可还没等她放松，朝夕又说:“不过应该和埃博拉差不多吧。”

小真要疯了:“朝夕医生，你别吓我，求求你了。”

朝夕：“我看了一下新闻，传染率并不高，而且也有治愈成功的病例，更何况我们还不一定会被传染上。”

话虽然是这么说的，但朝夕的心底，其实是做了最坏的打算的。

她放在口袋里的手机在这个时候响起。

朝夕拿出来，是陆程安的电话。

“吃完饭了吗？”她和陆程安打电话时，音色下意识地变柔，带着浅淡的笑意，此刻也是，“晚上不用来接我了，多了台手术，是附近医院送过来的病人，我可能要做手术，所以不能陪你跨年了。”

直到电话挂断，她都没有把自己现在的情况透露半句，甚至找借口的时候非常流畅，没有一丝犹豫。

不只是她，小真也是。

可是小真的演技比起朝夕显得尤为拙劣，才一开口，嗓音就带着哭腔。“没有，就是刚刚被护士长骂了，有点儿委屈，今年年夜饭就不回家吃了，妈妈你多吃点儿……那医院就是这样的呀，我不上总有别人上，大家都这样，病人最重要呀……”说到这里，她已哽咽，仓促地找理由挂断，“护士长找我了，妈妈……”

手机这端的她早已泪流满面，她深吸了一口气，在电话挂断前，她咬着唇，轻声道:“妈妈……我爱你。”

房间内再次沉默，只有小真的啜泣声响起。

朝夕的床靠窗，她侧头，看到悄无声息降临的夜晚，天空是深浓的黑，没有一点儿星光，繁星似乎坠落人间，成为点缀着这座城市的绚烂霓虹。

她在二十多层，向下俯视。

今天这座城市格外喧嚣，行道树上挂满彩灯，发出绚烂多彩的光，落在朝夕的眼里，只剩下细小的光晕，很快就弥散。

人如蝼蚁般渺小。

路上车水马龙，车灯拉出绚丽的光带，这座不夜城依旧繁华、喧嚣。

而不夜城里的一小方天地里，被恐惧填满，既紧张又狼狈，既绝望又满怀希望。

隔了好久，小真突然说："我和我男朋友是上大学的时候在一起的，是我追的他。"

朝夕的视线落在她身上。

安静的夜，房间内只点了一盏夜灯。

小真说："他是我高中同学，我们学校高三重新分班，我和他到了一个班，有次换座位，他坐到了我后面，我当时也没有喜欢他，只是觉得他这个人挺好的，脾气好，穿衣服也好看，教我做题的时候也很有耐心。后来上了大学，我俩经常一起打游戏，他打游戏特别厉害，我就喜欢上他了，这个原因是不是很离谱？"

"不会。"

"后来我就追他了，他真的特别好追。我就约他吃了三次饭，而且每次都是他买的单，他说怎么可以让女生买单，他好绅士的。"

"第三次吃完饭，我就和他表白了，我俩就在一起了……今年是我俩在一起的第六年，他说等到明年就和我结婚，我和他之间没有七年之痒，只有新婚之约。"

"可是我不知道我还能不能赴这个约了。"

朝夕不太擅长安慰人，此刻也不知道要说什么。

小真吸了吸鼻子，喝了一口水之后，问道："朝夕医生，你呢？你和陆检察官是怎么在一起的？"

朝夕："就那样在一起了。"

"我可能问得不够详细，我换个方式哈，你和陆检察官是怎么认

识的？”

“他是我哥哥的好朋友。”

“我把你当哥哥你却想上我？”小真狡黠地一笑。她脑洞很大，思维发散，说着些自以为真的东西，气氛缓和了不少。

又聊了一会儿，小真拿着手机和男友聊天。

朝夕看了眼手机，陆程安给她发了条消息，问她手术什么时候结束，他过来接她。

朝夕回他：“得到夜里两点了，你别来接了，我和陈医生说了，我今晚手术完不回去了，待会儿科室里就我一个人，不能走。”

陆程安：“就你一个人？”

朝夕：“嗯！”

陆程安：“所以你在暗示我什么？”

朝夕：“要去手术室了。”

陆程安：“亲一下再走？”

看到这句话的时候，朝夕的嘴角牵起一抹笑意。

她靠着床头，放在床上的脚慢慢屈起，手背接触到大腿的时候，像是突然找到了着力点，手骤然无力，手机从掌心滑落。

手机仍旧在振动，但她已经没有力气去看了。

朝夕看着眼前的手，几小时前沾上了血液。

她装了一个白天的冷静和镇定，可到此刻，她似乎再也装不下去了。

过去的这么多年时间里，她与生死交战的次数并不少，5岁遭遇绑架，枪口抵着太阳穴；国外这些年治安很差，局势动荡不安，她被抢劫过，也被人堵在死胡同里过。可即便再糟糕的处境，她都没有像现在这样害怕、焦虑、惶恐不安过。

这一切，都是因为他，陆程安。

他那么好的一个人，她好不容易才和他在一起。

她真的好不容易，才过上这样的生活，她不想死。

她真的不想死。

而小真突然喃喃道：“如果，我是说如果，我真的那么不幸……被传染了，你不也说了这病的死亡率在百分之五十到百分之九十吗？

那么倒霉的话，那我应该也没多长时间了吧……”

她突然一个鲤鱼打挺从床上坐了起来，扯了纸笔趴在床头写东西，边写边碎碎念着：“银行卡密码、支付宝密码，还有我之前存的定期……”俨然在写遗书了。

她确实也是在写遗书，吩咐后事。

房间静谧，只有笔尖划过纸张的沙沙声响起。

突然，小真问道：“你不写吗？”

朝夕摇头。

“你没有什么话要和你家里人说吗？”

“那陆检察官呢，你没有什么话要告诉他吗？”

朝夕缓缓从膝盖里抬起头来，她的手紧了紧，抱着双膝，下巴搁在膝盖上。夜灯影影绰绰的光线落在她的脸上，照出她此时隐晦难测的神情来。

陆程安在给朝夕打电话前就已经知道这件事了。

原因很简单。

梁亦封接到了回院做检查的通知，并且事情的来龙去脉以短信的形式发送到了他的手机里，院里模糊了疑似感染的医护人员的名字。护士梁亦封不清楚，但医生今天下午值班的就三个人，王主任、梁昭昭以及朝夕。

王主任带着科室的人做检查去了，梁昭昭在群里回了个“收到”，神外的群里一直保持安静的只有朝夕。

疑似感染的那位医生是朝夕。

陆程安知道这个消息之后几乎是疯了，起身就往外走，好在季洛甫及时拉住他：“你要干什么？”

“去医院。”

“你去医院干什么？你能干什么？”季洛甫冷着脸，“她已经被隔离了，隔离的意思是什么你知道吗？就是不允许任何人进去，等到确认她没有任何危险，她才能出来。你这会儿过去是想要干什么？”

陆程安竭力克制住自己此时的情绪。

他额上的青筋都迸发了出来，声音紧绷：“我要看看她现在到底是什么情况。”

“医院不是说了吗？她现在很好。”

“我必须见到她！”

“陆程安，你需要冷静一下。”

“冷静？”陆程安垂眸，骤然冷笑出声，笑声阴沉，令人不寒而栗，他的脸上分明是没有任何情绪的，但周身的气场低沉又阴鸷，让人毛骨悚然，“出事的是朝夕，不是别人，你要我怎么冷静？”

“朝夕是我妹妹。”季洛甫说，“我的担心不比你少。”

“朝夕，”陆程安垂着的眼眸掀动，没有表情的脸上隐约有了裂缝，他的嗓音很低，又轻，压抑着盛怒，“她是我的命。”

过了那个劲，陆程安也冷静不少。

他走到一侧沙发上坐下，给朝夕打电话。

电话中，二人的对话一如往常，她不说，他也没有问。

电话挂断之后，手机从他的手心脱落，他弓着腰。众人坐在餐厅里，从这个角度看过去，只能看到他的侧脸，在影影绰绰的灯光中显得尤为落寞又无措。

他一动不动地坐在那里。

过了好久，众人就看到他动作极为缓慢地低下头，把头埋入掌心中。

时间沉默地流逝。他们看到陆程安抬了抬头，他的声音变得低哑，嗓子里像是含了沙似的：“我就在外面看看她，绝对不进去。”

梁亦封和季洛甫对视一眼。

梁亦封：“嗯，我带你过去。”

陆程安上车之后就阖上了眸，双唇紧紧地抿着。车厢内尤为安静，气氛低沉阴郁。过了一会儿，他拿出手机，手机的光冷白，照在他的脸上，更衬得他神情冷凝。

梁亦封没问他在给谁发消息，但这个时候，能让他搭理的似乎只有朝夕了。

快到医院的时候，陆程安说：“她把我屏蔽了。”

梁亦封没说话。

“也可能是她手机关机了。”

朝夕住的那一层都严禁外来人员入内。

外面的保安看到梁亦封带了个非医护人员，面露难色：“梁医生，我们也是按规定做事，你别为难我们。”

梁亦封：“我不为难你们，他就在走廊上站着，你们在这儿就能看到。”

“可是……”

“算了，别为难他们了。”陆程安拿出手机，给梁亦封拨了个电话过去，“你到时候开免提，让我和她说说话。”

梁亦封：“嗯！”

陆程安转身进了消防通道。

梁亦封缓缓走近朝夕所在的隔离病房，打开免提，房间内响起的声音隔了层门板，声音模糊，但能听清。

这时陆程安听到的，正好就是小真问出口的那句话：“那陆检察官呢，你没有什么话要告诉他的吗？”

时间似乎在这一刻静止了，朝夕许久未出声。

她对着这无尽的夜，视线放空，渐渐地，脑海里如走马灯般涌现出许多场景。

她想起第一次见面时的场景。他们只那样遥遥相望，沉默对视之后，又不动声色地将视线转开。

她面色淡然，似无事发生过。

可只有她自己知道，她的心脏跳得有多猛烈。

她想起在比利时重逢时，陆程安站在她的对面，风将她头上的纱巾吹走，红色的纱巾飘在空中，忽上忽下。最后，落在他的手心，纱巾被他抓住。

她有一瞬间的愣怔，身体里代表着情欲的那一部分似乎被抽空，他抓住了她的欲望。

她想到在布鲁塞尔，他站在她的对面，桃花眼笑得深邃迷人，带着明目张胆的勾引，嗓音被风吹散了几分，落在她的耳里，温柔缱绻，似含春色：“我好像对你一见钟情了。”

多年未见，即便骄傲如他，也变得小心翼翼，揣测用词。生怕她拒绝，生怕她把他推开，生怕她再一次从他的世界里跑开，于是留有余地，加了“好像”这么一个模棱两可的词。

可是他到底是骄傲的。把她压在墙边，眼里是吞噬夜色的黑，是想要将她独自占有，是压抑着薄怒，对她说婚约一直存在。

他步步紧逼，她节节败退。

陆程安，这个即便从旁人耳里听到他的名字都会令她心头一颤的男人，在她情窦初开的年纪，闯入她的心里。

她讨厌过他，埋怨过他，也曾试图放弃过他，可再怎么说服自己，她仍旧喜欢他。

喜欢他清冷地穿着制服时模样，喜欢他在法庭上一身正气的冷肃的模样，喜欢他靠近她，勾着她的下巴眼眸含笑时的漫不经心，喜欢他脸色阴沉，对旁人宣示主权时的霸道的模样。

她是那样喜欢他，喜欢到就算人生再来一次，就算她再经历十年的奔波，她仍旧还是喜欢他，也只喜欢他。

十年再苦再难熬又如何？反正我以后会遇到你。一个能够填补我人生所有遗憾和苦难的你，陆程安。

可是，如果我真的要离开这人世间，如果我真的那么不幸要离开这人世间，要离开好不容易才遇到的你……

朝夕张了张嘴，想说话，却发现一句话都说不出来。

过了好久，她才找到自己的声音。

一字一句，她说得很慢，也很艰难：“我会对他说……忘了我。”

尾音在空中戛然而止。

话音落下，她眨了一下眼，眼泪就这样落了下来，一颗两颗，接着就是数不清的悲伤与无望，铺天盖地般地席卷着她。她的心像是被人死命揪住一般，难受得像是要死掉了一样。

“一辈子都只能记得我。”

“这辈子我都会记得你。”

可当时的她太贪心，贪心到她以为她会陪他到天荒地老，于是和他约定：“你这辈子都不能忘了我。”

当时花也好月也圆。

陆程安望着她，满眼爱意，纵容宠溺地看着她。

可这时的她，眼底万物泯灭。如果，如果我真的要离开了，那么拜托你，忘了我。永远永远，都不要记得我。你鲜衣怒马的人生，不应该有一丝遗憾与意难平。所以，陆程安，忘了我吧！

狭窄封闭的楼道里，窗户微微打开一道缝。

凛冬的寒风顺着那道缝呼啸着吹进来，带着一整个冬的湿冷，彻骨地拍打在陆程安的脸上，又顺着他的领口，灌入他的身体。

他垂眸，脸被这风吹得近乎惨白，毫无血色。

梁亦封推门出来时，看到的就是这样一番景象。

寒风呼啦啦地往里灌，陆程安跟感觉不到冷似的，站在风口，似乎注意到了有人进来，他垂着的头迟缓地抬起来。

他脸上寡冷，面色惨白，而眼里像是浸了无数霜雪一般发寒。

梁亦封捡起掉在地上的手机，他走过去，欲言又止，最后还是保持沉默，只伸手拍了拍陆程安的肩。

陆程安哑声道："多久出检查结果？"

"明早 9 点前后。"

"嗯！"

他拿过梁亦封手里的手机，转头就走。

梁亦封："陆程安。"

"走吧！"他说。

今晚所有人都在季洛甫的家里跨年。房子在近郊区，可以放烟火。在那通电话之前，所有的一切都万分符合这春节的氛围，和谐、美好、其乐融融、欢声笑语。可一通电话，像是把房子的玻璃都打碎，冷风呼啦啦地往里灌，往人的心脏里灌。

霍朝颜什么都不知道，但察觉到了这冷僵的氛围，小心翼翼地问钟念："干妈，干爹去干什么了，他怎么还不回来？还有我二叔呢？"

钟念："他们去办事，很快就回来。"

可是一顿年夜饭吃完，梁亦封和陆程安仍旧没回来。

苏花朝哄了她好久都不奏效。小姑娘突然号啕大哭起来："我二叔呢？二叔去哪里了？他说要给颜颜一个大红包的，他答应过我的，他去哪里了？"

她一把推开苏花朝，从沙发上跳了下来，边哭边往外跑："我二叔呢？我要找我二叔！"

客厅出来有一层台阶，霍朝颜一个没注意，一脚踩空，眼看着就要摔下去了，突然她被人抱了起来。

"二叔……"她嗫嚅着，"你去哪里了呀？颜颜找了你一个晚上。"

听到霍朝颜的声音，众人齐齐站了起来。

陆程安抱着霍朝颜，神色如常般温润，嘴角勾起一抹浅笑，语调慵懒，道："二叔有事出去了，路上突然想起我好像答应了一个小仙女，要给她红包来着，所以马上就回来了，你说是哪个小仙女啊？"

霍朝颜抽了抽鼻子，指着自己："是我这个小仙女。"

"嗯，是咱们祸水儿。"陆程安从口袋里掏出一个红包，递给她。霍朝颜接过红包之后破涕为笑，陆程安揉了揉她的头发，便把她放了下去。

他的视线落在众人身上。迎上他们担心的眼神，他恍若未觉，嘴角挂着若有若无的笑意："看着我干什么，怎么，难不成也想让我给你们发红包？"

沈放舔了舔唇，小心翼翼地道："二哥，可以吗？"

陆程安在位子上坐下，眼梢轻挑，脸上露出散漫的笑意："叫声好听的。"

沈放没有一秒犹豫，瞬间就喊了出来："哥哥。"

"……"

"好哥哥。"

"……"

梁亦封忍无可忍，一个冷眼扫了过去，沈放怯怯地闭嘴。

而陆程安垂眸坐在那里，维持着不动声色，可是沈放每叫一声"哥哥"，陆程安的脑海里，有关"哥哥"的记忆就涌一层上来。接着，便是铺天盖地的记忆。她被迫或是自愿地叫他哥哥。

主动的时候，双眼如月光皎洁，似藏星河；被迫的时候，嗓音娇媚，伴随着暧昧的、难能自抑的喘息声。

不能再想了，再想下去，他今晚真的会疯。

不过好在众人没再继续这个话题，大家纷纷站起身来往外走，沈放叫他："二哥，出去放烟火吗？还有十分钟就是新年了。"

他靠在沙发上，扭头看向落地窗外的墨黑夜色，朝他们挥了挥手。

等到所有人都出去之后，偌大的客厅里只剩下陆程安一人，他神情疏淡地看着窗外，不知道在想些什么。

很快，室外响起了烟火声。

陆程安缓缓起身，走到窗边。

一簇簇的烟火在漆黑的夜空里绽放，烟火盛放的那一刻，夜空亮得宛若白昼。可陆程安的眼底只有漆黑的夜空，一丝光亮都没有。

分针接近零，秒针嘀嗒往前走。

霍朝颜的声音尤为清晰，声音似乎要穿破远处的枯林，很响，似乎扯着喉咙在倒计时："10——"

"9——"

"8——"

"……"

"2——"

"1！"

鞭炮噼里啪啦地响起，五颜六色的光穿过这漆黑的夜幕，最后在某个点上兀自绽放。烟火绽放，一瞬间，夜空璀璨。

陆程安拿着一根烟，窗外斑驳的光照在他的脸上，影影绰绰的，他的眼神隐晦难测。在明灭间，他的双唇翕动，似呢喃般："新年快乐……"

同一时刻。

朝夕从床上站了起来，她看向窗外。远处高楼的 LED 显示屏上倒数着数字，黑色背景，红色字体，字体周边燃着金色的光。隐隐约约，朝夕似乎听到了巨大的倒数声，最后一声落下。

朝夕闭上眼，在心底轻声说：“新年快乐！”

隔天早上 9 点。

PCR 检查结果出来，朝夕和小真均为阴性，没有感染。

绷了一晚上的神经在此刻彻底松弛了下来。

小真哭着跑出去，给家人打电话，距离很远，都能听到她劫后余生的声音：“妈妈！我活了，我竟然还活着！我太开心了！”

她妈妈一头雾水：“新年第一天说什么傻话呢？你什么时候回家啊？妈妈给你做你最爱吃的糖醋里脊。哎呀，哭什么呀？今天不能回家吗？不能回来也没有关系，反正等你回家了妈妈给你做。在医院工作都不容易，你体谅体谅别人啊！”

王主任问朝夕：“不给家里人打个电话吗？”

朝夕：“家里人应该知道了吧！”

“嗯，我拿到结果之后就和季院长说了，你家里人应该是知道了。不过，你不准备打个电话回家吗？毕竟你家里人应该更想听到你的声音吧。”

朝夕笑了笑：“7 号床的病人情况还好吗？”

王主任没想到她现在记挂的竟然是病人，无奈却又很欣慰地看向她，说：“还在治疗中，身体状况稳定下来了。”

“那就好。”

“这个时候还惦记着病人呀？”

朝夕说：“我身上还穿着白大褂啊！”

值班表里，朝夕昨晚就放假了，一直放到初二下午。没想到中途会出这么档子事，王主任拍拍她的肩，说：“行了，收拾收拾，回家过年去吧！”

朝夕：“嗯，王主任再见。”

刚出医院大门，就有人把她拦了下来，朝夕疑惑不已，那人伸手一指，顺着他手指的方向看过去，朝夕看到了停在不远处的一辆黑色轿车。

有人从里面下来。

老人步伐蹒跚，拄着拐杖站在那里。

她的父母也从车里下来。

在鬼门关走了一遭，朝夕总觉得自己的心变得柔软许多，她往那边走去，眼眶微微发热："爷爷，爸妈，你们怎么来了？"

老爷子看着她，心里有万千情绪，最后也只化为一句："平安就好，平安就好！"

朝夕就这样被接回了家。

到家之后，她准备给陆程安打个电话，刚拿出手机，文晴突然敲开她的门。

朝夕："妈。"

"嗯，"文晴拉着她的手，说，"昨天你二伯父和我们说的时候，差点儿把我给吓死。"

朝夕："我现在不是好好的吗？"

"可是昨天真的……我一晚上都没睡着，满脑子都在想以前的事情。朝夕，我真的亏欠你太多了。"文晴摸着朝夕的头发，动作生疏极了，"我真的很害怕会失去你，真的。说实话，我从来没有想到过你会变成现在这样，这么优秀。我对你的期望，一直以来只有一个，那就是希望你好好活着，你只要活着……"她哽咽着，说话断断续续的，"你只要……只要活着……妈妈……我……就很开心了……"

朝夕拍了拍她的手背，温声道："我不是活得很好嘛，妈妈！"

文晴是个极易动情的女人，哭了许久之后才镇定下来。

朝夕问她："爷爷是什么时候知道我出事的消息的？"

"今天早上，我们不敢和他说，怕他身体吃不消。"文晴说，"你去洗个澡吧，我下去做菜，你有什么想吃的吗？"

朝夕迟疑了一下。

文晴："没有胃口吗？"

她原本想和陆程安一起吃的，但又一想是过年，陆家应该也挺忙的，而且她和家里人也难得在一起吃饭。

朝夕："没，您随便做吧！"

“好。”

等到文晴离开之后，朝夕给陆程安打电话，却是无人接听的状态，或许在忙。

她没在意，于是拿了衣服洗澡去了。

洗完澡出来之后，她看了一下手机，没有任何未读消息。她垂眸看着手机，神情有几分说不清道不明。

随后，她拿着手机往外走。

刚出门，她就被人叫住。

朝夕转身，看到季洛甫站在书房外：“陆程安的手机昨天摔坏了，所以如果你给他打电话，打这个号码。”话音落下，朝夕手里的手机收到一条消息，是另一个手机号码。怪不得他没有接她的电话。

“还有——”季洛甫不咸不淡地说，“他昨天去过医院。”

朝夕按电话号码的动作一僵：“他知道了？”

“能不知道吗？这么大的事儿。”

朝夕惴惴不安：“可我昨天没见到他。”

季洛甫淡声道：“这我就不清楚了。”

还有好一阵子才吃饭。

朝夕拿着手机在院子里走，她原本想和他打电话的，但听了季洛甫那几句话之后，脑袋里乱糟糟的。

昨晚打电话的时候，他的语气里没有一丝异常，就连后来给她发消息时也是一贯的散漫，话里话外总想调戏她。

他当时是以什么样的心情，装作若无其事地和她说话的？朝夕想不通。

蓦地，她突然听到有人叫她。

男人的声调微扬，夹带着院子里的蜡梅香，嗓音似含春色。初春的寒风将他的嗓音吹了过来，似乎近在耳畔。“朝夕”，似呢喃般，却又在她心上落下重重一击。

朝夕回过身。

陆程安站在不远处的石路上，身边是枯朽的树枝，以及在寒冬中兀自盛放的，有着细小嫩黄花瓣的蜡梅。

阳光明媚，照在他的脸上。

他的神情淡漠疏离，却在注意到她迈步过来的时候，嘴角勾起笑意，桃花眼微扬。眼里似含春色，带着明目张胆的勾人的笑意。

陌生，又极其熟悉的场景，像是回到了十年前。

她带着表叔的女儿在院子里玩捉迷藏，小姑娘演技拙劣，朝夕轻而易举地找到了她。朵朵哭着，朝夕从口袋里拿出了一颗糖递给她。

也就是那时，她漫不经心的一眼，就看到了陆程安。

她没有想到，这惊鸿一瞥，在她心里掀起了无穷尽的惊涛骇浪，她的世界因他而波涛汹涌。

十年前的她，连遥遥对望都显得局促不安，所以在看到他的时候，第一反应就是躲避，从他的视线里跑开。

可是十年已过，她不再胆怯，主动向他靠近，最后，站在他的面前。

陆程安的脸上有着浅淡的笑意，他突然伸手，把她拉入自己的怀里。他在她的耳边郑重地说："没有下一次了。"

朝夕："不会了。"

"我好不容易才得到你，朝夕。"他说这话时脸上的情绪逐一收起，天生寡冷的脸变得淡漠。

"我——"他语气隐忍，缓缓地道，"为你朝生也为你夕死。"

朝夕眼眸闪动。

她也曾讨厌过他，憎恨过他，埋怨过他，可再次和他相遇，曾经说服自己放弃他的话语被轻而易举地推翻，有过的讨厌和埋怨也早就了无踪迹。和他有关的心事，全都刻上了"喜欢"二字。

她以为他们之间是命运的刻意捉弄，殊不知他们二人是早已写好的命中注定。

朝夕在鬼门关走了一趟，让季家上下都后怕不已。

那天之后，她休假五天，五天，她都待在季家。

就连在外地的伯父也连夜赶回来，更别说在南城本地的堂兄弟们，一时间，季家跟过年似的，分外热闹。

她和陆程安的事虽然双方家里都知道，而且每次朝夕回来，都是陆程安开车送过来的，朝夕从来没有去过陆家。陆程安虽然次次来季家，但他从未说自己是朝夕的男朋友。季家人对他俩的事也摸不准到底是什么情况。

席间，老爷子说："家里离医院确实远，你要是搬回家住上下班也麻烦，我听说你那房子是租的？"

事实上，朝夕还没有向家里交代她和陆程安的事。只不过每次朝夕回家都是坐陆程安的车。文晴倒是试探性地问过她，朝夕没隐瞒，坦白道："我和他在一起了。"但具体在一起到哪个程度，家里还是不知道的。

饭桌上还坐了几个中学生。

朝夕想了想，就没把自己和陆程安同居的事说出来，含糊其词地应了一下："啊！"

"租了多久？"

"一年。"

"家里又不是没钱，在外面租房子住像什么话？"老爷子闷哼了一声，"前段时间我让你嫂子给你找了套房子，就在市中心，开车十五分钟到你们医院，你到时候和你嫂子说说喜欢什么装修风格的，她给你找设计师，等你那边房子到期了，估计这边也装得差不多可以搬进去了。"

朝夕："我那个房子住得也挺好的。"

"租的房子能好到哪里去？"老爷子不屑极了，隔了几秒，似乎想到了什么，眯着眼睛问朝夕，"你那房子是你一个人住的吗？"

二人对视着，僵持了几秒。

朝夕面色淡然地说："嗯，我一个人住。"

这确实也没说谎。那个房子确实是她一个人住的，只是后来，她搬去了隔壁，和陆程安同居了。

老爷子得到了想要的答案之后，装作不甚在意的样子，转头去关心其他晚辈了。朝夕以为这事就这么过了，结果没想到快吃完饭的时候，老爷子不咸不淡地说："谈恋爱要注意分寸，未婚先孕这件事绝对不能出现在咱家。尤其是你们这些狗崽子，要是让我知道你们祸害别的姑娘，我非打断你们的狗腿不可。"不知道是不是朝夕的错觉，她总觉得老爷子意味深长地往她这里看了一眼。老爷子又补充了一句："你们大哥和初一也是结婚之后才住在一起的。"

朝夕无语。

朝夕吃完饭之后就走了。

陆程安在门外等她，这五天朝夕都在大院，他每天上班压根没时间回来见她。见她出来，他便抓着她的手往车子停着的方向走。

朝夕脑子里全是刚才老爷子说的话，也不知道是不是她太敏感，她总有种老爷子并不太看好她和陆程安的错觉。

见她一副心不在焉的样子，陆程安停下脚步。

朝夕："啊，怎么了？"

陆程安："该我问你，怎么魂不守舍的？"

朝夕沉默了几秒，隐晦地暗示他："爷爷给我买了套房子。"

"给你买了套房子？"陆程安笑了，灯光昏暗，他的神情也影影绰绰的，他似乎知道了朝夕话里的深意，"让你金屋藏娇？"

"我说你为什么拒绝我的求婚呢，"他玩世不恭地笑着，语调散漫，极不正经，"原来你想和我求婚啊，我怎么这么幸运，有一个这么主动的女朋友？"

朝夕被他的厚颜无耻给惊到了。

还没等她开口，就听到有人叫陆程安："二哥！"

陆陆续续地，好几个女声响起。

三个女生走过来和陆程安打招呼，目光落在朝夕身上的时候，明显陌生许多，但还是很有礼貌地和她打招呼："你好！"

陆程安敛起笑容，神情温润地和她们说了几句话。

等到她们走之后，他扭头，对上朝夕的视线。

她上下地扫了他一眼，蓦地不轻不重地"哼"了一声，笑容既平静又温柔："你这妹妹还挺多的。"

陆程安忍着笑："还行。"

朝夕突然想起之前她误接了他的电话，那个人也是一上来就喊"二哥"。这么一想，她格外烦躁，理都不想理他，转身就走。

陆程安步调闲散地跟了上去，问她："吃醋了？"

朝夕没吭声，自顾自地往前走。

走了几步，她又突然折了回来。脸上带着笑意，看上去没有一丝生气吃醋的模样。她在他面前站定，陆程安一抬眉梢，刚准备说话的时候，双唇被她的手指压住。她用另一只手拽着他的衣领，踮起脚尖。

暗夜中，二人四目相对。

她眼尾上扬，笑起来的时候，眼里有媚色翻涌，在光线晦涩的角落里是一种勾魂摄魄的存在，性感诱人。

她朝他脸上暧昧地吐了一口气，娇声嗲气地开口：“哥哥？”

陆程安的喉结不可遏制地滚动了一下，他用气音回答她：“嗯？”

她歪了歪头，眼波流转，尽是媚色，声音压得暧昧缱绻，很勾人：“你是喜欢我叫你哥哥，还是喜欢别人叫你哥哥？”

陆程安舔了舔她抵在他唇上的手指：“你。”

他把手放在她的腰上，微微用力，把她整个人都拉进怀里。

隔了好久，他松开她，笑了，他的心情似乎非常愉悦，笑起来的时候胸口都在抖。他垂着眸，目光含情地看着朝夕，低声说：“我就你这么一个女朋友，不喜欢你还能喜欢谁？”

这话倒是取悦了她。

日子又恢复如常，做不完的手术，开不完的会，有医闹，但大部分时候，医院依然是承载最多祈祷的地方。

手术成功，病人和病人家属都满意。

眨眼间，朝夕在南城度过了一个春秋。

上半年季老爷子给朝夕买了套房子，因为朝夕工作太忙，于是把装修的事情交给了初一。初一自从怀孕之后便辞了工作，入股苏花朝的工作室，时间相对而言宽裕不少，因此她用了不到两个月的时间就把那套房子给装修好了，甚至还通了两个月的风，才打电话给朝夕，让她过来拿钥匙。

于是那天晚上，朝夕和陆程安一起去了季洛甫那儿。

开门的是季洛甫，视线往下，是在地上到处爬的季庭礼。看到有人进来，季庭礼费力地爬到换鞋凳边上，扶着换鞋凳站了起来。他才不到 10 个月，摇摇晃晃地站着，嘴里发出咿咿呀呀的声音。

朝夕弯下身子，牵着他的手："阿礼。"

季庭礼似乎非常开心，拉着朝夕的手指头在空中晃着，另一只手拍着自己的大腿。

季洛甫："他挺喜欢你的。"

"我也喜欢他。"朝夕弯腰把他抱了起来，往屋里走。

初一在客厅里看电视，见她来了，笑道："除了你，没有人抱阿礼了。"

朝夕："为什么？"

"他越来越胖了，比同龄人胖了十斤。"初一捏了捏季庭礼的脸蛋，肉嘟嘟的，叹了口气，"我也没给他吃什么啊，怎么就这么胖呢？"

季庭礼似乎感觉到自己的亲妈在说自己，不满地"哼哼"了几声。

吃饭的时候陆程安喝了点酒，回去的时候是朝夕开的车。

他坐在副驾驶座上，伸手捡起中控台上的钥匙，钥匙在他的手心里发出窸窸窣窣的声响。

陆程安："怎么说？"

"嗯？"

"要搬过去吗？"

"搬家很麻烦的。"

这话说完，车厢内便陷入安静。

恰好前面就是路口，朝夕缓缓停下车，转头，就看到陆程安坐在位子上，头微仰着，室外的路灯影影绰绰地照在他的脸上。他侧脸轮廓立体清晰，脖颈被拉出好看的线条，嘴角上翘，脸上的情绪怎么藏也藏不住。

很快就是绿灯。

朝夕收回视线，接着往前开，油门踩出去的时候，陆程安突然开口，说："但也不能一直住在那套房子里。"

"什么？"

朝夕转头看向他，可陆程安保持着坐姿一动不动，似乎注意到她在看他，懒洋洋地掀起眼皮，他的眼里还有着被酒精浸渍过后的醉意，他漫不经心地笑着："怎么？"

"你刚刚说什么？"

“我说什么？”他装作什么都不知道的样子。

朝夕：“你刚才不是说话了吗？”

陆程安：“我刚才说话了吗？”

朝夕莫名其妙，收回视线接着开车。

她把车停在楼下。

下车之后，她发现陆程安没有动静。

她走过去，敲了敲他的车门。随之，车门被他从里面打开，他的手伸了出来。

朝夕：“干吗？”

他垂着眸，笑着，也不说话，只晃了晃伸在半空中的手。

朝夕失笑，牵起他的手。

陆程安起身，脚踩在地上之后，整个人跟没骨头似的往朝夕的身上倒，下巴搭在她的肩上，轻呵出一片热气在她的耳根：“我醉了。”

话语里没有半分醉意。

朝夕：“醉了的人不会说自己醉了。”

“我没醉。”他瞬间改口。

朝夕点头：“你没醉，自己站起来。”

陆程安愣了一下，继而没心没肺地笑了出来。他慢悠悠地直起腰，身形松散地靠在车门上，他的头发有些长了，盖住眉毛，眼眸漆黑深邃，含着笑意。

谁也没说话。

空气中弥漫着红酒味。

陆程安朝她伸手。

朝夕：“什么？”

“钥匙。”

她把车钥匙给他。

“不是这个。”

朝夕翻了翻口袋，犹疑地拿出初一给她的钥匙：“这个？”

“给我。”

她动作迟缓地把钥匙递过去。

陆程安拿着钥匙，勾了勾唇：“这套房子归我了。”

朝夕无语：“你缺这一套房子吗？”

他转身打开车门，上半身探了进去，似乎在里面翻找着什么。很快，他把车门关上，面朝着朝夕，伸出手来。手心朝上，摊开，手里多了一串钥匙，从没见过的钥匙。

他抬了抬下颌。

朝夕疑惑着接过：“这是？”

“交换。”

“啊？”

他扯过她的手，把钥匙放在她的手心：“这套房子归你了。”

朝夕：“你什么时候买的？”

“前阵子。”

“你买房子干吗呀？”朝夕哭笑不得。

“我不是和你说过嘛，”他漫不经心地笑着，眼底似含碎光，懒洋洋地说，“金屋藏娇。”

她的眼眸闪了闪，旋即直勾勾地看着他：“然后呢？”

“然后……”

他歪着身子靠在车上，几乎和朝夕处在同一高度，二人的视线也在同一水平线上。路灯光线柔和，照在他的脸上，衬得他的神情也分外温柔。他的眼梢挑起笑意，此刻看过去，眼里流淌着温柔缱绻。

他的语气和平常一样，声音含笑，带了几分玩世不恭：“给你一个家。”

朝夕嗤笑，但握着钥匙的手心滚烫。

可那晚之后，陆程安又没提这件事，依然每天上班、下班，偶尔有时间陪她，在这座城市的大街小巷约会。他们像所有普通情侣一样，在路边，在市中心的热闹广场，在护城河畔，拥抱接吻。

直到泛黄的落叶被雪砸中。

到了 12 月。

朝夕的生日也在 12 月。

她很少过生日。

早些年在国外，她连自己的生日都不记得。出去一逛，发现大街小巷都提醒她圣诞节到了，她才依稀记得自己前几天的生日。她也没去补买蛋糕，既然忘了，索性就忘到底。

她不认为生日有多重要，江烟和江渔年年都给她庆生。

去年原本想过的，但是那阵子朝夕忙得不可开交，连睡眠时间都极少，二人也很识趣地没添乱，只是给她打了个电话祝她生日快乐。

但今年朝夕生日，她休息。

为了怕江烟大张旗鼓地给她过生日，朝夕在江烟问她那天是不是工作的时候，她回了句“工作”。也因此，江烟和江渔也没提给她过生日的事，只给她寄了礼物。

礼物是当天送到的。

朝夕拆礼物的时候陆程安也在边上看着。

有一张卡片掉了下来，陆程安捡起，看到里面的字之后神情漠然地把卡片放回桌上。

朝夕看了眼卡片上的内容，江烟亲手写的：“姐姐生日快乐！”

她瞅了眼陆程安，他神情淡漠，一副无动于衷的样子。

朝夕敛了敛眸，低头接着拆快递，但心不在焉极了，总觉得陆程安不该是这种反应。哪怕说一句“你今天生日”也好啊，怎么能一句话都不说呢。

朝夕觉得奇怪，但又隐隐约约地，心里有一种预感。

自从那晚过后，陆程安总是有意无意地提起“结婚”这词，但每次都是一句话带过，似笑非笑地看着她，总有种是在调笑她的错觉。

可朝夕今天有种特别强烈的预感，尤其是陆程安这么一种置身事外的态度，让她更加确信了。

下午的时候，陆程安接到检察院的电话，他说着一些朝夕听不懂的专业术语，过了会儿，他拿起车钥匙，用口型和她说：“我去检察院一趟。”

朝夕点点头，低头接着看书。

过了大概十分钟，她的手机突然响了起来。

是陆程安打过来的：“我忘记带办公室的钥匙了，在玄关柜那儿，你找找有没有。”

朝夕起身，果然在玄关柜上找到了钥匙：“有的，我送过去吗？”

“你出来吧！”

朝夕打开门，在打开门的瞬间，她愣住了。并不算长的走道里，都被红色的玫瑰花铺满了，玫瑰花的尽头，站着陆程安。十分钟前，他还穿着慵懒的家居服，可现在，他已经换上了正装。

他缓缓地朝她走了过来。

不到十米的走道，他的步伐不快，但朝夕总觉得，从那头走到这头，她等了不是几秒，也不是几分钟，而是太多年。

他在她面前停下，然后跟变戏法似的变了条黑色的丝带出来，蒙上她的眼睛。朝夕伸手摸了摸，困惑地问：“这是干什么啊？”

陆程安绕到她身后，双手推着她的肩往前走：“你待会儿就知道了。”

等她终于停下来之后，陆程安把丝带扯开。

原本放着沙发和茶几的客厅此刻被鲜艳的红玫瑰填满，玫瑰花在地上摆成心形，周围摆放着很多支小蜡烛。朝夕和陆程安站在正中央。

朝夕有点想笑，她以前读书的时候，也被人用这种方式表白过，吉他、鲜花、蜡烛。

高调的追求。

但她无一例外都拒绝了，她向来讨厌这种高调的行为。

可是今天，她心里涌起的不是排斥，不是抗拒，也没有一丝一毫的讨厌，更多的，是感动。

因为做这些事的人是陆程安。

陆程安也笑了起来，房间里的窗帘被拉上，只有蜡烛的光在视线里闪耀。他低眸浅笑的时候，眼睑处有一层浅淡的阴影，使得他整个人显得温柔缱绻。

他穿正装的时候，大多是清冷疏离的，很少会有现在这样的感觉，浑身上下泛着温柔。

可不管怎样，他都是那个出众的男人。在18岁那年，朝夕第一次见到他的时候，眼睛就牢牢地固定在了他的身上，再没移开过。

多年前他玩世不恭地游戏人间。

再重逢时，他穿着简单利落的制服，神情淡漠寡冷。

他无论浮荡还是清冷，温柔还是疏离，在她的世界里，他始终是耀眼的存在，始终在她的生命中闪闪发光。

“你总是说我谈过很多次恋爱，其实没有，我认真谈的女朋友只有你这么一个，我不记得她们的名字，是因为在我眼里，她们都是无关紧要的人。或许你会觉得我不是个好男人，我承认，当时的我确实不是什么好人，可是直到我遇到你，我也开始学着做一个好人，”他淡笑着，“只喜欢你一个人。

朝夕笑了起来。

“我也是第一次这么认真地谈恋爱，而且还是在这个年纪……沈放还调侃我，说是夕阳红恋情。”陆程安摸了摸鼻子，说，“我也很害怕，你和我在一起的时候，你会不开心。”

朝夕摇头：“没有不开心。”

“没有吗？”他欣慰地笑了笑，“但我总觉得，我给你的还不够。”

尤其是十年前，没有及时赶到你身边。迟早要向命运投降，他为什么不能早点卸下骄傲，这是他一直以来后悔的事。

“朝夕，”陆程安捧着她的脸，指腹温柔地摩擦着她的眼睑处，他的眼里像是注入了无限深情，眼眸含光，“我之前一直以为是我先爱的你，直到后来，江烟和我说，我才知道，原来你早在答应和我在一起的时候，也喜欢上了我。”

原来在那个暮春，樱花飘落的时候，心缓缓坠落的不止他一个。

他们的心脏，在同一天，同一时刻，都坠落了。

朝夕的喉咙微哽，语气有些不自然：“她怎么连这个也和你说了？”

“不好吗？”

“我也没有问过你，为什么会成为检察官。”朝夕的情绪瞬间低落下来，那些二人之间互相隐藏于心的秘密，早在彼此不知道的时候，传到对方的耳朵里。

他们始终觉得，自己的执着与等待不值一提。

陆程安笑了笑，他的喉结滑动，他从唇齿间溢出一抹低沉的笑。

他抿了抿唇，语气很淡地说："因为害怕你感动，害怕你因为感动，所以才和我在一起，而不是因为喜欢我。也怕这份喜欢里掺杂着感动。"

他想要的感情始终是纯粹的、热烈的，像是飞蛾扑火般。如果生命是有尽头的，那我希望我的尽头是你。

沉默了一会儿。

"我也总以为你不喜欢我，所以那个时候装作不认识你的样子。"朝夕低声笑了出来，她仰头看着陆程安，目光灼灼地盯着他，"我们好像浪费了太多的时间。"

"怪我来太晚了。"

他松开手，往后退了一步，缓慢地在她的面前跪下。

他从口袋里掏出一枚戒指，从满是零落的花瓣的地上捡起一枝完整的，连刺都没有削掉的红色玫瑰。

他一双桃花眼微敛，笑得深情又令人动心。

"我们之前浪费了太多时间，所以现在，我不想再和你互相浪费了。"他收敛起平时一贯的散漫与玩世不恭，神情认真、专注，仔细听，能听到他因为紧张而微微颤抖的声音，"我带了玫瑰来娶你，你愿意嫁给我吗？"

朝夕吸了吸鼻子，说："我愿意。"嫁给你，是我这么多年以来的愿望。是我 18 岁那年，在心底悄悄孕育的花蕾，终于在今天开成花。你是我心上的第一朵玫瑰。

陆程安帮她把戒指戴好，旋即起身，低头，如视珍宝般地吻了吻她，他闻到她身上有股很淡的清香。

你是旁人口中的无人区玫瑰，或妖冶魅惑人心，或身附利刺，或高傲得令人不敢靠近，但在我的眼底，你就是一朵带着清淡香味的红玫瑰。但那香味细腻绵长，在我见到你的那一刻起，一直到十年后，不对，至今已是十一年，我的鼻尖仍旧只闻到那属于你的，独特清冷的玫瑰香。你是我心上的唯一一朵玫瑰。

番外一

经常陪我吃饭的漂亮姐姐

江渔和林秉扬的绯闻上热搜之后的很长一段时间里，她都处于封闭阶段。

虽然两家公司的公关都出来澄清，二人之间只是单纯的朋友关系，但是仍旧有不少林秉扬的粉丝跑到江渔的微博底下留言，辱骂她；微博私信骚扰她，给她发死老鼠、死蟑螂等恐怖照片威胁她；以高高在上的姿态贬低她，从家庭到学业，再到她整个人。

江渔作为公众人物，很多资料都是公开的。即便不公开，现在的网络这么发达，真想知道的人，多的是办法知道。

她以前的性格不是这样的。

读书的时候，很多人知道她是孤儿院的，所以非常排斥她。

七八岁的小孩子，听风就是雨。一句“她是孤儿院的，她爸爸妈妈都不要她”，众人看她的眼神就变了味。总觉得她身上带了什么脏东西，所以才导致连亲生父母都抛弃她。

或者说，她就是脏东西。他们排斥她，离她远远的，就连作业本都不愿意和她的放在一起。

她没有同桌，坐在最角落的位子。

体育课的小组活动，她是被遗弃的那一个，体育老师问“怎么没有人和江渔一组”的时候，就会有很轻的声音在人群中响起：“晦气。”

江渔抬头望向四周，他们看她的眼神，既嫌弃又恶心。

那两个字响起之后，他们脸上都挂着笑，似乎十分赞成这个说法。

渐渐地，她不再敢和人说话，就连对视都不敢。因为只要她一抬头，就会看到不少人对她指指点点，眼神里满是嫌恶，说出来的话像是一把利刃，朝着她脊骨狠狠地一戳：“她爸爸妈妈都不要她了。”

似乎在大家眼里，被亲生父母抛弃，就代表这个人是个十恶不赦的罪人，于是江渔被冠上许多莫须有的罪名：“她很臭，头发里都有虫。”“我坐在她前面三排，都能闻到她身上的脚臭味。”“她还偷钱。”“她都不做作业。”“她的衣服都是从垃圾场里捡来的。”

江渔不知道，为什么明明她什么也没做，也会遭到这么多莫名其妙攻击，明明她面对的只是一群同龄人，他们连是非都尚未学会正确区分，却学会了用最恶毒的语言揣测她、攻击她、伤害她。

而且出生根本不是她能选择的。

她从生下来就被扔到孤儿院，院长说她被扔到孤儿院的时候甚至还没满月。

江渔无数次地恨过她的亲生父母，分明没有期待过她，为什么还要那么执着地把她生下来，让她感受这些刺痛和伤害，让她连最基本的亲情都没有办法拥有。

就连院长，这么一个和她没有任何血缘关系的人都能对她那么好，为什么最该疼她爱她的亲生父母，却狠心地把她抛弃。

江渔不明白。

她一直活得既卑微又绝望。她以为只要自己卑微地活着，像只蚂蚁一样不争不抢、默默无闻，那么别人就不会再招惹她，可是她放在课桌里的书被人扔进垃圾桶，她吃饭的时候别人会把剩下的饭菜倒到她的碗里，午睡的时候拿剪刀剪她的头发……恶作剧层出不穷。

她像是被人牢牢地扼住了脖颈，就连喘息都变得分外艰难。

遇到朝夕那天，是她决心终结一切的时候。

只要死了，一切就可以结束。

于是她想着，就这样死去好了。

她偷了一把刀。

因为第一次做这种事情，她始终是惴惴不安的，眼神里充满了慌乱，脚步匆忙地逃离现场，刚拐过巷子，就撞上了一个人，揣在兜里的刀就这样掉了下来。

江渔匆匆忙忙地捡起刀，低着头，嗫嚅着道歉："对不起。"

她打算离开的时候，却被人抓住。

朝夕："小孩？"

江渔没回头。

"家里人让你买的吗？"

"嗯。"她呆呆地点了点头。

朝夕走到她面前，半蹲下身，看清江渔脸的时候，很明显地愣了一下。小姑娘五官清秀，但是脸上有着很淡的划痕，眉毛被人用黑笔描过，刘海儿坑坑洼洼的，再往后一看，头发也是长短不齐的。衣服也脏兮兮的，有着很明显的被人用剪刀剪过的痕迹。

朝夕的眼眶一下就红了："把刀给我，好吗？"

江渔摇头。

朝夕伸手想帮她擦擦脸，眼前的少女却突然浑身一震，闪躲地往后退了一步，像是受到什么攻击似的，抬眸的一瞬，眼里有着害怕、胆怯，双唇抿着，神情里带着渴求，渴求不被伤害。

朝夕吸了一口气，温声道："姐姐不会伤害你的，把刀给我好不好？"

"不要。"她的声音细若蚊蝇。

朝夕："你多大了？"

她没吭声。

沉默了几秒，朝夕突然转移了话题，问她："吃过蛋糕吗？我请你吃蛋糕好不好？就隔壁那家蛋糕，你闻到了香味对不对？我带你去吃好不好？就在店里吃，我不会对你做什么的，我只是想吃蛋糕，可是一个蛋糕太大，我吃不下，你帮我吃好不好？"

朝夕那个时候已经离开季家了，她分明也是落魄至极的，可她却仍关注着和她毫不相干的人。

有的人，或许就是为了拯救旁人而来这世上的。

或许是因为年纪小，或许是因为那家面包店的香味实在太诱人，也或许是因为眼前的这个人长得太漂亮。在小孩的眼里，骗子不会这么漂亮。

江渔点了点头，跟着朝夕过去了。

那家面包店的蛋糕后来江渔又去吃过，真的不好吃，是很廉价且满是香精味的植脂奶油。可对于当时的江渔而言，这蛋糕是世界上最好吃的东西，好吃到她吃了一口就再也不舍得吃。

朝夕问她："怎么不吃了？"

江渔怯生生地说："姐姐，我能把蛋糕带给我的妹妹吃吗？"

朝夕愣了一下。

江渔："我第一次吃蛋糕。"

朝夕想了想，突然笑了起来："可以啊，但是你得答应我一件事，我才能让你把蛋糕带给你妹妹吃。"

"什么？"

"让我把蛋糕给她。"

江渔犹豫了一下。

朝夕抽了张纸出来，又问店家讨了杯温水，用纸沾了点儿水，在擦江渔的脸之前，她说："我给你擦擦脸，好不好？"

她的动作很轻，又温柔，一点一点地帮江渔把脸上的墨渍给擦掉。

"好了，你长得真漂亮。"朝夕收回手，把纸巾扔到垃圾桶里，视线转回来，就看到眼前的小姑娘脸上都是眼泪。

小姑娘从位子上跑下来，抓着她的衣袖，像是抓着救命稻草般，还没等朝夕反应过来，就看到她跪了下来："姐姐，你带我走好不好？你带我走好不好？"

不仅是朝夕，面包店里的人都被这一幕给惊到了。

朝夕蹲了下来，用手擦着她的脸，耐心地问："怎么了，小孩？"

江渔却没再说话，只是拉着朝夕衣袖的手没再松开。

过了好久，她终于平静下来。

朝夕："剩下来的这些蛋糕，带给你妹妹吃？"

江渔点头。

她把这些打包好，低头看到江渔因为用力而青筋突起的手，朝夕哑然失笑，她摸了摸江渔的头发，说："拉着我的手好不好？"

江渔却摇头。

“为什么？”

“脏。”她卑微地低下头，揉了揉泛酸的眼眶，“很脏。”

朝夕却压根不嫌弃：“哪里脏了？”

她说完，把江渔攥着衣袖的手抽出来，看到小姑娘的手之后，她着实愣了一下……指甲缝里是黑漆漆的泥沙，手背被人用小刀划过，掌纹也不干净。

江渔胆怯地想要收回手，却被朝夕抓住。

她对着江渔笑了笑：“抓紧姐姐，不要松手，松手的话，姐姐可能会跑的。”

最后那句话，让江渔死命地抓着朝夕的手。

她的指甲戳进朝夕的手背，朝夕却跟感觉不到痛似的，只对着江渔温柔耐心地笑。朝夕以为，江渔的家庭是她在电视里看到的那种父母在外打工，因为小姑娘没有得到很好的照顾的家庭，但她没有想到的是，江渔带她去的地方是孤儿院。

而且从院长口中得知，江渔生下来之后没几天就被父母抛弃了。

说着说着，院长就叹了一口气：“江渔每天回来衣服都是脏兮兮的，头发也是，我问她，她也什么都不说。”

朝夕忍住心里的异样，问道：“她有个妹妹，是……”

“也是一个生下来没几天就被父母抛弃的小姑娘，叫江烟。可能是身世相同吧，江渔对她特别好，有好吃的都让给她，把她当作亲生妹妹一样疼。”院长说到这里，突然陷入了沉默中，隔了好一会儿才开口，语气里满是无奈与惆怅，“可是在这里的人，哪里有什么亲情可言，他们就是被所谓的亲情选择的。”

她没说“放弃”，而是用了选择这个词。

很快，江烟就出来了。

江渔把蛋糕包装拆了，给了江烟一块蛋糕，剩下的都分给了其他小孩。

江烟吃着蛋糕，幸福地笑着，她的嘴角还沾着奶油，声音很甜：“姐姐，原来蛋糕是这种味道的啊，好好吃啊！”

朝夕的眼里一热，她别过头去。她从来都不知道，原来世界上有人是这样活着的。

她在江渔面前蹲下身：“你想跟我走吗？”

江渔咬了咬唇，小心翼翼地问：“可以吗？”

她的眼里有着这个年龄段小孩不该有的谨慎，连一句话都犹豫纠结再三，声音也唯唯诺诺的。

朝夕心疼不已，却还维持着笑意：“可以，只不过我需要办一些手续，这样，最多一周，你等我一周，我就来带你走。”

“对了，你叫什么名字？”

“江渔。”她在朝夕的手上一笔一画地写下自己的名字。

朝夕看到她眼里的欲言又止：“你妹妹叫什么？”

江渔说：“她叫江烟。”

“好。”

她们的对话，在场不少人都听到了，也有年纪比江渔大的，那个人叫江枫，她的成绩很好，在学校位列前茅，五官清秀，也很懂事，也有不少人说要领养她，可是他们说完领养她，却又因为各种各样的理由放弃了。

在这里的人似乎都是这样的，被放弃之后，便会遭到无数次的放弃。

有的人失望，有的人仍怀揣着一丝希望。

江枫打击她：“她不过是骗你的，你看她才几岁，哪里可以把你和江烟领养走？她连领养的基本条件都达不到。”

“还有，你看看你自己什么样子，人不像人鬼不像鬼。”

“成绩又是班里倒数的吧？”

“江渔，你放弃吧！”

“像我们这样的人，只能这样活着。”

像蝼蚁一般，在见不着光的地方活着。

江渔原本还挺自信的，但江枫说的话把她拉回现实。

是啊，像她这样的人，就只能这样活着。

可是第二天，朝夕就来了。

她的身边有院长站着，也有两个陌生人。四个人似乎在谈些什么，院长笑得很开心，他们看到了站在不远处的江渔。

院长叫她："江渔，快过来。"

江渔迟疑着不敢动，她很怕走过去后，那个很漂亮，几乎是她见过最漂亮的姐姐会对她说"不好意思，我不能带你走"。

她不想过去，她不想亲手粉碎这份美好。

见她不过来，朝夕主动走了过来，她在江渔面前站定，然后对她伸出手。

江渔还记得，那天的阳光有多耀眼。

朝夕的眼里像是含了无尽碎光般，她对着江渔笑："我来带你回家了。"

江渔的噩梦是在那天终结的。

只是后来虽然逃离了那些流言蜚语和漫无边际的嘲笑，但她仍旧无法从阴影里走出来。在学校的时候，她仍旧怕别人看她的目光，不管是恶意还是好意的。

她不敢发言，怕别人笑她的普通话不标准。

她吃饭永远是吃得最快的，因为怕在她不注意的时候，会有人突然把剩饭剩菜倒在她的餐盘里。

那些曾经不堪的过往，始终如噩梦般萦绕着她，在她的脑海里不断地翻涌，是她这一生都无法逃脱的禁锢。

朝夕曾问过她，她摇了摇头，一副并不太想说的模样。

等到高三毕业。

她对朝夕说："我不想读书了。"

朝夕没问她理由，只问："那你想做什么？"

"有娱乐公司的人联系我，问我想不想当模特。"江渔说，"我去走过几次秀，还不错。那家公司网上也找得到，是正式的公司，我想去当模特。"

朝夕："你决定好了？"

"嗯！"

江渔说完，惴惴不安地看着她。

可是朝夕如以往任何一次一样地笑着，说："好。"

"姐姐……"

"嗯？"

"没什么。"

挂了电话之后，江渔对着手机轻声呢喃，语气却很坚定："我以后一定会报答你的，一定。"

后来她真的兑现了她的承诺。

她很能吃苦，做这一行最重要的就是能吃苦，江渔什么比赛都参加了，什么活动都去了，她当时被别人戏称为"拼命三娘"。

但也正是因为她的拼命，她离开了小作坊公司，到了国内顶级模特公司，她也成功地成为一名国际名模。

她用入行五年攒的钱给朝夕在国外买了公寓，又在国内给朝夕置办了房产。她知道，朝夕不缺钱，但是她不能不给朝夕。

没有朝夕，她这一生都无法见到阳光。或许她的人生也早就终结。

时隔多年，江渔以为自己再也不会经历那样黑暗的时光了，那种被言语谩骂、侮辱、诋毁、栽赃、恐吓，让她连抬头都畏畏缩缩的无望时光，竟就这样再度折返，而且更甚。

江渔不敢打开手机，微博私信里全都是骂她的话，将她贬得一无是处，骂她是个有人生没人养的贱人，骂她天生贱命，骂她连大学都没考上，满脑子只知道勾引男人的骚货，骂她这些年取得的所有成就都是靠牺牲色相而获得的。

他们把她所有的付出轻描淡写地否定，然后给她冠上龌龊不堪的罪名。

这还不够，辱骂之后，就是恐吓她。各种恐怖照片，以及还有不少人扬言要找到她家来。来她家干什么，不用想也知道了。

江渔一闭眼，眼前就会浮现私信里的恐怖照片，以及多年前的旧事，那些蚕食她的自尊、她的精神，差点就要让她离开这个世界的不堪过去。

即便朝夕和她说过无数次，那些都是和她不相干的人，让她不要在意，可她怎么能够不在意？即便二人已经发微博澄清彼此只是好友，不是恋人，但每天的私信没有减少。

林秉扬的电视剧大火，让他成为国民男友，随便发个微博就是热搜，他俨然是大势，微博万千少女迷恋的对象。而他公司的营销极好，到处塑造他的形象，积极、阳光、上进。

反观江渔，她虽说是国际名模，但模特几乎是娱乐圈边缘人，在国内的知名度还不如十八线的明星。加上她的高中学历，以及被拍到的抽烟动图，完全是个不良少女的形象。

这样的人别说是林秉扬的女朋友了，就连朋友，她也不配。

那段时间，江渔把自己锁在家里，不见任何人。除了朝夕的电话，其他人的电话一概没接。她在朝夕面前，也佯装安然无恙，她知道朝夕一直以来过得有多辛苦，所以不想给朝夕添麻烦。

打开微信，不少人询问她的情况，问她还好吗。江渔一个个点开，又关上。

最后看到好友申请里，林秉扬发送了好友申请给她："你还好吗？江渔，我想和你见个面，不要再拉黑我了好不好？我是真的喜欢你的。"

江渔的眼里没有一丝情绪起伏。是啊，因为你的这份喜欢，让我遭到了网络暴力，让我被无数人攻击，无数人诅咒，让我想起了最不想回忆的过去。让我感受到了藏在人心底下的恐怖恶意。就因为你的喜欢。

江渔把他的好友申请给删了。

删完之后，她平躺在床上。

窗外天已经黑了，房间里没有点灯，黑夜吞噬着她的大脑，她看着天花板，眼前突然浮现许多画面。

小时候被人抓着头发打。

被人指手画脚地指责。

他们把垃圾扔在她的抽屉里，说她就是个垃圾。

然后就是现在。被人辱骂，被人威胁恐吓。

带着血的刀，像是要穿过屏幕，在黑夜中下坠，先是极慢速的，再接着速度加快，往她的双眼快速落下来，像是要戳瞎她的双眼。

"啊——"

她尖叫着从床上坐了起来，身上汗涔涔的，就连床单都是湿的。

江渔从梦中惊醒，整个人惊魂未定地在床上发了好一会儿呆，她抓了抓头发，才发现自己的头发油到不行，肚子也饿得不行。

这才想起自己已经有一周没有洗头了，而这一周，自己也只喝了几瓶牛奶。

她透过洗手间镜子看到自己面黄肌瘦，她一米七九的个子，只有九十五斤，这一周下来，整个人又瘦了一圈，瘦脱相了。

她拿着浴巾，一时之间竟不知道是先去煮东西吃还是洗头。

崩溃就是在这个时候。

眼泪止不住地往下流，她无力地倒在地上，她沉默了太多年，就连哭也都是默然无声的，只是手青筋暴突，牢牢地、死死地抓着浴巾。

过了好久，她才停止哭泣。

靠在门上，突然想到自己刚刚哭的理由，竟然是因为不知道先吃饭还是先洗头。真的是既荒谬又滑稽，一大把年纪了，还因为这么幼稚的理由哭。

你是傻吗，江渔？

傻江渔决定先把头发洗了，顶着油头实在难受。

洗完头发再煮一碗面。

半夜 12 点。

江渔捧着一碗面在茶几前坐下，偌大的客厅空空荡荡，她捞起边上的 PAD，打开之后也不知道看什么，恰好之前她的助理拿她的 PAD 看过直播，主播咋咋呼呼的，她当时听着头疼，现在却很想听到那种吵闹的、欢快的声音。

于是她点开了直播软件。

她从没看过直播，也不打游戏，大半夜看游戏直播，就跟让她做数学题似的费劲费脑又费神，于是她点开娱乐天地，颜值，最后的标签，她随便选了个御姐。

点进御姐标签的第一个直播间。

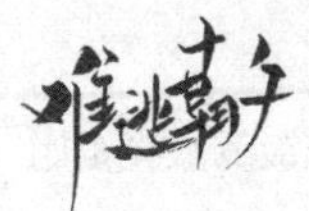

一分钟后，江渔看着直播间。

有谁能告诉她，为什么排名御姐颜值第一的直播间，主播是个男的，而且还是个面瘫？而且更离谱的是，这个面瘫脸，在游戏里打字："有没有哥哥带带人家？人家半夜游戏好寂寞。""人人人家是妹子啦！""哥哥，人家喜欢你。"

江渔看着在屏幕左边一串又一串的文字，撒娇软萌到极致，视线再看向右下角的正方形框里，映出主播的模样。

他顶着一头漂染过的银灰色头发，五官立体清晰，帅且冷漠疏离，帅炸了。

但为什么他会在一个御姐标签上排第一？

而且还在游戏里，卖嗲装妹子，说着一些江渔作为一个妹子都没有说过的，令人作呕的恶心话："哥哥抱抱，人家陪你打游戏，你不寂寞，人家是你的妹妹。"

他为什么可以顶着这么一张冷漠厌世的帅脸说着让她哪怕是看着也浑身起鸡皮疙瘩的话？

二十三分钟后，直播界面显示大大的"Victory"，而画面中面瘫脸依旧面瘫。

有人给他发好友申请，江渔就看到他垂着眸，冷淡无比地打字："哥哥好棒，妹妹好爱。"

江渔要疯了，她到底为什么可以一边吐槽，一边又看得这么津津有味？

甚至这段时间积郁在心里的负面情绪通通消散了，她边看直播边吃面，一局游戏不到的时间，她就吃完了一大碗面，甚至还觉得不够，她翻来覆去地找东西吃，可她已经忘了她和这个世界断开联系一周，她的冰箱里只有几个鸡蛋。不过好在她灵机一动，跑到江烟的房间，从她的零食柜里拿了几包薯条、辣条、饼干等一系列垃圾食品。

她自从进入这行就再也没吃过零食，久而久之，对这些高热量食品也没有什么欲望。但是今天，她就着这个直播，竟然一包又一包地吃着零食。

这个主播真的挺有意思的。打字卖萌装嗲装得比女孩子还夸张，要不是他偶尔抬眸看弹幕以及众人给他刷的礼物，江渔真的会有种他是人形立牌的错觉。

他的脸上是真的没有任何表情，撒娇打字的时候没有，游戏赢了也不过抬眸看一眼弹幕，接着又低头打游戏，输了的时候连弹幕都懒得看，直接下一把。

如果不是他张嘴说话，江渔真的会把他当作聋哑面瘫主播。

他开口说话，是因为有人给他送了个飞机。

直播间左下角会不断地跳出礼物，谁谁谁送了什么礼物，收到小礼物的时候，他没什么反应，当有人给他送飞机的时候，他正好一把游戏结束。

他看了一眼电脑，说："感谢傅焰的小老婆送的一架飞机。"

停顿了几秒。

他垂下眸，点了点游戏界面，重新排队等待游戏的时候，说："这个名字建议改了，我这辈子都不可能娶你。"

江渔无语。

弹幕上刷过一片的"哈哈哈哈哈"，以及"焰焰今天'怼'粉丝了吗？'怼'了"。

没多久，又有人送了一架飞机。

江渔看到送飞机的ID是一堆字符hadaiwskajiqp，一看就是想不到叫什么名字而随便敲键盘敲出来的，江渔挺好奇他会怎么念这个ID。

很快，她就看到右下角的人眯了眯眼，旋即一个字、一个字地把它念了出来。

念完，他说："能从a滚到p，脸是真的大，建议打瘦脸针。"

这人的嘴是真的毒。

江渔一直看到他下播，她发现了，虽然这个人毒舌，但是不管是打字，和游戏里面的人叫哥哥装娇滴滴的萌妹子，还是'怼'他的粉丝，他全程都是面无表情的。这大概就是他能排在御姐标签第一的原因吧！

高冷又疏离。

但江渔觉得，他的直播间之所以有那么多粉丝，主要原因可能是他长得太帅了。而且江渔注意到，他的嗓音清澈，是朗朗悦耳的少年音。

江渔后来在网上查到，他叫傅焰，今年年初才做主播。至于为什么他一个游戏主播会被贴上御姐标签，有人解答，说是他当初手误点了这个标签，签约之后也懒得改了，所以一直在这个标签上。

他的直播间粉丝破百万，三分之二都是女粉，剩下的三分之一里，有三分之一是技术粉，还有三分之一是男粉，最后的三分之一则是僵尸粉。

而女粉，毫不夸张地说，都是他的女友粉。没办法，他长得确实帅。

江渔后来又进了几个直播间，发现要么就是不露脸的，即便露脸，也都是一张路人脸，没有任何记忆点。而傅焰的脸确实帅，帅到能进娱乐圈分一杯羹的程度。

游戏打得好，长得又帅，虽然爱“怼”粉丝，但在粉丝的眼里，这就是所谓的“打是亲骂是爱”。

而且傅焰和别的男主播不一样，别的男主播可能还会在游戏里仗着自己打游戏厉害使劲地撩女孩子，每杀一个人就说“我厉害吗”“叫哥哥”这样的话。但是傅焰不一样，他是男主播界的一股清流，每天在游戏里装女孩子勾引男人。遇到女生的时候，无比冷漠。

江渔看到这个的时候，忍不住好奇，跟中毒了似的，不断地刷着他以前的直播，甚至还打开了她原本以为自己再也没有勇气打开的微博。

无视被各种消息塞到炸的私信箱以及各种 @，她直接搜索了傅焰的微博。

一点进去，她发现了傅焰的定位是在南城。

江渔的心里涌起一阵说不清道不明的情绪，不过很快，她就被傅焰发的游戏视频给吸引了。

江渔刷得根本停不下来。

这就导致了某天她的经纪人打开她家门，就看到她面色苍白，眼睑下是浓重的黑眼圈，以及因为熬夜看直播，吃了一大堆高热量食品而眼睛肿起。

傅焰这人还有一个过分的点就是，遇到给他刷很多礼物的，他感谢完之后，就会开始报菜名，八大菜系都报过去，甚至还会放一些美食照片在直播间。

江渔白天都在睡觉，晚上起来看傅焰的直播，边看边吃着零食。

陈淼以为她是因为被网友们攻击所以整个人崩溃到落泪，彻夜难眠。她心疼不已地看着江渔，很是自责地说："对不起，这件事确实是我处理不当，我应该在新闻被爆出来之前就买断的……"

"啊？"江渔躺在沙发上，有气无力地说，"我清晨 5 点才睡的。"

陈淼大惊失色："你哭到那么晚？"

江渔从沙发上坐了起来，她疲惫地揉了揉眉头："淼姐。"

陈淼抿了抿唇，突然拽着江渔的手，说："江渔，你可千万不能想不开啊，虽然这件事确实公司处理不当，让你遭到了不少攻击，但是公司一直以来都很重视你，有什么好的资源都是先给你的。我敢保证以后不会再有这样的事发生了！而且网友们嘛，你也知道的，就——"

"你找我什么事？"江渔打断她，"我没想不开，我很好。"

陈淼不太相信："你真的 OK 吗？"

江渔："嗯！"

确定她真的没有想不开，陈淼说："就是你之前不是和公司说了想接点儿其他通告嘛，然后这段时间我收到了不少，有电视剧的，也有综艺的。综艺倒是蛮多的，谈恋爱的、带小孩的、做饭的……这些都不太适合你，我选了个真人秀综艺，你看看合适吗？合适的话我就给他们答复了。"

"接吧！"

"行，还有电视剧……"

江渔看到她欲言又止的神情，问："电视剧怎么了？"

陈淼说："电视剧……这部电视剧是我之前和你说过的医疗片，整个剧组的制作水平都是国内一流的，而且给的片酬也很高。"

"说吧！"

"啊？"

“不是还有一个但是吗？”

“但是，”陈淼担忧地看着她，把后面那句话说完，“但是男一号是林秉扬。”

江渔这段时间一直沉迷在直播间，满脑子都是傅焰面无表情装萌妹子撩男人的画面，以至于她都忘了自己到底为什么会自我封闭半个月的时间，也忘了她和林秉扬之间的事。

陈淼思索了一下，说：“你要是不愿意我就去拒绝吧，反正咱们也不缺资源，没必要一定参演这部电视剧的。”

“算了。”

“啊？”

“没必要和钱过不去。”江渔从沙发上站起来，走到厨房里给自己倒了杯牛奶，她垂着眸，声音很淡，听不出什么情绪，“而且娱乐圈就这么点儿大，我和他不可能不接触的。万一以后我俩还有合作，难道就因为他我要拒绝投资方？为了一个曾经追求我却没成功，甚至用这种下三烂的手段想要逼我和他在一起的追求者？没必要。”

江渔向来对自己的职业发展有着十分清晰的规划。说实话，这些年陈淼在她的事业上的帮助并不是很大，江渔能走到今天这一步，可以说完全靠自己。

陈淼：“你确定？”

“嗯！”江渔往碗里倒了麦片进去，伸手向她示意，“吃点儿吗？”

“不了。”陈淼忽然上下扫视着她，视线最后落在她的脸上，疑惑地道，“江渔，你是不是胖了啊？不过胖点儿好，你确实太瘦了，你现在有一百斤吗？”

“不太清楚。”她也有点儿心虚，虽然一直以来她都被要求增重，但是听到别人说她胖，她的心里还是很排斥的。

江渔称了一下，重了三斤。

只不过一米七九的个子，九十八斤，依然是偏瘦。

陈淼却很欣慰：“这个体重差不多了。哦，对了，我忘了说，下周三有个奢侈品广告的拍摄，到时候我会通知你发微博的，这个代言可是好不容易抢过来的，你到时候好好准备啊！”

江渔：“嗯！”

陈淼又交代了些有的没的便走了。

她离开之后，房间里陷入安静。

江渔喝了口麦片牛奶，旋即又打开手机，看傅焰之前的游戏视频。

看到一半，她接到了江烟的电话：“在干吗呢，小鱼儿？”

江渔面色冷淡地说：“我在吃饭，小火汁。”

“说了多少遍不要叫我小火汁！”江烟叫道。

江渔不以为意：“小名也不能叫？”

江烟：“我改名了，我小名叫南大内定校花。”

江渔沉默了一下，问她：“有什么事？”

江烟说：“我给你点了新鲜的蔬菜水果，但是小区不知道怎么回事儿，今天不让骑手进，他现在在外面等，你过去拿吧。”

“嗯！”

“快点过去，人家送外卖的小哥还要给别人送餐的。”

江渔在玄关处拿了口罩和帽子：“知道了。”

江渔走到小区大门，远远地就看到被拦在栏杆外的外卖小哥，她快步走了过去，抬了抬帽檐：“你好！”

“江烟是吗？”

“对的。”

外卖小哥往她身后看了看：“你就一个人吗？”

江渔愣了一下：“什么？”

“这些东西你一个人拎得动吗？”外卖小哥疑惑不已，但又猜测可能这个女孩子体力惊人吧，毕竟她长得比他还高。他把两大袋果蔬拎了出来，嘀咕道，“你比我还高啊，你是篮球选手吧？”

“不是，”江渔一本正经地道，“我是飞行棋选手。”

外卖小哥愣了一下。也就是因为这样，他的手一滑，原本就塞得满满当当的袋子往边上一抖，里面的东西掉了出来，滚落一地。

“对不起，对不起。”他连忙道歉。

江渔："没关系。"

她弯腰捡水果，橘子滚到很远的地方，她费劲地提着两大袋子往前走，刚准备弯腰捡起的时候，眼前突然多了个人影，那人弯下腰，把地上的几个橘子都捡了起来，递给她。

男人伸出来的手白皙修长，骨节分明。

江渔个子高，即便和男的在一起也是平视，但面前的这个男生，江渔仰着头，目测了一下，他至少有一米九高。

他也戴着口罩，鸭舌帽往下压，他的眉眼浸在阴影中。

"谢谢！"她把购物袋往前伸了伸，"你能把橘子放进来吗？"

"嗯！"男人应了声。

他把橘子往购物袋里塞，感觉到江渔拎着袋子的这半边身子都随着购物袋动，不知道是不是江渔的错觉，她似乎听到了男人很轻的一声嗤笑。

"拿不动？"他突然开口。

江渔却如遭雷劈，这个声音……傅焰？

见她没说话，他说："要我给你拿吗？"他上下扫了一眼，江渔图方便，出来拿东西的时候也没有换衣服，上面是件黑色的短袖，下面是条黑白格纹的裤子，衣着打扮根本看不出年纪，而且她还戴了口罩和帽子，他想了想，非常有礼貌地补充道："阿姨？"

他这一声阿姨说出来，江渔确定了，这个人就是傅焰。

每次深夜直播的时候，傅焰都会来一句："建议上了年纪的阿姨们回去睡觉，不要熬夜。几岁是阿姨？二十岁的就是阿姨了。"

"我的直播间里都是阿姨。"

她不是很明白，一个十九岁的人为什么可以把二十岁的美少女称作阿姨？就因为你染了一个银灰色的头发，觉得自己是葬爱家族的，就这么了不起吗？

江渔抿了抿唇，伸手："谢谢！"

傅焰接过购物袋："阿姨，你家在哪边？"

"那边。"

江渔往前走了几步，没忍住，很较真地说："我不是阿姨。"

傅焰抬了抬帽檐：“啊？”

“我不是阿姨。”她重复了一遍。

傅焰倒也没在意，改口道：“姐姐。”

他的态度转变得太快，和直播时在看到弹幕上有人发“二十岁就阿姨了吗？焰崽你这样子会失去我的”这种话时，没有任何挽回余地，面无表情地回答“二十岁不是阿姨难道八十岁是吗？还有，你没有得到过我，这边建议你去做一下高数题清醒一下”的傅焰简直有天壤之别。

江渔抿了抿唇。

傅焰又问：“妹妹？”

这不怪他，谁让江渔把自己包裹得这么严实，别说是年纪了，远远地看过去，安能辨雌雄？个子这么高，又穿得这么中性，要不是她和外卖员说话，傅焰真以为她是男的。

江渔微妙地看了他一眼：“叫姐姐。”

“哦，姐姐。”傅焰顺从极了。

帮江渔把东西提到电梯口，傅焰就走了。

等到回家之后，江渔的反射弧才工作起来，她竟然和傅焰在一个小区！而且傅焰在生活里一点儿都不冷漠，一点儿都不像在直播间里那样无情！他好乐于助人！

最重要的一点是他！叫她姐姐！

江渔看了一眼时间，差不多到了傅焰直播的时间点，她打开直播间等着傅焰直播，结果没想到傅焰今晚直播比之前要晚半小时。她中途还做了点蔬菜沙拉，等到她吃了一半的时候，傅焰才来。

他点着鼠标“咔嚓咔嚓”地选着音乐。

弹幕里一连串的“焰崽姐姐来了”“焰崽今天好帅，糟糕，这难道就是心动的感觉”，以及一片的“葬爱阿姨今天来了吗”。

江渔看到“葬爱阿姨”的弹幕的时候，嘴角勾起愉悦的弧度，是的，她就是这位葬爱阿姨。

之所以被称为葬爱阿姨，是因为她当时在给傅焰刷礼物的时候，不知道要起个什么名字。回想起傅焰的年纪，又看到他耳骨都打了洞，

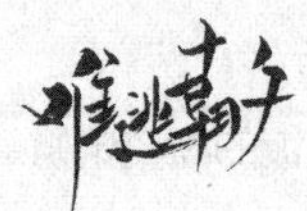

银灰色的头发帅是帅，但是配上网瘾少年这四个字，他俨然就是叛逆少年的代名词。

如何吸引叛逆少年的注意力？首先，就是起个合他眼缘的名字。

于是那天晚上，傅焰直播到一半，突然收到了一个火箭，他抬头，瞥了眼ID，原本打算看一眼就接着打游戏的头突然停住，他眯了眯眼。

傅焰直播半年，直播间里的人从没见他笑过。

此时，他的嘴角却掀起了弧度，很微小，但是大家都看到了，傅焰竟然笑了！

傅焰盯着那个ID，慢腾腾地念：“感谢‘哆清吔亾総被嘸清吔傷’送的火箭。这个名字可以，很葬爱。”

江渔也笑了。

之后的每一天，江渔都会给傅焰刷火箭。

直播开始半小时刷一个，直播快结束刷一个。

每到这个时候，傅焰就会懒懒地掀起眼皮：“感谢葬爱阿姨送的火箭，希望葬爱阿姨永远被无情的人伤。”

也因此，每天的弹幕都会问：“今天葬爱阿姨来了吗？”

葬爱阿姨来了。

葬爱阿姨准备今天给焰崽刷十个火箭，报答他给阿姨拎袋子这种有礼貌助人为乐的行为。

结果在她正准备刷礼物的时候，就听到傅焰说：“晚了半小时，助人为乐去了。没帮老奶奶过马路，都什么年代了，老奶奶不过马路了，老奶奶都会点外卖了，今天帮一个奶奶拿外卖。”顿了一下，他说：“这奶奶还挺逗，要我叫她姐姐。”

江渔无语。

傅焰低着头打开游戏，语气很淡地说：“那奶奶多大？跟你们差不多，过几天就能过八十大寿的那种，还要我叫她姐姐，离谱。”

“你们笑个屁，那个奶奶比你们好看，人家是有钱且漂亮的奶奶，你们是穷且丑的奶奶。”傅焰对粉丝们向来都是重拳出击的，“建议你们好好赚钱，少看直播。”

“叫奶奶了没？叫了。”

“尊老爱幼。”

江渔无语，原来他帮她，是因为尊老爱幼。

而且她不是姐姐，也不是二十岁的阿姨，是一个二十五岁的奶奶。

她这十个火箭是怎么也送不出手了。

江渔很快就忙了起来。

先是真人秀综艺的拍摄，拍完当天晚上她就坐飞机回南城，隔天就进组拍《心心相医》电视剧。她虽然成绩不好，但是记性很好，记东西很快，台词很快就背完。而且她演的角色和她本人的性格十分贴合，导致她根本不需要什么演技，只要本色出演就能得到导演的赞许。

她在《心心相医》里演的是男主林秉扬的前女友。

前女友是位在外企工作的女强人，工作强度大，经常加班、出差，而男主是医生，两个人工作都忙，以至于见面相处的时间非常少，二人因此分手。然而分手之后前女友对男主念念不忘，企图追回男主，只不过她的年纪比男主大，始终拉不下脸，只是偶尔会带些零食、甜点送给他身边的同事，面对男主的时候，也没有太多煽情柔软的话，像是谈公事般，公事公办地举出二人合适的地方，然后得出结论：“我们两个在一起，对彼此都有利。”

一个极度理智且清醒的女人。

江渔读完所有剧本之后，却不这么认为。坚强和理智不过是掩饰内心的软弱罢了，越是外表坚强的人，内心越是柔软，渴望关怀、渴望感情、渴望被人珍视。

这也是江渔想接这个电视剧的主要原因。

不过江渔的戏分不多。

她拍完戏的空当，会坐在角落里看剧本。

如她预料的一样，林秉扬借着工作的名义加了她的微信，每天早晚问候，关心她有没有吃饱，天气冷了注意保暖。

江渔一概没回。

林秉扬却很锲而不舍地发，发的次数多了，江渔却也觉得有趣，至少不用自己打开天气预报了，把他当成人工天气播报系统用了。

不过林秉扬也只敢在私底下找江渔。

毕竟今时不同往日，他已经跻身一线，片酬比江渔多了两位数，盯着他的人可不在少数。

所以在片场的时候，林秉扬压根不敢找她。

江渔在片场除了拍戏看剧本，做得最多的一件事就是看傅焰的直播。

然后，十分大手笔地给他送火箭。

她万万没有想到的是，竟然有人嫌钱多——

傅焰："阿姨。"

他扔下手机，整个人懒洋洋地往后一躺，微敛着眸看向镜头，神情寡冷地开口："你能别给我送礼物了吗？你钱那么多去做慈善，别用在我身上。"

江渔无语。

"还有，"傅焰"咔嚓咔嚓"地点着鼠标，看着快速刷上去的弹幕，他轻嗤了一声，"一天两千块钱就想包养我？做什么春秋大梦，这边建议多吃点猪脑补补你们的脑。"

江渔无奈，我真的没有想包养你的意思。

于是大家就看到从进直播间起就大手笔砸钱刷礼物的"哆凊吔亾総被嘸凊吔傷"的葬爱阿姨，发出了在此直播间的第一条弹幕，内容非常贴合此直播间的风格。

她说："别恶心我，我没有搞忘年恋的想法。"

这话一出口，直播间弹幕满屏都是"哈哈哈哈哈"，过了会儿，有人发"终于有人骂我家焰崽而我却一点儿都不生气""阿姨骂得好""惊！某主播暗示自己想被重金包养竟被粉丝无情拒绝"等一系列弹幕。

所有人都站在江渔这边。

傅焰面无表情地说："我是有什么疾病吗要搞忘年恋，姐弟恋都不可能搞，离谱。"

不知道为什么，江渔在听到他这句话的时候，陷入惆怅之中，不过很快她就被助理叫去拍戏了，也就忘了这么回事。

等到《心心相医》的戏分正式杀青，已经是 11 月了。

江渔中间还出了趟国。

整个 11 月，江渔都非常忙。

回国的时候，她和同公司的傅笙同一趟航班，二人就隔了一条过道。

头等舱里非常安静，以至于傅笙和手机那端的人对话的声音无比清晰："我这段时间很忙，你就让我少操点心吧，按时吃饭会死吗？不吃饭才会死吧？你丫的翅膀硬了会飞了是不是？等我闲下来你给我表演一个高空飞翔！"

"我对你就一个要求，一日三餐。还会顶嘴了是吧？我更年期？你怎么不说你叛逆期呢？要点脸，你十九岁了，再过一个月就二十岁了，再过两天就八十大寿了，还叛逆期？我还有十个小时到国内，家里的扫把还在吧？我待会儿就想看看，叛逆期和更年期谁是真正的王者。"

"你打游戏我打你，这不是挺合理的吗？我们都有打的目标。"

结束对话的，是空姐过来提醒她："女士，这边马上要起飞了。"

傅笙笑意温柔："好的，我马上挂电话。"

她最后一句是："听到了吗，我马上要起飞了，你最好是真叛逆期，迎接我这个假更年期，否则我没有办法确定你接下去几个月是靠脚走路还是靠轮椅。"

听完全程的江渔傻了。

江渔在圈内的朋友不多，傅笙算是其中一个。

在她的眼里，傅笙既有能力又有事业心，脾气温柔，性格稳重，这还是她第一次见到傅笙这么气急败坏的样子。

傅笙打完电话，从胸腔里吐了口浊气出来，她揉了揉眉心，和江渔解释："我弟弟。"

江渔："嗯，我懂。"

"你妹妹比较听话吧？我这个弟弟，从小到大不知道让我操了多少心。"

江渔想了想，江烟确实很懂事。因为过往经历让她们不得不懂事，不得不成长。

十个小时的飞行既漫长又疲惫。

落地之后二人一同回去。

江渔和傅笙住在同一个小区，回家的路上，傅笙接了个电话，挂断电话，她的脸色不是很好看。江渔关心地问："怎么了？"

傅笙："我要去拍个广告。"

"那不是挺好的吗？"

"要去覃城三天，三天之后又要飞日本。"傅笙往后一靠，头抵着座椅，脖颈拉出漂亮纤细的线条，话语里满是疲惫，"我就跟个陀螺似的一直在转，没一天休息。"

江渔拍拍她的肩："你不是说了吗，年轻的时候多赚点钱，这样就可以把退休年纪从五十岁改成三十岁了。"

"对的。"傅笙顿时来了精神，"为了三十岁的养老生活，我还是要好好努力好好工作的！"

到家之后，江渔倒头就睡。

醒来之后叫了份麻辣香锅，她这段时间太忙，导致体重直线下滑，接近九十斤，整个人已经瘦到皮包骨了。

等待外卖的时候，江渔想起了被她打入冷宫将近一个月的傅焰，于是打开了傅焰的直播间，意外的是，晚上 10 点，傅焰竟然才开播。

她到的时候，直播才开始十几分钟。

人陆陆续续地多了，弹幕里不少人问他今晚怎么这么迟，而且大家隐隐约约地注意到，焰崽那张帅到惨绝人寰的脸上似乎有点儿乌青。

于是有了一系列的弹幕——

"焰崽你打架了吗？"

"焰崽肯定是又把小姐姐叫成老阿姨，所以遭到了毒打。"

"呜呜呜，心疼焰崽，但是打得好！"

"呜呜呜，想知道是谁打的焰崽，想给她发锦旗感谢她。"

"不许你们这么说焰崽，守护全世界最好的焰崽，不过到底是谁为民除害？"

江渔笑得乐不可支，以及看到后面，有人问："葬爱阿姨今天来了吗？”

“阿姨不在，好想她。”

“想念焰崽被阿姨包养的日子。”

傅焰在等待游戏开始的时候抬眸瞥了眼弹幕，在快速滑动的弹幕中，精准无比地看到了这条消息，他下意识地扯了扯嘴角想要对粉丝重拳出击，却没想到牵动了伤口，他轻嘶了一声。

他伸手按了按被揍了的地方，旋即指了指自己的脸，说：“我很有钱，建议你们睁大眼睛，要包养也是我包养别人。”

于是乎，满屏的“焰崽快来包养我”。

傅焰：“你们什么样子你们自己心里没点数吗？但凡你们长得漂亮点，还需要我包养？早就有男朋友了。你们每天在游戏里当然找不到男朋友，还想着要我包养你们？等你们在游戏里像我这样把男人玩弄于股掌之上，再来我微博上私信我。”

“然后被我拉黑。”

江渔在那之后有蛮长一段时间的休息期。

没过几天，江烟也放假了，她东西多，每次都要人接送。朝夕是没有时间的，因此江渔开车过去接她。

到了她宿舍楼下的时候，看到她和一个人在说话。

江渔只看到那人的背影，很高，但是衣品很好。等到江烟上车，她一脸兴奋地说：“小鱼儿，你刚才看到了吗，我们学校的校草，长得巨帅，声音也巨好听，妈耶，糟糕，这难道就是心动的感觉？”

江渔：“你不是你们学校的校花吗？”

江烟：“我这个校花，就是我自己内定的校花。”

江渔看了她一眼，江烟仿佛读懂了什么，立马说：“但他这个校草是实至名归的，当时入校就在学校的论坛上火了，军训照帅得惊人。”

“你怎么认识他的？”江渔问，“他在追你吗？”

江烟愣了一下，旋即娇羞地拍了一下江渔的肩：“哎哟，原来我在你眼中是个能站在校草身边的女人。”

江烟很识时务地说：“你觉得他会追我吗？他长得这么帅，而且据说是高富帅，家里特别有钱的那种，他叔叔还是学校的校长来着，而且据说他家里人因为他考上南大，给南大捐了一栋楼。”

江渔没上过大学，对这些并不了解。

沉默了一下，她问：“你都是从哪里听来的？”

“陆许泽说的。”江烟说，“他和陆许泽是好朋友，两个人认识很多年了。”

江渔转过头，欲言又止地看着江烟。

江烟似乎猜到她想说什么，语气很淡地说：“我和陆许泽就是朋友，也只能是朋友。”

“嗯！”

“他们家里对他的期望挺高的，他自己对于未来也有很明确的规划。”江烟说，“但我不一样，我对自己有着很清醒的认知，我就是一个很平凡的人，做不了什么大事，毕业之后就去一家公司，每天朝九晚五，过着很平凡、很普通的生活。”

“我和你不一样，和姐姐也不一样，姐姐是从头到脚都闪闪发光的人，哪怕离开季家，她的人生也非常闪耀，她不需要任何附属品衬托她。”

“你虽然总说自己这行是吃青春饭的，但是你做得很好啊，你有很清晰的目标，也愿意为之努力付出，所以你看，我现在依靠你，过得好幸福好幸福。”

“虽然我没有爸爸妈妈，但是有你和姐姐，我就已经有了足够的底气了。”

“我就是这样很普通的人，仰仗着你和姐姐的宠爱，所以无忧无虑地过着这一生，不会因为钱而担忧，因为知道如果受了委屈、吃了苦，回家就好了，反正家里有你和姐姐无条件地包容我。”

是啊，她的人生不像朝夕那样虽然跌宕起伏但始终是闪耀璀璨的，也不像江渔那样励志。她的人生轨迹和大多数人一样，没有任何起伏，考上一所不错的大学，毕业之后就工作，受了委屈也没关系，因为自己有退路。

江渔抿了抿唇，一本正经地道：“你很优秀的。”

只是比起朝夕和江渔，她显得平凡许多。但再平凡，江烟上的也是全国 top3 大学，今年她也拿了一等奖学金。江渔知道，江烟虽然表面上大大咧咧，但心里是个非常要强的人。因为想要追赶上她和朝夕的步伐，想要让自己更优秀一点，然后不再拖累她们。

江烟看着江渔的表情，突然说："我们姐妹俩不是走这种煽情风的，你不要给我搞这种强行催泪环节，恶心死了。"

"哦。"

江渔沉默了片刻，说："我纠正一点。"

"什么？"

"我和姐姐也没有无条件地包容你，"江渔眼波无澜地说，"反正我不承认你这个南大内定校花。"

"我自己内定都不行吗？"

"不行。"

"你对我这么严格吗？不是，我在你眼里就不是个美女吗？我也有几分姿色吧？"

江渔转过头来，从上到下地看了她几眼，然后极其认真地说："不是。"

江烟："什么塑料姐妹？！"

到家之后，江烟收拾东西。

江渔想回房洗个澡，结果接到傅笙的电话。

傅笙："江渔你最近有时间吗？你能帮我个忙吗？就是我弟弟……他不是不按时吃饭吗，我就想让你每天去他家……"

"给他做饭？"

"不是，看他吃饭。"

江渔无语。

傅笙咳了咳，解释："我每天都会给他定外卖的，但是他有点儿忙，所以经常忘了吃，你就过去看他一眼……就十分钟？小鱼儿我是真没办法，我爸妈过年肯定要回国的，要是回国之后看到狗崽子瘦了，不只是他被暴打，我也会惨遭毒手的。"

"有这么夸张吗？"

"真有。"傅笙说，"而且我弟弟前几天回家刚被我打完一顿，他安安静静地吃了两天饭，昨天又只吃了一顿，我可真是气死了，他是在做身材管理吗？一天一顿？一个大老爷们的那张嘴巴能不能少怼点人多吃点饭呢？”

江渔被她逗笑了。不过最后，她还是答应了傅笙。

晚上的时候，傅笙给她发了消息：“我给狗崽子点的狗粮到了，你帮我过去看看他有没有在吃，麻烦了麻烦了，小鱼儿，等我回来一定好好报答你！”

江渔：“……没事的，小事而已。”

傅笙：“我给你介绍个男朋友，巨帅，是我发小，等我回来就介绍你俩认识！”

江渔：“真不用。”

江渔吃完晚饭就下楼了，江烟疑惑地问：“你要去干吗？”

江渔：“帮朋友看她家小孩有没有按时吃饭。”

江烟耿直地问：“怎么有种主人离开了，让你照顾她的宠物的感觉？”

江渔想了一下：“差不多。”

傅笙家就在江渔家后面。

江渔知道密码，电梯门一打开，她就看到了背对着她站着的男人，个子很高，穿着黑色的卫衣和长裤。

似乎听到动静，男人转过身来，眼睫倦懒地垂着，懒洋洋地掀了掀眼皮，目光散漫地打量着她，最后扯了扯嘴角，扯出一抹淡笑来：“你就是我姐姐的朋友？”

江渔万万没有想到，傅笙的弟弟竟然是傅焰。

江渔从震惊中回过神来：“嗯！”

“我姐真有够无语的，还让你来监督我吃饭。”他转身，“别换鞋了，进来吧！”

进去之后，江渔看到放在中岛台上的外卖盒，她问：“你吃过了吗？”

“没，”傅焰坐在沙发上，一副对食物不感兴趣的模样，“你要吃吗？你要吃的话你吃吧！”

“我吃过晚饭了。”

他低头玩着手机，似乎察觉到了哪里不对，突然抬头打量着她："你这个声音很耳熟，我们是不是在哪儿见过？"

江渔："嗯，那天晚上你帮我拿了外卖。"

"哦——"

江渔以为他会脱口而出"奶奶"，毕竟他在直播里就是这么说的。

可是傅焰一勾嘴角，寡冷的脸上勾起一抹淡笑，他的嗓音微微发哑，笑着说："原来你就是那个姐姐，还挺有缘的。"

江渔没想到他会这么自然而然地叫她姐姐。如果不是他耳骨上的耳钉，以及他因为吸烟而微哑的声音，江渔真的会怀疑他不是傅焰，而是傅焰的双胞胎弟弟。

江渔现在也挺怀疑的："傅焰？"

傅焰挑了挑眉："姐姐，你叫什么名字？"

"江渔。"

"真好听。"傅焰放下手机，鼓了一下掌。只是配上他那面无表情的脸，让江渔有种被嘲讽的感觉。

傅焰："姐姐。"

按照年龄辈分，他确实要叫她一声姐姐，但是江渔怎么听怎么觉得奇怪，于是说："你要不叫我阿姨吧，奶奶也行。"

"那多没礼貌，而且你这么年轻，姐姐你今年有二十岁吗？"

"我过几天就过八十大寿了。"

傅焰神色自若地说："你八十岁也是姐姐啊，女孩子不管是几岁都是姐姐。"

江渔觉得奇怪，这个人到底怎么回事？他还是傅焰吗？他为什么可以顶着这么一张面瘫脸说这种话？果然，在游戏里可以装女生对着男生发"哥哥，人家是你的小蜜桃"的男的，在现实生活中撩妹更有一手。

眼见着江渔的神情有几分松动，傅焰站起身子，说："姐姐，我现在想去洗个澡，就不陪你了，你吃完饭不用收拾东西直接走就行，阿姨会来收拾的。"

"等等——"江渔叫住他，"你先吃饭，吃完饭再去洗澡。"

傅焰拧了拧眉，这人怎么没有看上去那么好说话啊。

他转过身，对着江渔笑了一下："姐姐。"

江渔："姐姐在。"

"姐姐，我暂时还不想吃饭。"

"姐姐就十分钟，快点。"

"姐姐，你是不是赶着去约会？姐姐不用管我的，姐姐直接去就好了。"傅焰语速很快地说，"我希望姐姐一生幸福，好人一生平安。"

江渔把外卖盒从袋子里取了出来，拿起筷子和盒子，走到傅焰面前。

她把外卖举到他的面前，突然挤了个笑容出来，一只手揉了揉傅焰的头发，用哄小孩儿的口吻说："姐姐今天和你约会。"

傅焰今天的直播比以前又晚了半小时，而且他延迟直播的理由是"吃个饭"。

他的直播间不少老粉都知道他不常吃饭，傅焰对此解释："身材管理，不保持身材我怎么能在御姐榜单排第一？"

然而事实的真相是，他有轻微的厌食症。

一般厌食症都是节食减肥导致的，傅焰自然不是节食减肥导致的厌食症，他的厌食症主要是因为傅笙做菜太难吃了，堪称地狱料理。

傅焰的父母常年在外工作，导致家里只有傅笙和傅焰两人在。

外卖是近几年才流行的，在外卖还没流行的年代里，傅焰总是面对着盘子里看着似乎能吃但感觉吃下去就会口吐白沫的食物。然而出于对亲生姐姐的信赖，傅焰吃了。

吃到第三口的时候他吐了，而且直接导致他那天没什么胃口。

第二天傅笙煮了碗白粥。

傅笙很自信地说："弟弟，一碗白粥而已，你觉得世界上有人会连白粥都煮不好吗？不可能的对不对！而且我尝过了，这个粥是给人吃的。"

傅焰就这么喝了，但是喝的时候总觉得哪里怪怪的，却又说不出来哪里怪。当天晚上他拉肚子了。

傅焰拉到虚脱："我再问你一遍，你真的尝过这个粥？"

"没有。"傅笙心虚极了，"那我也不知道我怎么连煮碗粥都不行啊……"

那阵子正好是暑假，原本天气热人的胃口就差，傅笙为了保持身材每天就啃些黄瓜西红柿之类的。原本她还为了傅焰下厨，经过这次之后她也不敢下厨了，于是把钱扔给傅焰，让他自己解决吃饭问题。

经过这么一番折腾，傅焰也没什么胃口吃东西，他忙着打游戏，把钱往桌子上一放，专心地打游戏去了。游戏一打起来就忘了时间，等他觉得饿的时候，都是凌晨了。

凌晨也没什么店开着，他嫌麻烦，喝了瓶可乐就睡觉了。

人嘛，少吃点少吃点，自然而然胃口就变小了。

傅焰连续几天都没怎么吃东西，渐渐地，对食物也没太多欲望。偶尔饿的时候，从沙发底下翻出一包傅笙在减肥期间偷偷给自己加餐的饼干，甚至都吃不了几块就饱了。

而最终导致他厌食症的原因还是某天傅笙厨兴大发，在厨房里折腾了半天，弄了一盘鸡蛋火腿炒方便面出来。

这三样东西，无论哪样单独拿出来都是好吃的，也是无论怎么弄也能弄得好吃的东西好不好吃另说，傅焰觉得总应该不难吃。

结果他在餐桌上坐下，就看到了一盘黑的东西。

傅焰诚恳地问道:“你炒了一盘钢丝吗？”

他拿筷子翻了翻，夹了一片黑漆漆的东西出来:“这是什么？”

“火腿。”

他的手抖了抖，又往下翻，翻到一块东西，眉头一皱：“你放屎进去了？”

“这是鸡蛋。”

傅焰放下筷子，轻扯嘴角，讥笑道:“你说这是鸡屎，我还能相信，这玩意儿竟然是鸡蛋？这盘竟然是传说中厨房白痴也能做出来的鸡蛋火腿炒方便面？”

傅笙涨红了脸：“你做！你给我做个试试看！别只知道用嘴，我用嘴我还能做出佛跳墙呢！”

“行，今天让你瞧瞧什么是厨神。”

傅焰甩下这句话，转身进了厨房。

他拆开方便面，往锅里倒水和面，然后顿住。

傅笙:“你煮面啊？”

“我在想怎么煮比较好吃。”

“你都把面扔进水里了。”

他身形未动。

沉默了几秒，傅笙小心翼翼地问：“你该不会连怎么打火都不知道吧？”

“所以，怎么打火？”

傅焰的厨艺自然是和傅笙的不相上下。

反正从那之后，傅焰就不太喜欢吃东西了。

后来傅家父母回来，察觉到了不对，带着两个叛逆期小孩去医院做了个检查。傅笙不吃东西，是为了身材节食减肥；而傅焰不吃东西，是对食物没有兴趣，也吃不进东西，轻微的厌食症。

这些年断断续续也没治好。

毕竟傅家父母的工作太忙，没有时间照顾他。傅焰自己倒没觉得哪里不对，他虽然没怎么吃东西，但是长到了一米九，营养不良的人能长这么高吗。

直播间里不少人在发弹幕。

“焰崽今天竟然吃饭了？”

“焰崽不要身材管理了！你都那么瘦了，给妈妈胖起来！”

“又是男妈妈，不要男妈妈！”

“女妈妈们，焰崽都在减肥，而你们呢？”

傅焰扫了眼弹幕，伸手按了按后颈，说：“仙女都是喝露水的，这样才能保持身材。你再看看你们，你们可以欺骗自己，但是体重秤不会。”

“三百斤就是三百斤。”

“为了穿衣服好看点，减减肥。”

“为了男人？男人不配你们减肥。”

江渔看到一条弹幕刷过：“焰崽：我狠起来连自己都骂。”

她忍不住笑了。

手机那端，傅笙还在说：“我也就希望他一天能安安分分地吃一顿，小鱼儿，拜托你啦！”

江渔：“没事的，明天还是这个时间吗？”

傅笙："嗯嗯，我给那家餐厅打过电话，每天7点前后会送外卖过来，你到时候过去帮我监督一下就行。哦，对了，我还多点了一点儿，你到时候也可以和狗崽子一起吃。"

江渔："不了，我家里还有个小孩儿。"

傅笙："你可以带着你家的小孩儿和我家的狗崽子一起吃呀！"

江渔："我很好奇，傅焰是怎么叫你的？"

傅笙："你咋知道他叫傅焰？"

江渔愣了一下。

傅笙："哎哟，我家狗崽子还会自我介绍了？不错不错，看来他还是挺喜欢你的嘛！"

并不是，只是因为我经常看他的直播，他直播间贡献总榜第一的人就是我。现在他的直播间里还有不少人起哄要我包养他，要他赶紧收拾行李跑到我怀里做个小白脸。

傅笙："他叫我啥？"

傅笙："他叫我女王殿下。"

江渔持怀疑态度。

第二天，江渔提早了几分钟过去。

下楼的时候正巧遇到了拿完外卖回来的傅焰。

他走在前面，没注意到后面的江渔。手里拿着手机，似乎在和人打电话："不是，你个巫山老妖能不能好好工作？你这每天给我点外卖是什么意思？刷一波姐弟情深是不是？"

"你知道拿外卖有多累吗？我这腿是拿来走路的吗？"

"你知道多冷吗？哦，你不知道，你这巫山老妖修炼成精了都，零下十度都能光着腿，你三十岁没到就老寒腿了呗！"

"你就提早进入老年状态了呗？"

"我没有心？你才没有心。"

"还有，你竟然找人来监督我吃饭？我是狗吗，还要人管着？"

"她竟然和你同岁？你不说我还以为她十八呢。你看看你，再看看她。哎哟，都是模特，你怎么又老又丑？那姐姐长得可比你漂亮多了，也不是漂亮，主要是年轻，像十八岁。”

“你？你长得像——”

傅焰懒洋洋地说：“八十岁的吧！”

傅焰说完，立马把手机往外一扬。隔着两三米的距离，江渔都听到了那边傅笙嘶吼的声音。

进了电梯间。

他把手机重新放回耳边，漫不经心地抬起眼眸。

电梯金属门敞亮清晰，映出他高大瘦削的身影，以及缓缓走入他视线中的纤细身影。她的脖子上裹了条围巾，遮盖住半张脸，露出来一双眼睛。

双眼狭长，眼型是少见的丹凤眼，眼尾平滑又细致。这种眼型显得冷淡克制又漠然，但她似乎遇到了什么好玩的事情，眼尾微微上挑，眼里氤氲着笑意，笑意淡化了几分冷漠疏离，显得有几分温柔。

手机那端傅笙还在说些什么，傅焰却心不在焉了，敷衍着应了声：“知道了，那个姐姐来了，我要和她共进晚餐了。”

挂断电话之后，傅焰看了一眼时间：“姐姐，你还挺准时的。”

江渔一板一眼地回答：“还好。”

傅焰瞥了她一眼，冷不丁地问：“你刚刚听到我打电话了？”

“听到一点点。”

“哪一点儿？”

江渔也扭头看向他，恰好和他的视线撞上。

电梯里的灯光并不明亮，视线交错中，似有股暧昧的光掠过，二人不约而同地转过头去。

进门之后。

江渔不紧不慢地说：“就听到你说我像是十八岁的小姑娘。”

傅焰拆了外卖，他看着眼前的饭菜，苦恼地叹了口气。

江渔：“不要叹气，幸福会溜走。”

傅焰无语。为什么这人可以这么土？

面对着一堆吃的，他没有任何食欲，拿着筷子随意地拨了拨饭菜，心里仍旧想着逃脱这一劫，偷偷地打小算盘，想着如何讨好她。

只是他一抬眸，就看到江渔正直勾勾地盯着他。

傅焰被吓到了：“你也想吃吗？”

他很大方地把饭菜往她那边推去，甚至还贴心地帮江渔拆了副筷子。

江渔挤了个笑容出来：“我不想吃。”

“那你那样看着我干什么？你可能不清楚，像我这样的年轻人，很容易一个眼神就误解的。”傅焰一本正经地说，“刚刚我从你的眼神里看到了渴望，看到了对食物的渴望。”

“确实是渴望，”江渔把饭菜都推了回去，把筷子往他手心里一塞，“但不是我也想吃饭，而是我想看着你吃饭。”

“弟弟，”江渔笑了一下，“你快点吃饭吧！”

傅焰抿了抿唇，他突然眉头紧皱，一脸凝重地看着江渔，沉声道：“其实我最近在辟谷，姐姐，你知道什么叫作辟谷吗？”

江渔无情地道：“我不知道。”

“你不知道？没关系，我可以给你解释。”

傅焰吹了一通，然后说：“姐姐，你看这饭……”

“吃。”她不容辩驳地道。

傅焰：“你有没有在听我讲话？”

“听了。”

“那你为什么？”

江渔一副冷漠脸：“左耳朵进右耳朵出。”

傅焰还是第一次看到这么理直气壮地说这么句话的人，他也是第一次遇到对手。憋了好半天，他憋出了一句：“姐姐，你拿出做阅读理解的精力认真对待我一下好吗？”

江渔：“我不认真对你吗？”

“你认真吗？”

“我够认真了。”江渔咕哝道，“我对我妹妹都没这么有耐心过。”

傅焰兴致勃勃地问：“你还有妹妹？”

“嗯。”

“你妹妹叫什么？”

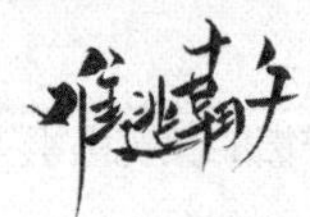

“江烟。”

傅焰愣了一下：“她不会是我认识的那个江烟吧？”

江渔：“你认识江烟？”

他这么一说，江渔就想起那天她去学校接江烟的时候，背对着她和江烟说话的男人，从身形来看，似乎和眼前的傅焰差不多，很高，又瘦。

傅焰：“南大的？”

“嗯！”

“那应该是她了。”傅焰疑惑，“你俩长得不太像。”

江渔语气自然地说：“我和她是在孤儿院认识的。”

傅焰怔了一下。

江渔不甚在意地朝他抬了抬下巴：“你快吃饭。”

傅焰不知道要说些什么，于是低头吃饭。

等到他吃完一碗饭之后，江渔起身想帮他收拾碗筷，却被他制止。傅焰靠在中岛台上，嘴角噙着淡淡的笑意：“姐姐，我姐姐是让你过来看我吃饭的，不是来照顾我的。”

江渔也没坚持：“那你自己收拾吧！”

傅焰无语，还是第一次遇到这么直的女生。

江渔拿起手机就往外走。

傅焰收拾着外卖的餐盒，突然叫住了她：“姐姐。”

江渔转过身：“怎么了？”

“刚刚，对不起。”

她不甚在意地笑了一下，廊灯白皙，光照在她的脸上，她的皮肤是冷白皮，被光照得近乎透明，像是室外飘落的雪花一般冰冷，但又让人忍不住想伸手触摸。

傅焰的手心痒了一下。

等到江渔离开之后，傅焰的眼眸渐渐垂下，心里涌上一股既奇怪又诡异的感觉来，意识到那种感觉是什么之后，他伸手按了按额角，沉沉地吐了一句话出来：“我疯了吧，那可是个姐姐。”

当晚傅焰没有开播，请假理由是，叛逆少年夜晚深思，勿扰。

江渔觉得奇怪，吃了一顿饭还能深思？果然是叛逆少年。

江渔捧着PAD，刚好看到路过的江烟，她直勾勾地看向江烟，感慨道：“幸好你没有叛逆期，也没有厌食症。”

江烟低头看着手里刚煮好的一碗螺蛳粉。

她思考了一下，想着自己在吃晚饭的时候吃了两碗饭，饭后水果又是一个苹果加半个西瓜，不到一个小时又煮了一碗螺蛳粉，可能确实有点多吧！

但她又有点儿不服气：“姐姐，那我饿了总要吃吧？”

江渔：“嗯，多吃点儿。”

江烟：“好嘞，我准备再放根火腿肠进去。”

“放吧！”

江渔看着又把碗捧回厨房，在厨房里忙活着的江烟，嘴角一点点地勾起。幸好江烟从来没有让她操过心，在她没有顾及的地方，江烟一直都过得很好。

这么一想，江渔发自内心地叫着她的小名：“小火汁。”

江烟愉悦的歌声一顿，她转过来，面无表情地看着江渔：“我在这里郑重警告你，再叫我这个名字，我就和你绝交。”

“不好听吗？”

“不好听。”

江渔：“我觉得挺好听的。”

江烟和江渔对视了几秒，过后，她一脸生无可恋：“算了，你开心就好。”

隔天，江渔又提早了几分钟过去，意外的是，外卖还没到。

客厅里空荡荡的，有声音从房间里传来，江渔循声过去，最后停在书房门外，她伸手敲了敲门，傅焰戴着耳机，没有听见动静，认真地打着游戏。

江渔没敢打扰他，重新回到客厅去了。

她无所事事地玩着手机，过了大概十分钟，房间里响起脚步声，她一扬头，看到从走廊里走过来的傅焰。

傅焰愣了一下："你怎么坐这儿？"

江渔立马站了起来，"不能坐吗？"

"不是，"傅焰笑了，"我的意思是，怎么来了不叫我？"

"我叫你了。"

"啊？"

"你可能在打游戏，没听到。"

傅焰想了一下："我刚才玩个游戏，队友有点儿吵来着，对不起啊，姐姐！"

他这人很奇怪，直播的时候没有任何表情地对着队友撒娇，但是在现实生活中，眼尾总是懒懒地垂着，整个人漫不经心的，看上去对什么事儿都提不起兴趣似的。

连道歉也是一副散漫不走心的调调。

江渔倒也没在意："没关系，只是今天的外卖还没来吗？"

"啊，刚才给我打了电话，我出去拿。"傅焰走到玄关处换鞋，他换好鞋子之后却没按电梯，转过身来，掀起眼睑，目光直勾勾地落在江渔的身上，像是只狗崽子看着主人的目光。

"可是姐姐。"

江渔的心一紧："啊？"

"你不跟我一起去吗？"

江渔有点摸不到头脑："我……一起去？"

傅焰："嗯！"

她走了过来，把鞋换好，瞥到傅焰的脖子上空荡荡的，她想到自己刚刚走过来时的暴风雪，左右看看，拿起柜子上的围巾，突然叫住往电梯里走去的傅焰。

傅焰下意识地转过身来，还没等他开口，鼻尖嗅到一股很好闻的香味，然后脖子被人用围巾一圈又一圈地包裹住。

他眼眸低垂，视线所及，是江渔白皙细腻的皮肤，她的唇很薄，唇形很漂亮。蓦地，她笑了一下，左侧脸颊有个很小的酒窝。

江渔："外面很冷，这样才不会被冻着。"

他看到她的双眼清澈，没有沾染一丝私欲。

傅焰藏在围巾下的喉结上下滑动，他尽量地使自己的嗓音像往常般：“姐姐，你怎么这么会关心人啊？”

江渔：“有吗？”

“啊，你是不是和弟弟谈过恋爱啊？”

江渔皱了皱眉：“我没有谈过恋爱。”

傅焰的嘴角往上一勾，然而下一秒，剧情急转直下，因为江渔又说了一句：“我也不会和弟弟谈恋爱。”

傅焰：“为什么？”

室外的雪下得很大，江渔伸手拉了拉围巾，说话时声音闷闷的：“因为谈恋爱很麻烦，和弟弟谈恋爱更麻烦。”

“和弟弟谈恋爱，怎么就麻烦了？”

“因为节奏不在一个调上，我都工作这么多年了，弟弟要是才工作，或者像你这样的大学生……”

江渔还没说完，就被傅焰打断了。

“像我这样的大学生怎么了？”他散漫慵懒地笑着，“不是，姐姐，你知道吗，像我这样的大学生，你打着灯笼都找不到。”

“你看看我，又高，又帅，又有钱，身材好，又会穿衣服，还是名牌大学的，打游戏还好——像我这样的大学生，怎么，你还嫌弃？”

“我也没嫌弃你，你这么大反应干什么？”她觉得莫名其妙，“而且你这是干什么，在向我推销你吗？”

傅焰：“是啊！”

江渔停了下来，傅焰也停了下来。

他走到江渔面前，站定。

“姐姐，你看看你要不考虑考虑和我谈恋爱？”白雪簌簌地落下，路灯被飘落的雪花切割出无数的光影，他在影影绰绰的光影中漫不经心地笑着，带着肆无忌惮的勾引的笑意。

江渔没有一秒犹豫，果断拒绝：“不要。”

雪飘飘，夜晚的温度又降了不少，寒风一吹，冰凉刺骨的寒意从衣服的缝隙钻入身体里，江渔被冻得牙床都在抖。

她说话时呵出一片白茫茫的雾气，挺直白地说：“我比你大六岁，在社会上摸爬滚打将近十年，没学历没文化，会抽烟会喝酒还打过架，不是什么好女孩儿。你的条件这么好，身边多的是优秀的小姑娘追，像我这样的坏姐姐，还是不耽误你了。”

江渔这小半生几乎看遍了人性“恶”的那一面。

亲生父母都会抛弃她，最纯粹的象牙塔里也有污蔑，光鲜亮丽的娱乐圈也有污秽不堪的东西。她在暗无天日的深沟里滚了一圈又一圈，对自己有着极其清晰的认知，也非常清醒地意识到，她和傅焰之间不可能有故事。

傅焰像是听到十分可笑的话似的，笑里裹着荒谬：“姐姐，抽烟喝酒打架就是坏姐姐了？你这对于好坏的定义还挺传统的。”

江渔轻描淡写地笑了一下。

他吊儿郎当地说：“我也抽烟喝酒打架，我也不怎么好，你看咱俩是不是挺般配的？”

“不配。”江渔从柜子里找到傅焰的外卖，塞在他的手上，她的嗓音比飘落的雪花还冷，说出来的话也冰冰凉凉的，“我那样说，只是想暗示你，我和你之间没可能，既然你听不懂，那我再说一遍，弟弟，姐姐不喜欢你，你别浪费时间在姐姐身上了。”

“姐姐挺好的啊，我觉得我和你挺合适的。”

“你这个公子哥，没必要消遣我。”江渔说，“我和你之间除了性别合适之外，哪儿都不合适。”

她说完，转身就走。

任由身后傅焰拖着嗓音叫她：“姐姐？”

“姐姐，你走慢点儿啊！”

“不是吧，姐姐，你这也太无情了吧？”

江渔走得很快，等她到家之后，方才的冷静决绝似乎被冰冷的建筑物一同隔绝，她整个人失神无措地坐在玄关处的换鞋凳上。她的脑子里乱糟糟的，傅焰竟然会和她表白？疯了吧？一定是他疯了。

江烟在厨房里煮着东西，听到动静之后探出头来，疑惑极了：“你今天回来得怎么这么早？小孩儿今天很听话嘛，这么早就把饭吃了。”

江渔顺坡下驴地说：“嗯，今天小孩儿听话，吃得快。”

放在口袋里的手机在这个时候振了一下。江渔拿出手机，弹出了微博的消息通知，她申请了一个微博小号，那里只关注了傅焰，而且把他设置为特别关心，这样每次他发微博，她都能第一时间知道。

傅焰：“今天按时直播。”

他已经有很长时间没有按时直播了，按理说粉丝们应该是开心的，但是下面的评论都是担忧。

“焰崽，你老实说你今晚吃饭了没？”

“焰崽，你都那么瘦了你能不能多吃点！”

“焰崽，别这样，妈妈怕。”

江渔皱了皱眉。她退出微博，打开微信，恰好看到有一条新的好友申请，点开一看，是傅焰的好友申请。她犹豫了一下，按下通过。

几乎是在她通过的一瞬间，傅焰就发了消息过来。

傅焰：“姐姐？”

江渔：“嗯！”

傅焰：“你竟然加我好友了？我还以为你不会加我。”

江渔：“嗯！”

傅焰叼着根烟，看到江渔简单冷漠地回答后笑了一下，他一笑，烟就一抖，烟灰落在大腿上。他懒洋洋地把烟拿开，双腿张开放在茶几上，脚尖踢了踢边上的外卖袋，塑料袋发出窸窸窣窣的声响，他的心一动，缓慢打字：“姐姐，你今天不过来监督我吃饭吗？”

江渔：“？”

傅焰：“我这个人有个毛病，必须有人看着我才能吃饭。”

江渔：“。”

傅焰：“其实一顿不吃也没事，又饿不死。”

江渔：“……”

看看，标点符号从一个点变成六个点，这已经算是某种意义上暗示她喜欢他的意思了！

傅焰加大力度：“我从小就是这样过来的，吃一顿饿一天，饿得胃都没有知觉了。”

傅焰：“姐姐，你有事就忙你的事好了，我自己一个人也会活着的。”

十秒过后。

半分钟过后。

一分钟不到的时间。

屏幕上多了条新消息。

江渔：“我过来。”

都开始打字发消息给他了，而且还主动地说，她过来！她这么主动，下一步是不是要讨论学区房在哪儿了！

傅焰想得倒挺美的，只不过江渔过来时候的样子，可不像是和他制定五年计划讨论生一个孩子还是龙凤胎的样子。

她面无表情，清冷寡淡地睨着傅焰：“吃饭了。”

傅焰“啧”了一声：“姐姐。”

“快点儿吃，吃完我还有事。”

傅焰这会儿倒挺听话的，打开外卖吃着，吃几口，就停下来看江渔一眼。江渔一副置身事外的冷淡模样，老僧入定般地看着手机。

傅焰再吃几口，又看她。再吃，再看。

江渔想，他是有什么疾病吗？

像是猜到她心里在想什么，傅焰解释：“我发现啊，我边看你边吃饭，吃得会比较香。”

江渔面无表情地看着他：“说点阳间的东西，别阴阳怪气的。”

傅焰乐了：“姐姐，你说话也没有那么土嘛，还挺时髦的，哪儿学的？”

还能是哪儿学的？都是在你直播间学的，净学些嘲讽人的话。

“江烟教的。”她抬了抬下巴，不太想在这个话题上谈论下去，催他，“你快点儿吃。”

“我吃饭就是这么慢的。”傅焰慢条斯理地夹了一口菜放进嘴里，慢悠悠地说，“你知道吧，食不言……不是，一口饭要嚼个……”

他想了一下，肯定地说：“一百次吧，这样对身体好。”

江渔无语，分明之前一顿饭不到半小时就吃完，还一副半推半就的架势，吃两口停几分钟，咽下去的时候像是在咽毒药似的。你确实有什么疾病。

江渔放下手机，双手撑着下巴，目光定定地看着他："行，我帮你数着。"

傅焰："我吃饭最讨厌别人盯着了。"

"你真……"她硬生生地把挤到嗓子眼里的"麻烦"给咽了回去，改口，"很精致。"

傅焰不知道想到了什么，一挑眼梢，眼里闪过狡黠，他清了清嗓子："姐姐，你能帮我倒杯水吗？"

江渔起身去厨房。

"别用那些玻璃杯，用酒柜里的高脚杯，倒一杯有点儿甜的山泉水，然后用托盘递过来。"傅焰慢条斯理地说着，接触到江渔的眼神之后，他一脸无辜，"上流社会，从喝水开始。"

江渔默默地翻了个白眼，但她还是照做了。

傅焰："姐姐你吃过鲍鱼炒饭吗？"

江渔："鲍鱼可以炒饭？"

傅焰："上流。"

江渔无语。

傅焰："鲍鱼炒饭配什么喝的，你知道吗？"

江渔沉默了一下，说："红酒？还得是82年的拉菲？"

傅焰挑了挑眉："你怎么知道？"

江渔面无表情地看着他，缓缓地吐出四个字来："因为上流。"

傅焰打了个响指："是的。"

江渔按了按额角，忍不住问他："你和上流过不去了是吗？"

"那不是你说的吗？我这个公子哥，我自己都不知道我竟然是公子哥。"他吃完了饭，把餐盒都收拾好装在袋子里，他垂着眸，猜不透在想些什么，说话时嗓音里还隐隐约约地带着笑意，"那我既然都是上流社会的了，肯定得上流一点儿啊！姐姐，你觉得我刚刚那样上流吗？"

"我就是个普通人，你非得说我是上流，那我就给你演个我以为的上流生活。怎么，姐姐，我刚刚那样，你喜欢吗？还是说你喜欢我别的样子？我什么都可以演的。”

江渔觉得头疼，脱口而出：“你像你直播时那样不行吗？”

话音落下，房间内陷入可怕的安静之中。

傅焰：“看过我直播？”

“别说是我姐说的，我姐都不知道我在直播。”傅焰这会儿倒是不急了，饶有趣味地盯着她，“说说，怎么知道我直播的？”

江渔很想说是江烟告诉她的，可是转念一想，连傅笙都不知道他在直播的事儿，江烟估计也不知道。她略一思索，不答反问：“傅笙为什么不知道你在直播？”

“她又不进我房间。”傅焰说，“我俩各过各的。”

江渔：“哦！”

“你呢，哪儿看的我直播？”

“就……无意间看到的。”

“然后呢？”

“然后觉得你这个人有点骚。”

傅焰差点被口水呛到，他没有想到江渔会这么直白，乐了：“我怎么就骚了？”

“你对着男的叫哥哥，还自称自己‘人家’，这还不够骚吗？”江渔说，“正常女孩子哪里会那样说话啊！”

“那你还看？你不是觉得那样有趣才看的吗？”

被戳中了心思，江渔不太痛快，反唇相讥：“你为什么会那么热衷撩男的呢？撩男的很有趣，还是说你本身就喜欢男的？”

傅焰失笑：“我要是喜欢男的，我还和你表白？”

“那万一你呢？”

“不好意思，我不是。”傅焰说，“而且我怎么就对着男的叫哥哥了，我可是一句话没说，我一直都是打字的。”

“我为什么热衷撩男的？那不是因为没女的可以撩吗，要是有女的可以撩，谁还去撩男的啊！”

江渔：“那你去下个软件。”

傅焰怀疑自己的耳朵：“什么？”

“你下个聊天软件，多的是女的给你撩，”江渔没什么情绪地说，“而且你不是你们学校的校草吗，不应该有很多女生追你吗？手机里每天都有女生给你发消息关心你吧？”

傅焰从沙发缝里抠出手机，往茶几上一推，推到江渔的面前：“密码和我家密码一样。”

江渔：“你干吗？”

“看看到底有多少个女生给我发消息，但凡找到那么一个，姐姐，今儿个我就不追你。”傅焰自信又臭屁地说。

江渔才不和他玩这种幼稚的戏码：“我不看。”

“你看看嘛，姐姐。”傅焰突然凑了过来，膝盖微屈抵着，一只手撑在茶几上，往她这边靠近，另一只手把手机解锁，将手机放在她面前，声音压得极低，似诱惑，但更多的像是在撒娇，“姐姐，你看看嘛！”

年轻男孩的诱惑，江渔有点儿忍不了。

她艰难地避开他的视线，尽量地保持语气镇定，说：“傅焰，我是你姐姐的朋友，你好好说话。”顿了顿，她软下语气来，“行吗？”

“你不是说要我用直播间的说话方式说话吗？”傅焰眨了眨眼，一脸无辜地看着她，“姐姐不是最清楚了吗，我直播的时候是怎么说话的，嗯？”这算是搬起石头砸自己的脚吗？

傅焰轻挑眼梢，他勾了勾唇，喉咙里裹着细碎的笑：“姐姐，你真不和我谈恋爱啊？我这人虽然挺垃圾的，但是我保证，对女朋友肯定专一。”

江渔：“我说过了，我们不合适。”

“合不合适，配不配，这些都是借口。”傅焰扔开手机，他捏着江渔的下巴，迫使她和自己对视。

四目相对。

她的瞳孔清晰而干净，带着纯粹的琥珀色，远看的时候并未察觉，原来她的眼底带着这样浅淡的勾人的情愫。

“姐姐。”他哑着嗓子叫她，“你就回答我，你真把我当朋友的弟弟了？”

“每天准时准点过来，就是为了监督一个朋友的弟弟？”

“你对你妹妹都没这么上心过吧？”

“对朋友的弟弟这么上心？”

“还是说，对弟弟上心？”

他的进攻很快，一句接一句，根本不给她思索的余地。他的眼神赤裸火辣，带着这个年纪少年独有的直接与热情。

他人如其名，像是一团火焰，想要把她燃烧殆尽一般。

她在这层层火焰中艰难地呼吸着，想要找回自己的理智。

可是他的动作更快：“不说话？不说话就当作默认了啊……姐姐。”

最后的一声姐姐，被他吞没在唇齿中。

在模模糊糊的吻中，江渔的思绪抽离开来，江渔，你扪心自问你真的不喜欢他吗？不喜欢他，你每天给他砸礼物？这半年来你在他直播间砸了十几万的礼物，都是为了一时开心吗？你的钱是那么好赚的吗，就这样挥霍在他的身上？你照顾他，真的只是因为他是傅笙的弟弟吗？你连江烟都没有这样照顾过，你对他真的只是出于朋友之托吗？

还是说，你在直播间看到他的第一眼，就对这个不按常理出牌的男生，有了其他的心思……

江渔被他吻着，这个吻强势猛烈，带了几分青涩，磕碰着她的牙齿，江渔被他这个毫无技术却又蛮横的吻给逗笑了。到最后，她靠在椅背上笑个不停。

傅焰懊恼无措地回到沙发上，恶狠狠地瞪着她：“你笑什么？”

江渔：“没谈过恋爱啊？”

“没。”

“怪不得。”

“怎么？”

“你的吻技真的糟透了。”江渔评价。

傅焰的脸色有点儿难堪：“怎么，姐姐谈过很多男朋友？”

“没谈过。”江渔说，“但拍过吻戏。”

傅焰的脸色又一沉。

江渔笑了：“弟弟，你看，这就是我和你之间的差别了。我是混娱乐圈的，以后还会拍各种电视、电影，亲热戏肯定少不了，我对此无所谓，那你呢？你才十九岁，十九岁的男孩子，应该忍受不了自己女朋友和别的男生抱来抱去吻来吻去的吧？”

傅焰没吭声。

江渔走过来，揉了揉他的头发：“行了，弟弟，你想的不就是这个吗？现在也达到了你的目的，姐姐就回家了，明天吃饭的时候我再过来。”

“什么叫我想的就是这个？”傅焰拉住她的手，他的脸色黑得可以，“你的意思是，我向你表白，就是为了亲你？”

江渔不置可否地笑了一下。

傅焰想到了什么，说：“你该不会以为我和你表白是图新鲜吧？”

江渔：“那不然呢？”

“你真以为我身边都是小姑娘啊，我身边几岁的人没有啊！”怕她又扯到他的家庭上来，傅焰改口说，“就连我做个直播，都能收到一堆女的表白私信，还有一堆人要包养我。你可能不知道，我直播间还有个老阿姨，每晚给我砸礼物。”

“姐姐，我很吃香的。”

“你看看你要不再考虑考虑啊？”傅焰双脚大大咧咧地越过她撑在茶几上，一副她不答应就不让她走的霸道姿态。

少年郎眉目青涩，但是眼神里亮着滚烫又坚定的光。

江渔什么没经历过？黑暗的迷离的潦倒的惨败的，她经历了那么多恶，她以为自己的心已经淡如止水般不会再起波澜，也不会被除朝夕和江烟以外的其他人所影响。

可是面前的少年，在她最落魄困苦的时候出现在她的视野里。

她很少笑，但看到他的时候就忍不住想笑。

偶尔在工作的空当想起他，偶尔也会想他，猜他到底有个怎样的人生，猜他是否单身。

这样的感情，不是喜欢还是什么？

得不到她的回答，傅焰说：“姐姐，我挺有钱的，和家里没有关系。我自己挺赚钱的，我直播一个月也能赚十几万，我的成绩也挺好的，以后工作，不出意外的话，我也能赚不少钱。你看看你要不和我谈恋爱试试呗？”

江渔看着他。

不管是在傅笙还是在江烟的口中，他都是一个桀骜的少年，浑身傲骨，高高在上，就连她自己了解到的，在他直播的时候，他也是如此，可是他说这话时，眼神里流淌着小心翼翼与胆怯。

江渔于心不忍。她想了一下，说："你不是有人要包养你吗？我看那个直播间的阿姨就挺好，你要不和她在一起吧，被包养不是挺好的吗？"

傅焰："你是在吃醋吗？"

江渔无语："我为什么要吃自己的醋？"

傅焰："姐姐？"

"啊！"

"阿姨？"

"闭嘴，叫姐姐。"

傅焰乐了，仰着头看她："姐姐，原来你早就喜欢上我了啊？别说不喜欢，不喜欢我每天给我送礼物？一出手就是两千？半年送了我十几万？你这不是喜欢还是什么？人傻钱多吗？"

江渔："闭嘴！"

"姐姐。"

"干吗？"

"你真不喜欢我啊？"

"安静点。"

"姐姐，姐姐。"

"姐姐，你喜欢我直播时那样的是吗？"傅焰把她拉到茶几上坐下，笑得跟朵花似的，"姐姐，人人人家喜欢你。"

江渔既好气又好笑。

傅焰跟没看到似的，自顾自地接着叫她："姐姐。"

"干吗？"

"我们这是在一起了吧？"

"你说是就是吧！"

"是是是是！"

番外二

清醒梦境

上课铃声响起的时候，此时还在校外的学生都飞奔向校门。

迟到的学生们个个顶着张惨兮兮的讨好面孔。

“我就迟到了一分钟。”

“你就让我进去吧？”

“求求你了。”

学生会执勤的人今天却异常难说话，无论迟到的人如何说一概油盐不进，板着张脸，拿出记名板，一副公事公办的口吻道：“哪个班的？叫什么？”

“不是你这——”

“怎么，你迟到还有理了？”

“就两步路。”傅嘉懿挠挠头，压下胸中的怒火，眼珠子一转，看见一人，心中顿时有柳暗花明的感觉，抬高嗓音叫住出现在他视野里的人，“二哥！”

不远处，有人往这边走来。

相同款式的校服，偏偏他穿出了不一样的感觉。

深蓝色的校服衬得他身材挺拔。男生个高腿长，五官出众，还有一双不笑也含情的桃花眼，在初秋的凉风里，像是深巷里的酒一般醉人。

他笑了，带着浓重的少年气息，蓬勃又有朝气。

方才还板着脸的执勤人员，此刻都笑着和他打招呼："会长。"

陆程安走到他们面前："发生什么事了？"

"就——"其中一个执勤人员想插话。

"二哥，我真不能再被记名了，我们班主任发话了，再迟到她就叫家长了。"

陆程安嗓音温润："知道要迟到，怎么不早点儿起床？"

"就迟到了一分钟。"

"行了，进去吧。"陆程安拍拍他的肩，眼神朝周围扫过一圈，迟到的人里有不少是他认识的，好几个是从小时候就跟在他屁股后面叫他二哥的。小时候闯祸了，都苦着脸来求他帮忙，这忙一帮，就帮了这么多年，直到高中……他们迟到，陆程安都得过来救他们。

他叹了口气："你们啊，我当个会长是为你们服务的吧？"似埋怨、似不满，但他话音里始终带着笑。

人堆里一溜地回应："谢谢二哥。"

转瞬间，迟到的人你推我拽地散去。

拿着记名板的程浩无奈："会长，你就是太好说话了。"

陆程安不置可否地笑了笑，道："还没吃早餐吧，待会执勤结束我请大家吃早餐，校门口的那排早餐店大伙儿随便挑。"

执勤的人瞬间倒戈："会长真好！"

第一节课的上课时间是早上八点。

因此，他们的执勤时间是七点半到七点五十。

离执勤结束还有五分钟，校门正对着的马路上空荡起来，不再有学生来来往往了。眼见着他们要收工的时候，一辆黑色的奥迪车出现在众人的视野里。

校内老师的车都登记在系统，出入学校车牌会自动识别、升起道闸。

但眼前的这辆车，显然是外来车辆，道闸没有自动升起。

门卫出来，透过车窗朝着车内人询问情况：“学生家长吗？校内不让开车进去的，你把车停在校园外面。”

驾驶座旁边的车窗降下，陆程安看清了坐在驾驶座上的人。来人是个中年男人，面孔分外眼熟，上周他还见过——季家的司机，李叔。

说是季家的司机，但更准确点儿说，他是季老爷子的司机。

季老爷子和老太太自打前几年开始身体就不好了，一直在南方养身体，也把唯一的孙女带去南方读书了。

上周末他去找季洛甫，在前院里见到了李叔，便问了一句：“老爷子回来了？”

季洛甫面色凝重：“奶奶的身体越发不好了，要做个大手术，那边的建议是回南城，毕竟这边的医院和医疗设备更好些，而且第一医院又有伯父在，我们也放心。

“再说，朝夕也到了上高中的年纪，学籍还在这边，怎么着也得回来读书的。”

朝夕，陌生又熟悉的名字，瞬间卷席了他脑海。

陆程安的大脑嗡鸣了下，他重复了遍那个名字：“朝夕？”

季洛甫看向陆程安。

同一时刻，某件事同时席卷了二人脑海。

老人家当时的一句戏言，给朝夕和陆程安定下婚约。在这个圈子里，有不少的婚约。有的为钱，有的为名，也有的像他们两家，为两家的情谊。

别的人家婚约作数或者不作数，他们都不发表任何意见，但陆和季这样的家庭是格外遵守约定的。

季洛甫起身，走到窗边。

他垂眸，视线落在前院里的某处，少女盈盈身姿，在萧瑟泛黄的树丛中徘徊。

似是察觉到有人在看她，她四顾后发现了他，并对上他的眼。

她，一颦一笑，眼波流转。

陆程安单手点烟，青丝烟雾缭绕。

他没注意到季洛甫分神了，毕竟现在的他，也自顾不暇。

“朝夕也回来了？”

“嗯。”季洛甫收回眼，“入学手续办得差不多，大概下周会去你们学校上课。”

气氛瞬间冷下来。

谁也没说话。

一支烟燃至尽头，陆程安倏地笑起来：“就这样，没了？”

他眉梢轻挑，嘴角挂着漫不在意的笑。季洛甫却从他的笑里看出了别的意思——他太聪明、太清醒，自己的一句话就被他窥探出了用意。

“原本我是想让她去别的学校的，但老爷子那边说去这所学校，毕竟你在这儿。”既然被猜到，季洛甫也不再遮掩，他轻蔑嗤笑一声，接着道，“老爷子原话是，如果你在这个时候都没法保护好她，那今后几十年也没法安心将朝夕交给你。”

季家和陆家的婚约，定了就不会取消。

但朝夕从小被老爷子带在身边养，老爷子疼爱得紧。不仅是老爷子疼爱，季家阖家上下都疼她。朝夕如果真不愿意履行婚约，老爷子也不会强求。

婚约这事儿，也不是非朝夕和陆程安不可的。

烟灰掉在他的衣角。

陆程安抖了抖自己的衣服，玩世不恭的脸上漾着笑，正准备开口时，书房的门被人推开，梁亦封进来了。他们三人有事要谈，因此将此事搁在一旁。

事情谈完，陆程安起身打算离开，脚将将迈出，又停住了。

窗外的光，照在他的脸上。

他嘴角轻扯动了一下，轻描淡写留下几句："别的地儿我不敢保证，但她在我眼皮底下，不管怎么着我都会护她完好。"

而今，陆程安的视线往后排扫去。

深色的车窗将车后排的情况遮得严严实实，但他确定朝夕就坐在车里。

思及此，他走过去。

"李叔。"

李叔见到陆程安，先是一愣，随即反应过来。

陆程安淡笑："来报到？"

"是，"他往后排瞥了眼，"我送朝夕来报到。"

"进来吧。"

陆程安和保安说了几句，他在学校是大红人，不仅是学生会主席，更是每次考试的年级第一。当然，这些只在学生中出名。保安认得陆程安，是因为校长是他的舅舅。

保安将道闸升起，八卦问道："里面坐着的是谁啊？"

车子缓缓过闸，后排车窗降下。

那是他第一次见到朝夕。

车轮碾压地面，从她出现在他视野到离开不到三秒的时间。

女生未施粉黛的脸上没有任何的情绪。她坐着，他站着，迫使她不得不仰头……眼皮往上掀起，那狭长的双眸扫过他的脸，短暂的几秒。

犹如暴风雨过境。

掀起他内心的一场海啸。

传闻季朝夕美得不可方物。

他当然听到了这个传闻，只是没想到今日一见——

他没想到的是，单一眼，便让他沦陷。

过了好久，他才找到自己的声音，回复保安大叔。

他用似笑非笑的语调说："我未来的女朋友。"

身边听到这话的人，俱是一脸震惊状。

想从他脸上找到一丝开玩笑的神情，但陆程安目光始终追寻着那辆黑色的奥迪车。车子消失后，他终于回过神："你们去吃早餐，回来找我报销。"

他扔下这句话，飞奔离开。

程浩茫然，叫他："会长，你去哪儿？"

风传过来他含笑的话音："追女生去。"

众人面面相觑。

"会长……追女生，谁？"

"不知道。"

"车里那位吗？"

两节课的时间，再加一个大课间，陆程安在追女生的事就传遍了校园。

与此同时，传遍全校的还有一件事儿——新转来个学生。

开学小半个月，突然来个转校生，这事儿算不上稀罕。稀罕的是，这名转校生，从楼道走到教室，长长的走廊里，有心不在焉听课的学生往外一瞥，猛地怔住。

教室里躁动声起。

"快看，快看——"

"看什么？"

"美女！"

"能有多美，激动成这样？有尹落美吗？"

尹落是童星，漂亮又灵动，有国民闺女之称。因为拍戏，她鲜少出现在学校，但大家每每听到楼下有个学姐或学妹长得很漂亮，都会拿来和尹落作比较。

尹落仿佛是个标尺。

标尺以上，便是绝世大美人。

可这所学校这么多学生，清纯可人的，落落大方的，乖戾嚣张的，各种类型的女生都有，左右衡量下都没有尹落好看。

尹落的好皮囊，有着多种转变空间，童年时清纯可人，拍戏时演的角色乖张，到如今每次出现在学校便是落落大方的模样。

美有很多种，似乎她都有。

一层楼共有六个教室。

朝夕从楼道口上来，途经漫长的走廊，最后进的是末端那间——六班教室。

她站在讲台上，淡淡的眸光望向台下，嗓音清润，徐徐开口："大家好，我叫季朝夕。"

教室里一时鸦雀无声。

班主任示意她："坐最后一排，可以吗？"

朝夕："可以。"

"好。"

班主任看了眼讲台上站着的任课老师："不打扰你了，继续上课吧。"

朝夕走到最后一排的空位上坐下，虽说是第一天来上课，但她教材都领了。从书包里掏出课本，认真听课。余光里，身旁一道视线总不时扫向她，很是干扰人。

直到下课，她的同桌凑过来，半怀疑半局促："你是……季大哥的妹妹？"

朝夕默了几秒："你认识我？"

"我是傅嘉懿，前几天和小五一块儿打游戏的那个，不知道你还记不记得我？"

他口中的小五，是指季景繁。季家子嗣众多，朝夕常年跟在老爷子身边，接触到的堂兄弟不多，来往较多的有两个。

一个是大哥季洛甫；另外一个，则是小她两岁的堂弟，季景繁。

季景繁打小就爱跟在她的身边，有什么好吃的自己都不舍得吃，留着给朝夕。

提到季景繁，朝夕眉眼间的生疏感褪去许多，清冷的面部也染上情绪，笑时眼尾上扬，带着这个年纪所没有的妩媚感。

她眼里像是有一把钩子，只一笑便钩人。

“我记得，那天你穿了一身黑色的运动服，和小五打完游戏就去打球了。”

傅嘉懿神色一喜：“对对对。”

他挠挠头：“没想到你会转到我们班，这么巧，还是我同桌。”

朝夕淡笑：“是很巧。”

傅嘉懿和朝夕说话，身边的其他人虽在做别的事，但实际上都竖着耳朵在听。

听到这儿，意识到二人认识，于是在傅嘉懿出去上厕所的间隙，逮住他问：“那位什么来头？”

傅嘉懿刚出教室，别说被自己班里的同学围住了，整层楼的学生几乎都围了过来，眼睛掠过他，都往教室里看——看的是谁，大家都心照不宣。

“季洛甫知道吧？”

傅嘉懿缓缓抛出一句话。

季洛甫已经毕业，但他在这所学校仍是个传说，这所学校的学生自然都知道他。

“季洛甫、季朝夕，都姓季？该不会他俩……是亲戚？”有人问。

“季洛甫的堂妹。”傅嘉懿不轻不重的一句话，如石子砸向深潭，水面泛起层层涟漪。也压住了不少蠢蠢欲动的少年的心，毕竟季洛甫的妹妹不是随便什么人都能“染指”的。

傅嘉懿没再多说什么，季家那样的家庭向来低调，他怕多说错多，因此谨言慎行。拨开人群，玩笑道：“再不让让，我尿就憋不住了啊，兄弟们。”

“啊呸！”众人嗤他。

送走他，众人目光更大胆，看向坐在最后一排的朝夕。

美，是真的美。

又有人提及刚才的那个问题——有尹落美吗？

答案在此时显而易见。

有。

比起尹落，她更甚。

“美人在骨不在皮”，朝夕不仅皮相美，骨相更美，不笑时清冷似天中月，笑时妩媚多姿。而且骄矜，是那种从头发丝都透着骄矜的女生。

学校新来了个长得比尹落还漂亮的转校生。

八卦永远传得最快，从这栋楼，传到了那栋楼。

这边的楼里也在议论，只不过议论的不是这事儿，而是——陆程安在追人。

如果说尹落是这所学校公认的校花，那陆程安便是这所学校公认的校草。他有着一副好皮囊，家境优渥，谈吐有礼，加上是学生会长，再混不吝的差等生都被他治得服服帖帖的。学校里，喜欢他的女生不少，追他的也没见少过，但他一个都没答应。

陆程安在追人？

这事儿实在太震撼。

饶是陆程安多年的兄弟沈放，也觉得不可思议。

大课间，他跑到陆程安所在的教室，拉了把椅子坐他边上：“你在追人，我没听错吧？”

陆程安转着手中的笔，眉梢轻挑：“啊。”

“啊什么啊，跟我在这儿打什么哑谜。”沈放翻白眼，“说说看，咱们学校哪个女的这么厉害，能让陆二放下身子去追？”

陆程安撂下笔，撇向窗外。

他所在的楼后边，就是她所在的那栋楼。

他在二楼，她在三楼，从这个角度，能看清二楼教室进出的人。他坐在这里看了两节课，上课走神明显到任课老师都不满来敲他桌子提醒他。

可两节课了，他都没有找到要看的人。

“喂，我在和你说话呢，发什么呆？”沈放敲桌子。

“没发呆。”他语气里有些失落的情绪在。

“那你在干什么？”

“找人。”

“你往哪儿看呢……大一的？那女的大一的？”沈放原先还嬉皮笑脸的，蓦地神情滞住。他想起来之前听到的事：“我听说，大一转来个女的，长得比尹落还漂亮。”

陆程安挑眉：“是吗。”

分明是疑问句，但他的话里、表情里没一丝疑问，也没一丝好奇，仿佛他知道转来的新生是谁，仿佛他和那个新生见过。

沈放和他当兄弟多年，自然从他的表情里读出了几分意思。

他勾唇，语气凿凿：“转来的那个，是朝夕。”

陆程安的眼底涌现出了笑意。

沈放从未见过朝夕，不知道她到底有多美，外界再如何说她好看也无济于事，毕竟眼前这位爷眼高于顶，即便国民闺女尹落追他，他都未心动分毫。可现在，陆程安用“追”这个字眼来定义他和朝夕的关系。

只能说明一件事。

朝夕。

比传闻中的要好看数倍，否则陆程安也不会对她心动。

沈放问：“你和她，见过了？”

陆程安：“见过，又没见过。”

“什么意思？”

“校门口见了一面。”说到这里，他的心中忍不住一阵郁结，他刚才急急忙忙追过去，跑到教学楼下的时候，却被团委老师拦住了，问学生会的事。等事情结束，也到了上课的时间，他压根没时间也没机会和朝夕见面。

“那……你这怎么说？”沈放抬了抬下巴，“说实话，我真挺想看看她的，咱哥快把她夸到天上去了，你又……我还真想看看她，到底是何方神仙。”

“不是神仙，”陆程安拖腔带调，玩味道，“是天仙。”

“……”

这所学校很大，却又不大。

要真想见到一个人，有两个办法：去她教室门口蹲或者在食堂门口蹲她。

陆程安在运气这方面素来不错。

中午，他和沈放外出吃饭，在校门再次看到了那辆黑色奥迪车。

沈放见他停下脚步，疑惑：“怎么？”

陆程安眼微眯：“不是想见朝夕？”

沈放前后左右来回看：“哪儿呢？”

陆程安道：“等着，不用几分钟，就能等到她了。”

正是午餐的时间点，这所学校的学生素来不爱在学校的食堂吃，因此校门外来回走动的人很多。他们两个原本在学校便很出名，站在那儿很是惹眼，引得众多学生好奇的目光。也有认识他俩的，走过来和他们打招呼：“二哥，你们不吃饭吗，在这儿干什么？”

沈放语气戏谑：“你二哥为了追人，饭都不用吃了。”

“啊？”那人愣了，“二哥真在追人？我以为……是假的。”

“这哪儿能有假，你什么时候听过你二哥和女的掺和在一块儿的？”

这话倒是真的。追陆程安的女生从未少过，但从未有传言说他和任何一个女的有过暧昧不清的关系。他和女生之间，素来是泾渭分明的。

“什么样的女的，能让二哥去追啊？”那人满脸的震惊状。

"是吧，我也想知道。"沈放道。

"她来了。"一直都沉默的陆程安蓦地开口。

顺着他的视线，说话的二人看过去。

来回走动的学生那么多，可偏偏他们的目光被一人吸引了。朝夕的外形是真惹眼，即便在人群中也是一眼就看到的存在，他们的视线像是定在她身上似的，怎么样都移不开。

要如何形容呢？

少年时期都会做一个梦，关于美好、关于爱情。

朝夕的出现，就是这个梦存在的意义。

陆程安迈开腿，朝她走去。

朝夕正往司机那边走，无故有人拦住了她的去路。

她抬眸，眼前的面孔，英俊清朗，少年恣肆，风骨洒脱，含笑的眉眼如沐春风，嗓音与气场如出一辙，温柔清冽："朝夕。"

"你是？"

"陆程安。"

正午时分的阳光明媚。

话音落下，陆程安以为她会惊讶，脸上也会有笑。

但是明媚的阳光落在她的脸上，她波澜不兴："是你。"

陆程安眼眸低垂，向来谈吐大方的他，在此刻突然词穷。

人生滑铁卢来得猝不及防。

朝夕视线错过他，望向他的身后，两张面孔饶有兴趣地盯着他们。

"你朋友？"

"沈放，你应该认识。"陆程安收回心绪，介绍，"另外那个，是陈泽楷。"

她微笑，礼貌又不失涵养，继而收回眼："我要吃饭了。"

陆程安知道，李叔过来是特意给朝夕送饭的，要不然怎么说她是季家最受宠的呢，连午餐都是司机特意送来，包装袋上印着的是南城第一私房菜菜馆的名字。

李叔在看到朝夕的那一刻，立马下车走过来。

午餐送到她手里，他问："小陆吃了吗？"

陆程安摇头："待会儿去吃。"

朝夕问："吃什么？"

有几秒，他怔忡了。

就听到她说："我应该吃不下，一起吗？"她晃了晃手里的午餐袋子，眼眸干净又澄澈，似乎只是一句简单又礼貌的询问，但陆程安却看出了一丝引诱气息。

她没有在勾引他。

是他沦陷了。

所以哪怕她一个眼神，他都心猿意马。

沈放和陈泽楷在一旁听着二人的对话。

再看陆程安那个表情，沈放了然："走了。"

陈泽楷："啊，不等二哥吃饭了吗？"

沈放太清楚事情的走向了："二哥都自顾不暇了，哪儿还知道还有我们两个人在等他吃饭啊？"

陈泽楷茫然："什么？"

沈放狭长的双眸漾出深意，答非所问："朝夕——确实值得让他用'追'这个字。"

饶是见惯美人的沈放，都不得不承认朝夕是人间绝色。眼高于顶的陆程安又如何，不也心甘情愿地成为她的裙下臣。

朝夕刚来学校，不知道食堂在哪儿。

陆程安接过她手里的午餐，带她去食堂。

周遭环境嘈杂，时不时有好奇目光扫过来，二人却浑然不觉，面对面吃饭。

吃到一半儿，朝夕突然开口："陆程安。"

陆程安："嗯？"

她说："早上在门口，谢谢你。"

他不以为意："小事儿而已。"

"你……"

"你想问什么？"

陆程安双手放在桌上，姿态懒散，脸上露出随意的笑。

朝夕看向他，有那么一瞬似周遭的嘈杂都离她远去，世界静谧，似只他们二人存在。她看着眼前的男生，压抑住内心的雀跃，艰难抽回理智："你在学校，似乎很出名。"

"还好，怎么？"

"他们都在看你。"

"你怎么确定他们是在看我，而不是看你？"

"我有什么好看的？"

陆程安笑得满面似有春色："都很好看。"

撩拨的话语太直白，朝夕的心跳轻而易举地漏了一拍。

到底是一个年轻的姑娘，哪怕外在装得再冷静，泛红的耳尖还是透露出她现在的心情。陆程安见逗她逗得差不多了，问她："吃完饭准备干什么？"

朝夕找回自己的声音："回教室。"

"我陪你。"

朝夕想拒绝，但又找不到任何拒绝的理由。

或许可以有很多的理由拒绝他，不熟悉、不需要……但她在那一刻，心里是有所期待的，期待他多陪她一会儿，期待自己能和他待久一点儿。

她把这样的感情，称作是——娃娃亲带来的蝴蝶效应。

陆程安确实在学校很出名。

从食堂到教室，几百米的距离，不少人和他打招呼。这所学校每个年级段的学生穿的校服都不一样，偏偏每个年段都有认识他的人。

有人叫他名字，也有人叫他会长。

朝夕问："会长？"

陆程安："学生会会长。"

"这样。"

"要加学生会吗？"

"不了。"

"怎么？有我罩着你，不怕。"

"很麻烦。"

陆程安挑眉："有个位置不麻烦，你感兴趣吗？"

朝夕疑惑："什么位置？"

陆程安道："会长女朋友。"

朝夕默了默，装作没听到，继续往前走。

到了她的教室外，朝夕说："我到了。"

陆程安站在后门，看她在位置上坐下，过了好久他都没走。

傅嘉懿吃完饭回来，有些诧异："二哥，你怎么在这儿？"

陆程安也很诧异："你俩同桌？"

"啊。"

"真是巧了。"

"啊？"

"照顾好她。"

傅嘉懿摸不着头脑："二哥？"

"我离得远有什么事没法第一时间赶到，你帮我多照顾着点儿。"他语气不轻不重，本就安静的教室，衬得他的话音更清晰，尤其是后半句那宣示主权的语气，掷地有声，"她要是出了事儿，我也没法专心上课了。"

傅嘉懿愣愣的："她……"

陆程安笑，更直接："她是我的。"

朝夕装了许久的淡定从容，也装不下去了。

她起身走到后门，一把拉过陆程安的手往走廊里走。中午，学校哪哪儿都是人，她径直拉着他上了楼上的天台。天台上没有人，风呼呼地吹，吹得她的碎发拂在脸上。

她无暇顾及，瞪着他："你说那些话，干什么？"

陆程安："你那么聪明，应该知道我说那些话是要干什么吧？"

四目相对，谁都没说话。

陆程安伸手，将她脸庞处的碎发拂到耳后，动作异常温柔，语气也如初秋的风一般轻柔："朝夕，我很开心，和我有婚约的那个人是你。"

朝夕眼睫毛轻颤，一动不动地盯着他。

听他把后半句话说完。

"朝夕，我好像对你一见钟情了。"

"朝夕，我好像对你一见钟情了。"

朝夕醒来时，脑海里不断地盘旋着这句话。

漆黑的卧室里没有一丝光亮，被窝里泛着热意，她双手抱膝坐在床头，一时间分不清现在是梦还是现实。

是梦吧——

十七岁的陆程安向她表白。

可现实——

二十九岁的陆程安，也和她说过一模一样的话。

那年在布鲁塞尔，陆程安说的就是这句话。

她沉浸在梦里、梦外，大脑混沌得让人不知所措之际，身旁的人醒来。他起身抱住朝夕："做噩梦了？"

朝夕靠在他怀里："不是噩梦。"

"那是什么，美梦？"

"我梦到你了，这算是美梦吗？"

陆程安按下遥控器，窗帘缓缓拉开，露出窗外鱼肚白的天色。

他嗓音里还带着刚睡醒的惺忪："梦到我什么了？"

"梦到我刚从南方回来，去了你所在的学校读书。"她在他怀里找了个舒适位置躺着，轻声道，"那个时候的你身边没有女生，你陪在我身边，整个学校的人都知道你喜欢我。"

梦里的陆程安，是与浪荡不羁不沾边的陆程安，是陆程安奢望成为的人。

干干净净、清清白白，谁也不爱，只爱朝夕。

陆程安的心沉下来：“后来呢？”

朝夕说：“后来，你考上南大，但每天下午放学，都会来接我回家。沈放问你不麻烦吗，你说能见到我，你就很开心。”

他吻了吻她额角，很认同她梦里的自己：“是。”

朝夕嗓音干涩：“如果——”

仿佛知道她要说什么，只两个字，陆程安就打断她，接话：“如果你真的来我所在的这所学校，如果我们真的在那么早就见面，后来的一切都不会发生。我们不会分开那么多年，我也不会允许你背井离乡那么多年，我会一直陪着你。”

“你就这么确定吗？”

“对别的事，我不确定。”他话语一顿，继而道，“但是朝夕，我敢保证，不管我在多少岁遇到你，不管是在什么时间、在怎样的地点，只要我们相遇，我们都会有一样的开始。”

“一样的开始？”

“嗯，我会永远对你一见钟情。”

陆程安言之凿凿地道。他其实刚睡醒，大脑还没开始运转，只是单纯地凭着本能对她表达爱意：“我们还没出生就注定了要永远在一起，不是吗？”

有些东西是命中注定的。

季家和陆家的子嗣众多，偏偏有婚约的不是别人，是陆程安和朝夕。

他们的相爱，是命中注定。

朝夕眼梢挑起，眉间笑意浅浅。

正好床头的闹钟作响。今天是周一，陆程安得起来上班。朝夕今天轮休，不用上班。昨晚二人有些放纵，或许这才让她做了这么个不可思议的梦。

既然醒了，朝夕也干脆起床。

二人并排站在洗漱台前刷牙，刷完牙，陆程安问她："早餐想吃什么？"

朝夕想了想："小笼包？"

陆程安："我去买。"

她摇了摇头："一起去吃吧，难得天气这么好，我想出去散散步。"

陆程安："好。"

这是他们结婚的第一年。

他们住在陆程安买的房子里——一座大房子，二人三餐，是朝夕一直以来都渴望的平淡且幸福的生活。总有人说，男人婚前婚后是不一样的。婚前对你多好，婚后至少会打对折。

可陆程安没有丝毫变化，他对朝夕，依然纵容，依然宠她。

朝夕工作忙，时常加班，陆程安会经常来医院陪她。

有的时候她一台手术需要做十个小时，手术结束拖着疲惫的身体回办公室，会看到在她的位置上坐着的陆程安。

陆程安朝她伸手："来，哥哥抱抱？"

办公室里就他们两个人，她没有任何包袱地钻进他的怀里，嗓音闷闷地和他撒娇："哥哥，我好累啊！"

"要不咱们别工作了，行吗？"

"不行。"朝夕说，"我很喜欢这份工作。"

"可是你一台手术就需要花费这么久的时间，身体吃得消吗？"

"主任都四十多岁了，他都吃得消，我怎么会吃不消。"

"可我不想让你这么辛苦，"陆程安和她商量，"咱们家又不缺钱，你好好享受一下生活不好吗，非要这么辛苦？"

他当检察官这么多年，仍旧没有半点儿同情心和共情能力。

男人和女人最大的不同，不是性别，而是感情——女人内心柔软又敏感，容易被简单又琐碎的事感动或影响，但男人不会。男人比起女人，总归是自私些的。

好比此刻。

朝夕从他的怀里钻出来："是不缺钱，但是那样活着很没有意义。"

她又拖了把椅子，回到办公桌坐下，写术后总结，昏黄的灯光在她脸上笼下一层暖暖的光影，岁月静好的场景，陆程安的心也不自觉地变得柔软。

是啊，她是不一样的，她和他接触到的女生截然不同。

从不以美貌自恃，也从不炫耀家境。

她大可以什么都不管不顾，轻松地活着。可她现在的生活很忙碌，比陆程安还忙，她会说累、会说辛苦，但眼里流露出来的都是满足。

她很享受现在的生活——救人治病，将自己学到的一切回报社会。

皮囊重要吗？重要。

但长久的相处，靠的不是皮囊。

而是澄澈纯净、积极向上的心。

陆程安想，可能朝夕就是上天派来教他的，教他如何活着，教他为什么要成为更好的人。

可是无论他怎么努力地生活，他都知道他不会成为十全十美的人，而她永远都是最好的朝夕，永远都是世间难觅的美好。

他这一生，不爱岁月，只爱朝夕。

番外三

在生活琐碎中爱你

也不知道是怎么了，在隔离结束之后，朝夕的感冒一直没好，持续了大半个月。

她一直都没怎么放在心上，反倒是王主任，在某次晚上例会之后，叫住她："我改了一下值班安排，你回家休息三天，好好养病。"

朝夕："我就是一小感冒。"

"这都快一个月了。"

王主任又调出她这段时间的工作日程："我知道，咱们科是院里最忙的一个科室了，咱们科也是所有科室里女生最少的，没办法，工作强度太大，一做手术就是七八个小时，女孩子是真的吃不消。其实我一直没想明白，你怎么会选择神外呢？"

朝夕："不好吗？"

"不是不好，是太累了。"王主任也知道她的家境，说，"学医有那么多选项，偏偏选择了最忙的这个，你图什么啊？"

朝夕笑了笑，没回答。

王主任挥了挥手："行了，你这阵子都没怎么休息过，好好回家休息几天吧，把你的病给养好。每次我进办公室都听到你的咳嗽声，听得我心烦意乱的。"

就这样，朝夕得到了三天休息时间。

陆程安特意约了个老中医给朝夕看病。

她每次生理期第一天肚子就疼，脸色苍白，这段时间感冒又持续了很长时间，陆程安早就想带她去看看的，但她一直太忙，连一天都挤不出来。

正好这几天两个人都休息，于是陆程安便约了这位中医。

这位老中医挺有名的，也很难约。

陆程安之所以能约到，是因为这位中医是他的堂爷爷。

看病的时候，老人笑眯眯地看着朝夕，又看了看陆程安："你这么大费周章地约我，原来是给一个女娃看病。"

陆程安神情疏淡，低头勾了勾唇。

老人偏头看向朝夕："这小子挺难伺候的，我还是第一次看到他给别人这么一副忙前忙后的操心模样。"

朝夕伸手把围巾扯了扯，强装镇定，刚准备回答的时候，老人突然转移话题，似乎对二人的关系并不太想要了解的样子："做什么工作的？"

朝夕："医生。"

老人挑了挑眉："怪不得身子这么差，我再给你开点安神的，你自己多注意休息。"

朝夕点头。

老人又问："准备要孩子了吗？"

朝夕愣了一下。

老人笑着："例行问的，别紧张，我也没有催婚的意思，连他爸妈都管不住这小子，我也懒得催他。"

朝夕："还不准备要孩子。"

"嗯！"

老人唰唰唰地在纸上写字，几乎写了两页纸，随后起身抓药："你们估计也没时间煎药，我这儿把药给煎了，晚上宴迟过来，我让他把药送到你那儿去，你住哪儿呢？"

"他知道我的地址。"

“行，我让他送过去。”老人叮嘱道，“早晚吃一包，饭后服用，喝完七天再给我打电话，我让人煎药送过去。”

陆程安：“好。”

直到离开，老人都没有问过陆程安，他今天带过来的女人到底是谁，他和她到底是什么关系。

回家之后，朝夕和陆程安如往常一般在书房里看书。自从她搬过来之后，陆程安又买了一张书桌，和原先的书桌一模一样，并排放着。

短暂的安静之后。

陆程安突然拉着椅子靠近她，朝夕专注地看书，心不在焉地：“嗯？”

他把手伸到她面前，朝夕想要拨拉开，却在一瞬间被他握住手。

很快，耳边响起他的声音，带着浅淡的笑，语气轻佻暧昧：“怎么就牵我的手了？”

朝夕无语地看着他，试图和他讲道理：“是你把手伸过来的，而且我只是想把你的手，”顿了一下，她语气加重，十分嫌弃地看着他，“这只不知道拉过多少女孩子的手给拨拉开。”

“我谈恋爱不拉手。”他垂着眼，神情有几分晦涩，但莫名地有几分无辜，不过很快他掀了掀眼皮，扯出一抹既慵懒又轻佻的笑，拖腔带调地说，“我谈恋爱，一般都是靠眼神。”

朝夕：“那你能和我靠眼神谈恋爱吗？”

他忽地嘴角一勾，眼里挑起明目张胆的笑意，倾身靠了过来。

他呼吸之间的热浪都打在她的脸上，她闻到了他身上浅淡的烟草味。她眨了眨眼，这么近的距离，她的视线狭窄，只看得到他的双眼。

桃花眼深邃漆黑，眼尾微微挑起，带着笑意，又似含着碎光。

朝夕保持坐姿，没动：“眼神恋爱需要这么近的距离吗？”

“我和别人才眼神恋爱，和你——”他的唇若有若无地擦过她的唇，唇边似有热气，想要把她整个人都灼烧了似的，嗓音低沉，呢喃般地把后半句话给说完，“我更想和你眼神缠绵。”

房间内的温度在这一刻点燃。

陆宴迟晚上过来送药。

是朝夕开的门。

门外站着的男人穿着西装，宽肩窄腰，羊绒大衣对折搭在手上，另一只手拎着一袋东西。视线往上，对上他的脸。

男人神情寡冷，脸上有着不达眼底的笑意，有着和陆程安一样的桃花眼，眼睫垂着，看上去温和，却有着冷漠的疏离。

朝夕："你是？"

"陆宴迟。"

陆程安正好做好菜，他端着菜走出来，听到二人的对话，说："陆教授来了，把药放下就可以走了。"

朝夕这才注意到他手里的购物袋装了一袋子中药液。

她连忙侧过身子，让他进来。

陆宴迟礼貌客气地和她道谢。

陆程安："进来干吗？"

"吃饭。"

"我这菜是做给人吃的，"陆程安懒洋洋地道，"不是做给老禽兽吃的。"

"你竟然会做菜？"他看了一眼菜，又看了一眼陆程安，表情有几分一言难尽，"能吃吗？"

陆程安："没办法，女朋友强烈要求我做菜。"

朝夕的脸上染上了不自在的红晕，她撇过头，佯装什么都不知道的样子转身去关门。

陆宴迟偏偏往后扫了一眼，注意到女人侧脸染上了一层浅淡不自然的绯红。视线收回，他又上下扫视着陆程安，他最上面的一颗纽扣并没有扣上，厨房的灯光明亮，不偏不倚地落在他脖颈以下的位置，隐隐约约带着红印。

陆宴迟语气很淡，带着鄙夷："我是老禽兽，你是什么？老畜生？"

又过了两个月。

朝夕的身子一直都没调理好，她连吃药都是断断续续的。这也怪不得她。她平时忙起来连吃饭都无暇顾及，更别说吃药了，有的时候一周的药能吃十天。这还算是好的。

陆程安却是比朝夕更上心的。每天吃饭的时候都会给她打电话问她喝药了没，偶尔她在手术没接到电话，他都会发条消息提醒她吃药。

可家里的药依然不见少。

恰逢周末。

陆程安带着药去了医院。

快到她办公室的时候正好看到梁亦封从里面出来，他拿着手机，在和别人打电话，视线一扫，发现了陆程安，他眉眼轻挑，对电话那边的人说："等一下，陆二来了。"

梁亦封："怎么过来了？"

"给朝夕送饭，她在办公室吗？"

"还在做手术，估计快结束了吧！"

"快结束是还有多久？"

梁亦封冷冷地道："三四个小时吧，挺快的。"

梁亦封也没再理他，拿着手机往外走，陆程安听到，他和手机那边的人说话："陆二休息，过来给朝夕送饭……我没有要你给我送饭的意思，我又不是没饭吃。我真没有让你过来送饭的意思。"

陆程安进了办公室之后，就坐在朝夕的位子上等她。

朝夕有洁癖，桌子上收拾得万分齐整，这也导致桌子右上角的铁艺收纳篮上的几袋中药格外显眼，目测有三袋。

陆程安叹了口气，但他视线一移，就看到有张便笺纸压在篮子下。

他扯出来，看到上面的内容之后，嘴角不可遏制地往上扬了扬。

蓝色便笺纸上的字迹娟秀清晰，朝夕在上面写："周末陆程安可能会过来，记得把药都给收了，切记。"

最后的两个"切记"还用不同颜色的笔画了几下，加重。

但即便如此，收纳篮里的中药也还在。

陆程安拿了支笔，在上面慢条斯理地写上："看到了，你完了。"

等到朝夕做完手术，拖着疲倦的身体回到办公室的时候，就看到她的位子上坐着陆程安。朝夕刚想走进去，视线一转，落在了她桌子上那个装着中药的收纳篮里，随即面不改色地收回脚步。

她清了清嗓子，很刻意地说：“小梦刚刚好像叫我来着，我去看看。”

“是吗？”陆程安的声音冷冷淡淡的，他也不急，非常有耐心地说，“没关系，今天是周末，我不上班，可以在这里坐一天。”

他故意加重了“周末”二字。

朝夕转回身来。

陆程安坐在她的位子上，后背往后靠，右手指尖玩弄似的捏着张纸条，嘴角带着抹若有似无的玩味。

朝夕的眼睫动了动，这段时间陆程安对她吃药这事是真的上了心，她自己也重视不少，但也是实在没时间，所以才忘的。害怕陆程安质问，朝夕决定先发制人：“你为什么要动我的东西？”

“你放在桌子上，我就看到了。”

“你看到了就是你的吗？”朝夕走了过去，很严肃地看着他，指责道，“你这是流氓行径，知道吗？”

陆程安一挑眉梢，似是没想到她会说这么一句话出来，眼里带了几分难以相信的神情。不过很快，他的眼角勾起笑意，幽幽地开口问她：“是吗？”语气温和，却又笑里藏刀。

朝夕离他还有几米的距离，已经过了午休的时间了，办公室里除了他们两个再也没有别的人在。她的脑海里隐约冒出来不好的念头，于是很快，她不动声色地停下脚步。

在她转身要跑的时候，陆程安的动作比她还快，三步并作两步地跑到她面前，一把扯住她的胳膊往回拉。动作快速，把她拉到自己怀里。

朝夕不太敢看他，垂着眸，视线正好落在他的喉结处，就看到他喉结滑动，说话时滚烫的热气扑在她的额头，嗓音低沉，带着些许笑意：“跑什么？”

“我没跑。”她咕哝着。

陆程安道：“是吗？”

陆程安的视线往下，落在她的下唇上，她的唇色很浅，阳光照了进来，她的双唇像是涂了唇釉似的，在阳光下闪着细碎的光。他的眼神沉了下来，声音略微干哑地说：“刚刚那个可不是流氓行径，这个——”

他的声音刻意停顿，脸慢慢向她靠近，略微偏过头，鼻尖触及她的下眼睑，呼出的滚烫热气扑在她的脸上，密密麻麻的，很痒。没等她反应过来，他十分快速地在她的下唇上舔了一下。嘴里呵出的温热气息似乎顺着她微张的双唇渡进她的嘴里，他声音暧昧，没有一点儿在办公室这种场合做这种事的羞愧：“这才是流氓行径。”

朝夕动作很快地把他推开，很紧张地往门边看了一下，确认没有人看到之后，她说：“这里是办公室。”

“在办公室就不能耍流氓吗？”他很谦虚地请教，看到她恼羞成怒的表情之后，一副恍然大悟的模样，“行，我知道了，那我——”

他眸间璀璨，笑起来的时候跟个妖孽似的，不急不缓地把后半句补充完整：“下次耍流氓之前，提醒你一下。”

朝夕有点儿无法理解他的脑回路：“你难道不是应该说，没有下一次了吗？”

陆程安挑了挑眉：“那不行。”

“为什么？”

“因为我不对你耍流氓，你会对我耍流氓的。”

朝夕怀疑自己的耳朵：“我不会对你耍流氓的。”

“你确定？”

朝夕肯定地道：“我确定。”

陆程安低眉顺眼地笑了一下，很罕见地没有反驳，顺着她的话点头：“行。”

朝夕因为做手术，所以午饭也没来得及吃，这会儿饿得不行，好在陆程安来的时候带了份饭过来，他似乎预料到她会在做手术，所以特意叮嘱餐厅把饭菜放在保温盒里。虽然过了将近三个小时，但饭菜还温热。

陆程安买的菜太多，朝夕有点儿吃不下，她伸手扯了扯陆程安的袖子，和平时一样，想让他也吃一点，结果手刚扯上他的袖子，就听到他拖腔带调的声音：“对我动手动脚的？”

朝夕无力地辩解："我只是拉了一下你的衣服。"

陆程安了然地点了点头："你要给我脱衣服。"

他的嘴角勾起恶劣的弧度，眼里藏着细碎的笑意，不急不缓地接着说："然后对我耍流氓？"他说完，轻"啧"了一声，继而自顾自地点了点头，十分勉强的语气："行吧，我暂且勉为其难地同意让你对我耍流氓了。"

朝夕的声音里满是不解："我为什么要对你耍流氓？"

"因为我的身材好。"

朝夕面无表情地说，"你的身材哪里好了？"

陆程安挑了挑眉，似乎不太满意她的说辞，他突然侧过身，手放在桌子上，抵着下巴，垂着眸看她，声音懒洋洋的，却在逼问："我的身材不好？"

"你都奔四了，"朝夕既冷漠又轻蔑地扫了他一眼，接着叹了口气，略微有点儿惆怅，道，"年老色衰了！"

年老色衰，这四个字极具冲击力。

陆程安的内心都被震撼了一下，他抿了抿唇，不太乐意："我这生日还没过，现在还是二十九岁。"

朝夕无语："差两岁，也差不了多少。"

"那差得挺多的，"陆程安额前的碎发有点儿长了，盖过眉毛，他说话时垂着眸，模样温驯极了，"你可能不知道，上了年纪的人，对年龄比较敏感，你听着是差两岁，实际上，"他想了一下，随口道，"差了二十岁。"

朝夕："什么？"

"你想想，奔四的人，四舍五入就是四十岁了。"陆程安勾了勾嘴角，"那二十九岁就不一样了，四舍五入，我才二十岁。"

"这前后一比，可不就是二十岁吗？"

朝夕被他的厚颜无耻给惊到了，她抿了抿唇，没忍住，笑了出来："所以你现在才二十岁是吗？"

"是啊！"陆程安懒洋洋地掀起眼皮，桃花眼顷刻弯起，笑意散漫，支着侧脸的姿势让他笑起来的时候显得格外多情，像个负心汉。

负心汉慢条斯理地开口："所以我们现在是姐弟恋。"

朝夕差点儿被呛到："姐弟恋？"

"嗯。"

朝夕抬眸，看到陆程安的神情，他没有一丝的羞耻之心，甚至神情既正经又无辜，似乎真的把自己代入二十岁了。

她伸手把隔壁付倩倩桌子上的镜子拿了过来："你看看。"

镜子里映出两张脸。

"我们俩走出去，你知道别人会说什么吗？"她打击他，"会说你老牛吃嫩草。"

陆程安眉眼一挑，突然凑近她，眉眼含情地笑着，嗓音很低，似乎用气音和她说话："我还以为别人会说女富婆包养男大学生。"

没过多久，办公室有人进来。

陆程安不动声色地收起脸上的笑意，低敛着眸，一副冷淡疏离的模样。他一直低头看着手机，处理工作上的事情。

等到下班的时候，他问梁亦封："一辆车？"

他们今天要去梁亦封家吃饭。原因有二：一是四个人自过年见过几次面，之后便没见过了，主要是各自都有家庭，而且大家工作性质不同，以至于很难凑到时间相聚。二则是钟念怀孕了。钟念怀孕有五个月了，但是她之前跑新闻不注意摔了一跤，所以导致前期有流产先兆，胎盘不稳，因此两个人都没说。直到上周检查完，医生说已经稳定下来，钟念和梁亦封才把这件事情说了出来。

梁亦封扶了扶镜框，眼神冷淡："两辆车。"

"不一起？"

他摇头："我明天还要上班，一辆车太麻烦。"

陆程安想想也是。

陆程安和朝夕到得晚，到了之后发现季洛甫和初一没在，沈放解释："我大侄子发烧了，他爹妈为了表示他不是从垃圾堆里捡来的，于是在兄弟情和亲情之间选择了后者。"

画水扯了扯他的袖子。

"嗯？"

她双眸澄澈地看着沈放，语气诚恳："你能够安静一点吗？"

"哦。"

朝夕和陆程安并肩坐着，听到他们的对话觉得有几分好笑，她偏头过去，想和陆程安说沈放也被这么只小白兔治得服服帖帖的时候，就对上了陆程安的双眼。

他微微俯视她，目光下滑，眼里带着别有深意的笑。

朝夕一脸莫名："你笑什么？"

"人家叫哥哥。"他的声音压得极轻，只有他们二人能听到的音量，语气里带了几分暗示，就是也想让她叫哥哥。

朝夕面无表情："不叫。"

陆程安："不叫什么？"

"你说呢？"

"哥哥？"他玩世不恭地笑着，"我也没让你叫我哥哥。"

朝夕觉得古怪。

陆程安气定神闲地说："咱们情况特殊，你不能叫我哥哥。"

"毕竟咱们是姐弟恋，"陆程安笑着说，"所以我得叫你——"

他突然偏头过来，凑在朝夕的耳边。声音很轻，似呢喃般，说话时呵出的热气温热，熨烫着朝夕的耳郭，像是一朵羽毛轻拂过一般，密密麻麻地痒。

他语气悠长，叫她："姐姐。"

朝夕眨了眨眼，又眨了眨眼。

吃晚饭的时候，几个人在讨论钟念肚子里的是男孩还是女孩。

沈放挠了挠头，跃跃欲试："不管男的女的，三哥，我能和你亲上加亲吗？"

梁亦封："不能。"

"为什么？"

"我不想我以后的孩子有你这样的岳父。"

"我这样是什么样？"

"不稳重。"梁亦封找了个沈放无法反驳的理由，然而实际上，他不愿意和沈放亲上加亲的原因还有许多，诸如话太多、不成熟、太风骚等。

陆程安见机，说："要不和我的孩子？"

梁亦封更嫌弃他了："你连老婆都没有。"

陆程安被噎住，说不出话来。

朝夕在一边淡淡地开口："那和我亲上加亲吧，钟念，你觉得怎么样？"

钟念："可以呀，但是如果我肚子里的是女儿怎么办？"

朝夕还没开口，边上的陆程安就说："那就姐弟恋，多好，对吧？"

他说这话时，用手支着脑袋，目光直勾勾地盯着朝夕，眉眼含情："现在姐弟恋多流行啊，让咱儿子也赶个潮流，就跟他爸妈一样。"

最后那句话，他就没出声，完全是用嘴型和朝夕说。

朝夕的心里有些憋屈，她下意识地拒绝："那还是算了。"

钟念："啊？"

"我这个人比较传统，不能接受姐弟恋，"她故意转过头，对着陆程安，很刻意地补充，"不能接受男的比女的小。"

钟念的神情有几分失望。

眨眼就是暑假。

恰好江渔也休息，江烟和江渔便到朝夕家住了一阵。

那段时间朝夕也从陆程安那儿搬了回来。

陆程安挺不满的，朝夕背对着他取下挂在衣柜里的衣服，放进行李箱里，她并不在意，淡声说："我就住在对门，又不是搬到很远的地方。"

"就对门，你就不能不搬？"

朝夕漠然地瞥了他一眼，接着收衣服。

陆程安弯腰，把她放进行李箱里的衣服拿了出来，拿起她放在边上的衣架重新套了上去，走到另一侧，把衣服重新挂上。

朝夕左转放衣服："而且我下班都是你接我回家。"

陆程安把衣服挂回右边空着的地方："就那么点儿时间。"

朝夕收了半天，衣服又挂回原位了。

她无语地靠在衣柜上，既好气又好笑地看着他："你干吗呢？"

陆程安也靠在衣柜上，桃花眼漆黑深邃，语气刻意拉长，懒洋洋地说："异房恋，我能不紧张吗？"

朝夕忍了忍，没忍住，笑了起来。

事实证明，异房恋确实压缩了二人相处的时间。

江烟和江渔不上班，作息紊乱，凌晨睡，下午醒，因为不出门，所以她俩穿着宽松舒适的睡衣在家里走来走去。

陆程安去之前，二人自然都会换衣服。

但他去了几次之后，除非朝夕主动叫他，他才过去。

就这么过了半个月。

陆程安在朝夕那里吃了晚饭之后，他问朝夕："出去散散步？"

"可以，我先洗个碗。"

江烟："我来洗碗吧，姐姐。"

出门的时候朝夕走在前面，她按下电梯的下行按钮，听到后面传来的关门声，她笑着转过头去，还没等她看清陆程安的脸，就被他一把拉住，按在墙上。

朝夕："你干吗呢？"

陆程安脸色阴郁："你什么时候搬回来？"

"下个月月底，"朝夕戳了戳他的胸口，"江烟下个月开学。"

陆程安："下个月月底？"

"啊，下个月，"她故意加重那两个字，"月底。"

"不行，最晚下周，你就得给我搬回来。"他往下弯了弯腰，灯光在他眼睑处投下一小片阴影，显得他的脸色更阴沉了。

朝夕笑着："又不是不能见面。"

"就吃饭的时候见个面。"陆程安淡笑了一声，"这还是谈恋爱吗？"

这事确实朝夕理亏，甚至她自己也有种两个人见面的时间太少的感觉。她工作太忙，在家的时间本就少，原本两个人就是见缝插针般见面，现在二人独处的时间确实是肉眼可见地变少了。

朝夕于是态度软下来，说："那也没办法，江烟和江渔在，我也不能不陪她们吧？"

朝夕似乎突然想到了什么，说："而且这样谈恋爱，你有没有一种回到学生时期的感觉？偷偷摸摸地牵手、拥抱、接吻。"

她牵着他垂下的手，踮脚，吻了吻他。

陆程安没想到她会这么比喻，紧绷着的脸微微松动，眼往下弯了弯，态度温和不少："那你到底什么时候搬回来？下个月真不行。"

朝夕："下周。"

"真的？"

"嗯，江渔的假期结束了，她明天就要走，江烟也明天走，"她靠在他的怀里，仰着头，说，"我下周三休息，那天我就搬回来。"

陆程安满意地挑了挑眉，他俯身吻了吻她的唇，桃花眼旋即绽开，嘴角勾起，语气极为不正经地说："那哥哥就满足你校园恋爱的心愿。"

"没关系，哥哥虽然也没谈过几次正儿八经的校园恋爱，"他的嘴角勾起恶劣的笑意，嗓音低哑，说，"但是愿意为了你，好好谈一次正经的校园恋爱。"

朝夕的眼神里闪过一丝荒唐，她提醒他："你知道校园恋爱是什么样的吗？"

"背着大家偷偷牵手，在角落里接吻，"陆程安语气坦然直白，还挺理直气壮的，"反正就是想对你做点什么的时候，不能光明正大，得偷偷地，就像——"

"就像什么？"

他眼神突然变了味，装着夜晚的墨黑，可灯光照了下来，他的眼底泛着光，像是要被这黑夜都给吞噬的亮光，灼烧着她。

她仰着头，恰好能看到他的喉结小幅度地滚动了一下，紧接着，就看到他逐渐逼近的脸，脸上没有什么情绪，但朝夕总隐隐约约地感受到几分危险。

朝夕的脑海里有不好的预感，还没等她出口制止，她的预感成真。

不知过了多久，陆程安松开她，他留恋般地又吻了吻她的下唇，动作很慢地抽离开，双手撑在墙上，压抑的滚烫呼吸在阒寂无声的楼道里响起。

他低着头，桃花眼勾起，笑得格外浪荡，玩世不恭地把那句话补充完整："偷情。"

番外四

我的爱是私欲

《心心相医》这部医疗题材的电视剧播出后，收视率创全网新高，甚至还被网友票选为“年度最佳国产剧”。这部电视剧，不仅提高了男女主演的知名度和人气，意外地，也让朝夕登上微博热搜榜单。

朝夕作为电视剧的专业指导，在开机前就和导演以及工作人员进行过沟通。

她不需要热度，不希望自己出现在镜头前，导演也同意了。

只是后来电视剧越来越火，为了增加热度，片方还放出了不少花絮。未剪辑的花絮里，男女主亲昵又自然的接触羡杀旁人。但观众的眼球莫名被另一道光所吸引—— 忙碌的人群里，一位穿着白大褂的女医生异常出众。

那张脸只是轻描淡写地往镜头看了一眼，短短两秒的时间，镜头记录下的却是浓墨重彩的一笔。

素面朝天的脸，一颦一笑间风情万种，似能蛊惑人心。

不少网友在弹幕里发问——这是哪家公司的演员。

当天才放的花絮，不到十小时被推上热搜，众多微博大 V 都在转发有关朝夕的照片。

微博评论区有人解答：“这是市立第一医院神经外科的朝夕医生。”

也有人在下面问：“她有男朋友吗？多大了？”

知情人回复：“她有男朋友，她男朋友之前也上过微博热搜，就那条南城市人民检察院的微博，九宫格里最帅的那位就是。”

“谁？哪位？”

“哇！我记得他，长得超帅的！”

“果然帅哥配美女，我酸了我酸了，世界上有没有眼瞎的帅哥看上我这种普通人啊？”

“呜呜呜我也想遇到眼瞎的帅哥。”

“求求你了老天爷，赐我一个眼瞎的帅哥吧。”

小梦和小想，二人一人拿着一部手机，一唱一和地念着上面的评论。

朝夕听得想笑：“帅哥要是瞎了，还能叫帅哥吗？而且你俩长得挺漂亮的呀，一定会找到帅哥的。”

别人说这话像是在敷衍安慰，可也不知道为什么，朝夕说这话，让她俩非常信服。

小梦眨眼：“朝夕医生，你真觉得我漂亮啊？”

朝夕认真地打量她，杏仁眼，高鼻梁，唇畔处有梨涡。

“很漂亮。”她语气真挚，没有半分客套。

小梦撇嘴：“可为什么我找不到男朋友？”

朝夕思索几秒：“可能因为缘分还没到。”

“我都二十五了，缘分再不来我就要黄昏恋了。”小梦愁眉苦脸，“为什么我不能像你一样，有个未婚夫呢？”

朝夕核对病历表的动作稍滞，她抿唇：“我和他虽说有婚约，但是真的在一起，是我回国之后的事。”

“嗯？”

朝夕虽说好脾气好相处，但是很少和她们聊天，尤其是私事上，她更是不会提及。大部分都是她们问，她才说，但说的内容也极少。

或许是今天心情好，或许是清净太久，她突然也有了倾诉欲。

“我和他虽然有婚约，但是对彼此的了解仅限于知道对方叫什么名字，对长相、性格这些一无所知。”

“啊？你们这种娃娃亲，难道不是出生之后就认识对方的吗？”小梦的想法很梦幻。

可事实并非如此。现实是砌在梦幻堡垒下的城墙，冰冷又薄情。

朝夕唇畔有着浅淡的笑意。

她说：“我从小跟着爷爷奶奶生活，老人家身体不太好，在南方休养，我也跟着老人家住在南边。后来我要上高中了，得回来高考，所以才回家的。”

“你回来了是不是就和他见面了？”

“嗯。”可她眼底的笑并不明媚。

朝夕和陆程安在一起后便很少回忆从前了。

二十出头的年纪，一个人漂泊他乡，她总会仰望着异乡月想起那个惊艳她年少的人。零星的几次见面，轻描淡写，但翻来覆去地温习想念，早在她生命里留下浓墨重彩的一笔。

她望着那轮皎洁的月亮，眼底泪意翻涌。

那时的她总觉得，自己和陆程安就只能这样了。命中注定了他们会有交集，同时也注定了交集过后便是分开。

许是因为夜晚值班，静谧的值班室亮着黯淡的光，这样的氛围，属实适合回忆往事。

朝夕从未诉之于口的情绪，在此刻喷薄而出：“他十几二十岁的时候比现在还要吸引人，身边围着他转的女生多不胜数，我每次见到他，他身边都有女生。”

所以她每次想起他，心里都不由得泛起悲悯。

她是季朝夕，季家大小姐，她也有她的骄傲。她的骄傲不容许她喜欢这样的人——身边莺莺燕燕不断。

她的爱是私欲，是人流涌动，而我只为你停留。

可她途经无数人，仍旧会频频回头，望向陆程安。

“你们总说他好，他以前，可真不是个好人。”

陆程安常来医院陪朝夕。

朝夕夜班多，陆程安除了出差培训无法过来，其他时候一次不落地陪她。科室里的人都说朝夕好福气，有这么宠她的未婚夫。

也有许多不知道陆程安身份的人和他搭讪，无一例外都被拒绝。

小梦看到过陆程安拒绝别人的场景。

他指着墙上的公示栏：“抱歉，联系方式真给不了。”

公示栏上，朝夕的证件照也依然瞩目，略微上扬的嘴角弧度，笑意温婉动人。

“我未婚妻在这儿看着哪。”

小梦趴在桌上，已是深夜，她的思绪也有些混沌。

她的既有印象里，陆程安实在是好得像是从偶像剧里跳出来的男主角，挑不出一点儿瑕疵，但从朝夕的描述来看，又不是。

她脑袋昏沉沉，一半是被朝夕说话的内容搅的，一半是因为太困了。

她说话的嗓音也有些绵软，问道：“朝夕医生，那你为什么会和一个不是好人的人在一起呢？还是说，他和你在一起后，浪子回头了？”

放在以前，朝夕会觉得小梦很天真，会相信浪子回头。

可现如今，朝夕也成了天真的那类人。

因为有人真的给了她这份天真，让她知道，真有浪子回头这么一说。

她看着强撑着睡意的小梦，声音也轻了不少：“我也不知道我为什么会和他在一起，可能是因为……他长得实在太合我心意了吧？”说到这里，她忍不住笑，又回答第二个问题，“他遇到我之后，就没喜欢过别人了。”

这个问题的答案，不是朝夕给的。

她是照搬的。照搬的，是陆程安的答案。

窗外夜色深浓。

室内，小梦和小想抵不过困意已然睡去。

朝夕把空调的温度调高了一些，起身要去洗手间，刚开门，迎面撞上一人。

四目相对。

她眼里有惊喜，又不确信地眨了眨眼。

陆程安率先开口："不是梦。"

朝夕一头栽进他怀里，"你不是明天才回来吗？"

他低头吻着她的头发："太想你了，不想等到明天。"

静悄悄的医院走廊，连风都没有。

但他唇齿间的笑，落在她耳边，掀起一阵惊涛骇浪。

朝夕仰头，看到他眼睑处明显的乌青，含笑的眼里也有着熬夜的通红。

他是真的很累，却还是大老远急忙忙地赶回来见她。

"我们在一起多久了？"她突然问了这么个问题。

"几百年了吧。"他没正形地回答。

朝夕嗤笑，一把把他推开。

往前走了几步，又被他拖拽回来："十一年？"

她但笑不语地看着他。

陆程安无奈，缴械投降，仔细算了下时间，答："一年零三个月。"

朝夕问："这么久了，你还不腻吗？"

"别人可能会腻，但对你不会。"

陆程安眼开成扇，淡笑着："我家朝夕这么漂亮，哥哥能看一辈子。"

他身上还穿着检察官的制服，法庭上他一贯冷肃，但下了法庭，依然像是放荡不羁的公子哥儿，举手投足间尽显玩世不恭。

朝夕："等到老了，你就会嫌我丑了。"

年轻时再美又如何，没多少人的容颜能抵得过时光。人都会老去，容貌衰老，曾经的美艳动人也会在时光的洗涤下衰败。

但总有人眉眼间洋溢的美，不需要任何化妆品勾勒。

"你说会不会有一天，你对我失去兴趣，喜欢上那些年轻的小姑娘呢？"

或许是今晚勾起太多过往的回忆，也勾起她内心深处软弱、敏感、害怕的那一面。和陆程安在一起的时光太美好，他给她的爱也太美好。但她偶尔也会害怕惶恐，怕会失去。

“年轻的小姑娘哪儿有你好？”他敏锐地察觉到她的情绪变化，“今天过得不开心吗？”

“没有。”

“工作上不愉快了？”

“没。”

“手术不成功？”

“没，”她笑出声，“你怎么了？”

“不是我怎么了，是你怎么了。”

她脸上的笑瞬间淡去。

而后，她推开他：“我去趟洗手间。”

陆程安懒散地靠在墙边：“去洗手间哭？”

她停下脚，瞪他：“上厕所。”

她上完厕所回来，看到陆程安坐在走廊的休息椅上。

他似乎是真累了，走廊里略显黯淡的灯在他身上笼罩出一层浅淡的光，照出他紧合双眼、脸上的疲惫。似乎察觉到她回来，陆程安的眼睑稍稍掀开一道缝，显得他目光松散。

“等你老了，我也会老的，年轻的小姑娘也会嫌弃我是个糟老头子。”

他拉着她的手，把脸放在她手里。

他说话间的气息吐在她手心：“我很少承诺什么，因为承诺一件事要很大的勇气，但我能给你一个承诺。”

朝夕缓缓蹲下身。

四目相对，他疲惫的眼里有着深浓爱意：“人都会老去，但我对你的爱不会。”

万物都会走向衰老。

但我对你的爱永远不会。

我爱你，至死方休。

番外五

怀孕二三事

朝夕和陆程安结婚的第二年就怀孕了。

那阵子她身体不太舒服，她以为是手术太多累着了。等她有空闲时间，翻开日历本，才恍然发现自己这个月的例假已经延迟了半个多月。

她坐在位置上有些怔愣。

恰好此时手机响起。

是陆程安给她打来电话。

她回神接起。

电话快结束，她突然问了一句："你喜欢小孩吗？"

陆程安脸上原本挂着漫不经心的笑，瞬间滞住。

他猛踩刹车，将车停在一边，过了好久才压抑住胸腔里喷涌的情绪，但颤抖的声线仍旧透露出他此时的惊喜与激动："我要当爸爸了吗？"

朝夕这才回过神。

"不是。"

"啊？"

"我就是问问。"

她哑然失笑："你开心得太早了点儿啊，陆检。"

陆程安从方才的激动中缓过来，揉了揉眉骨，声音有几分无奈：

"朝夕，这个玩笑真不能乱开，你老公我年纪大了，心脏不好。"

朝夕："……"

电话挂断，她看了下时间。

妇科那边应该还有人，于是她起身准备过去。

检验科的人却已经下班了，那边的人同她说："明天过来拿检验报告吧，还是我让人给你送过去？"

朝夕想了想："我自己过来拿吧。"

可隔天她又做了一台好几个小时的手术，浑然把这件事给抛之脑后了。

再想起，已经是一个礼拜后的事。

她过去拿检验报告，刘珊语气戏谑："终于想起来了？"

她有些不好意思地笑道："这阵子太忙。"

接过报告单，她没打开，问刘珊："你看过检验报告了吗？"

"没呢，怎么，你看不懂吗？需要我帮你看看？"

"看得懂。"

"那打开看看？或许有惊喜也说不定。"话音落下，她又补充，"但也不一定，小孩是缘分，该来的时候自然会来，你结婚也没多久，不急的。"

朝夕打开检验报告，表情没有一丝波动。

急的反倒是刘珊，眼神急切："怎么说？"

朝夕把检验报告合上，笑得不急不缓，措辞有些不明："能怎么说？缘分这东西，不能强求。"

刘珊茫然。这到底是有了还是没有？

当天下班后，陆程安来接她。

难得二人下班的时间点凑在一块儿，陆程安订了个餐厅，过去的路上车流拥堵，车载音乐静悄悄地流淌。

是她很喜欢的歌手的歌，去年婚礼结束度蜜月，她特意拉着陆程安去看她的演唱会。

Fiona 的现场似乎总有些不尽如人意，但她唱歌时，大屏幕里将她的脸部情绪放大得万般清晰，她唱着那句“爱只是爱，伟大的爱情到头来也只是爱”，要如何形容朝夕那时的心境呢。

玉石俱焚，万念俱灰。

可她一转头，就看到陆程安眼底的浓烈爱意。

再伟大的爱情，到头来也不过是爱。Fiona 一语诉悲凉。

可陆程安一眼藏爱意。

在她最喜欢的歌手的现场，身边陪她的是她年少不可得。

朝夕从未有过这样幸福的时刻，哪怕听苦情歌，都听出了一股甜味。

而今车载音乐，仍旧在放Fiona的这首歌，只不过放的是粤语版本。

粤语更令人惆怅，秋日的晚霞温暾地照在人身上，伤春悲秋这倒真不是随便说说的，此刻朝夕的心里，涌上一股怅然。

她眼睫轻颤，按下下一首。

下一首是——《给十年后的我》。

这十年来做过的事，
能令你误会骄傲吗？
那时候你所相信的事，
没有被动摇吧？
对象和缘分已出现，
成就也还算不赖吗？
……
……
你还是记得你跟我约定吧？

歌词到这句，朝夕忽然按下暂停。

陆程安不解地望向她，他能够察觉到她每一次的情绪变化，不管是在她身边，还是隔着手机：“怎么了？”

朝夕正色道："我和你说个事。"

见她一副正经表情，陆程安将车停在路边："什么事，说吧。只要不是你喜欢上别的男人，什么事我都能答应你。"

朝夕紧张的情绪，在听到这话时瓦解。

她嗔怪地睨他一眼，旋即从包里掏出一张东西扔给他："这个。"

陆程安接过来，脸上的笑逐渐僵住，直到看到左下角印着的四个字。

他嗓音轻颤："我这是……当爸爸了？"

朝夕点头："嗯，你要当爸爸了。"

陆程安肉眼可见地开心。

他有些手足无措，忽地抱住她："朝夕，这是我们的孩子。"

朝夕也有些哽咽："是啊，是我和你的孩子。"

十年。

她无望地爱了他十年，不是想要追求什么结果，也没有刻意要等他，只是其间遇到的人无法让她心动。

这十年。

她爱他毫无动摇。

他也是。

而在他们重逢的第三年，他们有了小孩。

朝夕轻声说："陆程安，你会爱他的，对吧？"

会像爱我一样爱他吗？还是说……在他出生之后，依然更爱我？

陆程安："我当然会爱他，但我永远最爱你。"

她仰起头，看到他眼尾弯起，桃花眼笑得异常温柔，像是掀起了一场无边温柔的秋意，她彻底地沉醉在这场浓稠秋风中。

秋意深浓，但他眼底的爱更浓。

番外六

我的日记

陆斯珩小朋友上学后养成了写日记的习惯。

9月2日

妈妈说今天要送我上学，结果早上我换好衣服去敲她的房门，就被爸爸抓起来。

爸爸把我扔出家门，还给了我二十块钱让我自己去外面吃早饭，自己去上学。我想和他讲道理：“爸爸，妈妈起床了吗？她和我说好了今天送我上学。”

爸爸：“妈妈要睡觉。”

“那我叫妈妈起床。”

“妈妈今天不送你上学了，阿珩乖，自己上学去。”

“妈妈呢？妈妈答应我了！”

“妈妈要陪爸爸吃早饭，也要送爸爸去上班。”

我不能理解，为什么爸爸这么大的人了还要妈妈送他上班？我的爸爸比我大了足足有三十二岁，他为什么需要我妈妈送他去上班？

怪不得我妈妈说我爸爸很烦。

我现在也觉得他很烦了。

10月1日

今天是国庆节，我好开心啊，因为爸爸妈妈带我去动物园了。

动物园里有好多小动物，我都不知道是什么，但我的爸爸什么都知道，他可能是超人，也可能是百科全书。

但我觉得他应该是超人。

因为他把我架在肩上，我成了动物园里最高的小朋友！

阿珩好开心啊。

妈妈一直陪在我们身边，但是有人在我爸爸上厕所的时候来问我妈妈要联系方式，不只爸爸生气，我也好生气。

哎，真美慕我爸爸，为什么会有这么漂亮的老婆？

11月1日

今天是万圣节，我穿的是奶奶给我买的衣服，奶奶说我是吸血鬼王子。

吸血鬼王子。

这个称呼真的太太太酷了。

我穿了这套衣服到医院找妈妈，护士小姐姐都夸我好帅，我说我这不是帅，这是酷。我是世界上最酷的男孩。

为什么是男孩呢？

因为我觉得我爸爸是世界上最酷的男人。

晚上我困了，在妈妈办公室里睡觉，是爸爸来接我，把我背回家的，我都八十斤了，我爸爸背我的时候竟然没有一丝压力。

人到中年还这么健硕。

他不酷谁酷？

12月31日

不想说话。

我爸爸带着我妈妈去跨年了，他们不带我玩。

1月1日

小鲤鱼好可爱。

她的牙齿都掉了，还要偷偷吃巧克力，满嘴都是巧克力。她妈妈很生气，问她为什么要吃巧克力，她眼泪一下子就掉出来了。

阿姨很生气，但也很讲道理：“妈妈不让你吃糖是因为你的牙齿不好，你看看阿珩哥哥的牙齿，再看看你的牙齿，以后长大了没有牙齿，看谁还喜欢你。”

我不同意：“阿姨，阿珩会喜欢小鲤鱼的，就算小鲤鱼没有牙齿，阿珩也喜欢她。”

小鲤鱼点头：“阿珩哥哥喜欢我就够了！”

阿姨又笑了：“你们这是娃娃亲吗？”

我不知道娃娃亲是什么意思，是说我和小鲤鱼关系很好是亲戚吗？

于是晚上我跑到爸爸妈妈的房间，问妈妈：“妈妈，我和小鲤鱼是娃娃亲吗？”

妈妈问我：“你喜欢小鲤鱼吗？”

我当然喜欢她！小鲤鱼好可爱，嘴巴上沾满了黑乎乎的巧克力也很可爱。

妈妈笑着和我爸爸说：“你儿子早恋了。”

我又不明白了。

早恋是什么意思？

为什么大人们总说一些很难懂的话？

还是小鲤鱼可爱，她说什么我都知道。

陆斯珩写日记的习惯一直坚持到了小学毕业。

毕业典礼那天，曾经的小小少年意气风发，少年迎光站立，惹得无数女生投来热烈目光，有人撺掇着旁人：“你去要，你去——”

最后人群中有人说："那不是桑鲤的哥哥吗？咱们直接问桑鲤不行吗？"

"可是桑鲤转学了。"

陆斯珩淡笑着。

跟在他屁股后面的小跟班，在上学期突然转学走了，临走那天给了他一盒巧克力。

他身边的妹妹很多，最疼爱的是堂妹，但他和堂妹住得远，和桑鲤就隔了两堵墙，每天上学放学都一起，这个学期没了小跟班陪着，多少有些不适应。

人群里，没有他想看到的身影。

到家后，他在日记本写道——

我们都得适应成长，适应有人来、也有人离开的过程，虽然那个过程很煎熬。

祝你万事顺遂，也祝你前程似锦。